KB137582

라일락 걸스
Lilacgirls

마샤 홀 켈리
Martha Hall Kelly

라일락걸스

걷는사람 세계문학선 3

마샤 홀 켈리
Martha Hall Kelly

To my husband, Michael, who still makes my compact go click.

이 책을 남편 마이클에게 바칩니다.

당신은 나의 영원한 사랑이에요.

차례

1장

캐롤라인, 1939년 9월

그때 나를 산산조각 낼 남자를 만날 줄 미리 알았더라면, 그냥 잠이나 잤을 것이다.

나는 정원사 시트웰을 깨워서 부토니에를 만들게 했다. 내가 주최하는 첫 번째 영사관 연회가 코앞이었다.

나는 5번가 쪽으로 움직이는 인파에 묻혔다. 회색 펠트 중절모의 남자들이 나를 밀치고 갔다. 가판대의 조간신문은 어쩌면 마지막일 평화적 헤드라인으로 장식되어 있었다. 그날 동쪽에서 폭풍이 불어오거나 특별한 일이 일어날 것 같지는 않았다. 이스트 강을 스쳐오는 냄새만이 유럽 방향에서 오는 불길한 징조였다.

5번가와 49번로 코너의 우리 빌딩에 가까이 갔을 때 나는 로저가 창문으로 내려다보는 것을 느꼈다. 그는 20분 정도 지각했다는 이유로 직원을 해고한 적이 있었다. 그렇지만 뉴욕 엘리트들이 지갑을 열어 프랑스를 생각하는 척하는, 1년에 한 번 있는 기회를 위해서는 부토니에를 만드는 일이 급했다.

코너를 돌자 아침 햇살이 초석에 금박으로 새겨진 '프랑스의 집 lamaison francaise'이라는 글자에 반짝였다. 프랑스 영사관이 입주해 있는 프랑스 건물은 영국의 엠파이어 빌딩과 붙어 있는 동시에 5번가와 마주하고 있었다. 록펠러 주니어가 화강암과 대리석으로 새로 지은 록페러 센터의 일부였다. 당시는 많은 외국 영사관들이 그곳에 입주하여 커다란 국제 외교 단지를 이루었다.

"뒤쪽 문이 열리니 돌아서주세요." 엘리베이터 보이 커디가 말했다.

록펠러는 엘리베이터 보이들을 외모와 태도를 보고 직접 뽑았다. 커디는 신중한 인상이었지만 머리는 벌써 희끗희끗하여 나이가 제법 들어 보였다.

커디는 문 위에 표시되는 숫자에 시선을 고정시켰다. "미스 패리디, 오늘 많은 사람들을 만나겠습니다. 피아가 그러더군요. 배가 두 척이나 새로 들어왔다고요."

"그럴 거예요." 내가 말했다.

커디는 푸른색 제복 재킷 소매에서 뭔가를 털어냈다.

"오늘 밤도 늦을 것 같습니까?"

세계에서 제일 빠른 엘리베이터에 비해 이 빌딩의 것은

아직 한참 느렸다. "5시까지는 나갈 거예요, 오늘 밤, 영사관 주최 연회가 있어서."

나는 내가 하는 일을 좋아했다. 게티스버그 전투에서 군인들을 간호했던 울시 할머니 때부터 우리 가족은 그 일을 해오고 있었다. 그러나 프랑스 영사관을 위한 가족 후원자 대표라는 나의 자원봉사 직책은 실제로는 별 의미가 없는 것이었다. 프랑스와 관련된 모든 것들을 좋아하는 것은 나의 유전자에서 비롯되었다. 나의 아버지는 절반이 아일랜드 혈통이지만 심장은 프랑스에 속했다. 그리고 엄마가 파리의 아파트를 물려받아서, 우리 가족이 매년 8월을 그곳에서 보냈기 때문에, 그곳을 고향처럼 느꼈다.

엘리베이터가 멈췄다. 문이 열리지 않았지만 벌써 떠들썩한 고성이 들려왔다. 몸에 소름이 돋았다.

"3층입니다." 커디가 큰 소리로 말했다. "프랑스 영사관입니다. 내리실 분 계십니까."

문이 열리자 소음 때문에 다른 이야기가 잘 들리지 않았다. 접수처 바깥 통로는 사람들로 빽빽이 들어차서 발디딜 틈도 없었다. 프랑스의 고급 정기 왕복선인 '노르망디'호와 '일드 프랑스'호가 불안한 프랑스를 탈출한 부유한 승객들을 가득 싣고 그날 아침 뉴욕항에 도착했다. 도착을 알리는 경적이 울리고 하선이 시작되자 배에 탔던 엘리트 승객들은 비자나 다른 여러 곤란한 문제들을 해결하기 위해 영사관으로 줄을 이었다.

나는 담배 연기가 자욱한 접수처로 비집고 들어서며, 파리의 최신 유행 옷을 입은 여자들 사이를 지나갔다. 머리에는 아직 바다 냄새가 배어 있었다. 이런 부류의 사람들은 집사가 크리스털 재떨이와 샴페인 잔을 들고 오는 데 익숙해져 있을 것이다. 노르망디 호에서 온 주홍색 재킷의 벨보이들이 일드프랑스 호의 검은 재킷들과 함께 바삐 돌아다녔다. 나는 어깨로 사람들 사이를 밀치며 방 뒤쪽의 비서 책상으로 다가갔다. 내 쉬폰 스카프가 어떤 여자의 진주 장식에 걸려 구겨져 버렸다. 스카프를 빼내려 하는 동안 인터컴이 울렸다.

로저일 것이다.

내가 애를 쓰고 있는 중에 누군가 내 등을 치는 느낌이 들어 돌아보니 견습 선원이 웃으며 서 있었다.

"조심하셔야겠어요." 내가 말했다. 그는 사람들 위로 팔을 들어 올리고 노르망디 호의 승객실 열쇠를 흔들었다. 다행히 내가 끌리곤 하던, 예순이 넘은 남자는 아니었다.

나는 비서가 앉아서 머리를 숙이고 타이핑하고 있는 책상으로 갔다.

"봉주르, 피아."

피아의 책상에는 로저의 사촌으로 자두 같은 눈을 가진 열여덟 살 소년이 다리를 꼬고 앉아 있었다. 그는 담배를 물고 초콜릿 상자를 집었다. 피아가 자주 먹는 아침 식사였다. 비서 책상의 내 서류함에는 이미 케이스 폴더들이 쌓여 있었다.

"브레멍(정말)? 뭐가 그렇게 좋아요?"

그녀가 고개도 들지 않고 말했다.

피아는 비서 이상이었다. 우리 모두 일이 많았지만, 그녀는 새로운 의뢰를 접수하여 각각에 폴더로 만들어서 로저가 대응할 수 있도록 정리해주었다. 그리고 매일 쏟아져 오는 우리 사무실의 생명줄이라 할 수 있는 모스부호도 해석했다.

"여기 왜 이렇게 바쁘지?" 내가 말했다.

"전화가 와요, 피아."

그녀는 상자에서 초콜릿을 꺼냈다.

"그냥 놔두세요."

피아는 남자들만 감지할 수 있는 주파수를 내는 것처럼 이성들의 관심을 끌었다. 그녀는 자연적 매력이 있었지만 나는 그녀의 이와 같은 인기가 딱 붙는 스웨터 때문은 아닐까 생각했다.

"오늘 내 업무들 좀 맡아줄래요, 피아?"

"로저가 자리를 뜨지 말라고 했어요." 그녀는 매니큐어 칠한 엄지손톱으로 초콜릿 아랫부분을 깨트리더니 딸기 크림을 빼 먹었다. "로저가 즉시 당신을 만나고 싶어 해요.

하지만 소파의 여자가 지난 밤 입구 바닥에서 잠을 잔 것 같아요." 피아는 100달러 지폐 반 장을 내게 흔들어 보였다. "그리고 개를 데리고 있는 저 뚱보는 당신이 그를 먼저 처리해주면 다른 반 장을 주겠다고 말했어요." 그녀는 내 사무실 문 옆에 선 살찐 노커플 쪽으로 고개를 끄덕였다. 두 사람은 각각 회색 주둥이의 닥스훈트를 잡고 있었다.

피아와 마찬가지로 내 업무도 다양했다. 뉴욕 내 프랑스 국민들 – 가족들이 어려움에 처하는 경우가 많았다 – 의 요청에 대응해주고 프랑스 가족기금을 관리하는 일 등이었다. 이 자선 기금은 내가 해외의 프랑스 고아들에게 보내는 위문품의 재원이었다. 나는 거의 20년에 걸친 브로드웨이 활동에서 막 은퇴한 상태였고 이런 일이 비교적 쉽게 느껴졌다. 기금 마련에 강제성은 거의 없었다.

내 상사인 로저 포티어가 사무실 문 앞에 나타났다.

"캐롤라인, 당신을 기다리던 중이오. 조르주 보넷이 취소해버렸어."

"로저, 뭘 그런 일로 크게 걱정하고 그러세요."

그 소식은 뜻밖이었다. 나는 몇 달 전에 프랑스 외무장관을 우리 연회의 중요한 연사로 확보해두었다.

"이제 외무장관이 없으니 어떻게 하나."

그가 다시 안으로 들어가며 어깨너머로 말했다. 나는 곧장 사무실로 가 책상 위 명함철을 넘겼다. 엄마의 친구인 불교 승려 아잔 차가 그날 밤 시간이 될까?

"캐롤라인." 로저가 불렀다. 나는 서류철을 쥐고 그의 사무실로 갔다. 닥스훈트를 동반한 커플을 피했다. 그들은 최대한 불쌍하게 보이려 애쓰고 있었다.

"오늘 아침 왜 늦었지?" 로저가 물었다. "피아는 벌써 두 시간 전에 출근했어요."

로저 포티어는 총영사지만 구석진 사무실에서 근무했는데, 프롬나드 카페와 록펠러 플라자와 같은 거대 건물이 보이는 위치였다. 아래의 유명한 스케이트장은 보통 같으면 붐벼야 하지만 여름이라 문을 닫은 상태였다. 그 자리에는 카페 테이블들이 가득 찼고 그 사이로 턱시도 차림에 앞치마를 두른 웨이터들이 뛰어다니고 있었다. 폴 맨쉽의 거대한 프로메테우스 조각상이 훔친 불을 높이 쥐고 있었다. 그 뒤에서는 70층 높이의 RCA 빌딩이 사파이어 빛 하늘로 솟아올랐다. 로저는 빌딩 입구에 조각된 지혜의 남자상과 많은 점에서 비슷했다. 주름진 이마, 턱수염, 화난 눈.

"보넷의 부토니에를 만드느라 늦었습니다."

"그래요? 프랑스 절반을 기다리게 할 정도로 중요한 일인가?" 로저가 도넛을 한 입 베어 먹자 묻어 있던 설탕 가루가 턱수염에 떨어졌다. 그의 이런 행동을 좋게 봐줄 여자는 세상 어디에도 없을 것이다.

그의 책상에는 서류 폴더, 비밀문서, 실종 프랑스인의 사건 기록 등이 수북이 쌓여 있었다. 프랑스 영사 지침서에는 그의 임무를 '뉴욕의 프랑스 국민이 절도, 심한 질병 혹은 체포를 당할 때나 출생 증명, 입양, 그리고 서류 분실 혹은 도난 등의 경우에 도움을 제공, 프랑스 관료 및 동료 외교관들 방문 계획 수립, 그리고 정치적 어려움이나 자연재해 발생 시 지원활동'으로 명시하고 있다. 유럽에서 벌어지는 문제들로 인해 우리에게는 이처럼 갖가지 범주의 일들이 일어났다. 히틀러가 자연재해로 분류될 수 있을지는 모르지만.

"로저, 전 당장 처리해야 할 일이 있어요."

그는 회의 탁자 위로 서류철 하나를 밀어 보냈다.

"오늘 연회에서 연설해 줄 다른 사람이 없을 뿐만 아니라 나는 보넷의 연설문을 쓰느라 밤을 새우다시피 했어. 루즈벨트가 프랑스에 미국 항공기 구입 압력을 가하지 않게 해야 해."

"프랑스는 자신이 원하는 어떤 항공기든 구매할 수 있어야 해요."

"캐롤라인, 그래서 여기서 기금을 모으는 거야. 고립주의자들을 나무라선 안 돼요. 특히 부자들은 더 그렇지."

"그들은 프랑스를 도울 생각이 없으니."

"언론이 더 나쁘게 다루면 안 돼. 미국이 프랑스와 너무 밀월 관계인가? 그러면 독일과 러시아가 가까워지게 만드는 것이 아닌가? 제3의 길을 말하려면 기자가 중간에 말을 끊어버려. 그리고 록펠러에게 뭐라 말할 수도 없어…… 록펠러 주니어에게서 또 연락 오길 바라지도 못해. 보넷이 평크내는 바람에 어떻게 될지 생각하면……."

"로저, 정말 망해버린 것은 아닐지."

"전체를 스크랩해둬야 할 거예요." 로저가 긴 손가락으로 머리를 긁었다. 헤어크림 사이로 홈이 생겼다.

"4만 달러를 환불해줘야 하나? 프랑스 가족기금은 어떻게 되고? 이제 어쩔 수 없어요. 월도프에 샐러드 10파운드 값을 이미 지불해버렸으니."

"그 비싼 샐러드를?" 로저는 연락처 카드들을 뒤집었다. 절반은 불법이거나 지워버린 것들이었다. "이 무슨 꼴이람…… 잘라놓은 사과와 샐러리, 젖은 호두……."

나는 내 명함철 속에서 연설을 해줄 만한 유명인들을 찾아보았다. 유명한 여배우 줄리아 말로위를 알지만 그녀는 현재 유럽 여행 중이었다. "피터 피튜는 어떨까요? 어머니가 자주 부르곤 했는데."

"건축가?"

"세계 최고죠."

"지루한 사람이야." 그가 편지 오프너로 손바닥을 두드리면서 말했다.

나는 L자 리스트로 넘어갔다. "레후드 선장은 어떨까요?"

"노르망디 호? 정말로 하는 말이오? 그 멍청한 사람에게?"

"전부 안 된다고 하면 어떻게 하죠, 로저. 폴 로디에르는 괜찮지 않을까요? 베티가 말하길, 많은 사람들이 그분 이야기를 한다더군요."

로저가 입술을 오므렸다. 좋다는 신호를 항상 저렇게 했다. "그 배우? 난 그가 나오는 연극을 보았어. 좋더군. 키 크고 매력적이고. 외모만 본다면 그렇지. 연설을 잘할까?"

"최소한 대본은 외우니까."

"그는 약간 엉뚱한 데가 있어요. 결혼도 했고. 그래서 어떨지 잘 모르겠어."

"전 남자는 잘 못 다뤄요, 로저." 내가 말했다. 서른일곱 살의 나는 독신주의를 고수하고 있다.

"로디에르가 해줄지 확신할 수 없으니 될 만한 다른 사람들을 만나봐요. 그렇지만 누가 되든 대본을 따라야 해. 루즈벨트는 안 되고."

"록펠러도." 내가 마무리였다.

업무를 처리하는 동안, 나는 여러 곳에 혹시나 하는 마음으로 전화를 걸었고, 결국 한 사람이 걸려들었다. 폴 로디에르. 그는 뉴욕 브로드허스트 극장에서 개최하는 아메리칸 레뷔Revue 뮤지컬 <파리의 거리>에 출연하고 있었다. 카르멘 미란다의 브로드웨이 데뷔 작품이었다.

윌리엄 모리스 에이전시에 전화를 걸었다. 폴에게 전달할 것이며 이후 전화로 회신해줄 것이라는 대답을 들었다. 10분 후, 로디에르의 에이전트가 전화를 걸어와, 그날 밤 극장이 어둡고 자신의 의뢰인이 이브닝드레스가 없긴 하지만 저녁 연회에 초청해 준 데 깊은 감명을 받았다고 말했다. 그는 상세한 사항을 논의하기 위해 월도프에서 나를 만나자고 했다. 이스트 50번가의 우리 아파트에서 월도프는 코앞이었다. 그래서 나는 엄마의 검은색 샤넬 드레스로 갈아입기 위해 달려갔다.

로디에르는 월도프의 로비 옆 카페 테이블에 앉아 있었다. 2톤 무게의 구리 시계가 웨스트민스터 대성당처럼 은은하게 30분을 알리는 소리를 냈다. 연회의 손님들이 가장 멋진 옷으로 차려입고 2층 그랜드볼룸으로 향하고 있었다.

"로디에르 선생님?"

내가 말했다.

매력적이라는 로저의 말은 맞았다. 아름답다는 인상 다음에는 환한 미소가 강렬하게 다가왔다.

"이렇게 늦은 시간에 도와주시는 데 어떻게 감사드려야 할지 모르겠습니다."

그는 의자에서 몸을 일으켜 내게 인사를 했는데, 브로드웨이 연극보다는 샤를 황제에게 절하는 신하들에게 어울리는 자세였다. 그는 내 뺨에 키스하려 했지만, 내가 손을 내밀자 악수했다. 내 키에 맞는 남자를 만나서 좋았다.

"제가 좋아서 하는 일인 걸요."

그의 옷차림은 독특했다. 녹색 바지에 가지색 벨벳 스포츠 재킷, 갈색 스웨이드 신발, 그리고 검은 셔츠까지. 사제나 파시스트들만 검은 셔츠를 입는다. 물론 깡패들도.

"차림을 좀 바꿔드릴까요?" 나는 그의 머리를 새로 빗기고 싶었다. 고무 밴드로 묶어도 될 만큼 긴 머리였다. "면도는 하셔야겠죠?" 그의 에이전트 말에 따르면, 로디에르는 호텔에서 묵고 있는데 면도기가 호텔에 있다고 했다.

"저는 이렇게 입습니다." 그가 어깨를 으쓱하며 말했다. 전형적인 배우였다. 내가 왜 더 자세히 알지 못했을까? 볼룸으로 들어가는 손님들이 점차 늘어나고 있었다. 여자들은 최대한 멋을 냈고 남자들도 연미복에 최고급 구두 차림이었다.

"이번이 제가 준비한 첫 번째 연회예요." 내가 말했다. "영사관에서 기금 마련을 위해 개최하는 밤입니다. 화이트 타이를 매죠." 이 사람에게 아버지 턱시도가 맞을까? 몸통은 맞을지 몰라도 어깨가 너무 조일 것 같았다.

"항상 이렇게 활달하신가 봅니다. 미스 패리디?"

"네, 여기 뉴욕에서는 개성을 인정받지 못할 때가 많죠." 나는 그에게 연설문 초안 문서를 건넸다.

"초안을 먼저 보실 거죠?"

그는 문서를 되돌려 주었다. "필요 없습니다."

나는 그의 손에 다시 밀어넣었다. "총영사님이 직접 쓰셨어요."

"나를 여기에 부른 이유를 다시 말해보세요."

"뉴욕으로 이주해온 프랑스 국민들을 돕고 프랑스 가족 기금을 모으기 위해서입니다. 우린 여러 가지 이유로 부모를 잃은 프랑스 내의 고아들도 돕고 있죠. 해외 상황이 매우 불안하기 때문에 옷이나 음식 같은 것을 구하는 믿을 수 있는 공급처로 우리의 역할이 중요해졌어요. 그리고 록펠러 가족도 오늘 밤에 오실 예정입니다."

그는 연설문 초안을 훑어보았다. "수표 한 장만 쓰고 끝내는 사람들도 있군요."

"그들도 우리에게 중요한 기부자들이지만, 그런 분들에 대해서는 언급 안 했으면 합니다. 루즈벨트 대통령에 대한 언급도. 미국이 프랑스에 판매한 항공기도. 물론 오늘 밤 초청된 손님들 중에는 프랑스를 좋아하는 분들이 많겠지만 지금은 전쟁과 관련된 이야기를 하지 않았으면 합니다. 논란이 될 수 있는 것은 피했으면 합니다."

"두루뭉술 넘어가면 신뢰성을 잃습니다. 누구나 그걸 느낄 수 있습니다."

"초안에 충실해줄 수 있을까요, 선생님?"

"너무 걱정하면 심장에 안 좋아요. 미스 패리디."

나는 꽃을 들고 말했다. "여기, 중요한 초청자에게 꽂아 드리는 부토니에입니다."

"은방울꽃?" 로디에르가 말했다. "이 계절에 어디서 구했습니까?"

"뉴욕에는 없는 게 없어요. 우리 정원사가 씨앗을 심어 길렀죠."

나는 손바닥을 그의 옷깃에 대고 부토니에 핀을 프렌치 벨벳에다 깊숙이 꽂았다. 사랑스러운 향기는 그에게서 나는 것일까 아니면 꽃에서? 미국 남자들에게서는 왜 이런 냄새가 나지 않을까?

"은방울꽃에 독이 있다고 하는데 맞습니까?" 로디에르가 물었다.

"그러니 먹으면 안 돼요. 최소한 연설 마칠 때까진 먹지 마세요."

그가 웃는 통에 나는 한발 물러섰다. 격식을 차리는 사회에서 거의 볼 수 없는 순수한 웃음이었다. 내 유머에 이런 반응을 얻다니.

나는 로디에르를 무대 뒤로 안내했다. 엄청난 규모의 무대에 압도되었다. 브로드웨이에서 내가 섰던 무대들보다 두 배는 컸다. 우리가 볼룸을 내다보니 촛불이 켜진 테이블들이 바다를 이루고 있었다. 어둠 속 꽃배들 같았다. 어둑했지만 워터포드 크리스털 샹들리에와 6개의 부속등들이 어렴풋이 빛났다.

"정말 큰 무대군요." 내가 말했다. "초안을 가지고 가시겠어요?"

로디에르는 내게로 몸을 돌렸다. "나는 평생을 이렇게 해왔습니다, 미스 패리디."

더 이상 그와 부딪히기 싫어서 로디에르와 함께 연설 초안을 무대 뒤에 두고 나왔다. 나는 서둘러 볼룸으로 와서 피아가 좌석 배치를 계획대로 했는지 살폈다. 독일 공군의 비행 플랜보다 더 상세하고 위험했다. 나는 그녀가 록펠러에 배당된 6개 테이블 위에 카드 몇 개를 대충 던져놓은 것을 보았다. 그래서 그것들을 다시 정리하고, 내 자리를 주방과 주빈석 사이의 무대 가까이로 가져갔다. 넓은 방 주위로 붉은 휘장을 덮은 3층 박스들이 자리했다. 그 각각에는 식탁이 딸렸다. 1,700개 좌석이 꽉 찼으며 모두 잘 되길 바랄 것이다.

초청객들이 각자의 자리로 안내되었다.

손님들이 배정된 자리에 앉자 화이트 타이들의 바다였다. 나의 오래된 다이아몬드, 그리고 파리 최고의 포부르그 셍또노레 거리에서 맞춘 가운. 거들 하나만으로도 버그도프 굿맨(1901년 문을 연 뉴욕의 백화점)의 판매 목표 4분의 3을 달성할 것 같았다.

귀에 연필을 꽂은 언론인들의 줄이 내 옆으로 배치되었

다. 수석 웨이터가 내 팔꿈치께에 서서 서비스할 대상을 살폈다. 엘자 맥스웰이 방으로 들어왔다. 그녀는 각종 소문의 근원이며, 직업적인 파티 호스티스, 자기 자랑의 표본이었다. 그녀가 자신의 칼럼에 오늘 밤에 대해 세세히 험담을 늘어놓을까? 아니면 전체적 기억만 말도 안 되게 적을까?

로저가 "우아함 자체"라 극찬하는 코넬리우스 밴더빌트 여사가 도착하자 테이블이 거의 다 찼다. 가슴의 4겹 목걸이에 달린 다이아몬드가 번쩍거렸다. 나는 밴더빌트를 좌석으로 잘 모시라는 신호를 보냈다. 그녀의 목도리가 의자 뒤로 걸쳐졌다.

불빛이 희미한 가운데, 로저는 스포트라이트가 비치는 연단에 올라가 진심어린 감사를 전했다. 나는 무대 위에 섰을 때도 이렇게 긴장해본 적이 없었다. 머리부터 발까지 그대로 있는 여우 목도리와 다름없었다.

"신사숙녀 여러분, 보넷 외무장관께서 심심한 사과의 말을 보내왔습니다. 오늘 밤 이 자리에 참석할 수 없게 되었다고 합니다." 참석자들이 실망감을 어떻게 표현해야 할지 몰라 웅성거렸다. 기금을 다시 돌려달라고 요구하는 편지를 보낼까? 아니면 워싱턴에 항의 전화를 해?

로저가 한 손을 들었다. "그렇지만 오늘 밤 다른 프랑스인이 연설을 해주실 것이라 확신합니다. 그는 정부 내에서는 어떤 지위를 갖고 있지 않지만 브로드웨이에서는 아주 높은 지위에 있는 분입니다."

참가자들은 다른 프랑스인이 누굴까 서로 속삭였다. 좋게 사용된다면 깜짝쇼만큼 효과적인 것이 없다.

"여러분, M. 폴 로디에르를 소개합니다."

로디에르는 연단을 지나 중앙 무대로 갔다. 저 사람이 어쩌려고 하나? 스포트라이트가 그를 찾기 위해 한참 동안 무대 위를 두리번거렸다. 로저는 주빈 테이블의 밴더빌트 여사 옆에 자리를 잡았다. 나도 그 옆에 서게 되었지만 삼각형 범위 밖이었다.

"이 자리에 여러분과 함께하게 되어 기쁩니다." 스포트라이트가 그를 발견하자 로디에르가 말했다. "저는 연설을 할 수 없게 된 보넷 장관에게 큰 유감을 표합니다."

마이크가 없이도 로디에르의 음성이 연회장 안을 가득 채웠다. 스포트라이트 속에서 그는 더 크게 보였다.

"저는 그처럼 대단한 인물을 대신해야 하는 불쌍한 사람입니다. 그의 비행기에 문제가 생긴 것이 아니길 바랍니다. 만약 그렇다면 루즈벨트 대통령이 그에게 새 비행기를 판매할 기회를 잡을 수 있을 것입니다."

여기저기서 웃는 소리가 들렸다. 기자들이 열심히 써대고 있을 건 안 봐도 분명했다. 사람 다루는 데 도가 튼 로저가 밴더빌트 여사와 이야기에 열중하면서도 나를 향해 비수를 날렸다.

"그렇습니다. 여기서 내가 정치 이야기를 하면 안 되겠죠." 로디에르가 계속해서 말했다.

"하늘에 감사!" 뒤쪽 테이블에서 어떤 사람이 소리쳤다. 참가자들이 다시 웃었다. 이번에는 웃음소리가 더 컸다.

"그렇지만 저는 제가 아는 미국에 대해 말할 수는 있습니다. 매일 저를 놀라게 하는 이 나라 말입니다. 열린 마음의 국민들이 프랑스 극장뿐만 아니라 프랑스 책과 영화 그리고 패션을 받아들이고 있는 나라입니다. 우리에게 어떤 문제가 있어도 이 나라는 그렇게 합니다."

"제기랄." 내 옆에 앉은 기자가 부러진 연필에 대고 말했다. 나는 내 연필을 건넸다.

"저는 매일 다른 이들을 돕는 사람들을 봅니다. 대서양 너머로까지 관심을 기울여 프랑스 아동들을 돕는 영부인 루즈벨트 여사는 많은 미국인들의 마음을 움직였습니다. 또 미국인인 미스 캐롤라인 패리디는 여기 미국 내 프랑스 가정들을 돕고 프랑스 고아들에게 옷을 입히기 위해 매일 땀을 흘리고 있습니다."

로저와 밴더빌트 여사가 나를 쳐다보았다. 스포트라이트가 벽에 서 있는 나를 발견했다. 불빛 때문에 눈이 부셨다. 밴더빌터가 손뼉을 쳤고 참석자들도 따라했다. 나는 손을 흔들었고, 다행히도 나를 비추던 불빛은 곧바로 다시 무대로 돌아갔다. 나는 다시 차가운 어둠 속에 남았다. 나는 정말로 브로드웨이 무대를 그리워하지 않는다. 하지만 다시 내 피부에 닿은 스포트라이트의 따스한 느낌은 좋았다.

"이러한 미국은 거대한 전쟁의 참호 속에 서 있는 국민들에게 항공기를 판매하려는 나라가 아닙니다. 미국은 파리의 거리를 히틀러로부터 지키기 위해 돕길 두려워하지 않는 나라입니다. 이제 만약 끔찍한 시간이 시작된다면 미국은 다시 한번 우리와 어깨를 나란히 하길 두려워하지 않을 것입니다."

나는 참석자들을 살짝 쳐다보았다. 그들은 열중해 있었다. 발끝만 쳐다보는 것이 아님은 확실했다. 30분이 순식간에 흘렀다. 나는 연설을 끝낸 로디에르가 인사할 때 숨이 멎는 것 같았다. 박수는 작게 시작되었지만 지붕을 날려버릴 듯이 거대한 천둥소리로 커졌다. 눈물에 젖은 엘자 맥스웰은 냅킨으로 눈을 닦아야 했다. 청중들이 일어서서 '라 마르세예즈'를 큰 소리로 부를 때쯤에는 나도 보넷이 오지 않은데 오히려 감사했다. 직원들까지도 가슴에 손을 얹고 함께 불렀다.

불이 켜지자, 로저는 마음이 놓인 듯 보였고 주빈 테이블 주위로 몰려드는 지지자들을 맞았다. 저녁이 되자, 그는 주요 기부자들과 대화하면서 밖으로 나갔다.

우리가 다이닝룸을 나설 때 로디에르는 내 어깨를 두드렸다. "허드슨 옆에 와인이 멋진 곳을 압니다."

"저는 집에 가야 해요." 그렇게 말하긴 했지만 사실 나는 아무것도 먹지 못했다. 따뜻한 빵과 달팽이 요리가 생각났다. 그러나 유부남과 단둘이 있는 모습이 눈에 띄면 좋을 게 없었다. "감사합니다만 오늘 밤에는 안 될 것 같아요." 몇 분이면 나는 집에 돌아갈 수 있었다. 남은 월도프 샐러드가 있는 차가운 아파트.

"우리가 대성공을 거두었는데 나를 혼자 식사하도록 내버려 두시겠다?" 로디에르가 말했다.

나는 왜 가지 않으려는 거지? 지금까지 나는 손가락으로 셀 수 있을 몇 군데 식당에서만 식사를 했고 모두 월도프에서 반경 4블록 이내에 있는 곳이었다. 허드슨 주위 식당에는 가본 적이 없었다. 저녁 식사 한 번인데 무슨 문제가 있을까?

우리는 택시를 타고 '르그레니어'로 갔다. 웨스트사이드에 위치한 사랑스러운 식당이었다. 프랑스 정기 여객선이 허드슨 강까지 올라와서 51번가에 정박해, 뉴욕 최고의 작은 공간이 북적거렸다. 비 온 뒤에 피어나는 버섯들 같았다. 르그레니어는 과거 항만관리소 건물에 위치했는데 SS노르망디 호가 그늘을 만들고 있었다. 우리가 택시에서 내리자 머리 위로 거대한 배가 솟아 있고 그 갑판에서 비치는 스포트라이트가 4층의 둥근 창들에 반사되었다. 갑판원들이 스포트라이트를 내려 배 옆구리에 설치된 비계 위의 페인트

공들을 비추고 용접공들은 하늘로 살구빛 스파크를 발산했다. 배를 보니 내 스스로가 작게 느껴졌다. 뱃머리는 검고 거대했으며, 굴뚝 3개는 모두 상륙용 잔교를 내린 어떤 건물보다도 컸다. 여름이 끝나가는 날, 허드슨 강의 민물이 대서양 짠물과 만나는 이곳의 공기에는 소금이 배어 있었다.

르그레니어의 테이블들은 선남선녀들로 가득 찼다. 주로 중산층으로 보였는데, 연회에 참가했던 기자와 여객선 승객으로 보이는 사람들도 있었다. 육지에 발을 내려 행복한 표정이었다. 우리는 셸락을 칠한 나무 부스를 골랐다. 배 내부의 어느 부분처럼 만들어진 곳이었다. M. 버나드는 로디에르에게 자신이 <파리의 거리>를 세 번이나 봤다고 싹싹하게 말하고, 자신도 호보큰 커뮤니티 극장에서 일한 적이 있다고 상세하게 덧붙였다.

버나드는 나를 보았다. "그리고 마드모아젤, 혹시 헬렌 헤이즈와 함께 무대에 서지 않았습니까?"

"여배우?" 로디에르가 미소 지으며 말했다.

저런 미소는 불안할 때가 있다. 나는 스스로 좀 더 여유를 가져야 했다. 프랑스 남자는 나의 아킬레스건이기 때문에. 사실, 아킬레스가 프랑스인이었다면 나는 그가 치유될 때까지 그와 함께 돌아다닐 수도 있었다.

버나드는 계속 말했다. "제 생각에 그 평가들은 공정하지 못했습니다."

"주문할게요." 내가 말했다.

"제 기억으로는 어떤 사람들이 '딱딱한'이라는 단어를 사용했죠."

"달팽이 요리를 시킬게요. 크림을 약간 얹어주세요."

"그리고 타임스에서는 <십이야>에 대해 뭐라고 썼더라? 그렇지, '미스 패리디는 올리비아로 충분하다'였죠."

"그리고 마늘은 넣지 마세요. 살짝만 익혀서 너무 딱딱하지 않게 해주세요."

"마드모아젤, 그놈들이 테이블을 기어다닐 수 있을 정도로 말입니까?" 버나드는 우리 주문을 받아 적어서 주방으로 갔다.

로디에르는 샴페인 목록을 천천히 상세히 검토했다. "여배우? 음, 저는 짐작도 못했습니다." 그의 헝클어진 표정에는 뭔가 끌리는 게 있었다. 제거해주어야 할 잡초처럼.

"영사관 일이 제게는 더 맞아요. 어머니가 오래전부터 로저와 알고 지냈기에 그가 도움을 요청했을 때 전 망설이지 않았죠."

버나드는 빵 바구니를 가져와 테이블에 놓고는 잠시 동안 로디에르를 쳐다보았다. 그에 대한 기억을 되살리는 듯했다.

"오늘 밤 친구를 잃어선 안 되지." 폴이 말했다. 그와 내가 동시에 빵 바구니에 손을 뻗었다. 내 손이 그의 손을 스쳤다.

따뜻하고 부드러웠다. 나는 얼른 내 손을 무릎 위로 다시 올려놓았다.

"전 일이 너무 많아요. 뉴욕을 아시잖아요. 온갖 일들이 벌어지죠. 정말로 지쳐요."

"커피 마실 시간도 없겠습니다." 그가 빵을 자르자 김이 피어올랐다.

"맞아요. 너무 바쁘니까."

"내 생각에 돈 때문에 일하는 것은 아닌 것 같은데요."

"네, 무보수 직이에요. 말씀하신 대로. 하지만 그런 말씀은 실례되는 질문이 아닐까요, 선생님?"

"선생님이란 호칭 뺍시다. 내가 고리타분한 사람이 되어 버리니까."

"이름을 부르라는 말인가요. 처음 만난 사이에?"

"지금은 1939년입니다."

"맨해튼 사회는 자체적 질서를 갖춘 태양계와 비슷해요. 독신 여성과 유부남의 저녁 식사는 행성들을 궤도 밖으로 내칠 정도의 사건이 될 수 있죠."

"여기서 우릴 볼 사람은 없습니다." 폴이 버나드에게 샴페인 목록들 중 하나를 가리키면서 말했다.

"저기 뒤의 부스에 있는 에블린 쉬머혼에게 그 말을 해 보시죠."

"이판사판이신가?" 이렇게 아름다운 남성에게서는 거의

찾아볼 수 없는 어떤 따스함으로 말했다. 검은 셔츠는 그에게 딱 어울리는 선택이었다.

"에블린은 말하지 않을 겁니다. 그녀에게는 아이와 사랑하는 것들이 있고, 낭비할 시간이 없죠."

그리고 이어 말했다.

"아이들은 모든 것들을 어지럽히죠, 그렇지 않나요? 배우 생활에 아이들을 위한 자리는 없는 것 같습니다."

여기 또 한 명의 이기적인 배우.

"당신 아버지는 태양계에 어떻게 당신의 자리를 만들어 주었을까요?"

폴은 나를 알기 위해 많은 질문을 하고 있었다.

"실제로 만들어주셨죠. 건제품 사업을 하셨어요."

"어디서?"

버나드가 집시 귀걸이 같은 손잡이가 붙은 은색 버킷을 테이블에 놓았다. 샴페인 병의 에메랄드그린 색 목 부분이 한쪽에 기대어 있었다.

"제임스 하퍼 푸어와 동업해서."

"푸어 형제의 그 사람? 이스트 햄프턴에 그 사람 집이 있었죠. 그는 정확히 푸어, 즉 가난한 사람이 아니었습니다. 프랑스에 자주 갑니까?"

"매년 파리에 가요. 어머니가 아파트를 물려받으셔서…… 쇼뷰 라가르드에."

버나드가 샴페인의 코르크를 딸 때 좋은 소리가 났다. 그가 금색 액체를 내 잔에 따르자 거품이 거의 넘칠 정도가 되었지만 완벽한 높이로 가라앉았다. 전문가였다.

"아내 레나가 그 근처에 '르졸리스 초이'라는 작은 가게를 가지고 있습니다. 혹시 보신 적 있나요?"

나는 샴페인을 한 모금 마셨다. 거품이 입술을 자극했다.

폴이 지갑에서 그녀 사진을 꺼냈다. 레나는 생각보다 젊었고 중국 인형 스타일의 검은 머리를 갖고 있었다. 뭔가 작은 비밀을 나누는 듯이 눈을 크게 뜨고 웃는 모습이었다. 고결해 보였다. 아마 나와는 정반대일 것이다. 레나는 내가 돕는 다른 프랑스 여자들처럼 완벽하면서도 어딘지 빈틈이 있어 보이는 멋쟁이 여자일 것이라 생각했다.

"아뇨, 전 본 적이 없어요." 사진을 돌려주며 나는 말했다. "사랑스러운 분이군요."

나는 샴페인 잔을 비웠다.

폴이 어깨를 으쓱했다. "그렇지만 내게는 너무 젊은 여잡니다." 그는 사진을 다시 지갑에 넣기 전에 한참 동안 그것을 들여다보았다. 머리를 한쪽으로 기울인 채, 마치 처음 보는 것처럼. "우린 서로 오랫동안 만나지 못했죠."

머릿속에서 이런저런 생각이 떠다니다 가라앉았다. 폴이 나의 이상형일지라도 맺어질 수 없고 어떤 사랑의 불똥이라도 곧바로 꺼져버릴 것이라는 현실감이 나를 억눌렀다.

주방의 라디오에서는 에디트 피아프의 노래가 흘러나왔다.

폴은 버킷에서 병을 들어 내 잔에다 샴페인을 더 따라 주었다. 거품이 끓어올라 잔을 타고 넘었다. 나는 그를 쳐다보았다. 우린 물론 그것이 무슨 의미인지 알았다. 전통이었다. 프랑스에서 지내본 사람이라면 다 알 것이다. 목적을 가지고 넘치게 따랐을까?

폴은 지체하지 않고 손가락으로 잔 아래의 넘친 샴페인을 문질러 내게 내밀었다. 그리고 나의 왼쪽 귀 뒷부분에 차가운 액체를 발랐다. 나는 그의 손길에 펄쩍 뛸 뻔했지만 그가 나의 머리를 옆으로 넘겨주면서 오른쪽 귀 뒷부분을 만지는 동안 가만히 있었다. 그곳에서 그의 손가락이 잠시 머물렀다. 그러고는 자신의 양쪽 귀 뒤에도 바르면서 미소 지었다.

갑자기 왜 이렇게 따뜻해지는 걸까?

"레나가 이곳에 온 적 있나요?" 내가 물었다. 나는 손에서 얼룩을 닦아내려 했지만, 그건 얼룩이 아니라 검버섯이었다. 이런.

"아직. 아내는 극장에 관심이 없습니다. <파리의 거리>를 보러 여기 온 적도 없죠. 그렇지만 내가 여기 머물 수 있다면 올지도 몰라요. 아니면 히틀러 눈 밖에 나 프랑스로 끌려갈

지도."

주방 어디선가 두 사람이 언쟁을 벌였다. 우리가 주문한 달팽이 요리는? 달팽이 구하러 페르피냥으로 갔나?

"그래도 프랑스에는 마지노선이 있잖아요?"

"마지노선 말입니까? 겨우 콘크리트 벽과 관찰 초소 몇 개로? 히틀러에게는 장난감에 불과하죠."

"길이가 15마일이나 되는데."

"히틀러가 하려고 하면 아무도 못 막습니다."

주방에서는 큰 소동이 벌어졌다. 우리가 주문한 전채 요리가 나오지 않는 것도 전혀 이상하게 여겨지지 않을 정도였다. 다혈질임에 분명한 요리사가 무엇엔가 화가 난 것 같았다.

주방에서 버나드가 나타났다. 그의 뒤로 둥근 주방 문이 닫혔다. 열리고 닫히기를 몇 차례 반복하더니 마침내 조용해졌다. 그가 식당 중앙으로 걸어갔다. 울고 있나?

"신사숙녀 여러분."

누군가 스푼으로 잔을 두드렸고 전체가 조용해졌다.

"저는 방금 믿을 만한 소식통으로부터……." 버나드가 숨을 크게 들이쉬었다. 그의 가슴이 크게 오르내렸다. "우린 그것이 사실이라……."

그는 잠시 멈춘 다음 다시 이어갔다.

"아돌프 히틀러가 폴란드를 침공했습니다."

"아, 결국." 폴이 말했다.

우린 서로 마주보았고, 식당 안은 걱정과 전망이 섞인 흥분된 목소리들로 떠들썩했다. 연회에 왔던 기자가 일어서서 테이블에 구겨진 달러 몇 장을 던져놓고는 모자를 들고 뛰어나갔다.

이어진 소란 속에서 버나드의 마지막 말은 거의 묻혀버렸다.

"하늘이 우리를 도와주시길."

2장

카샤, 1939년

사슴 목장 언덕에 올라가 피난민들을 구경하자는 제안은 피에트릭 바코스키의 머리에서 나왔다. 어떤 일이 벌어지고 있는지 확인하고 싶었을 뿐이었다. 엄마가 알면 펄쩍 뛸 일이었다.

9월 1일에 히틀러가 폴란드를 상대로 전쟁을 선포했지만 독일군이 루블린까지 오려면 시간이 걸릴 터였다. 루블린에서는 아직 아무 일도 일어나지 않았고, 이는 실로 다행스럽게 여겨졌다. 우리는 라디오를 통해 베를린에서 새로운 법률을 공표했다거나 도시 외곽에 폭탄이 떨어졌다는 등의 소식을 들었지만, 그 외의 다른 일은 없었다. 독일군이 바르샤바에 집결하여 도시가 폐쇄되자 수천 명의 피난민들이 우리가 살고 있는 루블린으로 피신해 왔다. 남동쪽으로 1,000마일이나 되는 거리를 달려온 피난민 가족들은 도시 바로 아래 감자밭에서 잠을 잤다.

　전쟁 전까지만 해도 루블린에서는 아름다운 일출을 감상하거나 가끔씩 극장에 들러 영화를 보는 일 외에는 특별한 것이 없었다. 9월 8일 새벽 동트기 직전 우리는 목장이 내려다보이는 언덕 정상에 오를 수 있었다. 아래로 펼쳐진 들판은 아직 어둠 속이었고, 수천 명의 사람들이 잠에 빠져 있었다. 나는 내 절친한 벗들인 나디아 바트로바와 피에트릭 바코스키 사이에 누워서 그 광경을 보았는데, 밤에 어미 사슴이 누워 잤던 곳이라 풀들이 납작하게 누워 있는, 아직 온기가 배어 있는 자리였다. 사슴은 일찍 일어나는 동물이라 떠나고 없었다. 일찍 일어나는 것은 히틀러와 공통점이다.

　날이 빠르게 밝아오자 숨이 막히는 기분이었다. 흠잡을 데 없이 아름다운 어떤 것을 볼 때면 그런 느낌에 깜짝 놀랄 수 있다. 귀여운 아기나 오트밀 위에 떠 있는 신선한 크림, 새벽빛을 반사하는 피에트릭의 옆모습과 같은 것들이다. 그 얼굴은 특히 새벽에 빛나서 10즈워티 동전처럼 보인다. 그 순간은 98% 완벽했는데, 모든 남자아이들이 아침에 일어나 씻기 전의 모습이 그렇듯이, 신선한 버터색 머리카락이 누웠던 쪽의 얼굴에 붙어 있었다.

　옆에서 보는 나디아의 얼굴도 거의 완벽했다. 100%가 되지 못한 것은 이마에 보이는 보라색 멍 자국 때문이었는데,

오래전 학교에서의 사고로 생긴 그 자국은 거위 알보다 약간 작은 크기로 아직 남아 있었다. 나디아가 입은 덜 익은 칸탈루프 열매 색의 캐시미어 스웨터는 부드러웠으며 언제든 얼굴을 대고 감촉을 느껴볼 수 있었다.

이처럼 아름다운 광경에 그런 슬픈 상황이 끼어든다는 사실을 이해할 수 없었다. 피난민들은 침대보나 담요 같은 것으로 각양각색의 텐트를 만들어 커다란 마을을 형성하고 있었다. 해가 떠오르자 마치 X선처럼 햇살이 텐트 내부까지 비춰 그 안에서 하루를 준비하며 옷을 입는 사람들의 모습까지 볼 수 있었다.

도회적인 옷차림을 한 젊은 여성은 천으로 된 텐트 문을 열어젖힌 채, 잠옷에 펠트 부츠 차림의 아기 손을 잡고 밖으로 나와 둘러보고 있었다. 막대기로 땅을 파헤치며 감자를 찾는 사람들도 보였다.

그 너머로 보이는 루블린은 마치 동화 속의 도시처럼 붉은 지붕의 오래된 집들이 흩어져 있었는데, 거인이 그 건물들을 컵에 넣고 흔들었다가 구불구불한 언덕에다 쏟아 부운 것 같았다. 멀리 서쪽으로는 작은 공항과 공장들이 있었지만 나치가 이미 폭탄으로 부숴버렸다. 그것이 나치가 이곳에 가한 첫 번째 공격이었는데, 독일군은 아직 시내로 들어오지 않았다.

"영국이 우릴 도와줄까?" 나디아가 물었다. "프랑스는?"

"아마 그러지 않을까?" 피에트릭은 지평선을 훑어보고 는 풀을 뜯어 공중에 날렸다. "날기 좋은 날씨다. 멀리 가거 라."

얼룩무늬 암소들이 풀을 먹기 위해 어슬렁거리며 텐트 촌 쪽으로 언덕을 내려갔다. 스카프를 쓴 젖 짜는 여인네들 이 종을 울리며 소를 이끌었다. 암소 한 마리가 꼬리를 들어 엉덩이 근처에 맴도는 파리 떼를 털어냈다. 여자들은 모두 기다란 은색 우유 통을 어깨에 매달고 있었다.

나는 눈을 가늘게 뜨고 우리가 다니는 성모니카 가톨릭 학교를 찾았다. 학교의 종탑에서 오렌지색 깃발이 나부끼 고 있었다. 바닥이 반짝거리도록 닦여 있어 실내에서는 천 으로 된 슬리퍼를 신고 다니는 곳이다. 수업과 함께 매일 미 사가 진행되고 엄격한 선생님들이 계신다. 물론 우리가 좋 아하는 수학 담당 선생님 미켈스키 부인도 함께.

"저기 봐." 나디아가 말했다. "여자들과 암소들은 오는데 양은 없지. 지금쯤이면 양은 항상 없어."

나디아는 눈썰미가 있었다. 열여덟 살인 나와 동갑으로 생일이 두 달 빠를 뿐이지만 벌써 성숙한 여인 티가 났다. 피 에트릭은 나디아를 처음 보는 사람처럼 바라보았다. 모든 남자애들은 누구나 나디아를 좋아했다. 완벽한 몸매에 흠 하나 없는 얼굴 피부, 그리고 굵게 땋은 금발까지. 나는 예쁘 지 않을 뿐 아니라 못생긴 운동 선수와 비슷할지도 몰라. 하지만 나는 학교 체육 시간에 비공식적으로 한 인기 투표에서 '최고의 다리'와 '최고의 댄서'로 뽑힌 적은 있었다.

"나디아는 참 눈썰미가 있다." 피에트릭이 말했다.

나디아는 그에게 미소 지었다. "아냐, 그렇지 않아. 우리 저기로 내려가서 감자 캐는 것을 도와줄까? 피에트릭 너는 삽을 잘 다루잖아."

그를 유혹하는 것일까? 내가 정한 규칙 제1호를 깨트리면 안 돼. 여자 친구가 먼저다! 피에트릭은 여름날 저녁에 강에서 내 꽃 장식을 건져내고, 은 십자가 목걸이를 내게 주기도 했다. 이런 전통이 의미하는 바가 있잖아.

피에트릭이 나디아에게 빠진 것일까? 그럴 수도 있어. 그 달 초에 소녀단에서 남자들과의 자선 댄스 파티 티켓을 판매할 때 나디아가 피에트릭의 댄스 티켓 10장을 모두 샀다고 피에트릭의 여동생 루이자가 내게 말해주었다. 그때 학교 정문 밖에서 큰 소동이 있었다. 불량배들이 나디아의 할아버지가 유대인이라고 외치며 그녀 이름을 부르며 돌을 던져댔는데, 나디아와 내가 이를 피하느라 애를 먹을 때 피에트릭이 재빨리 나타나 구해준 것이다.

사람들이 유대인에게 돌을 던지는 모습은 드물지 않게 볼 수 있다. 하지만 손녀에게까지 그런 일이 일어나는 경우는 거의 없었다. 그래서 그 일이 있기 전까지는 나디아에게 유대인의 피가 섞였다는 것을 전혀 알지 못했다. 우리는 가톨릭학교에 함께 다녔고, 나디아는 나보다 기도문을 더 많이 외웠다. 그러나 독일어 교사 헤르 스펙이 우리에게 각자의 가계도를 그리게 하고 학급 전체에 그 사실을 이야기해 모두가 알게 되었다.

남자애들이 돌을 던지던 날 나는 나디아를 내 쪽으로 끌어당겼지만 그녀는 피하지 않고 그 자리에 꼿꼿이 서 있었다. 첫째 아기를 임신한 미켈스키 선생님이 달려와서 나디아를 감싸 안고는 그 불량배들에게 멈추지 않으면 경찰을 부르겠다고 소리쳤다. 미켈스키 부인은 모든 여학생들이 좋아하는 선생님이었다. 아름답고 세련되었으며 재미있기도 해서 모두의 우상이었다. 그녀는 어미 사자처럼 제자들을 보호해주었다. 수학 시험에서 만점을 맞으면 크래커나 커피캔디를 상으로 주기도 했는데, 나는 그 상을 놓친 적이 없었다.

집에 걸어가고 있던 피에트릭이 때마침 삽을 들고 휘둘러 불량소년들을 쫓아냈다. 그 과정에 그의 앞니가 약간 부러져 나갔지만 그의 미소는 변하지 않았고, 사실은 더 달콤한 모습이 되었다.

누워서 공상에 사로잡혀 있던 나는 귀뚜라미 울음처럼 이상한 소리가 들리기 시작하자 깜짝 놀라 일어났다. 소리는 점점 커지더니 땅이 흔들릴 정도가 되었다.

비행기다!

우리 바로 위를 날아갔는데, 얼마나 낮게 날았는지 비행기의 은빛 몸통에 반사되는 빛이 보이고 땅 위의 풀잎이 뒤집힐 정도였다. 나란히 비행하던 3대는 시내를 향해 직각으로 꺾었다. 들판 위에 비행기 그림자가 휙 스쳐지나자 기름 냄새가 났다. 세어보니 모두 12대였다.

"킹콩 영화에서 본 비행기처럼 생겼다." 내가 말했다.

"쌍엽기였어, 카샤." 피에트릭이 말했다. "커티스 헬다이버라고. 독일제 급강하 폭격기들이야."

"폴란드 비행기일지도 몰라."

"폴란드기는 아냐. 날개 밑에 흰 십자가 표시가 있었어."

"폭탄을 실었을까?" 나디아가 물었다. 불안보다는 호기심이 더 큰 표정이었다. 그녀는 불안해하는 경우가 없다.

"저놈들은 이미 공항을 폭격했어." 피에트릭이 말했다. "폭격할 다른 곳은 없을걸? 부근엔 탄약 창고도 없잖아."

비행기는 도시를 선회하더니 서쪽으로 방향을 틀었다. 한 대씩 꼬리를 물고 날았다. 첫 번째 비행기가 굉음과 함께 도시 한가운데다 폭탄을 떨어뜨렸다. 우리 루블린의 중심가인 크라코프스키 거리, 도시의 가장 멋진 건물들이 둘러싼 바로 그곳이었다.

피에트릭이 일어섰다. "오 하느님. 안 돼!"

땅에서 엄청난 폭발음이 들리더니 폭탄이 떨어진 곳에서 회색과 검은색의 버섯구름이 솟아올랐다. 비행기는 도시를 다시 선회하더니 이번에는 시청과 법원 근처에다 폭탄을 투하했다. 새내기 의사인 수산나 언니가 그 근처 병원에서 며칠째 자원봉사 중이었다. 엄마는? 하느님 제발, 엄마에게 어떤 일이 일어나게 하시려거든 차라리 나를 데려가세요. 아빠는 우체국에 계실까?

비행기는 도시를 선회한 다음 우리 쪽으로 날아왔다. 비행기가 다시 우리 위를 지나가자 우리는 풀 속으로 몸을 던졌다. 피에트릭의 몸이 나디아와 나를 덮었다. 몸이 밀착되어 등으로 그의 심장 박동이 느껴졌다.

두 대가 마치 무엇을 잊어버리고 간 듯이 다시 우리 쪽으로 방향을 돌렸다.

"어서 피해!" 피에트릭의 말에 우리가 움직이려는 순간, 두 비행기가 급강하하더니 땅에 근접하여 들판 바로 위를 날았다. 그와 동시에, 기관총 소리가 들렸다. 우유 통을 든 여인들을 겨냥해 쏜 것이었다. 탄환 중 일부는 밭에 박혀 흙먼지를 일으켰지만, 다른 탄환들은 여인들에게 명중했다. 여인들이 쓰러지며 우유가 쏟아졌다. 암소들은 비명을 지르며 넘어졌다. 탄환은 우유 통에도 구멍을 냈다.

들판의 피난민들은 감자를 떨어뜨리고 흩어져 도망쳤지만 일부는 총에 맞았다. 그 두 비행기는 다시 돌아와 엎드려 있는 우리 위를 날아갔다. 들판에는 피투성이가 된 피난민들과 암소들이 쓰러져 있었다. 아직 날뛰는 암소들은 반쯤 미친 듯했다.

울면서 언덕을 내려오는 내 뒤로 나디아와 피에트릭이 따라왔다. 숲속의 솔밭길을 지났다. 부모님은 무사하실까? 수산나 언니는? 앰뷸런스 2대만으로 밤새 환자를 치료해야 할 것이다.

감자밭에서 걸음이 늦어졌다. 차마 바라볼 수 없는 광경이었다. 수산나 언니 나이쯤으로 보이는 여자가 보였다. 손을 가슴에 얹은 채 밭이랑에 등을 대고 누운 자세였다. 어깨에는 피가 흥건했고 얼굴에도 피가 튀어 있었다. 한 여인이 옆에 와서 무릎으로 앉았다.

"언니." 쓰러진 여인의 손을 잡으며 말했다. "일어나야 해."

"두 손으로 상처를 눌러주세요." 내가 말했지만, 그녀는 나를 쳐다보기만 했다.

잠옷 위에 덧옷을 걸친 한 여인도 그들 옆에 와 앉았다. 그녀는 자신의 검은색 의사 가방에서 기다란 황색 고무줄을 꺼냈다.

나디아가 나를 당겨 그들로부터 떨어지게 했다. "이리 와. 비행기가 돌아올지 몰라."

시내는 어디서나 우왕좌왕하는 사람들로 가득했다. 울거나 큰 소리로 누군가를 불렀으며, 자전거나 말, 트럭, 마차를 타거나 걸어서 도시를 빠져나가는 것 같았다.

동네 가까이에 이르러서는 피에트릭이 나디아의 손을 잡았다. "카샤, 너네 집에 거의 다 왔어, 나디아는 내가 데려다줄게."

"난 어떡해?" 그들 뒤에다 말했지만, 이미 저만치 나디아의 아파트로 향하는 자갈길을 걸어가고 있었다.

나는 고대의 크라쿠프 게이트 아래 터널로 향했다. 크라쿠프는 종 모양으로 불룩 솟아오른 벽돌 탑인데 내가 좋아하는 루블린의 랜드마크였다. 옛날에는 도시로 들어가는 유일한 통로였다고 한다. 폭탄이 탑의 옆면을 부수어놓았지만 아직 버티고 서 있었다.

집 근처에 사는 수학 선생님 미켈스키 부인과 부군이 자전거를 타고 반대 방향으로 지나갔다. 배가 많이 부른 선생님은 자전거에 탄 채로 나를 향했다.

"카샤, 네 엄마가 너를 찾느라 거의 넋이 빠져 계신다." 그녀가 말했다.

"선생님, 지금 어디로 가세요?" 그들 뒤에다 큰 소리로 물었다.

"언니 집에." 선생님이 크게 대답했다.

"어서 엄마한테 가!" 선생님이 어깨너머로 소리쳤다.

그들의 자전거는 사람들 사이로 사라졌다. 나는 계속해서 집으로 향했다.

하느님 제발, 엄마가 무사하기를.

집 근처에 도착해서 핑크색 건물이 그대로 서 있는 것을 보자 내 몸의 모든 세포가 안도감으로 얼얼한 느낌이었다. 길 건너의 집은 운이 좋지 않았다. 무너져 폐허로 변해 있었다. 길 위로 콘크리트와 흙벽의 잔해가 무더기로 쌓이고, 철제 침대가 찌그러진 채 나뒹굴고 있었다. 이 폐허 더미를 지나 집에 가까이 가자 커튼이 바람에 날려 창밖으로 삐져나온 모습을 볼 수 있었다. 그제서야 폭탄으로 우리 집 창문들이 모두 날아가버렸다는 것을 알았다. 불빛 가리개 종이도 함께.

문이 열려 있었기 때문에 벽돌 뒤에 놓아두는 아파트 열쇠를 가져올 필요가 없었다. 엄마와 수산나 언니는 주방에서 엄마의 그림 작업용 테이블 옆에 있었는데, 그림 붓들이 바닥 이곳저곳에 떨어지고 테레빈유는 쏟아져 냄새를 풍기고 있었다. 애완용으로 기르는 닭 쉬나가 두 사람을 따라다녔다. 다행히도 쉬나는 다치지 않았다. 우리에게는 닭이라기보다는 애완견에 가까운 녀석이었다. 그래서 이름도 강아지라는 뜻의 쉬나였다.

"지금까지 어디 있었니?" 엄마가 말했다. 손에 쥔 도화지처럼 창백한 얼굴이었다.

"사슴 목장에 올라갔었어요. 피에트릭이 가자고……."

유리 조각들이 담긴 컵을 들고 선 수산나 언니의 하얀 의사 가운은 재가 묻어 회색으로 변해 있었다. 언니가 그 가운을 입기까지는 6년이라는 긴 시간이 걸렸다. 문 옆에는 언니의 옷 가방이 놓여 있었다. 폭탄이 떨어졌을 때 언니는 소아과 레지던트로 병원에 들어가 살기 위해 짐을 꾸리고 있었던 것이 분명했다.

"어쩌면 그렇게 바보 같니?" 언니가 말했다.

"아빠는 어디 계셔?" 두 사람이 다가와 내 머리에 묻은 콘크리트 조각을 털어낼 때 내가 말했다.

"나가셨다." 엄마가 말했다.

수산나 언니가 엄마 어깨를 잡았다. "카샤에게 말해 줘, 엄마."

"널 찾으러 나갔어." 엄마가 곧 울 것 같은 표정으로 말했다.

"우체국에 계실 것 같아." 언니가 말했다. "내가 나가서 찾아볼게."

"가지 마." 내가 말했다. "비행기가 다시 오면 어떡해?" 두려움이 가슴을 찔렀다. 감자밭에서 본 불쌍한 여인들…….

"갔다 올게." 언니가 말했다.

"같이 가." 내가 말했다. "병원에 내가 필요할 거야."

"왜 그렇게 바보 같은 행동만 하니? 아빠는 너 때문에 나가신 거야." 언니는 스웨터를 입고 문으로 향했다. "병원에서는 네가 필요 없어. 네가 붕대 감는 것 외에 할 수 있는 일이 뭐 있니? 그냥 여기 있어."

"가지 마." 엄마가 말했지만, 언니는 뛰어나갔다. 언니는 언제나 강하다. 아빠처럼.

엄마는 창으로 가서 깨진 유리 조각들을 집으려 허리를 굽혔지만 손이 너무 떨려 그만두고 내게로 돌아왔다. 내 머리를 쓰다듬고는 이마에 키스를 하고 나를 단단히 껴안으며 말했다. "야 체 코함." 고장 난 녹음기처럼 계속 반복했다.

너를 사랑해.

그날 밤 나는 엄마 침대에서 엄마와 같이 잤다. 우리 둘 다 아빠와 언니가 돌아오길 기다리면서 거의 잠을 이루지 못했다. 쉬나는 우리 침대 아래에서 머리를 한쪽 날개 아래에다 처박고 잤다. 역시 닭이라기보다는 개에 가깝다. 아빠가 집으로 돌아오자 이 녀석은 울음소리를 내면서 일어났다. 동이 트기 전이었다. 침실 문 앞에 선 아빠의 트위드 재킷에는 재가 묻어 있었다. 아빠의 얼굴은 언제나 슬픈 표정이다. 아기 때 사진을 보아도 피부에 주름이 늘어져 있었다. 그런데 그 날 밤에는 주방 불빛으로 얼굴에 그림자가 생겨서 더 슬프게 보였다.

엄마가 일어나 앉았다. "당신?" 담요를 뒤로 젖히며 아빠에게 달려갔다. 주방 불빛에 두 사람의 실루엣이 검게 보였다. "수산나는?"

"못 봤는데." 아빠가 말했다. "카샤를 못 찾아서, 나는 서류를 불에 태우려 우체국에 갔어. 독일 놈들이 찾을 정보를 없애려고. 이름이나 주소, 그리고 병무 관련 서류들이지. 그놈들은 바르샤바 우체국을 접수해서 전신선을 끊어버렸어. 다음은 우리 차례가 될 거야."

"직원들은 무사해요?" 엄마가 말했다.

아빠는 내 쪽을 얼핏 보더니 대답하지 않았다.

"독일군들은 일주일 안에 이곳으로 들어올 거야. 여기로 제일 먼저 올 가능성이 커."

"여기?" 엄마가 잠옷을 추스르며 물었다.

"날 봐요. 그놈들은 내가 필요할 거야." 아빠는 미소를 지었지만 눈은 여전히 어두웠다. "그놈들끼리 통신하려면 우체국을 이용해야 할 테니."

아빠만큼 우체국을 잘 아는 사람은 없었다. 내 기억 속의 아빠는 항상 우체국에서 근무하셨다. 아빠가 비밀을 알고 있을까? 아빠는 애국자다. 비밀을 말하기보다는 죽음을 택할 분이다.

"그놈들이 우리가 사는 곳을 어떻게 알아요?"

아빠는 엄마를 어린애 보듯 바라보았다. "할리나, 그놈들은 몇 년 동안 준비해왔소. 그놈들이 나를 데려가면, 내가 필요한 만큼 나를 살려둘 것이오. 이틀이 지나도 내게서 소식이 없으면 애들을 데리고 남쪽으로 가시오."

"영국이 우릴 도울 거예요." 엄마가 말했다. "프랑스도……."

"여보 사랑해요. 하지만 아무도 우릴 돕지 못해. 시장은 경찰과 소방대를 데리고 빠져나갔소. 현재로서는 최대한 숨기는 방법밖에 없소."

아빠는 벽장 서랍에서 엄마의 보석 상자를 꺼내 침대 위에 던져놓았다. "먼저, 양철통을 씻어 말려주시오. 귀중품을 넣어 묻어두게."

"그렇지만 여보, 우리가 무슨 나쁜 일을 한 적은 없잖아요, 독일인들도 문화민족이에요. 히틀러 때문에 그들이 악령에 씌었나 봐요."

엄마의 엄마, 그러니까 외할머니는 순수 독일인이고 외할아버지는 폴란드인의 피가 절반 섞였다. 엄마는 방금 잠에서 깼지만 아름다운 모습이다. 부드럽지만 연약하지는 않은 자연 금발의 여인.

아빠는 엄마 팔을 잡으며 말했다. "당신의 그 문화민족은 우리가 떠나길 원해요. 자신들이 들어오겠다는 거지. 당신도 보고 있잖소."

아빠는 아파트 이곳저곳에서 우리의 귀중품들을 모아 뚜껑이 달린 금속 상자에 넣었다. 엄마의 간호사 자격증, 결혼증명서, 엄마가 친정에서 가져온 루비 반지, 그리고 가족 사진 봉투.

"수수 자루도 묻어두게 가져와요."

엄마는 싱크대 밑에서 캔버스백을 꺼냈다.

"그들은 숨어 있는 폴란드 군인을 찾으러 집집마다 뒤지고 다닐 거야." 아빠는 계속해서 목소리를 낮췄다. "그들은 새로운 법률을 발표했소. 이제 폴란드라는 나라는 없는 거지. 폴란드 말을 사용할 수 없고 학교도 모두 폐쇄될 거다. 통행 금지도 실시되어 통행허가증 없이는 다니지 못할 수도 있어. 무기나 스키용 부츠는 금지되고 식량 소지도 배급 한도 내에서만 가능할 거야. 이런 것들을 몰래 가지고 있다가는 처벌받을 거다." 아빠는 나를 다시 한번 쳐다보고는 말을 멈췄다. "자신들이 원하는 것은 무엇이든 빼앗는 놈들이다."

아빠가 벽장 서랍에서 오래된 은색 권총을 꺼내자 엄마는 뒷걸음질로 물러섰다.

"여보, 그것도 묻어두어요." 엄마가 놀란 눈으로 말했다. "필요할지도 몰라." 아빠가 말했다.

엄마는 아빠로부터 돌아서며 말했다. "총에서 무슨 좋은 일이 생기겠어요."

아빠는 잠시 머뭇거리다 총을 상자에 넣었다. "카샤, 네 소녀단 유니폼도 묻어야지. 스카웃 단원들도 나치의 타깃

이다. 그단스크에는 총에 맞은 보이스카웃 단원들이 많단
다."

등골이 서늘해지는 느낌이었다. 아빠 말을 들어야 한다.
나는 상으로 탄 기념품들을 양철통에 넣었다. 모직 스카프
는 피에트릭이 걸친 적이 있어 아직 그의 냄새가 남아 있었
다. 엄마가 만들어준 코르덴 시프트드레스, 소녀단 단복과
목도리, 그리고 나디아와 함께 암소에 올라탄 사진. 엄마는
콜린스키 담비털 그림 붓 세트를 싸서 통에 넣었다. 외할머
니로부터 물려받은 것이다. 아빠는 녹인 밀랍으로 양철통
틈새를 막았다.

그날 밤 잡초가 무성하고 판자로 둘러싼 자그마한 우리
집 뒷마당에는 별빛뿐이었다. 아빠는 삽날을 밟아 땅속으
로 밀어넣었다. 단단한 흙을 케이크처럼 자르며 깊은 구덩
이를 팠다. 갓 만든 아기 무덤 같았다.

거의 마쳤을 때, 어둠 속에서도 나는 엄마 손가락에 약혼
반지가 그대로 있는 것을 볼 수 있었다. 당시 아빠가 너무 가
난해서 반지를 살 수 없었기 때문에 외할머니가 엄마에게
물려준 반지였다. 반지는 아주 아름다운 꽃과 같았다. 가운
데의 큰 다이아몬드를 푸른 사파이어 꽃잎이 둘러싸고 있
었다. 엄마 손이 어둠 속에서 움직이면 반딧불처럼 빛을 냈
다. "다이아몬드는 쿠션 컷이에요. 1,700개 컷으로 촛불에도
반응하도록 원석을 가공했대요." 사람들이 반지에 감탄할

때 엄마는 이렇게 말하곤 했다. 마치 살아 있는 것처럼 은은하게 빛을 반짝였다.

"반지는 어떡할 거요?" 아빠가 물었다.

반딧불은 엄마 등 뒤로 날아갔다. 숨은 것이다. "넣지 않을래요." 엄마가 말했다.

어렸을 때, 엄마와 함께 길을 건널 때면 엄마의 반지 낀 손을 누가 잡을 것이냐를 두고 수산나 언니와 나는 항상 싸웠었다. 그만큼 예쁜 손이다.

"다 묻었죠?" 내가 말했다. "이곳에 더 있으면 들킬 수 있어요."

어두운 그곳에 계속 서 있으면 주의를 끌게 될 뿐이었다.

"할리나 당신 뜻대로 해요." 아빠는 삽으로 흙을 퍼 우리의 보물이 든 구덩이를 덮었다. 나도 손으로 구덩이에 흙을 밀어넣으며 도왔고, 아빠는 표면을 매끈하게 다졌다. 그다음 건물까지 아빠 걸음으로 몇 발짝인지 셌다. 그렇게 보물을 묻어둔 위치를 기억하기 위해서였다.

현관문까지 열두 발자국.

마침내 수산나 언니가 집에 돌아왔다. 의사와 간호사들이 밤새 부상 환자를 구하느라 애쓴 처절한 이야기와 함께.

아직 많은 사람이 무너진 구조물 아래 깔린 채 살아 있을 것이라고 말했다. 우리는 현관문에서 독일인이 부르는 소리가 들려올 것만 같은 공포 속에 살았다. 주방의 라디오에 귀 기울이며 좋은 소식을 기대했지만 최악의 소식들뿐이었다. 폴란드는 대항해 싸우며 많은 희생을 치렀지만 결국은 최신 무기로 무장한 독일군과 공군력에는 당해낼 수 없었다.

9월 17일 일요일 엄마가 라디오에서 들은 뉴스를 아빠에게 전하는 소리에 잠을 깼다. 러시아군이 동쪽에서 폴란드를 침공했다. 모든 나라가 우리를 공격하는 걸까?

엄마 아빠는 주방에서 창밖을 응시하고 있었다. 쌀쌀한 가을날 아침, 엄마가 만든 커튼을 통해 약한 바람이 들어왔다. 창으로 다가가니 검은 옷의 유대인 남자가 집 앞에서 돌무더기를 치우고 있는 모습이 보였다.

엄마가 팔로 나를 감쌌다. 도로가 치워지자 독일군들이 행진해 들어왔다. 많은 짐을 가지고 임대 주택에 들어오는 새로운 입주자들 같았다. 먼저 트럭이 오고, 다음에 군인들이 걸어왔다. 그리고 꼿꼿한 자세로 선 군인들을 태우고 탱크가 들어왔다. 수산나 언니는 다행히 이런 슬픈 광경을 보지 않았다. 아침에 이미 병원에 가 있었기 때문이다.

아빠가 이 과정을 모두 지켜보는 동안 엄마는 물을 끓여 차를 준비했다. 나는 소리 내지 않기 위해 노력했다. 우리가 조용하면 저들이 우릴 안 괴롭힐까? 나를 진정시키기 위해 엄마 커튼에 수놓인 새가 몇 마리인지 세어보았다. 종달새 한 마리, 제비 두 마리, 까치 한 마리. 까치는 죽음이 다가왔다는 징표가 아니었던가? 트럭 소리가 점점 더 커졌다.

나는 공포감을 누르기 위해 심호흡을 했다. 어떻게 될까?

"비켜, 비켜!" 한 남자가 소리쳤다. 징이 박힌 군화가 자갈길에 부딪치며 나는 소리가 끔찍했다. 많은 군인이 그런 군화를 신고 있었다.

"카샤, 창에서 물러나거라." 아빠도 뒷걸음치며 말했다. 무뚝뚝하게 말했지만 나는 아빠가 겁먹었다는 것을 알았다.

"숨어야 될까요?" 엄마가 작은 목소리로 말했다. 엄마는 반지를 돌리고 손을 오므려 보석을 손바닥에 숨겼다.

아빠는 문 쪽으로 걸어갔고, 나는 열심히 기도문을 외웠다. 많은 고함 소리와 명령이 들려오더니 트럭은 곧 멀어졌다.

"떠난 것 같아요." 나는 엄마에게 속삭였다.

하지만 순식간에 문 두드리는 소리가 들려 나는 깜짝 놀랐다. 그러고는 남자 목소리. "문 열어!"

엄마는 그 자리에 얼어붙었고 아빠가 문을 열었다.

"아달베르트 쿠츠메릭?" 나치 친위대인 SS 대원이 거만한 표정으로 불쑥 안으로 들어왔다.

키가 아빠보다 두 뼘은 더 커서, 들어오면서 문틀에 부딪힐 뻔했다. 그와 그의 부하는 탱크병 복장에 검은색 군화를 착용했으며, 해골 그림이 무섭게 새겨진 모자를 쓰고 있었다. 그가 나를 지나칠 때 클로버 껌 냄새가 났다. 잘 먹고 지내는지 피둥피둥했다. 뺨을 쳐들었을 때 면도하면서 목젖을 베었는지 피부에 붙은 흰 종잇조각 사이로 핏자국이 보였다. 피도 나치의 붉은색이었다.

"그렇습니다." 아빠가 최대한 침착하게 말했다.

"우체국 전신과장이지?"

아빠가 고개를 끄덕였다.

대원 두 명이 더 달려들어 아빠를 붙잡고는 밖으로 끌어냈다. 아빠가 우리를 돌아볼 시간도 주지 않았다. 내가 따라가려 했지만 키 큰 대원이 야경봉으로 못 가게 막았다.

창문으로 급히 달려간 엄마의 눈이 험악해졌다. "그이를 어디로 데려가는 겁니까?"

나는 갑자기 추워졌다. 숨쉬기가 더 힘들어지고 있었다.

첫 번째보다 키가 작고 깡마른 체구의 다른 SS 대원이 빵이 든 캔버스 가방을 가슴 위로 들고 들어왔다.

"네 남편이 업무 서류를 어디 보관하는지 알지?" 키 큰 대원이 물었다.

"여긴 없어요." 엄마가 말했다. "그이를 어디로 데려가는지 말해주세요."

야윈 대원이 집 안을 뒤지며, 서랍을 열고는 서류 비슷한 종이는 모두 다 자신의 가방에 집어넣는 동안 엄마는 손을 가슴에 대고 서 있었다.

"단파 라디오는?" 키 큰 대원이 말했다.

엄마는 고개를 저었다. "없습니다."

야윈 대원이 캐비닛 문을 열어젖히고는 우리가 가진 몇 안 되는 식품을 가방에 던져넣는 모습을 보자 속이 뒤집히는 것 같았다.

"모든 물품은 제국의 재산이다." 키 큰 대원이 말했다. "당신들에게는 배급카드가 배부될 것이다."

복숭아 통조림, 감자 두개, 그리고 작은 양배추가 불쌍하게도 야윈 대원의 가방 속으로 들어갔다. 그러고는 서류 가방에 엄마의 마지막 커피를 넣고 말아 줘었다.

엄마가 손을 뻗쳤다.

"제발 그것만은……. 커피도 가지고 있으면 안 되나요? 우리가 가진 전부입니다."

키 큰 대원이 돌아서더니 엄마를 한참 쳐다보았다. "그건 놔 둬." 그러자 부하는 테이블 위로 커피를 던졌다.

대원들은 우리의 작은 침실 세 곳에도 들어가서는 책상 서랍을 열어 양말이랑 속옷들을 꺼내 바닥에 쌓았다.

"무기는?" 다른 대원이 벽장을 뒤지는 동안 키 큰 대원이 말했다. "다른 식품은 더 없나?"

"없습니다." 엄마가 말했다. 지금까지 엄마가 거짓말한 적은 한 번도 없었다.

그는 엄마에게 가까이 다가갔다. "숨기는 것이 있으면 제국이 사형으로 처벌한다는 말을 들었을텐데."

"알고 있습니다." 엄마가 말했다. "제 남편을 만나볼 수만 있다면……."

우린 대원들을 따라 뒷마당으로 나갔다. 사방이 판자로 막힌 뒷마당에 SS 대원들이 들어서자 갑자기 좁아 보였다. 모두 별 이상 없어 보였지만, 일주일 전 우리가 비밀리에 묻어둔 자리는 아직 편평하게 눌러둔 자국이 보였다. 분명히 무언가 묻혀 있을 것으로 생각할 수 있었다. 나는 SS 대원이 마당으로 걸어갈 때 발걸음 수를 셌다. 다섯…… 여섯…… 일곱…… 내 무릎이 떨리는 것을 저들이 보았을까?

닭 쉬나가 그 지점으로 가까이 가서 벌레를 찾는 듯 부리를 비벼댔다. 오 하느님, 삽이 거기에, 집 벽에 기대어둔 삽에는 아직 흙이 묻어 있었다. 저들이 우릴 루블린 성에 끌고 갈까? 아니면 여기서 바로 총을 쏘아 아빠가 나중에 우릴 발견하게 될까?

"내가 바보로 보여?" 키 큰 대원이 그 지점으로 걸어가며 말했다.

여덟…… 아홉…….

나는 숨을 쉴 수 없었다.

"전혀, 그렇지 않습니다." 엄마가 말했다.

"저기 삽 가져와." 키 큰 대원이 부하에게 말했다. "당신은 정말 이렇게 하면 모를 거라 생각했어?"

"아니에요, 제발." 엄마는 차고 있는 목걸이의 성모 마리아 메달을 손에 쥐며 말했다. "저는 실제로 오스나브뤼크 출신입니다. 알아주세요."

키 큰 대원이 삽을 잡았다. "물론, 알고 있어. 그곳의 크리스마스 시장에는 누구나 한 번쯤 가봤지. 폴크스도이체 등록은 했어?"

재외 독일인이라는 뜻의 폴크스도이체는 독일계 인종이지만 독일 아닌 다른 곳에 살고 있는 경우를 말한다. 나치는 엄마처럼 독일 혈통인 폴란드 국민들에게 폴크스도이체로 등록하도록 압박했다. 등록이 되고 나면 식품 배급을 조금 더 받고, 더 좋은 직장을 얻을 수 있다. 유대인이나 비독일계 폴란드인에게서 몰수한 물품이 배당될 때도 있다. 그러나 엄마는 폴크스도이체 지위를 절대로 받아들이지 않으려 했다. 독일에 충성하는 것으로 보이기 때문이었다. 그러나 이것이 제국에 반항하는 것으로 간주되므로 엄마가 위험에 처하게 됐다.

"안 했습니다. 하지만 저는 거의 독일인입니다. 제 아버지는 부분적으로만 폴란드인이었습니다." 쉬나는 편평한 지점 주위 흙을 파헤치며 뭔가를 쪼아대고 있었다.

"당신이 독일인이라면 규칙을 어겨선 안 돼. 알고 있어? 제국의 지시를 무시할 거야?"

엄마가 그의 팔을 잡았다. "전 어떻게 해야 할지 모르겠습니다. 이해해주세요. 그쪽도 가족이 있지 않습니까?"

"제 친정 식구들은 제국에 충성을 다하고 있습니다."

키 큰 SS 대원은 삽을 들고 계속해서 그 지점을 향했다.

열…… 열하나…….

"정말 죄송합니다." 엄마가 그를 뒤쫓으며 말했다.

그는 엄마를 무시하고 한 걸음 더 나갔다.

열둘.

몇 삽을 팠을 때 상자가 발견될까?

"저희에게 한번 더 기회를 주세요." 엄마가 말했다. "새로 나온 법이라 잘 몰랐습니다."

그가 돌아서며 삽을 내려놓고는 엄마를 뚫어지게 쳐다보았다. 그리고 미소를 지었다. 작은 추잉 껌 알처럼 생긴 이빨들이 뚜렷이 보였다.

그가 몸을 엄마에게로 더 기울이며 낮은 목소리로 말했다. "통행금지 규칙을 알고 있겠지?"

"네." 엄마의 눈썹 사이에 작은 주름이 생겼다. 엄마는 신발 속에서 몸을 틀었다.

"당신은 그 규칙을 어겨도 돼." 그는 엄마 목걸이 메달을 손가락 사이에 쥐고 문지르며 한참 동안 엄마를 관찰했다.

"통행금지 예외가 되려면 통행허가증이 필요합니다." 엄마가 말했다.

"그건 여기 내 주머니 속에 있다." 그는 메달을 놓고는 손을 자신의 가슴으로 가져갔다.

"무슨 말인지 모르겠습니다." 엄마가 말했다.

"이해할 수 있을 텐데."

"제가 당신을 찾아가면 주겠다는 건가요?"

"내 말을 그렇게 들었다면."

"제가 아는 독일인들은 문화인들입니다. 두 아이 엄마인 제게 당신이 그런 요구를 할 것이라 생각하지 않습니다."

그는 머리를 옆으로 젖히면서 입술을 깨물었다. 그리고 삽을 잡았다. "그렇게 느꼈다면 유감이군."

"잠깐만요." 엄마가 말했다.

그는 삽을 머리 위로 쳐들었다.

"오, 안 돼!" 엄마가 소리치며 그의 팔을 잡았지만 너무 늦었다. 위로 올라간 삽은 멈추지 않았다.

3장
헤르타, 1939년

한밤중에 아버지와 나는 우리의 지층 아파트에서 여섯 블록을 걸어갔다. 뒤셀도르프의 멋진 동네로, 청소부들이 거리를 쓸고 창가 화분에 제라늄을 심어둔 곳이었다. 9월 이었지만 공기는 아직 따뜻했다. 그들은 이를 "총통의 날씨"라 불렀다. 히틀러가 공격을 감행하는 데 도움이 되었기 때문이다. 폴란드 공격은 분명히 날씨 덕을 보았다.

계단을 올라가니 이중문이 있었다. 세공 장식이 있고 반투명 유리 위로 흰 페인트가 칠해진 철제문이었다. 나는 은색 버튼을 눌렀다. 카츠가 집에 있을까? 반투명 유리 뒤에서 희미하게 불이 비쳤지만 문 양쪽의 가스등은 켜지지 않았다. 아버지는 바깥의 어두운 길에서 양팔을 가슴에 붙이고 서서 기다렸다.

아버지는 증상이 악화되어 유대인 치료사를 찾았다. 아

버지가 좋아하는 카츠라는 이름의 의사였다. 유대인에게는 의사라고 부르면 안 되기 때문에 '치료사'라는 용어를 흔히 사용했다 아리아인이 비非아리아인 의사를 찾는 것은 금지되었지만 아버지는 그런 법률을 잘 지키지 않았다. 그때 나는 스물다섯 살이었다.

현관 벨이 집 안 깊숙한 곳에서 울렸다. 나는 유대인 집에 들어가본 적이 한 번도 없었고, 내가 꼭 유대인 집에 가야 할 일도 아니었는데 아버지는 내가 같이 가길 원했다. 나는 가능한 한 빨리 끝내고 싶었다.

반투명 유리 뒤로 밝은 빛이 켜지고 검은 그림자가 다가왔다. 문이 내 오른쪽으로 조금 열리고 틈새로 나타난 얼굴은 나의 의과대학 동급생이었다. 이제는 대학에서 내쫓긴 많은 수의 유대인 학생들 중 한 명. 그는 셔츠를 바지 속으로 넣어 옷을 다 입은 상태였다.

"이 밤중에 무슨 일입니까?" 그가 말했다.

그의 뒤로 카츠가 계단을 내려와서 두꺼운 카펫 뒤로 소리없이 걸어왔다. 나이트가운의 옷자락이 바닥에 끌렸다. 그는 잠시 멈칫하며, 노파처럼 구부리고 눈을 크게 떴다. 게슈타포라 생각했을까?

아버지가 앞 계단을 절뚝거리며 올라와서 내 옆에 섰다. "의사 선생님 미안합니다." 아버지가 한 손으로 문기둥을 짚고 말했다. "귀찮게 해드려 죄송합니다만, 통증이 너무 심합니다." 카츠는 아버지를 알아보고 미소 지으며, 우리를 안으로 들어오게 했다. 우리가 지나칠 때 과거 동급생이 눈을 가늘게 뜨고 나를 쳐다봤다.

카츠는 우릴 서재로 안내했다. 우리 아파트의 세 배나 되는 크기로 벽을 이룬 책장에는 가죽 제본 책들로 가득 차 있었다. 나선형 계단으로 통하는 2층에는 더 많은 책장이 자리한 레일형 발코니가 있었다. 카츠가 벽의 손잡이를 돌리자 크리스털 샹들리에가 머리 위로 보였다. 고드름 모양의 고리가 천 개는 달렸을 것 같았다. 이게 진짜 사는 것이지.

카츠는 아버지를 왕좌처럼 생긴 의자에 편히 앉게 했다. 내가 손가락 끝으로 의자 팔걸이를 훑어보니, 금실로 수놓은 붉은 다마스크 직물이 만져졌다. 매끈하고 차가웠다.

"전혀 귀찮지 않아." 카츠가 말했다. "책을 읽는 중이었어. 내 가방 좀, 얘야, 이분께 물 한 잔 가져다드리렴." 그가 전에 의과대학생이었던 아들에게 어깨너머로 말했다. 그 젊은이는 입술을 일자로 굳게 다문 채 방을 나갔다.

"아픈 지 얼마나 됐죠?" 카츠가 물었다.

나는 유대인들을 많이 알지 못했다. 하지만 책에서나 잡지에서 그들에 대한 설명을 제법 읽었다. 가진 걸 움켜쥐고 뒤에서 조종하는 인간들. 법률과 의료 관련 직업을 독점하고 있다. 우리가 그 시간에 쳐들어왔어도 카츠는 아버지를 보는 것이 행복한 표정이었다. 일에서 행복을 찾는 사람이었다.

"저녁 먹고부터요." 아버지가 배를 안으며 말했다.

당시 나는 의과대학을 거의 끝마쳤기 때문에 아버지를 상담해줄 수 있었지만 아버지는 카츠를 만나야겠다고 고집부렸다.

나는 카츠가 아버지를 진찰하는 동안 방을 둘러보았다. 대리석 벽난로, 그랜드피아노. 책꽂이의 책들은 때가 묻고 먼지가 쌓였지만, 그 한 권 한 권이 값비싼 것이었다. 내가 하인츠 삼촌의 정육점에서 파트타임으로 1년 동안 고기를 썰어주고 버는 돈 이상의 가치를 지니고 있었다. 프로이드 책은 특히 여러 번 펼쳐 본 자국이 눈에 띄었다. 방에는 전등 몇 개가 불빛을 내고 있었는데, 아무도 없을 때도 켜두는 것 같았다. 엄마라면 낭비라 생각했을 것이다.

카츠는 아버지 목 옆을 손가락으로 만졌다. 그리고 다시 아버지 손에서 맥박을 재는 동안 카츠의 드레싱 가운 소매에 은실로 크게 새진 글자 K가 불빛에 반사되었다.

"일을 무리하게 한 탓에 병이 생긴 것 같군요." 그가 아버지에게 말했다. "지금 하고 있는 일을 그만두셔야 합니다."

아버지는 몸을 움츠렸다. 피부가 창백해졌다. "일하지 않으면 먹고살 방법이 없습니다."

"그러면, 환기 잘 되는 곳에서 조금씩만 일하세요."

전 동급생 친구가 돌아와 크리스털 잔의 물을 우리 옆 테이블에 놓았다. 그는 왜 아버지께 직접 드리지 않는 것일까? 아버지가 그들 편인 것을 알지 못했을 것이다. 저렇게 아프지 않았다면 아버지는 우리 집 뒤 침실에 몇십 명이고 숨겨줄 사람이었다.

카츠는 병에서 알약 하나를 꺼내 아버지 손에 올려주고는 미소 지었다. "비용은 안 내도 됩니다." 그들이 왜 저러는 것일까? 지금은 낚아두고 나중에 더 많이 청구하려고? 학교에서는 열심히 일하는 독일인들을 착취하는 데 사용되는 유대인들의 여러 가지 전략들을 설명해주었다. 그들은 의료계 전반을 독차지해가고 있었다. 유대인들은 연구 결과를 자기들끼리만 공유하고 바깥으로는 알리지 않을 정도로 인색하다고 말하는 교수들도 있었다.

아버지가 약을 복용하는 동안 나는 책 표지의 제목들을 훑어보았다. 임상외과학, 인간 및 척추동물의 배아 발달 단계. 그리고 매독 및 성병 도감, 안질환 도감과 같은 제목의 녹색 가죽 표지 책들이 책꽂이 전체를 채우고 있었다.

"책 읽고 싶니?" 카츠가 물었다.

"헤르타는 곧 의과대학을 졸업합니다." 아버지가 말했다. "성적도 우수하고 외과에 관심을 두고 있습니다." 나는 수강이 가능했던 외과 과목 몇 개에서 우수했지만, 여성이기 때문에 국가사회주의 하에서는 외과를 전공할 수 없었다.

"외과의, 좋지." 카츠가 미소 지으며 말했다. "의사들 중 최고야, 최소한 외과의들은 그렇게 생각하고 있어." 그는 책꽂이의 녹색 책들 중 하나를 꺼냈다. "일반외과 도감. 이 책 읽었니?"

그가 내게 책을 내밀 때 나는 아무 말도 하지 않았다. 유대인들과 함께하는 것으로 보일까 경계했다.

"이 책의 내용을 모두 읽은 다음 돌려다오. 그럼 다른 책을 주마."

나는 책에 손을 대지 않았다. 유대인 책을 받으면 사람들이 뭐라고 할까?

"정말 인자하십니다, 의사 선생님." 아버지가 말했다.

"그렇게 하거라." 책을 내밀면서 카츠가 말했다.

부드러운 가죽 커버에 금장을 입힌 두툼한 책이었다. 이런 것을 빌려도 될까? 갖고 싶었다. 읽을지는 몰라도. 내겐 교과서들이 있었지만 낡은 중고 서적으로 가장자리가 찢어지거나 빵가루가 끼어 있기도 했다. 이 책은 정말 아름다웠다. 책을 들고 교실에 걸어 들어가 내 책상에 아무렇지도 않게 내려놓는 모습. 얼마나 멋질까. 엄마는 내가 책을 받아 왔다고 아버지께 화를 내겠지. 그래도 갖고 싶었다.

나는 카츠로부터 책을 받아 돌아섰다.

"얘는 말이 별로 없는 아이입니다." 아버지가 말했다. "그렇지만 책을 빠르게 읽으니 곧 돌려드릴 것입니다."

필요한 책이었으며, 어떤 면에서는 우리 의과대학 교과서보다 더 상세했다. 일주일도 안 돼서 '염증과 조직의 복원' 단원에서 '림프체계의 암' 단원까지 읽었다. 텍스트와 컬러 그림을 보고 아버지의 병에 대해 더 많이 알게 되었다. 상피종. 육종. 라듐 치료.

카츠가 준 책 마지막 단원 '절단과 의수족'까지 읽고, 또 책에 설명된 두 가지 새로운 수술 기법을 연습해본 다음 책을 돌려주기 위해 그 유대인의 집으로 걸어갔다. 다른 책에 대한 기대를 가지고.

내가 그 집에 도착했을 때는 SS가 현관문을 활짝 열고 책이 든 상자, 카츠의 진료 가방, 아기 광주리 등을 집에서 꺼내 차도 쪽으로 옮기고 있었다. 카츠의 피아노로 독일 민요를 두드리는 사람도 있었다.

나는 책을 가슴에 꼭 붙이고는 집을 향해 돌아섰다. 카츠는 돌아오지 못할 것이다. 모든 사람들이 이런 식의 체포에 대해 알고 있었다. 체포는 대부분의 경우 밤에 벌어졌다. 누군가의 소유물이 이런 식으로 압수되는 것은 슬픈 일이지만, 유대인들에게는 이미 경고가 있었다. 그들은 총통의 요구가 뭔지 알았다. 불행이지만 새로운 것은 아니었고 독일에 좋은 일이었다. 일주일도 지나지 않아, 나는 아들딸이 다섯 명이나 되는 어떤 가족이 옷 가방과 새장을 그 집으로 나르는 모습을 보았다.

엄마는 남동생인 하인츠 외삼촌의 정육점에서 일하는 것을 좋아했다. 엄마는 오버카셀의 다리 건너 부자 동네에 위치한 그 가게에 내 일자리도 만들어주었다. 작은 가게였지만 하인츠 외삼촌은 온갖 고기를 다 준비했다. 돼지 넓적다리와 갈비를 빨랫줄에 걸린 양말처럼 가게 앞에 매달았고, 사지를 벌리고 배를 넓게 갈라서 내장이 그대로 보이는 돼지 한 마리를 통째로 진열해놓기도 했다.

처음에는 그런 모습에 질겁했지만, 나는 외과에 관심을 가진 의과대학생이라 점차 가장 어울리지 않는 자리에서 아름다움을 발견하게 되었다. 진열된 갈비뼈는 상아색으로 반짝였으며, 잘라낸 송아지 머리는 잠자는 듯 평화로웠고 그 검은 속눈썹은 칙칙한 털과 대조를 이루었다.

"나는 동물 모든 부위를 다 쓸모 있게 만들지." 하인츠 외삼촌은 자주 이렇게 말했다. "비명 소리 빼고는 모두 다." 그는 돼지 부위를 창문이 증기로 자욱해질 때까지 온종일 스토브에 끓여서 정육점에서만 맡을 수 있는 달콤한 냄새와 역겨운 냄새를 동시에 풍겼다.

많은 유대인들이 도시를 떠나자, 우리 가게는 도시에 남은 몇 안 되는 정육점들 중 하나가 되었고 판매가 날마다 늘어났다. 어느 날 오후 외삼촌은 카운터 앞에 두 줄로 늘어선 고객들에게 좋은 소식을 전했다.

"여러분 광장에 가보세요. 창고에서 온갖 물건을 팔고 있답니다. 브란트 부인은 실크 안감의 담비털 코트를 찾았다는 말을 들었습니다."

거기서 파는 물건들이 유대인에게서 뺏은 것이라고는 아무도 말하지 않았다. 하지만 우리는 모두 알고 있었다.

"다른 사람들의 물건을 그렇게 가져가는 건 끔찍한 일이야." 하인츠 외삼촌의 부인 탄테 일사 외숙모가 말했다. 그녀는 될 수 있는 한 가게를 멀리했다. 외숙모는 가게에 와서 내게 마멀레이드 딸기 잼을 주었다. 언젠가 내가 맛있다고 칭찬했던 것이었다. 외숙모는 여름이었지만 계속해서 몸을 단단히 둘러싸는 코트를 입었으며 가게에는 2분밖에 머무르지 않았다. "다른 사람 물건을 마치 그가 죽었다는 듯 가져가면 죄가 돼."

나의 의과대학 학비 거의 전부는 외숙모가 댔다. 키가 크고 친절한 분이지만 얼굴은 몸에 비해 너무 작고 사마귀가 있었다. 외숙모의 어머니가 많은 돈을 유산으로 남겨주었고, 외삼촌이 아무리 닦달해도 외숙모는 그 돈을 절약해 썼다.

외삼촌이 웃자 그의 돼지 같은 눈이 살찐 얼굴 속으로 사라졌다. "일사, 걱정 마. 지금은 죽었을 거야." 그가 말했다.

나의 후원자는 거부했지만 나는 외삼촌 말이 맞다는 것을 알았다. 외숙모가 주의하지 않았다면, 그녀의 상당한 소유물들이 유대인 것과 함께 그곳에서 팔리고 있었을 것이었다. 그녀 목의 금 십자가 목걸이는 그대로 노출되어 있었다. 외삼촌이 냉장실에서 무슨 짓을 벌이는지 외숙모가 알까? 아마 본능적으로 알고 있을지도. 암소가 도살될 것을 알고 안절부절못하듯이.

　"일사, 당신은 유대인 크리스텔의 가게가 문 닫았을 때 눈물을 흘렸었지. 내 마누라의 유대인 친구, 나의 경쟁 상대. 그건 충성의 문제였어, 그렇지 않아?"

　"나는 그 사람 아기들을 좋아했어요."

　"그렇게 하고 다니면 내 사업에 도움이 안 돼. 당신 곧 불순분자 목록에 오르겠어."

　나는 입을 다물었지만, 이미 외숙모 이름을 불순분자 목록에서 보았다. 유대인 가게에서 쇼핑하는 독일 여자들의 명단이 시내에 붙었고 그 위로 검은 줄이 그어져 있었다.

　"이제 여기서 크리스텔의 부인은 못 볼 거야." 외삼촌이 말했다. "하느님 감사합니다. 그리고 체이트 부인 같은 사람도 없애주세요. 양배추를 반 통만 사는 사람입니다. 그러면 나머지 반을 누가 사겠습니까? 아무도 없죠."

　"반 통만 필요한데 왜 한 통 전부를 사야 하는 거죠?" 외숙모가 물었다.

"그 여자는 고의적으로 그랬어, 몰라?"

"여보, 저울 조작하지 마요. 손님이 다 떨어져 나갈 거예요."

엄마와 나는 말다툼하는 외삼촌 부부를 내버려두고 광장의 판매처로 걸어갔다. 엄마는 쇼핑할 시간이 거의 없었다. 쉰세 살이 되도록 매일 세탁소에서 수선 일이나 가게 점원 일을 했다. 총통이 이룩한 경제 기적 덕분에 엄마가 오후에 일하는 시간은 줄었지만 하루가 끝날 때면 피곤해 보였다. 길을 건널 때 잡은 엄마 손에서 거친 피부가 느껴졌다. 화장실 청소와 접시 닦이로 벗겨지고 붉어진 엄마의 험한 손을 직접 볼 수는 없었다. 라놀린 크림을 아무리 발라도 좋아지지 않을 손이었다.

사람들이 광장으로 모여들어 지켜보는 가운데, 독일군들이 내던지는 가재도구들이 산더미처럼 쌓이고 테이블 위에는 작은 물건들이 진열되어 있었다. 용도와 성별에 따라 분류된 물건 더미에 다가가자 나는 가슴이 두근거리기 시작했다. 신발과 핸드백, 모조 보석 상자, 각종 옷가지들. 모두 다 좋은 것들은 아니었지만 조금만 찾아보면 쓸 만한 것을 고를 수 있었다. 엄마는 흥분되어 무더기를 뒤지기 시작했다.

"샤넬이다." 내가 붉은 모자를 집어들며 말했다.

"모자는 안 돼." 엄마가 말했다. "이가 옮으면 어떡하려고? 그리고 너는 머리가 제일 큰 재산인데 왜 가리려고 해?"

나는 모자를 다시 무더기 위로 던졌다. 머리가 예쁘다는 말이 듣기 좋았다. 어깨까지 내려오는 머리가 눈부신 금발이라 할 수는 없었지만 독일 여자들이 갖고 싶어하는 머릿결과 색이었다. 우린 캔버스 그림과 액자 사진이 쌓인 더미를 지났다. 맨 위에 놓인 두 남자가 서로 안은 모습의 그림은 그 아래 조각품에 캔버스가 뚫리며 찢어져 있었다.

"이런, 유대인 그림이네." 엄마가 말했다. "그들은 우리처럼 벽에다 달력을 걸면 안 되나 봐."

아버지가 약국을 다녀오면서 우리 옆으로 왔다. 그날따라 얼굴 주름이 더 깊어 보였다. 밤잠을 설쳤나 보다.

나는 테이블에서 스크랩북 하나를 들어 펼쳐보았다. 누군가가 해변에 놀러가서 찍은 오래된 흑백 사진들이었다.

"이건 추한 행동이다, 아버지가 말했다. 너희들 기독교인 아니야?"

아버진 못마땅해했다. 더 이상 우리와 말도 안 했을 정도다. 나는 스크랩북을 더미 위로 던졌다.

"당신, 왜 그렇게 흥분해?" 엄마가 말했다.

나는 캔버스 액자들 밑에 묻힌 그림 한 장을 꺼냈다. 소 두 마리가 풀을 뜯고 있었다. 아주 잘된 그림이었다. 아마 걸작일지도 몰랐다. 전통적인 독일 그림. 선전부에서 딱 적당하다고 생각할, 교양 있는 여인이 소유해야 할 그림.

"이거 어때, 엄마?"

엄마는 그림 속 소를 가리키며 웃었다. "너잖아, 크라이네 쿠우."

크라이네 쿠우는 내 별명이었다. 작은 암소.

엄마가 어렸을 때 외갓집에 갈색 암소가 있었고 엄마는 날 보면 그 소가 생각났다고 한다. 나는 오래전부터 고상하고 얌전하게 대우받지는 못했지만 그 별명은 유독 상처로 남았다.

"헤르타를 그렇게 부르면 안 돼." 아빠가 말했다. "소에 비유하면 어떤 여자가 좋아하겠어?"

아버지가 내 편을 들어주어 좋았지만, 아버지는 외국 방송을 듣고 외국 신문을 몰래 구해서 보는 불순분자였다. 나는 그림 두 개를 우리가 모은 더미 위에 놓았다.

"이 물건 주인들은 어디 갔을까?" 내가 물었다. 하지만 대충 감은 잡고 있었다.

"아마 KZ로 갔을 거야." "그건 자업자득이야. 그들은 피신하거나 영국으로 갈 수도 있었어. 그들은 일하지 않는 사람들이고, 그게 문제야."

"유대인들도 일해." 아버지의 말이었다.

"물론 그래요. 하지만 무슨 일? 변호사? 그런 건 진짜 일이 아니에요. 그들은 공장을 많이 갖고 있지만 일하는 걸 봤어요? 난 그들 밑에서 일하느니 다른 일 열 개를 하겠어요."

엄마는 더미 속에서 드레싱 가운을 빼내 아버지에게 내밀었다. "당신 몸에 맞나 보세요." 아버지와 나는 소매에 새겨진 글자 K를 볼 수밖에 없었다. 누구 옷이었는지 알 수 있는.

"관둬요." 아버지가 말했다. 엄마는 쌓인 물건 더미를 살펴보면서 걸어 나갔다.

"정말 싫으세요?" 나는 드레싱 가운을 집어 아버지께 내밀었다. "꽤 괜찮은 옷인데."

아버지는 뒷걸음질했다. "헤르타, 너 대체 어떻게 된 거냐? 따뜻한 마음으로 항상 가장 먼저 사람들을 도우려 했던 내 딸은 어디 있니? 카츠 선생님은 네가 본받아야 할 분이다."

"전 변하지 않았다구요." 아버지가 날 지지하지 않거나 날 많이 좋아하지 않는다는 것은 분명했다. 하지만 굳이 이렇게 말해야만 했나?

"카츠 선생님은 애정을 가진 분이셨다. 사랑이 없는 의사는 기계나 마찬가지야."

"제게도 애정이 있어요. 아버지는 제가 이 손으로 사람의 생명을 얼마나 구하게 될지 아세요?"

"히틀러가 있는 한 넌 외과 의사가 될 수 없어. 그걸 모르겠어? 너희들은 바보니?"

인정하긴 싫지만 외과의 부분에 대한 아버지 말은 옳았

다. 의과대학에서 소수인 여학생 중 한 명으로 나는 운이 좋아 피부과를 공부할 수 있었지만 외과 전공은 불가능했고, 외과와 관련해서는 기초 교육만 받았다.

"우리 모두 희생을 감수해야 하지만, 우리 세대가 독일을 변화시키는 거예요. 아버지 세대는 우리에게 빈곤만 남겼어요."

"히틀러는 우리 모두의 죽음이 될 게다. 그가 원하는 건 뭐든 뺏어가듯이."

"목소리 낮추세요, 아버지." 내가 말했다. 사람들 앞에서 그런 식으로 말하면 매우 위험했다. 아버지는 당 지도부에 대해서도 조롱했다. "히틀러는 우리 희망이다. 그는 일거에 빈곤을 몰아냈다. 그러니 그는 뺏어야 한다. 독일에게는 뻗어나갈 공간이 필요하다. 우리가 잃은 땅을 그냥 돌려줄 국가는 없다." 빈정거림이었다.

대부분의 부모는 자녀에게 배척당할 수 있다는 두려움 때문에 자녀에 맞서지 않으려 한다. 그러나 내 아버지는 그렇지 않았다.

"그는 자신의 과대망상을 충족시키려 독일인들을 죽음으로 몰아넣고 있다."

"이 전쟁은 몇 주 내 끝나요. 아버지도 아시겠지만." 내가 말했다.

아버지는 경멸의 표정과 함께 돌아섰다.

"아버지, 곧바로 집에 가서, 저녁 시간까지 좀 쉬세요."

아버지는 지나가는 전차를 피하려 하지도 않고 걸어갔다. 아버지에겐 잠이 필요했다. 몸 안에서 암이 자라고 있었다. 카츠가 아버지 생명에 도움을 줄 수 있었을까? 그런 쓸데없는 생각으로 시간 낭비할 필요는 없어. 나는 더미 위에서 의학서적을 찾느라 바빴다.

엄마가 나를 재촉했다. "난 장미 향 비누에…… 토스트 기계도 찾았단다."

"엄마는 아버지가 걱정되지 않아요? 아버지는 비난을 자초하고 있어요. 큰일 날 수 있는데."

내 부모님은 모두 독일 혈통이고 1750년까지 선조가 독일인임을 증명할 수 있지만, 아버지는 나치당에 별 관심이 없다는 것을 숨기려 하지 않았다. 아버지는 우리 집 창문에 엄마가 걸어둔 붉은 나치당기 옆에다 전통적인 줄무늬 독일기를 걸었다. 하지만 엄마는 항상 아버지의 독일기를 옆 창문으로 옮겨버렸다. 건물마다 나치의 꺾은 십자가 깃발이 걸려 있었기 때문에 아무도 알아보지 못했지만 눈에 띄게 되는 건 시간 문제였다.

"성질내지 마라, 헤르타." 엄마가 말했다. 적들이 듣고 있다.

엄마가 나를 가까이 끌어당겼다. "그건 걱정 안 해도 된다, 크라이네 쿠우야. 공부에 집중해."

"내가 할 수 있는 공부는 피부과뿐인 걸요."

엄마는 손가락으로 내 이마를 눌렀다. "넌 조만간 최고가 될 거야. 무엇이든 할 수 있어."

"누가 아버지 좀 말려야 하는데."

엄마는 몸을 돌렸다. "이것들을 우리 집에 두면 사람들이 뭐라 할까?" 엄마가 손에 든 토스트기 앞에서 머리를 흔들며 말했다.

우리는 찾아낸 물건들 값을 지불했다. 토스트기, 스크랩북, 그림, 그리고 밍크 목도리. 유리 눈이 박힌 머리가 아직 붙어 있는. 이가 옮을 위험을 무릅쓰고 엄마가 고른 럭셔리한 물건이었다. 의사학위증 액자에는 아리아인 혈통 증명서를 넣겠다고 엄마가 말했다. 나는 운동화 몇 켤레도 골랐다. 모두 합쳐 10마르크밖에 안 됐다. 우린 토스트기에 빵을 구워본 적이 거의 없었다. 엄마는 그런 밍크 목도리를 걸치고 갈 만한 곳이 없었지만 얼굴에는 만족의 미소가 가득했다.

나는 다음 주 캠프 블라썸에서 열리는 숙박 훈련에 참가하러 갈 예정이라 새 운동화가 생겨서 기분이 좋았다. 그 캠프는 기차로 반나절 거리인 뒤셀도르프 북쪽 소나무 숲속에 위치해 있었다. '믿음과아름다움협회'가 주최하고, 나치당 청년운동의 여성분과인 독일여성동맹이 협찬하는 행사였다. 믿음과아름다움협회는 나이 든 처녀들을 대상으로 결혼 생활 및 임신과 육아 준비 활동을 돕는 단체였다. 젊은 이들을 조직에 끌어들이려는 의도로 개최된 이 숙박 훈련에서 나는 조장으로서 내 숙소에 배정된 여성들을 지도하는 역할을 맡았다. 물론 쉬운 일은 아니었다.

조장들에게는 일일 과제가 부여되었으며, 나는 작업장 막사로 가게 되었다. 이것은 내 기대를 노골적으로 무시한 배정이었다. 나는 서툰 그림을 그리거나 밧줄을 엮는 일 따위는 시간 낭비일 뿐이라 생각했기 때문이다. 그리고 내가 가진 역량은 예술 세계와는 동떨어졌다. 많은 의학 교육을 받은 나는 캠프 내 진료소를 운영해야 했지만, 배정된 곳에서 활동하는 수밖에 없었다. 그래도 갖가지 색 나무로 둘러싸여 호수 위에 떠 있는 듯이 보이는 막사는 아름다웠다.

피피는 나와 함께 작업장 막사에 배정된 여성으로, 어느 날 오후에 나와 합류했다. 피피는 나보다 나이가 훨씬 어렸지만 우리는 둘 다 여성동맹 단원이었기 때문에 이미 안면이 있었고 곧 가까운 친구가 되었다. 피피와 나는 여성동맹에서 모든 것을 함께했다. 배지와 지도자 인장도 함께 받았다. 모임에서는 번갈아가며 기수를 맡았다. 식사를 함께하고 막사 작업대도 함께 정리했다.

"서두르자." 내가 말했다. "비가 올 것 같아."

피피는 작업대에서 가위를 들어 금속 캔에 소리 나게 던져넣었다. 동작이 아주 느렸다.

그녀가 창문을 내다보며 말했다. "누가 기다리고 있는 것 같아."

숲 가장자리에 두 청년이 서 있었는데, 한 명은 금발 다른 한 명은 검은 머리로, 옆에는 노젓는 배가 모래 위로 깊은 자국을 남기고 강기슭에 올려져 있었다. 나는 그들을 알아보았다. 인근 남자 캠프의 조장들로, 카키색 유니폼 반바지와 셔츠 차림이었다. 잘생긴 청년들이었다. 독일인 청년 캠프에는 가치가 떨어지는 인종은 참여할 수 없었기 때문에 참가자 모두가 매력적이었고 인종적으로도 순수성이 보장되었다. 코와 머리 크기를 측정해볼 필요가 없었다. 우리는 모두 유전학적으로 혈통이 순수했다.

그들은 배의 노걸이를 만지작거리며 우리 작업 막사를 힐끗힐끗 돌아보았다.

"피피, 넌 쟤들이 왜 저러는지 알고 있구나."

피피는 싱크대 위 거울에 자신의 얼굴을 비쳐보았다. 거울 옆에는 이렇게 적힌 포스터가 붙어 있었다. 당신이 독일인임을 잊지 마라. 혈통을 순수하게 지켜라!

"그래서 왜? 한번 해보지 뭐. 재미있잖아."

"재미? 다들 쌍으로 숲에 들어가버리면 여기 일은 누가 해?"

"아무것도 못 얻으면 무슨 재미가 있어?"

캠프 블라썸에서 관리자들은 아리아인 커플이 생기면 못 본 척해 주었다. 그래서 임신이 되면 엄마를 고급 SS 온천 병원으로 보내고, 건강한 아기가 태어나면 축하해주었다. 엄마의 결혼 여부는 중요하지 않았다. 독일의 미래가 독일인 인구를 늘리는 데 달려 있기 때문에 이런 조치는 모두 이해할 수 있었다. 그렇지만 나는 의사가 되는 것이 급선무였으므로 임신할 수 없었다. 나는 금속 캔에서 가위 한 개를 꺼내 바지 주머니에 숨겼다.

피피가 눈이 커지며 물었다. "그걸로 어쩌려고?"

"너만 손해야. 저놈들이 어떻게 말하든 네가 임신해버리면 여성동맹에서 쫓겨나 베르니게로데로 보내질 거야. 아주 먼 곳에 있는."

피피는 바지 주머니에서 우편엽서 뭉치를 꺼냈다. '레벤스보른 엄마의 집' 풍경 그림이었는데, 우아하게 지어진 목조건물이었다. 그 중 한 장은 나무가 줄지어 선 테라스에서 간호사가 요람을 흔들고 있으며 위로는 SS 깃발이 나부끼는 그림이었다.

"그곳 생활은 휴가와 비슷하대. 온갖 것들이 최고급으로 있다고 해. 고기와 버터도."

"그럴지도 모르지. 하지만 아버지가 없잖아. 아기가 태어나면 다른 데로 데려가서 모르는 사람이 키워."

"헤르타, 넌 다 된 밥에 재 뿌리고 있어." 피피가 엽서로 부채질하며 말했다.

청년들은 배를 만지작거리다 말고 주머니에 손을 넣고 섰다. 나는 시간을 끌며 그들이 먼저 떠나길 기다렸지만, 우리가 갈 수밖에 없었다.

피피와 나는 나란히 숙소를 향해 내려가기 시작했다. 뒤돌아보니 청년들이 우릴 따라오며 걸음을 빨리하고 있었다. 피피의 입술에서 미소가 보였다.

"빨리 가자." 내가 피피의 팔을 당기며 말했다.

청년들의 걷는 속도가 빨라졌고 피피와 나는 숲을 향했다. 나는 길을 벗어나 얕은 덤불과 넝쿨들 사이로 뛰었지만 달리기에 능했던 피피는 오히려 뒤처졌다. 달리는 중에 바지의 가위 끝이 다리를 찔렀다. 그러나 이상하게도 그 아픔에서 내가 살아 있다는 느낌이 들었다.

나는 버려진 오두막 옆을 멀찍이 돌며 달려서 물살이 심한 강의 이끼 긴 기슭에 앉았다. 숨을 고르며 가위를 내려놓고 허벅지 상처를 살폈다. 상처가 깊지는 않았지만 피가 많이 흘렀다. 물살이 큰 소리를 내며 흐르는데도 청년들이 피피를 붙잡는 소리가 들렸다.

"너희들 참 빠르다." 피피가 웃으며 말했다. 셋은 오두막으로 기어들었고, 나는 질투심을 떨쳐버려야 했다. 저렇게 잘생긴 청년과 키스하면 어떤 느낌이 들까? 내 상관에게 피피가 당했다고 보고해야 하나?

"너 키스 잘한다." 피피가 하는 말이 들렸다.

침대 스프링이 삐걱거리고 피피의 웃음소리가 커지더니 청년이 신음을 내뱉었다. 다른 한 놈은 어디에? 지켜보고 있을까?

피피는 쑥스럽게 그러나 아무 저항 없이 받아들였다. 나는 그들의 거친 숨소리를 들었다. 피피가 그런 여자였나?

옷 입을 필요 없어. 한 청년이 말했다.

"여긴 너무 더러워." 피피가 말했다.

나는 움직이면 위치를 들킬까봐 웅크린 채 꼼짝 않고 있었다. 피피는 그 모든 것을 즐기는 것 같았다. 하지만 피피는 곧 마음을 바꿨다.

"안 돼." 그녀가 말했다. "난 돌아가야 해."

"여기까지 왔으면서 그러는 법이 어디 있어."

"난 아프단 말이야." 그녀가 소리쳤다. "헤르타!"

친구들은 서로 도와야 한다. 하지만 난 이미 그녀에게 경고했었다. 왜 내 말을 안 들어? 그녀는 경솔한 것이 약점이었다.

"도와줘!" 피피가 울며 외쳤다. "누가 좀 와주세요."

그녀를 도우면 내가 위험에 처하게 되지만 저대로 내버려둘 수는 없었다. 나는 가위를 잡았다. 차갑고 무거운 느낌.

나는 칠흑 같은 어둠 속 낡은 오두막으로 몰래 접근했다.

문짝이 바닥에 떨어져 있어 안이 잘 들여다보였다. 세워져 있는 녹슨 금속 침대 여러 개 사이에 침대 한 개가 반듯이 놓이고 피피가 그 위에 누워 있었다. 침대는 망가졌고 매트리스 보는 얼룩지고 찢겼다. 두 청년 중 한 녀석이 그녀 위에 누워, 어두운 방에서도 푸르고 흰 엉덩이가 보였다. 그녀는 울부짖고 그는 천천히 그리고 세게 펌프질했다. 검은 머리의 다른 청년은 침대 머리에서 피피의 어깨를 누르고 있었다.

나는 목판이 떨어져나가 꺼진 마룻바닥을 건너 오두막 안으로 들어갔다.

"그만해." 내가 말했다.

두 번째 청년이 나를 보고 눈을 크게 떴다. 자기에게도 기회가 온 것으로 생각하는 것 같았다. 내가 가위를 휘두르자 어둠 속에서 은색 무기가 번쩍였다.

"이거 정말인데." 검은 머리 녀석이 피피의 어깨를 놓아주며 말했다.

금발 녀석이 피피가 빠져나가지 못하도록 다시 힘을 주어 그녀 몸속으로 들어갔다.

나는 가까이 다가갔다. "놓아줘."

"에이, 가자." 검은 머리가 말했다.

금발은 피피로부터 몸을 떼내고 마루에서 바지를 집었

다. 그리고 친구와 함께 나갔다. 둘 다 내 가위를 피했다. 피피는 매트리스 위에서 울기만 했다. 나는 내 목에서 스카프를 풀어 침대 위에 놓았다.

"이걸로 몸을 닦아." 내가 말했다.

피피를 그대로 둔 채 나는 밖으로 나와 그 청년들이 갔는지 살폈다. 그들이 돌아오지 않을 것으로 믿고 나는 강을 따라 걸었다. 한 손으로 가위를 들고, 다른 한 손으로는 내 긴 머리를 잡아 팽팽히 한 다음 잘랐다. 그러자 내 모든 근육들이 풀어졌다. 머리카락 전체가 엄지손가락 길이보다 짧아질 때까지 계속해서 잘랐다. 바위를 만지는 느낌이었다. 나는 머리카락을 강에 던지고 물살을 따라 내려가는 것을 지켜보았다. 바위를 타넘어 어둠 속으로.

나는 피피를 도와 함께 숙소로 돌아갔다. 그녀는 많이 울면서도 내게 자신을 구해주어 고맙다고 했다. 그리고 내 말을 들었어야 했다고도 말했다. 그녀는 고향 퀼른으로 돌아가면 편지를 쓰겠다고 약속했다.

피피의 부모가 다음날 그녀를 데려갔다. 그들의 퉁명스런 태도로 볼 때 행복한 가족은 아닌 것 같았다. 나는 그녀가 부모님 자동차 뒤 창문으로 손을 흔들며 떠나는 모습을 지켜보았다. 그렇게 친구 한 명이 떠났다.

이후 훈련 기간 동안 나는 항상 가위를 가까이 두었다. 하지만 잘라버린 머리 때문인지 청년들은 내게 접근하지 않왔다. 숙박 훈련이 끝날 때, 숙소 동료 절반이 아기를 가지길 기대하며 집으로 갔다. 하지만 나는 수정된 난자 없이 가뿐한 마음으로 캠프를 떠났다.

4장

캐롤라인, 1939년

히틀러가 폴란드를 침공하자 뉴욕 영사들이 갖고 있던 막연한 불안감이 공포로 변하고 사무실은 아수라장이 되었다. 워싱턴이 비자를 제한하여 유럽에서 미국으로 오는 것이 거의 불가능해지자 상황이 더 악화되었다. 프랑스도 비자를 제한했다. 11월에는 결사적으로 앞줄에 서려는 사람들이 추위를 무릅쓰고 내 사무실 창문 아래 별빛을 받으며 슬리핑 백 속에서 밤을 보냈다. 아침에 문을 열면 어떻게 해서든 고향으로 돌아가려는 프랑스인이 접수실에서 슬그머니 빠져나와 사무실 안으로 들어오기도 했다.

절친 베티 머천트가 11월 말 어느 날 기부 물품을 가지고 나를 찾아왔다. 그녀가 왔다는 얘기를 듣고 나는 피아에게 뜨거운 차를 준비하라고 지시했다. 끓여준다는 보장은 없었지만. 내 사무실로 온 베티는 남색 털실 시아파렐리 옷에 남색과 주홍색 깃털로 장식된 모자를 쓰고 한쪽 겨드랑이에 신문을 끼고 있었다. 한 손에는 뉴저지의 커플에게서 받은 오래된 결혼 선물인 3피트 높이의 '지폐 나무'를 들었다. 목재 화분의 작은 종이 구멍으로 100달러짜리 지폐 60장을 끼워넣어 만든 나무였다. 다른 손에는 신발 상자들을 들어 몸의 균형을 맞추고 있었다.

베티가 내 서류철 위에 지폐 나무를 놓았다. "네 프랑스 아기들을 위해 이것을 가져왔어. 분유를 조금 살 수 있으면 좋겠다."

베티를 보니 반가웠다. 하지만 내겐 스케줄이 많았고 처리해야 할 일들이 쌓여 있었다. 프랑스 전통에 따라 우리 사무실은 12시 반에서 3시까지 점심 식사를 위해 문을 닫았고, 나는 그 시간 동안 책상에서 참치 캔을 먹으며 오후에 처리할 일들을 다시 정리했다.

"고마워 베티. 널 보니 정말 좋아. 하지만."

"그리고 신발 상자도. 내가 약속했었지. 아기들이 집에 있는 것처럼 느끼도록 프랑스 제품으로 구입했어." 베티가 주는 신발은 내가 해외로 보내는 위문품에서 중요했으며, 앞으로도 기부는 계속될 것이라 생각했다.

베티가 사무실 문을 닫았다. "귀가 밝은 사람이 밖에 있어서 문을 닫았어."

"피아 말이니?"

"그녀는 모든 것을 다 엿들어. 아마 우리가 어디서 점심 먹으려는지도 알려고 하겠지."

"난 녹초가 됐어. 배고프지도 않고. 이젠 겁이 나."

"잠깐만 나가자. 식욕을 되찾는 데는 마티니가 최고야."

"밖에 기다리는 사람들이 저렇게 많은데 어떻게 점심 먹으러 나가? 방금도 리옹에서 온 부부가 지난 6월부터 프랑스에 있는 딸 소식을 듣지 못했다고 하소연했어, 한참을 울더라고."

"캐롤라인, 솔직히 말해서 넌 자원봉사자고 점심도 못 먹었잖아."

"이 사람들은 나를 필요로 해."

"네가 아끼는 엘리베이터 보이 커디는 내가 '21'로 데려갈게. 제복을 입은 남자들에게 필요한 곳이야."

베티가 콤팩트의 거울로 얼굴을 점검하고는 아무런 흠이 없자 어깨를 으쓱했다. 베티는 리타 헤이워드와 비교될 때가 많았다. 머리숱이 많고 몸매가 빼어나서 휠체어에 앉은 한 노인을 몇 년 만에 처음으로 일어서서 걷게 했기 때문이었다. 그녀가 항상 최고의 미인은 아니었지만 그녀에게서 눈을 떼기는 어려웠다. 기차 사고나 춤추는 곰을 볼 때처럼.

"캐롤라인, 넌 쉬어야 해. 나랑 브리지 게임을 하는 건 어때?"

"베티, 안 돼. 지금 여기는 제정신이 아냐. 히틀러가 날뛰니 프랑스인 절반이 나라 밖으로 나가려 하고, 다른 절반은 결사적으로 안으로 들어가려 하고 있어. 나는 위문품 상자 60개를 싸야 해. 네가 도와주면 좋겠다."

"나도 너만큼 프랑스를 사랑해. 어제 네 새 남자친구가 극장에 가는 것을 봤어."

창밖으로 눈송이가 내리고 있었다. 코네티컷의 우리 집에도 눈이 내릴까?

"내 남자친구가 아냐." 하지만 그건 분명한 사실이었다. 그 가을과 초겨울에 나는 가끔씩 폴을 만났다. 그는 리허설 전에 영사관에 들러 나와 함께 프렌치 빌딩의 옥상 정원에서 도시락으로 간단히 점심을 떼우곤 했다. 날씨는 상관없었다.

"넌 그 사람에게는 시간을 내는 것 같은데. 네가 사르디에서 '키 큰 유럽인과 마주앉아' 점심을 먹는 걸 어머니가 보았다고 하시더라. 어머니 말로는, 도시 전체가 그 일에 대해 수군댄다고 해. 지금은 그 사람이 네 친한 친구가 된 것 같은데." 베티가 끼고 있던 신문을 내 책상 위로 던졌다.

"너희 두 사람에 대한 이야기가 실린 <포스트>지야. 그가 '피지컬 컬처 매거진' 투표에서 세계에서 제일 잘생긴 남자로 뽑혔던 것 알고 있어?"

나는 놀라지 않았지만 그 말에 약간 우쭐해지긴 했다. 누가 그런 투표를 하지?

"점심 한 번이었어." 내가 말했다. "정말이야. 그가 출연한 작품에 대해 이야기했어."

베티는 내 책상 너머로 몸을 기울였다. "넌 연인을 만들 자격이 충분히 있어. 하지만 조용히 해야 돼. 그 사람은 배우잖아? 그래서 알아보는 사람들도 많고. 데이빗도 아직 널 좋아하는데, 오빠가 그렇게 될 줄 알았다면……."

"베티, 끝난 일이야."

"일단 명성에 금이 가면 돌이킬 방법이 없어. 에블린 쉬머혼이 유명하잖아. 집을 떠날 수도 없어."

"에블린이 혼자만 남아? 나는 사람들이 뭐라든 상관없어."

"네게 함께하자는 말이 없으면 조심해야 해. 내가 소개시켜 주면 안 돼? 솔직히 말해서, 데이빗은 내 오빠지만 오빠 나름의 문제도 있어. 하늘이 알 거야. 넌 오빠와 어울리지 않아. 하지만 오빠에 대한 반발로 프랑스인을 만나는 것은 좋지 않아. 사람들마다 장단점이 있지, 너도 알듯이. 그래서 남녀가 갈라서고. 네 마음에 드는 남자를 찾아야 해."

"베티, 네 말 참고할게."

베티는 학생 때 처음 만난 이후 늘 나의 든든한 후원자였다.

"마음 같아서는 너와 폴 두 사람을 크라이슬러 빌딩 옥상에 발가벗겨 세워놓고 싶지만 난 널 보호해줘야 해. 요 깍쟁이야."

다행히도 베티는 이제 돌아가야 한다고 했다. 나는 접수실까지 그녀를 따라갔다. 조금 전에 그녀는 이곳으로 지폐 나무를 들고 와서 피아의 책상에 놓았었다.

"내가 이걸 예금할 거라 기대하지 마세요." 피아가 의자에 등을 기댄 채 말했다. 손에는 골루아즈 담배를 들고.

"5번가에 가보지 않을래요? 몸에 맞는 브라가 있을 텐데, 피아 아가씨?"

"브라가 아니라 브래지어라고 해주세요."

베티는 피아 책상에 1달러를 던졌다. "이걸 가지고 맞는 것을 사요. 아동 코너에서 사면 더 쌀 테고."

베티가 접수실을 나가자, 폴이 손에 비닐봉지를 들고 엘리베이터에서 내렸다. 내려서는 그녀를 위해 문을 잡아주었다. "내가 말한 것 잊지 마." 베티는 나를 보며 자신이 할 수 있는 최선의 말을 하고는 떠났다.

폴은 그날 로저와 비자 문제를 해결하기 위해 왔고 나는 그 만남에 함께했다. 내가 폴을 지지한다는 것을 보여주면 로저가 그의 체류를 도와줄 것이라 생각해서였다. 로저는 사무실 안에 머피 침대를 들여다놓고 그곳에서 잠을 자곤 해서 침대보가 휴지 조각들처럼 부풀어올랐다. 편한 잠이 아닐 것이다.

"아내 레나를 프랑스에서 나오게 해야 합니다." 폴이 말했다.

로저는 서랍에서 전기 면도기를 꺼내 전원을 연결했다. "해볼 수는 있습니다. 미국 비자는 지금 뜨거운 감자가 됐어요. 여객선을 보면 아시겠지만, 미국 비자를 가진 프랑스인들도 프랑스에 갇혀버렸죠. 실어올 배가 너무 부족합니다."

"레나 친정아버지가 유대인입니다." 폴이 말했다. "그것이 문제가 될까요?"

나는 머피 침대로 가 침대보를 편평하게 폈다.

"워싱턴이 수시로 이민 쿼터를 바꾸니 일이 점점 더 어려워집니다." 로저가 말했다.

"관광비자를 신청하려고 해요."

로저가 다시 서랍을 닫았다. "캐롤라인, 침대에서 나오죠. 여객선으로 오는 모든 사람들이 관광비자를 신청합니다. 폴. 부인은 보증인 두 명이 있어야 합니다."

"제가 그 한 명이죠." 베개를 다듬으며 내가 말했다. 립스틱 자국인가? 로켓 레드색.

"고맙소, 캐롤라인." 폴이 미소를 지었다.

"캐롤라인, 당신은 프론트의 피아를 도와야 하지 않아요?" 로저가 말했다.

나는 담요 모서리를 매트리스 아래로 밀어넣었다.

"부인이 탑승권을 예약했습니까?" 로저가 물었다.

"예, 그렇지만 비자가 없어서 탑승권은 소용없어졌습니다. 새 비자가 나오면, 탑승권을 다시 예약할 겁니다."

로저는 면도기를 켜서 뺨에 대고 털을 깨끗이 깎았다. 그대로 두었다면 털이 얼굴을 다 덮었을 것이다. "저는 어떤 약속도 할 수 없습니다. 언제 또 비자 발급이 더 제한될지 모릅니다."

"더?" 내가 물었다.

"내가 결정하는 일이 아닌 걸 알잖아요." 로저가 말했다.

나는 머피 침대를 세워 벽장에 넣었다.

"우리가 독촉해줄 수는 없을까요? 이건 정당하지 않은 것 같아요. 폴은 뛰어난 프랑스인이고, 세계를 무대로 하는 대사라고 할 수 있어요."

"캐롤라인, 미국 국무성에서 하는 일이니 억지로 할 수는 없어요."

"내가 프랑스로 갈 수도 있습니다." 폴이 말했다.

"갔다 오는 것도 좋겠지만." 로저가 말했다.

나는 폴이 앉은 의자 옆으로 갔다. "봄까지 기다려보시지 않고?"

"봄이면 상황이 크게 달라져 있을 겁니다." 로저가 말했다. "진심으로 하는 말이라면, 지금 가는 편이 좋을 것 같습니다, 폴."

폴이 자세를 똑바로 했다.

"물론 진심입니다."

나는 폴에게 재입국 서류를 주었었고 그는 그 서류를 두 번이나 잃어버렸다. 그는 떠나는 걸 원하지 않았다.

"다 적어넣어서 신청하세요." 로저가 말했다.

"제가 대신 적어드릴 수 있어요." 내가 말했다.

폴이 내 손을 잡고 꽉 쥐었다.

"아내를 무척 그리워하시는 것 같습니다." 로저가 말했다.

"물론이죠."

로저가 일어났다. "당신에게 달렸습니다. 하지만 히틀러가 프랑스 침공을 결정할 때 당신이 월도프의 당신 방에 있다면, 프랑스로 돌아가는 것은 물거품이 되겠죠."

미팅은 끝이 났다. 폴도 함께 일어섰다.

"캐롤라인, 잠시 남아줄 수 있소?" 로저가 물었다.

폴은 문으로 걸어갔다.

"위층에서 봅시다." 이렇게 말하고 그는 옥상 정원으로 갔다.

로저가 방문을 닫았다. "나는 당신이 여기서 뭘 하고 있는지 모르겠소."

"저는 신청자 열 명을 도왔어요."

"나는 폴 이야기를 하고 있는 거요."

"아무 일도 아닌데요." 내가 대답했다. 가만…… 로저가 피곤하면 곤란해진다.

"폴은 당신이 없었다면 지금쯤 갔을 거야. 나는 둘 사이를 알고 있어요."

"로저, 그건 말도 안 돼요."

"그래요? 캐롤라인, 그는 가정이 있는 사람인데, 돌아가려고 서둘지 않는 게 이상하지 않아요?"

로저는 폴의 폴더를 들고서 넘겨보았다.

"그가 새로운 작품을……."

"그게 자기 아내보다 더 중요할까?"

"제 생각엔 그들이 어쩌면, 그러니까…… 서로 소원해진 것이 아닐까 싶어요."

"여기 있네." 로저가 폴더를 책상 위에 던졌다. "피아가 당신들 둘이 옥상 정원에서 점심시간을 보냈다고 말했어."

"로저, 과잉 반응할 필요 없어요." 나는 문 쪽으로 걸어갔다. 로저는 모른다. 폴과 나는 여러 차례에 걸쳐 함께 맨해튼을 누비고 다녔다. 그리니치 빌리지의 맥두걸 스트리트에서 춥 수이와 떡을 먹었고, 프로스펙트 공원의 일본 정원도 산책했다.

"캐롤라인, 나는 당신이 외로울 거라 생각해요."

"그런 식으로 말하지 마세요. 저는 단지 도우려는 것뿐이에요. 그와 그의 아내 레나가 이렇게 고통을 당하는 것은 옳지 않으니까. 폴이 프랑스를 위해 한 일들을 보세요."

"그러면 당신은 내가 레나를 나오게 해서 그가 여기 머물기를 바라고. 그다음엔? 세 명이서, 그중 누가 버려질까? 프랑스 국민으로서 프랑스로 돌아가는 것이 폴의 의무요."

"우린 옳은 일을 해야 해요, 로저."

"우리가 어떤 일을 해야 하는지는 잘 알고 있지. 그보다 자신이 뭘 원하는지 잘 생각해봐요, 캐롤라인."

나는 바닥에 굴러다니는 공을 피해 걸으며 내 사무실로 서둘러 돌아왔다. 폴이 아직 기다리고 있을까?

로저의 말이 허공을 맴돌았다. 내가 폴에게 빠졌을지도 모른다. 베티가 남자와 그들의 그림자에 대해 한 말이 옳았으면 했다. 폴이 나의 결점도 좋아할까? 살다보면 나쁜 일들은 얼마든지 있다.

영사관 일은 너무 바빴다. 하지만 엄마는 플라자에서 친구들과 함께 주최하는 무도회를 도와달라고 부탁했다. 사실 그 무도회라는 것은 구세대의 유물로, 가벼운 샌드위치가 나오고 춤도 추는 오후 모임일 뿐이었다.

그날 나는 만사 제쳐두고 엄마의 말에 따라야 했다. 그 무도회는 추방된 과거 러시아 귀족들로 구성된 백러시아인을 돕는 목적이었다. 러시아 내전 때 차르 편에 섰던 사람들이었다. 이런 과거 귀족들을 돕는 활동은 엄마의 오래된 취미였고, 내가 돕는 것이 의무처럼 되어 있었다.

엄마는 플라자의 신 로코코 형태의 그랜드볼룸을 예약했다. 뉴욕에서 제일 아름다운 연회장 중 하나로 거울벽과 크리스털 샹들리에로 장식되었고, 러시아 발랄라이카 오케스트라가 음악을 연주했다. 차르의 궁중음악가 여섯 명이 예복 차림으로 볼룸 한쪽의 층계에 꼿꼿이 앉아서, 각자가 무릎 위에 3현의 삼각형 발랄라이카를 잡고 엄마의 신호를 기다렸다. 이들 세계 수준급 음악가들은 이제 무도회에서 연주하는 신세로 전락했지만 일이 있어 행복해 보였다. 엄마의 모임이나 내가 나가는 모임의 회원들이 무도회 준비를 도왔는데, 러시아 전통 복장을 입고 바삐 움직이면서 준비하고 있었다. 그들은 시무룩해 있는 피아도 구슬려 우리 일에 참가하도록 만들었다.

나는 무도회를 도와주는 내 친구들 외에는 누구에게도 내가 이 모임 주최가 아니라 도우미일 뿐이라는 이야기를 하지 않았다. 러시아 전통복 차림에서 보여주는 믿음을 깨는 것은 너무 잔인하다고 생각했기 때문이었다. 나는 배우로서 온갖 종류의 의상들을 거리낌 없이 입곤 했다. 하지만 이 옷은 조금 심했다. 검은색의 긴 사다리꼴 모양의 옷에 주홍색과 연두색 줄무늬로 장식한 사라판sarafan 위에다 털실로 꽃을 수놓은 펑퍼짐한 소매의 흰 블라우스를 입어야 했기 때문이었다. 엄마는 또 모두가 코코쉬닉을 머리에 써야 한다고 주장해서 우리를 당황스럽게 만들었다. 진주와 보석 등으로 장식한 왕관 모양의 머리 장식물이다. 키가 큰 내게 이런 머리 장식을 더하니 엠파이어스테이트 빌딩 위에 진주를 얹은 것만 같았다.

엄마는 기부금용 러시아제 금박 에나멜 사발을 프론트 테이블에 올려놓고는 한 손으로 내 옷소매를 잡았다. 엄마에게서 향기가 풍겨나왔다. 엄마의 친구 프린스 마챠벨리가 선물한 향수였다. 조지아 민족주의자인 그가 라일락과 백단, 그리고 장미를 이용해 엄마만을 위해 만든 것이었다. 덕분에 엄마의 화장대는 늘 컬러풀한 향수병들로 가득했다.

"많이 참석할 것 같지 않구나." 엄마가 말했다. "그럴 것 같아."

엄마에게 말할 수는 없었지만 낮은 참석률은 불가피했다. 미국이 점점 고립주의를 지향하고 있었기 때문이다. 여론조사에서는 우리나라가 아직 1차대전의 희생과 대공황의 어려움에서 완전히 벗어나지 못했고 그러므로 새로운 분쟁에 휩쓸리는 데 반대하는 것으로 나타났다. 뉴요커들은 우리의 49개 주 바깥에 있는 어느 한 곳을 도우려는 무도회에 별 관심을 갖지 않았다.

"유럽에서 전쟁이 벌어지고 있는 판에, 뉴욕 사람들은 백러시아인들을 더 이상 중요하게 생각하지 않아요, 엄마."

엄마가 미소를 보였다. "그래, 유럽에서 이주한 불쌍한 사람들만을 생각하자." 엄마는 초월한 듯한 표정이었다.

우리 요리사 세르게가 볼룸을 가로질러 갔다. 머리엔 주름모자를 썼고 셰프 가운엔 밀가루가 묻어 있었다. 트보로그가 담긴 은색 그릇을 팔로 받치고 있었다. 블랙베리 시럽을 뿌린 러시아 농부들의 치즈였다. 본명이 블라드미르 세르게이비치 예프추셴코프인 세르게는 러시아 귀족의 후손이었지만 엄마는 이와 관련해서는 항상 모호하게 말했다. 세르게가 우리와 함께 살아서 내게는 악센트가 강하고 어린 남동생이 생긴 셈이 되었다. 그는 하루 종일 엄마와 나에게 어떤 새로운 요리를 해줄까 궁리하는 것 같았다.

세르게가 나타나자 피아가 접근해왔다. 물로 기어들어가는 악어처럼, 한 손엔 펀치 컵을 들고서. "멋있어 보이네요, 세르게."

세르게는 앞치마에 손을 문질러 닦았다. 몸이 호리호리하고 갈색 머리를 한 세르게는 마음만 먹으면 뉴욕의 어떤 여자에게도 접근할 수 있지만, 타고난 숙맥이라 주방에 틀어박혀, 자신만의 레시피를 추구하며 만족해 했다.

"엄마, 그랜드볼룸을 알아본 것이 실수인 것 같아요."

면적이 4,000평방피트나 되는 곳을 놀 사람들로 가득 채울 가능성은 거의 없었다. 나는 엄마의 하차푸리 한 조각을 집었다. 삼각형으로 썰어진 버터빵이다. "그렇지만 네가 <뉴욕타임스>에 광고했으니 사람들이 올 게다."

엄마의 오케스트라가 러시아 민요 '옛날의 보리수나무'를 열정적으로 연주했다. 현대의 댄스 스텝과는 어울리지 않는 곡이었다.

엄마가 내 팔을 잡고 옆으로 당겼다. "우리가 팔고 있는 러시아 차와 담배에 손대면 안 돼. 피아 말이 네가 프랑스인 친구와 함께 그 담배를 피웠다더라."

"그 사람은 내 친구가 아니라……."

"네 사생활은 네 문제지만 우린 돈을 벌어야 해."

"엄마가 폴을 탐탁지 않게 생각하는 걸 알아요. 하지만 우린 친구 이상이 아니에요."

"캐롤라인, 내가 이래라저래라 할 수는 없다만, 극장 배우들이 어떤지 우리 둘 다 잘 알잖니. 특히 결혼하고서도 집에서 떨어져 혼자 사는 남자 배우들은."

"제 나이 서른일곱이에요."

"그래, 내 허락이 필요하지 않지. 그렇지만 난 오케스트라 단원 중에 한두 명이 네게 적당한 사람 같아 보이더라." 엄마는 고개를 오케스트라 쪽으로 돌렸다. "전에는 러시아 귀족이었어."

"다 예순이 넘어 보이는데."

"까다롭게 굴면 이도저도 못하게 된다."

엄마는 다시 기부를 독촉하려 다녔다. 나는 실내 준비를 마저 끝냈다. 사다리에 올라가서 스포트라이트가 오케스트라를 비추도록 조절하면서, 내가 이렇게 높이 올라가면 볼룸 문을 들어오는 폴이 나를 쉽게 찾겠다고 생각했다. 그는 사다리 쪽으로 곧장 걸어왔다.

"로저가 당신이 여기에 있을 거라고 했소."

그랜드볼룸은 폴에게 잘 어울렸다. 크림색에 금색 악센트를 준 벽은 폴의 어두운 색 외모와 좋은 대비를 이루었다. 내 몸에 '라 둘러_la douleur_'가 퍼졌다. 영어로 번역이 어려운 프랑스 말 중 하나로, "이룰 수 없는 사랑을 갈구하는 고통"이라는 뜻이다.

"잘 왔어요." 내가 사다리를 내려오면서 말했다. 진주 목걸이가 흔들렸다. 미소라도 지어주면 안 되나?

"극장에 가는 길에, 아내 레나 비자 신청서에 당신 서명이 필요해서 왔는데, 지금은 곤란합니까?"

"아뇨, 괜찮아요."

엄마가 우리에게 다가왔고, 오케스트라는 템포를 높였다.

"엄마, 여기, 폴 로디에르 씨."

"만나서 반가워요." 엄마가 말했다. "<파리의 거리>에 출연하신다고 들었어요."

폴은 엄마에게 최고의 미소를 지어보였다. "백 명 중 한 명일 뿐입니다."

엄마는 그의 모습에 별로 흔들리지 않았다. 처음 보는 사람이지만 엄마는 완벽하게 다정한 태도로 대했다. 그렇지만 엄마를 오래 지켜봐온 나는 어떤 차가움을 감지할 수 있었다.

"미안하지만, 난 하차푸리를 더 준비해야 하겠어요. 누가 다 먹은 것 같아서."

폴이 엄마를 보았다. "하차푸리? 제가 좋아하는 겁니다."

"미안하지만 그건 유료 손님들을 위한 것이죠."

엄마가 말했다. "오늘 밤에 충분히 먹을 정도가 안 될 것 같아서."

폴은 엄마 쪽으로 약간 몸을 숙였다. 무척 예의를 차렸다. "두 분께 실례가 안 된다면, 전 바로 가봐야 합니다." 그는 내게 미소 짓고는 왔던 길로 나갔다. 이렇게 금방?

"어머니, 아주 잘하셨어요. 손님 한 분을 따돌리셨으니."

"그 프랑스인이 너무 민감하게 반응하네."

"그렇게 하시는데 사람들이 어디 여기 있겠어요? 뉴요커들은 트보로그를 입에 대지도 않을 거예요. 차라리 알코올을 제공하는 게 나을 것 같은데."

"다음번엔 콩이나 소시지도 팔 생각이다. 네가 담당한다면 대성공을 거둘 것 같구나."

나는 이제 부루퉁한 표정의 피아와 함께 엄마의 소나무 화환을 입구 위에 거는 데 집중했다. 하지만 일하면서도 마음속으론 미뤄놓고 온 영사관 업무들에 신경이 쓰였다. 로저에게 갈 보고서. 위문품. 엄마는 어쩜 그렇게 둔하실까? 19세기 사람이었다. 누가 날 쳐다보는 것 같아서 돌아보니 오케스트라의 늙은 단원 중 한 명이 발랄라이카를 손에 들고 내게 윙크를 보내왔다.

한 시간 후 엄마는 패배를 인정했다. 이제 더 참석할 수 있는 손님은 플라자의 고객들과 잘못 찾아 들어왔다가 급히 떠난 시카고 출신의 커플뿐이었다.

"망해버렸다." 엄마가 말했다.

나는 벽에서 장식 화환을 떼냈다.

"그런 것 같군요."

나는 말을 마칠 수 없었다. 때마침 볼룸 바깥의 입구에서 간신히 들리던 소리가 점점 커졌기 때문이었다. 갑자기 문이 덜컹 열리더니 사람들이 쏟아져 들어왔다. 온갖 유형의 사람들이었다. 사회 상류층부터 하류층까지, 모두 1920년대 프랑스식 복장을 하고 루주를 짙게 발랐다. 로벨트 스웨터를 입고 머리에 손가락 웨이브를 넣은 여자. 일부는 로 웨이스트 옷에 루이즈 브룩스 단발머리를 했다. 구슬과 라인석으로 장식된 새틴 가운을 멋지게 입은 여자, 머리를 단발로 치켜올리고 조세핀 베이커 흉내를 낸 여자. 구닥다리 예복에 중절모를 쓴 남자. 검은 턱시도 차림으로 온 많은 수의 악사들이 뒤로 숨기고 있던 바이올린과 색소폰을 들었다. 엄마는 천장을 뚫고 행복의 비명을 지를 듯이 보였다. 엄마는 악사들에게 손짓으로 오케스트라 합류를 지시했다.

"여러분 하차푸리가 있습니다." 엄마가 외쳤다. "피아, 코트를 벗어놓지?"

이 법석에 뒤이어 폴이 걸어 들어왔다.

"오 맙소사, 이게 무슨 일이죠?" 둥근 모자를 눈이 덮이도록 깊숙이 눌러쓴 채 드럼 세트를 운반하는 두 여자 사이를 빠져나오며 폴이 말했다. 물론, 나는 그들이 누군지 알았다.

"폴, 당신이 다 시킨 일 같은데. 어떻게 이런 일을 벌일 수 있었죠?"

"극장 사람들을 잘 알지 않나요? 무슨 파티든 참가할 복장이 준비되어 있죠. 카르멘은 두통이 있어 오늘 마티니를 마시면 안 됩니다. 우린 6시 커튼콜 시간까지 자유롭습니다."

<파리의 거리> 악단은 엄마의 러시아 오케스트라 친구들과 잘 맞아서 국적을 초월하여 연주할 음악으로 '러브 이즈 히어 투 스테이'를 정했다. 댄서들이 음악을 알아듣자 춤을 추기 시작했다. 여자들은 폭스트롯을 추거나 다른 여자들과 스윙댄스를 추었으며 남자들도 남자들과 춤췄다.

엄마가 머리 장식을 고치며 우리에게 다가왔다.

"아주 괜찮은 사람들이다. 안 그래? 난 우리가 어떻게든 사람들을 모을 것이라고 생각했단다."

"엄마, 다 폴이 한 일이에요. 그가 출연하는 연극 소품들이라고요. 출연진들이 다 왔고."

엄마는 정신적으로 멍해진 듯이 눈을 끔뻑이더니 폴을 바라보았다. "러시아인을 위로하기 위한 행사에 함께해주심을 미국 중앙위원회를 대표해 감사드립니다, 로디에르 씨."

"그 감사의 방법에 춤도 포함됩니까? 전 발랄라이카로 연주하는 거슈윈 음악에 맞춰 춤을 춰본 적이 없습니다만."

"그렇다면, 당신이 춤출 기회를 뺏으면 안 되겠군요." 엄마가 말했다.

유명한 폴 로디에르가 무도회에 참가했다는 말이 새어나가자, 호텔 사람들이 모두 들어왔다. 세르게는 트보로그를 세 차례나 더 만들어야 했다. 내 머리 장식은 곧 흐트러졌고, 모두가 신나는 시간을 가졌다. 러시아산 보드카를 가져왔던 엄마의 오케스트라 친구들도 그랬다.

폴이 떠날 때쯤, 그의 주머니에는 엄마가 쑤셔 넣어준 러시아산 담배로 가득 찼고, 러시아인 위로를 위한 미국 중앙위원회에 대한 기부 상자도 넘쳐흘렀다.

엄마는 춤추는 중간에 내 가까이로 와서 숨을 고르며 말했다. "네가 좋아하는 프랑스 친구들을 마음껏 얼마든지 사귀어라. 나는 극장 사람들이 그리울 게다. 내 딸아, 그렇지 않니? 정말 대역전이다."

폴은 떠나면서 내게 손을 흔들었다. 행사는 잘 끝났고, 출연진을 극장에 돌려보내 커튼콜에 세워야 했다. 그의 친절은 엄마에게 가장 큰 기쁨이 되었다. 아버지가 돌아가신 이후 엄마가 그렇게 춤을 추신 적은 없었다. 그에게 깊은 감사를 전하려면 내가 어떻게 해야 할까?

베티가 옳았다. 그는 나의 진정한 친구였다.

5장

카샤, 1939년

SS 대원이 삽으로 쉬나를 내려치자 엄마의 비명이 터져 나왔다. 닭은 한 차례 격하게 파드득거린 다음 조용해졌지만 아직 발로 땅을 긁는 소리가 들렸다. 떨어져나온 깃털들이 공중에 날렸다. "어떻게 되는지 잘 봤지?" SS 대원이 말했다. 불쌍한 쉬나의 축 처진 목을 삽으로 내려찍어 들고는 야윈 대원에게 던졌다. 나는 아직도 공중에서 떨고 있는 쉬나의 다리를 보지 않으려 애썼다.

"지금은 눈감아주겠다." SS 대원이 엄마에게 말하며, 수건으로 손을 닦았다. "그렇지만 기억해라. 제국의 식품을 숨기면 중대한 처벌이 따르게 된다. 경고로 끝난 걸 다행으로 생각해라."

"명심하겠습니다." 한 손을 목에 댄 채 엄마가 말했다.

"쉬나." 나도 모르게 소리를 내어 불렀다. 눈에선 뜨거운 눈물이 흘러내렸다.

"이봐." 야원 대원이 쉬나를 들었다 놓으며 말했다. 발톱을 피하며. "쉬나는 폴란드말로 '강아지'라는 뜻이다. 폴란드 놈들이 얼마나 바보 같으면 닭을 개라고 부르냐."

그들은 쉬나를 들고 쿵쿵거리며 나갔다. 바닥에 흙 자국이 남았다.

나는 온몸이 떨렸다. "엄마, 엄마 때문에 닭이 죽었어요."

"닭 대신에 네가 죽었어야 했니?" 이렇게 말하는 엄마 역시 눈에 눈물이 홍건했다.

우리는 급히 주방에 가서 창문으로 트럭에 탄 그들이 떠나는 모습을 지켜보았다. 다행히 언니는 이 슬픈 장면을 보지 않았다.

수산나 언니는 다음날 집에 돌아왔다. 병원에서 밤을 샌 것이다. 병원에서 언니를 지도하는 과장님은 언청이 성형 수술로 유명한 스칼라 선생님인데 체포되셨다고 했다. 그리고 폴란드인은 중요한 직무를 수행할 수 없으니 언니에게 병원을 떠나라는 명령이 내려왔다고 했다. 나는 언니가 그렇게 떨면서 거칠게 화를 내는 모습을 처음 보았다. 주로 어린이들인 언니 환자들을 이제 돌볼 수 없게 되었기 때문이다. 나중에 알았지만, 나치는 1936년부터 이미 독일에 반대하는 것으로 의심되는 폴란드인들의 목록을 작성했으며, 독일 공군 파일럿들이 하늘에서 내려다볼 수 있는 병원과 같은 목표물들에 크게 X 표시를 해 두었다. 그랬기에 자신들이 원하는 것은 무엇이든 쉽게 할 수 있었다.

아빠는 사흘 동안 게슈타포의 심문을 받은 후 집으로 돌아왔다. 구타당하지는 않았지만, 매일 아침 우체국에 일찍 출근해서 늦게까지 근무하라는 명령을 받았다. 우리는 아빠가 무사하다는 데 안도했지만, 폴란드 국민이 보낸 소포와 편지를 뜯어보고는 자신들이 필요하면 그냥 압수해버리는 나치들을 보는 것이 무척이나 괴롭다고 말했다. 그들은 책상 위에 톱밥을 뿌려두고 자신들이 없는 밤 시간에 우체국 직원이 다녀가지 않았는지 확인했다.

얼마 뒤 독일의 모든 나치가 동원된 것처럼 많은 수가 동네로 들어왔다. 이웃의 독일인들이 거리에 나가서 도착하는 이들을 꽃과 인사로 환영하는 동안 우리는 집 안에 머물렀다. 동쪽에서 쳐들어온 러시아군은 부크강까지만 들어와서 머물렀다.

이후 우리는 꿀에 붙어버린 파리들과 같았다. 살아 있지만 사는 게 아니었다. 병원의 다른 의사들은 모두 나치에 체포되어 끌려갔지만, 나치는 수산나 언니를 루블린의 앰뷸런스 부대에 재배치해주었다. 운이 좋았다. 그들은 언니 사진을 붙이고 나치의 검은 독수리 도장을 찍은 서류를 발급해주었다. 이 서류로 언니는 아무 때나 통행금지 시간 이후에도 밖으로 나갈 수 있었다. 매일 아침 우리는 집의 침대에서 눈을 뜰 수 있다는 데 감사해야 했다. 밤 사이에 아무 설명 없이 사라져버리는 폴란드 친구들이 너무 많았다.

어느 날 나는 침대에 앉아 담요로 몸의 온기를 유지하며 <포토플레이> 잡지 속의 퀴즈를 풀고 있었다. 내가 좋아하는 실내 스포츠였다. 피에트릭이 비밀리에 운영하는 경제학 수업의 학생 한 명이 그에게 미국 잡지를 몇 권 주었고 나는 그 잡지들 속의 모든 단어를 기억했다. 잡지에는 사랑에 빠졌다면 콤팩트 닫는 소리처럼 짤깍하는 느낌이 들 수 있다는 말이 있었고, 나는 피에트릭을 볼 때마다 바로 그 짤깍하는 느낌을 받았다. 우리 둘의 관심사는 완벽하게 일치했다(잡지에서는 이런 경우가 드물다고 했지만).

그날 피에트릭이 잠깐 들렀다. 그를 보는 것은 좋은 일이었다. 우리가 무슨 말을 하는지는 중요하지 않았다. 할 수 있으면 옆에 붙잡아두고 싶었다.

"얼마나 있을 거야?"

나는 잡지에서 캐럴 롬바드 사진을 오렸다. 로스앤젤레스에서 흰 포인세티아 꽃에 둘러싸인 모습이었다. 콤팩트가 짤깍하는 느낌인데도 아무렇지도 않은 듯 있기는 어려웠다.

피에트릭은 침대의 내 곁으로 와서 앉았다. 그의 체중으로 스프링이 삐걱거리며 내려갔다. "오래 못 있어. 부탁이

있어서 왔는데, 나디아와 관련된 일이야." 그는 지쳐 보였
고 며칠 동안 면도도 못 한 것 같았다. "나디아는 잠시 떠나
있어야 해."

"무슨 일이 생겼니?" 갑자기 한기가 드는 느낌이었다.

"말하기 어려워."

"그렇지만."

"네가 알면 안전하지 못해. 그래도 날 믿어. 상황을 바꿔
보려고 사람들이 움직이고 있어."

그가 지하운동에 참가하고 있는 것이 분명했다. 많은 말
을 하지는 않았지만 그는 나치 침공 후 최초로 지하운동에
뛰어든 사람들 중 한 명인 것이 틀림없었다. 그는 늦은 밤에
만 나타났다. 낮 동안에는 아무 설명 없이 종적을 감췄다. 지
하운동에 참가한 일부 남자애들이 신는 검은색 부츠를 신
지 않았다. 그렇게 하면 쉽사리 독일군의 먹잇감이 될 수 있
었다. 피에트릭은 신중했다.

피에트릭은 SS의 눈에 드러나면 안 된다. 우리 대부분은
독일의 명령을 무시했고, 할 수 있는 한 방해도 했다. 그러나
우리 국군은 패배했다. 공식적으로는 아직 폴란드 국군으
로 인정되지는 않지만, AK라는 약자로 부르는 폴란드군이
런던 망명정부를 대표했다. 우리의 망명정부는 BBC와 스
위스 폴란드 라디오 기지국 그리고 루블린의 17개 지하신
문을 통해서 우리에게 상황을 전해주었다.

"카샤, 도와줄 생각이 있다면 네게 중요한 부탁이 하나 있어."

"뭐든지 말해."

"나디아와 엄마가 떠날 때, 펠카를 집에 남겨둘 수밖에 없었는데, 나치 놈들은 유대인 소유라면 개나 고양이에게까지 끔찍한 짓을 하고 있어." 나디아 집에 가서 개를 데려올 수 있겠니?"

"나디아가 어디 있는데? 내가 만나볼 수 있어?"

나디아와 피에트릭이 사랑하는 사이인지는 내게 이제 더 이상 문제가 아니었다. 그들 모두가 안전하길 바랄 뿐이었다.

"모녀가 나치에 체포될 뻔했지만 가까스로 탈출했다는 것만 말할 수 있어."

"유대인이기 때문에? 나디아는 가톨릭이잖아."

"맞아. 하지만 나디아 할아버지가 유대인이어서 위험해진 거야. 나디아는 당분간 이곳을 떠나 있어야 해. 나디아는 무사하지만 펠카는 어떻게 될지 몰라." 그는 내 팔을 잡았다. "도와줄 거지? 개를 여기로 데려올 수 있지?"

"당연히 그래야지."

"그리고 나디아 엄마가 침실 탁자 안에 뭔가를 남겨놓았는데, 그걸 안전한 곳에 옮겨야 한대. 전화번호부 속에 노란색 봉투가 끼어 있을 거야."

"그렇지만 피에트릭, 걔 엄마는 항상 문을 잠가두는데."

"뒷문이 열려 있어. 탁자 속 전화번호부를 가져오는 거야. 봉투는 그대로 끼워서. 이 일에 널 끌어들이는 것이 정말 싫어. 넌 내게 소중한 사람이거든. 하지만 다른 사람이 없어."

그의 눈에 눈물이 맺혔던가?

"그런 소리 마. 나도 도울 거야. 넌 날 알잖아."

그에게 내가 소중한 사람? 그는 내 손을 잡아 돌리고는 손바닥에 키스했다. 나는 그 자리에서 녹아버릴 것 같았다. 방바닥을 지나 지하로 스며든다. 잠시 동안 나는 벌어지고 있는 모든 나쁜 일들을 잊었다.

"봉투와 함께 전화번호부를 내일 오전 10시 직후에 리포바 거리 12번가로 가져가서 벨을 눌러. 누구냐고 물으면 '이보나'라고 대답하는 거야."

"그게 내 암호명?" 이보나는 주목나무라는 뜻이다. 좀 더 섹시한 암호명이라면 좋았을 텐데, 아름답다는 뜻의 그라지나처럼.

"맞아. 네 암호명이야. 비올라가 널 안으로 들어오게 할 거야. 비올라에게 번호부를 주기만 하면 돼. 주면서 콘라드 제고타에게 전할 것이라 말해. 그러고는 거기서 나와. 루도비 공원을 가로질러 집으로 가는 거야."

나중에 머릿속으로 그 장면을 회상해보았을 때 정말로

그가 "넌 내게 소중한 사람"이라 말했는지 확신할 수 없었다. <포토플레이> 잡지의 사랑 퀴즈 같은 것이었을지도 모른다.

다음날 아침, 난 나디아네 집으로 향했다. 2층 건물의 1층에 있는 멋진 아파트였는데, 우리 집에서는 걸어서 5분 거리였다. 나는 피에트릭을 위해 첫 번째 임무를 멋지게 완수하고 싶었다.

가는 도중에 나디아 집 옆의 돌담에서 나는 잠시 멈추었다. 그곳은 우리가 서로 좋아하는 책이나 비밀 쪽지를 남겨두는 장소였다. 우리만의 특별한 사각형 돌을 꺼냈다. 그 돌은 몇 년 동안이나 우리가 넣었다 빼면서 모서리가 닳아 둥글고 매끈하게 변했다. 내가 그곳에 마지막으로 남긴 책이 아직 있었다. 코넬 마쿠신스키가 쓴 『7학년의 사탄』으로 우리가 아주 좋아해서 몇 번이나 주고받았던 책이었다. 나디아가 이 책을 가져갈 수 있을까? 나는 그대로 남겨두고 돌을 다시 끼워 넣었다.

나는 신경이 곤두선 상태에서 나디아네 집까지 계속 갔다. 나디아의 오렌지색 문이 눈에 들어오자 나는 무릎이 떨리기 시작했다. 심호흡을 했다. 깊이 들이쉬고…… 내쉬고…….

낮게 울타리 친 뒷마당 쪽으로 돌아가며, 틈새를 훔쳐보니 펠카가 뒤쪽 계단에 웅크리고 있었다. 두꺼운 털 속의 갈비뼈가 분명하게 보였다. 나디아의 정원은 우리 집보다 작았지만 장미 덤불이 무성했고 녹슨 아동용 수레가 유일한 장식이었다.

나는 울타리를 넘어 펠카 쪽으로 천천히 걸어갔다. 이 녀석은 나디아를 기다리고 있었던 것일까? 가슴을 두드려주었더니 고개 들 힘도 거의 없으면서 꼬리를 흔들려 했다. 몸에는 아직 온기가 있었지만 호흡은 겨우 헐떡이는 정도로 약해져 있었다. 불쌍하게도 오래 굶주린 것이다.

나는 펠카를 지나쳐 뒷문을 열고 주방으로 기어들어갔다. 식탁 위에 놓인 애플쿠겔 요리로 봐서는 나디아 모녀가 떠난 지 최소한 일주일은 된 것 같았다. 유리잔 속의 우유는 굳었고, 자두 주위로는 파리가 날아다녔다. 나는 주방을 지나 나디아의 방으로 들어갔다. 언제나처럼 침대는 깔끔했다.

나는 집 안 다른 곳을 둘러보고 나디아 엄마 방으로 들어갔다. 서둘러 떠난 흔적 같은 것은 보이지 않았다. 이불로 덮인 흰색 철제 침대가 방의 대부분을 차지하고 침대 발 쪽에는 수놓인 담요가 개어져 있었다. 옷 가방이 있었던 위치는 약간 꺼져 있었고, <바람과 함께 사라지다> 폴란드 판이 침실 탁자 위에서 주인을 기다리는 모습이었다. 벽에는 시골 풍경을 그린 융단 두 장, 작은 십자가상, 그리고 달력이 걸려 있었다. 달력은 기관차 앞에 노란색 꽃을 한아름 안고 선 예쁜 여자 사진이었는데, 사진 맨 위에는 '독일은 당신을 환영합니다'라고 적혔고, 바트로바 여사가 운영하는 여행사 이름도 있었다. '바트로바 여행사. 당신을 그곳으로 모셔다드립니다.'

탁자 서랍을 열어 전화번호부를 찾았다. 페이지를 넘기니 두툼한 봉투가 봉인된 상태로 있었다. 앞면에는 나디아의 엄마가 가느다란 손으로 '제고타'라는 단어를 써놓았는데, 봉투 종이를 통해 지폐 색깔이 살짝 비쳤다. 나는 책을 쥐고 침대 끝의 담요도 챙겼다. 그리고 다시 주방을 통해 되돌아 나갔다. 식탁에서 계란빵 한 덩이를 집어들었다. 돌처럼 단단했지만 어떤 빵이든 귀중했다.

뒷마당에 와서 끙끙거리며 펠카를 수레에 실었다. 나를 거의 쳐다보지도 않았다. 불쌍한 녀석. 녀석 밑에다 전화번호부를 놓고는 담요로 덮어 모두 가렸다. 그리고 리포바 거리로 수레를 천천히 밀고 갔다. 나치 순찰대를 피하기 위해 구석 길을 택했다. 거의 다 와서 속도를 내자 수레가 돌길에 덜컹거렸다.

"여기 뭐가 실려 있어?"

갈색 셔츠의 SS가 갑자기 골목에서 나오며 나를 깜짝 놀라게 했다.

그의 뒤로 나와 같은 반인 여자애가 보였다가, 어둑한 쪽으로 물러났다. 나는 거의 쓰러질 지경이었다. 무릎이 젤리처럼 흐느적거렸다.

"집에 가고 있었습니다." 독일어로 말했다. 다행히도 나는 독일어가 가능했고, 폴란드어 사용은 금지되어 있었다.

"아, 독일인이야?" 그는 야경봉으로 담요를 들추었다.

"아닙니다. 폴란드인입니다."

그 장교는 나를 무시하고 수레 속을 자세히 보기 위해 가까이 갔다.

"이게 뭐야? 죽은 개?"

그의 말은 거의 들을 수 없었다. 내 심장이 두근거리는 소리가 귓속에서 너무 크게 울렸기 때문이었다. "이 녀석이 아파서 그렇습니다. 전염병이 아니었으면 합니다."

SS는 담요를 내려놓았다. "이제 가봐." "병든 동물은 집에 있어야지." 그가 골목 속으로 사라졌다.

리포바 거리에 도착할 때쯤에는 온몸이 땀에 젖었다. 붐비는 도로였다. 나는 펠카를 수레에 둔 채 계단을 걸어 올라갔다. 다리가 사시나무처럼 떨렸다. 이제 나는 공식적으로 스파이가 된 것이었다. 이제 겨우 열여섯 살이지만 나치의 적이다. 스파이는 강해야 한다! 나는 뒤꿈치를 약간 들고 벨을 눌렀다. 물건을 전해줄 사람의 암호명이 무엇이었나?

비올라. "누구세요?" 안에서 목소리가 들렸다.

"이보나입니다." 내가 대답했다.

거리를 뒤돌아보니, 자동차와 마차가 달려가고, 인도 위에는 사람들이 있었다. 비올라야, 빨리. 저기에 SS가 있다면 나를 주목할 수 있었다. 전화번호부는 반드시 지켜야 했다. 문이 열리고 내가 들어가자 뒤에서 문이 닫혔다.

전에 나와 소녀단에서 함께 활동했던 재니나 그라보브스키. 그녀의 암호명이 비올라였다. 열 개 손가락 모두에 스프레이가 묻었고 각각의 손가락 끝은 진홍색으로 물들어 있었다.

"미안해, 곧바로 대답 못해서." 재니나가 말했다.

나는 전화번호부를 건넸다. "비올라, 이걸 콘라드 제고타에게 전해줘."

재니나는 멋진 모습이었다. 머리는 불꽃처럼 붉게 물들이고 시골 여자 같은 건강한 체구였다. 하지만 내 생명을 걸고 함께할 사람으로 생각되지는 않았다. 소녀단에서 응급구조나 방향 찾기 우수 역량 배지를 받은 적도 없으니. 만약 화장 잘하기 배지가 있다면 그녀가 탈 것이라고 모두들 생각했다.

재니나는 양손으로 책을 받았다.

"고마워, 이보나."

아파트를 개조한 사무실이었는데, 거리를 내려다보는 높은 창문은 투명하게 비치는 흰 커튼으로만 가려져 있었다. 금속제 책상 한 개와 그 위에 놓인 구형 타자기, 안락의자 두 개, 그리고 지저분한 테이블 위에는 낡은 폴란드 패션

잡지들이 흩어져 있었다. 누군가 테이블 위에 놓아둔 어항에는 금붕어가 헤엄쳤다. 금붕어는 지느러미를 계속 움직이면서 입을 동그랗게 벌리고 나를 바라보았다. 이 사무실은 위장이라고 말하는 듯했다.

재니나는 전화번호부를 책상 위로 던졌다. 얼굴에 잠시 미소가 어리더니 크게 웃기 시작했다.

"계속 엄숙한 표정으로는 못 있겠다. 카샤, 이보나. 너무 재미있지 않니?"

피에트릭이 그녀에게 붙여준 암호명 비올라는 바이올렛 꽃이란 뜻이다. 키가 크고 테이블 다리만큼 굵은 손목을 가진 그녀에게 어울리지 않는 이름이다.

"목소리 낮춰. 주위에서 누가 보고 있으면 어쩌려구?"

머리 위 전등이 너무 밝았다. 나치들이 볼 수 있도록 불을 밝힌 것인가?

"안나 사도브스키가 브라 속에다 수류탄을 숨겨올 때 치근덕대면서 이 근처까지 따라온 놈 말고는 나치가 없어. 재미있는 일이었지." 재니나가 가까이 다가왔다. "카드 할래?"

카드라니?

"저 책 안에 돈이 들었어. 숨겨야 하지 않니? 총 맞고 싶어서 그래?"

"이리 와서 앉아 봐. 머리 손질해줄게."

"어둡기 전에 가야 해."

재니나는 가슴 앞으로 두 손을 맞잡았다.

"올림머리?"

그녀는 루블린 최고의 미장원에서 파트타임으로 일했다.

"피에트릭이 머리를 그냥 두는 게 좋다고 했어."

"둘이 연인 사이니?"

"집에 가야 해."

"모두들 그가 널 좋아한다고 말하지."

나는 문 쪽으로 서둘러 갔다. "헛소문이야."

재니나는 테이블에서 잡지 한 권을 들고는 책상에 걸터앉았다.

"그럼 그런 소문에 전혀 관심이 없다는 말이니?"

나는 돌아섰다.

"소문이라도…… 나디아 바트로바 소식은?"

나는 책상 쪽으로 걸어갔다.

"뭘 알고 있니?"

재니나는 얼굴을 약간 들었다. "그래, 이제 관심을 보이네."

"나디아는 둘도 없는 내 친구야."

"정말?" 재니나는 잡지를 휙 넘기며 말했다.

"나디아의 개가 밖에서 기다리고 있는데 매우 아파. 너라면 여기서 이러고 있겠니?"

그녀는 잡지를 덮었다. "펠카는 아니지?"

나디아의 펠카는 유명한 개였다.

"맞아. 펠카야. 그러니 얼른 말해줘."

"그렇지만, 많이 알진 못해⋯⋯."

"재니나, 내게 말해주지 않으면."

"알았어, 알았어." "피에트릭이, 그래, 내 생각에 피에트릭이야. 나디아 모녀를 안전한 아파트로 데려갔다는 것이 내가 아는 전부야."

"가까운 곳이니?"

"그래, 루블린 안이야. 그 이상은 나도 몰라."

"그 밖에 아는 건 없고?"

"바로 나치 코앞 어딘가에 있다고 들었어."

나는 멍해진 기분으로 재니나에게 인사하고 현관 계단을 내려왔다. 그리고 피에트릭이 말해준 대로 공원을 가로질러 집으로 향했다. 나디아는 정말로 안전했다! 펠카에게 집과 먹이를 줄 수 있다. 나는 온몸의 긴장이 풀리는 기분에 수레를 더 빨리 당겼다. 나디아는 엄마와 함께 아직 루블린에 있었다! 내가 나디아를 위해 할 수 있는 일이 많았다. 펠카를 돌보고 지하운동을 계속할 수 있었다.

무엇보다도, 나는 첫 번째 임무를 완수했다. 재니나는 이일을 대단찮게 여겼지만. 이제 나는 레지스탕스의 일원이

된 것일까? 나는 돈을 전달했다. 내일 선서를 하고 정식으로
가입할 생각이다.

집으로 절반 정도 왔을 때 하늘이 열리며 거리에 폭우가
쏟아져서 펠카와 나는 흠뻑 젖었다.

"이번에는 운이 좋았을 뿐이야." 발을 디딜 때마다 축축
한 신발이 말했다. "계속하면 안 돼."

6장

헤르타, 1939~1940년

캠프 블라썸에서 집으로 가는 기차를 탔다. 무사히 돌아가서 행복한 마음이면서도, 한편으로는 의사로서 직장을 구하는 일에 몰두해 있었다. 나는 여성동맹 유니폼을 입었지만 금방 이 옷을 입은 것을 후회했다. 병원에서 체크할 목록을 구상하면서, 기차 창밖 숲을 바라보면 편안했을 테지만 실제로 나는 한순간도 혼자 있지 못했다. 승객들마다 모두 내 유니폼을 부러워하며 한마디씩 했기 때문이다.

"독수리 문양을 한번 만져봐도 될까요, 아가씨?" 한 소년이 물었다. 그는 내 좌석 앞에서 기차가 흔들려도 거의 움직이지 않고 양팔을 몸에 붙이고 차렷 자세로 섰다. 소년의 엄마도 그의 뒤에서 두 손가락을 입술에 대고 눈을 크게 떴다. 마치 총통을 만난 듯했다. 그랬다. 여성동맹 소속을 나타내면 귀찮기도 했지만 어깨에 힘이 들어갔다. 그 유니폼을 입은 우리에게 많은 사람들이 존경을 표시했기 때문이다. 우린 아직 젊었지만 그런 힘이 있었다.

"그러렴." 내가 말했다.

그가 나비 같은 손짓으로 금실을 만질 때 내 눈에 눈물이 맺혔다.

순수 독일인 어린이들은 언제나 가슴을 찡하게 했다.

내 유니폼이 주목을 받는 건 당연했다. 여성동맹 배지들을 모두 착용한 여자를 만나기는 쉽지 않았기 때문이다. 히틀러청소년단 소속 남자들은 나무 심는 일에까지 어떤 활동이든 할 때마다 문양과 핀을 받았지만 여성동맹이 주는 배지는 어려운 활동에 국한되고 숫자도 제한되었다. 내가 입은 네이비블루 색상의 지도자 재킷에는 간호, 응급구조 활동 능력과 건강한 신체를 말해주는 은빛 적십자 문양이 붙어 있었다.

독수리는 최고 수준의 리더십을 나타내는 것으로, 내 가슴 위에 날개를 펼치고 붙어 있는 금빛 독수리에는 많은 관심이 쏠릴 만했다. 내가 그 문양을 붙이고 집에 왔을 때 엄마는 감격으로 거의 비명을 질렀다. 의과대학 졸업 학위증보다 더 좋아했고, 전쟁 때문에 이런 정서는 더 커졌다.

집에 돌아와서 나는 의사로서의 첫 직장을 찾아 나섰다. 하지만 의과대학을 2등으로 졸업했음에도 여성 의사를 채용하려는 병원은 없었다. 당에서 여성의 가장 중요한 임무는 가정에서 아이들을 키우며 독일인의 뿌리를 튼튼히 하는 것이라 선전했고, 환자들은 주로 남자 의사를 찾았다. 대학생 때부터 바느질 수업을 들어야 했고, 용돈을 벌기 위해 뜨개질을 하기도 했다.

마침내 나는 뒤셀도르프의 피부 클리닉에서 파트타임 일자리를 얻었다. 내가 진료하는 환자 한 명당 약간의 보수를 받는 구조였다. 하루 종일 가장 어려운 것이 종기를 째는 정도인 아주 단순한 일이었다. 의과대학에서 배운 몇 안 되는 수술 기법들을 잊어버리지는 않을까? 외과 의사는 실력을 유지하기 위해 계속 수술을 해야만 한다.

그즈음 우리의 경제 상황은 크게 개선되었는데, 그와는 별개로 피부 치료를 받아야 하는 환자 수는 점차 줄어들었다. 피부과의 가장 큰 수입원이었던 주부 습진도 이제는 대부분의 독일 주부들에게 문제가 되지 않았다. 제3 제국이 동쪽에서 들여와 공급하는 폴란드인 파출부가 부엌일을 맡아 하기 때문이다.

때문에 내 수입은 크게 떨어져 거의 제로가 되었다. 아버지의 병환도 심각한 정도를 넘어 위태로운 상태가 되어 엄마는 간병을 위해 집에 있어야 했다. 내가 세 식구를 먹여 살렸다. 조만간 나는 뒤셀도르프에서 굶주리는 유일한 의사가 될 것 같아서 하인츠 삼촌의 정육점에서 파트타임 일을 계속할 수밖에 없었다.

캠프 블라썸의 적막과 환자 없는 병원을 경험한 후라 고기를 사려는 손님들로 북적거리는 모습이나 카운터 앞에서 떠밀리며 다림질한 옷이 구겨질까 걱정하는 주부들을 보니 기분이 전환되었다. 그곳은 나의 탈출구 역할을 했다. 롤에 감긴 포장지를 뜯어 고기를 싸서 끈으로 감아 묶는 것이 내가 하는 일이었다.

어느 일요일, 가게 문을 열지 않는 날에 나는 평소처럼 일하러 갔다. 하인츠 삼촌이 혼자 일하는 그날 내가 그와 무슨 일을 벌이는지 아무도 알 수 없었다.

그의 특별 활동.

"어서 해." 하인츠 삼촌이 말했다.

그는 고기 써는 도마에 몸을 기대고 있었다. 그의 아버지 때부터 큰 식칼로 내려쳐서 가운데가 꺼진 도마였다. 소 핏자국으로 딱딱해진 앞치마를 둘렀지만 튀어나온 배는 가려지지 않았다. 내가 어떻게 저런 사람과? 몇 년 동안 저질러온 일이라 이제 말하기도 두려웠다. 나는 그렇게 하고 있었다.

하인츠 삼촌은 내가 작업대에 서는 모습을 지켜보더니 팽팽한 양 창자를 골랐다. 기다리는 일은 삼촌에게 가장 좋고도 가장 나쁜 부분이었다. 나는 그 창자의 안이 밖으로 나오게 뒤집었다. 그리고 표백제에 담가 불린 뒤 점막을 조심스럽게 제거하고 복막과 근육층을 남겼다. 삼촌이 나를 재촉했지만 나는 내 방식을 유지했다. 눈물을 보이거나 멈칫거리면 큰 소란이 생길 수 있었다.

"최대한 빨리 하고 있어요." 나는 말했다. 되도록 질질 끄는 것이 좋았다. 일을 끝내면 가장 나쁜 상황이 닥쳐오기 때문이다. 그리고 전체 과정이 다시 시작된다.

일하는 동안 안 좋은 생각들이 떠올랐다. 내가 왜 집에서 새 직장을 찾지 않았을까? 삼촌에게 잡혀 그곳에 묶인 것은 내 잘못이었고 우리 비밀이 드러나는 것만 두려워하고 있었다. 몇 년 전에 말을 했어야 했지만, 일사 외숙모가 알았다면 내 학비를 대주지 않았을 것이다. 엄마는 또 뭐라 했을까? 물론 엄마에게는 절대로 말할 수 없었다. 아버지는 병중이지만 알았다면 하인츠 삼촌을 죽이려 들었을 것이다. 이건 내가 의과대학을 마치기 위해 치른 비용이었다. 삼촌은 내가 자발적이었다고 말했다. 젊은 여자가 그와 단둘이 있었으니까.

삼촌이 옆으로 오더니 내 치마를 들어올렸다. 굳은살이 생긴 그의 손가락들이 내 허벅지를 더듬었다. 익숙한 느낌이었다.

"왜 이렇게 오래 걸렸어?" 삼촌이 물었다. 그가 좋아하는 달콤한 와인 냄새가 풍겼다.

내가 그의 손을 밀어냈다. "시간이 걸리는 일이잖아요."

삼촌은 우수한 지배자 인종과 정확히 맞지 않았다. IQ는 낮음과 지체 사이 어디에 속했고, 두 마디 이상의 긴 말을 하다가는 머뭇거리기 일쑤였다. 나는 창자를 두드려 말리고 크기를 재어 잘랐다. 실크 스타킹처럼 깨끗하고 매끈하게 손질될 때쯤에는 삼촌의 얼굴이 벌겋게 되었다.

삼촌은 내게 비계 통을 들고 고기 저장고로 가라는 말을 할 필요가 없었다. 같은 일이니 이상하게 편안했다. 나는 저장고 안을 밝히는 백열등에 달린 끈을 당기고, 차가운 나무 선반에 등을 기대어 몸을 지탱했다. 밀가루 주머니가 내 얼굴 앞을 가렸지만, 나는 이제 시작되는 것을 알았다. 밀가루 냄새가 그의 몸에 밴 피 냄새, 담배 냄새, 그리고 표백제 냄새를 지워주었다. 울지 않아야지. 울면 삼촌의 화만 돋우고 더 오래 걸릴 뿐이었다. 내가 손질한 것들을 자기 쪽으로 하나씩 옮기고, 한 손을 비계 속으로 넣어 껍질을 꺼내서 버렸다. 그리고 시작했다.

나는 손의 뼈 이름들을 다시 외었다.

하나. 스카포이드. 그리스어로 배를 뜻하는 스카포스에서 나왔다.

삼촌이 내게 몸을 밀어댈 때마다 배의 비곗덩어리가 앞치마처럼 흔들렸다. 숨소리가 거칠게 빨라졌다. 오래 끌지 않을 것이다.

둘. 루네이트, 초승달 모양이라는 뜻.

나는 그에게 심장마비가 발생했으면 하는 기대를 오래전에 접었다.

기름진 고기를 오랫동안 먹어서 그의 혈관에는 찌꺼기가 두 손가락 두께로 쌓였을 것이지만 그는 여전히 잘 살아 있다.

셋. 트리쿼트룸, 삼각뼈. 넷. 피지폼, 라틴어 콩알을 뜻하는 피아가 어원이다.

삼촌은 참질 못하고 신음 소리를 내기 시작했다. 항상 그랬다. 그가 내쉬는 숨이 내 목에 차가운 이슬로 맺혔다. 선반을 붙잡는 그의 손이 떨렸고 정육점 주인 특유의 두꺼운 손목이 그의 무게를 받쳐주었다.

갑자기 저장고 문이 열렸다. 내 얼굴 앞으로 밀가루 주머니가 스쳐갔다. 일사 외숙모가 한 손으로 문을 잡은 채 문턱에 서 있었다. 다른 손에는 마멀레이드 병을 들었다. 그녀는 삼촌이 두들겨 맞은 돼지처럼 내지르는 신음 소리를 분명히 들었을 것이다.

"이 여자야, 문 닫아." 삼촌이 말했다. 바지는 발목에 걸려 있고 얼굴은 보랏빛이었다.

외숙모의 표정은 경멸이었을까. 아니면 단순한 피로감? 그녀는 냉장고 선반에 마멀레이드를 올려놓고는 돌아섰다. 그리고 떠났다.

그녀 뒤에서 저장고 문이 쾅 닫혔고, 삼촌은 자기 일로 돌아갔다.

　얼마 뒤, 나는 피부 클리닉에서의 마지막 진료를 끝내고 책상 앞에 앉았다. 어떻게 하면 이 일을 하며 살 수 있을까? 나는 대학 생활이 주는 안락함에 끌리기도 했지만, 교수의 월급으로 가족을 부양하지는 못할 것이다.

　의학잡지를 뒤적이는데 여성 전용 재교육 수용소에서 의사를 구한다는 비밀 광고가 눈에 들어왔다. 베를린에서 북쪽으로 90킬로미터 거리의 쉐베트 호수에 있는 휘르스텐베르크 리조트타운 인근이었다. 당시에는 그런 수용소가 많이 있었는데, 주로 게으른 사람이나 경범죄자들이 대상이었다. 활동 무대를 한번 바꿔보는 것도 괜찮은 생각이었다. 리조트타운? 엄마가 보고 싶겠지만 하인츠 삼촌은 아니다. 의과대학 동료였던 프리츠 피셔가 그곳에서 일하고 있다는 것이 내가 수용소와 관련해 알고 있는 전부였다. 그렇지만 그리 정감 가는 이름은 아니었다.

　라벤스브뤼크 수용소.

7장

캐롤라인, 1939년 12월

크리스마스 이브, 폴과 나는 센트럴파크 5번가 스케이팅 연못에 갔다. 나는 스케이트를 타고 싶었다. 코네티컷 우리 집 근처의 버드폰드 연못에서 배웠지만 내 키를 필요 이상으로 크게 보이게 하는 모든 활동들을 피했기 때문에 실제로 타볼 기회는 거의 없었다. 그리고 내게는 같이 스케이트를 탈 사람이 없었다. 베티는 절대로 스케이트를 신을 사람이 아니었다. 나는 폴이 뉴욕에 있는 시간을 최대한 이용하기로 했다.

그날은 스케이트 타기에 아주 좋은 날씨였다. 밤새 깨끗한 바람이 세게 불어서 얼음 표면을 당구공 굴러가듯이 매끈하게 만들어놓았다. 그래서 흰 바탕의 붉은 구가 있는 깃발이 벨비디어 성 높이 걸렸으며, 이는 모든 스케이터들이 탐내는 것이었다. 5번가 도어맨들 사이에 얼음이 잘 열었다는 말이 퍼졌고, 연못은 스케이터들로 가득 찼다.

폴과 내가 그곳에 도착했을 때 먼저 온 스케이터들이 있었다. 거의 프로 수준에 가까운 남자들로, 턱수염과 코에 고드름을 매달고서 회전을 시도했다. 여자들이 한 번에 두세 명씩 도착했고, 그들의 두꺼운 코트는 얼음판 위에서 돛처럼 나부꼈다. 얼마 지나지 않아 폴의 스케이트 실력이 안정되어, 우리는 팔장을 끼고 연못 이곳저곳을 누비고 다녔다. 예전의 나라면 그렇게 공공장소에서 스케이트를 타지 못했을 것이지만, 지금은 용감하게 얼음에 덤벼들었고 우리 둘의 리듬은 제법 잘 맞았다. 갑자기 나는 새로운 것들을 시도해보고 싶었다.

우리가 아치 다리 밑을 지날 때 베토벤의 '월광 소나타'와 발트토이펠의 '스케이터의 왈츠'가 들렸다. 사랑스러운 음질은 아니었다. 스케이트 쉼터의 작은 스피커를 통해 나오는 음악이었다.

얼음 위에 사람들이 많아졌다. 우린 쉼터 쪽으로 다시 돌아갔다. 군밤 냄새가 풍겼다. 앉아서 스케이트를 벗으려 하자 누가 내 이름을 불렀다.

"캐롤라인, 여기 있었군."

데이빗 스톡웰이었다. 그는 스케이팅으로 우리에게 오더니 날 끝으로 서서 미소 지었다. 블루스 브라더스 광고를 연상시키는 표정이었다. 어떻게 데이빗은 우리 둘 사이에 아무 일도 없었던 것처럼 행동할 수 있을까. 나와 10년 동안 사귄 후에 지인이랑 결혼한 것을 아주 자연스럽게 생각했다.

"이분은 누구신가?" 데이빗이 말했다.

질투심이 스쳤을까? 둘을 비교하면 데이빗이 작아 보였다. 그는 나와 폴 사이에 애정이 개입된 것으로 생각할까? 그럴 가능성은 적다. 폴은 거리를 유지하면서 친구 이상의 신호를 보내지 않았다. 내게 가까이 와서 서지도 않았다. 그가 나를 자신의 연인인 것처럼 데이빗에게 보여준다면 어떻게 될까? 그렇게 생각하니 한 번쯤 바랄 수도 있을 것 같았다.

폴이 손을 내밀었다. "폴 로디에르라고 합니다."

데비빗이 손을 잡았다. "데이빗 스톡웰입니다. 캐롤라인과 알고 지내는 사이입니다."

"우린 이제 가야 해요." 내가 말했다.

"샐리가 저쪽에서 타고 있는데, 당신을 놓치기 싫어하는군."

베티는 물론 샐리에 대해 경고했었다. 그녀의 올케인 스톡웰 부인은 혼수에 일 년 동안 뉴욕 시민 절반을 먹여 살릴 돈을 쏟아부었다. 나는 데이빗에게 최대한 친절히 말했다. "우린 정말 가야 해요."

그는 폴에게 돌아섰다. "저는 국무부에서 일합니다. 우린 전쟁에 직접 개입하지 않으려 합니다. 당신이 연회에서 한 연설 이야길 들었어요. 우릴 전쟁에 끌어들이려는 것 같더 군요."

"진실을 말했을 뿐입니다." 폴이 말했다.

"그 연회는 어느 때보다 크게 성공했죠." 내가 말했다.

폴은 내게 다가와 내 팔을 자신의 팔과 연결했다. "대단했 지. 허니, 안 그래요?"

허니?

데이빗이 눈을 찡긋하고는 허둥댔다.

나는 폴에게 가까이 갔다. "귀가 멀 것 같은 박수 소리. 기 부금. 이제 모두가 프랑스를 지지하는 것 같아요."

샐리 스톡웰이 사람들을 뚫고 우리에게 다가왔다. 그녀 가 작다는 것을 생각하지 않을 수는 없었다. 5피트 2인치 (157.5cm) 정도 될 것이다. 그녀는 스케이트 복장으로 완전 무 장했다. 보일드 울 A라인 스케이팅 스커트, 따뜻한 티롤 재 킷, 그리고 위에 흰 털이 달린 스케이트화. 털모자에 달린 방 울은 귀여운 뺨 앞에서 흔들렸다.

"캐롤라인이죠?" 샐리가 물었다. 새하얀 그녀는 앙고라 장갑 낀 손을 내밀어 악수를 청했다.

샐리는 베티 데이비스보다는 올리비아 드 하빌랜드를 닮았고, 싫어할 수 없는 사람이었다. 붙임성이 있어 아무리 사소한 대화에도 귀를 기울여주는 스타일이었다. "데이빗이 당신 이야기를 많이 했어요. '캐롤라인은 프랑스 아기들을 돕는다. 캐롤라인과 나는 처음으로 함께 출연한 연극에서 주연을 맡았다.'"

"저는 캐롤라인의 첫 번째 주연 남자 배우였습니다." 데이빗이 말했다. "제가 세바스찬을 맡았고 캐롤라인은 올리비아였죠."

폴이 미소 지었다. "그 둘이 키스하는 장면이 있는데, 그렇지 않습니까? 평은 어땠나요?"

"미지근했죠." 내가 말했다.

샐리가 더 가까이 왔다. "전 당신과 데이빗이 결혼했어야 한다고 생각할 때가 있어요."

"두 분이 보기 좋은데요, 뭘." 내가 말했다. "미안하지만 이제 우린 정말 가야 해요."

"그럽시다. 우리 하루 종일 같이 있기로 하지 않았소. 응, 허니?" 폴이 말했다.

그는 과장하고 있었다. 이제 입방아가 시작될 것이다. 하지만 난 개의치 않았다. 사랑받는 느낌은 좋았다. 보여주기 위한 것일지라도. 우린 작별 인사를 하고 샐리와 데이빗이 스케이팅 커플들 속으로 돌아갈 때 손을 흔들어주었다. 폴이 내 애인인 척해주니 얼마나 좋은지. 그는 물론 내 사람이 아니다. 하지만 내 인생 속에 남에게, 특히 데이빗 스톡웰에게 자랑할 사람이 있었던 것이 나를 설레게 만들었다. 그는 내 자존심을 철저히 짓밟았었다.

스케이팅을 마친 후 폴은 월도프로 돌아갔고 나는 엄마의 오랜 친구 가드너 씨가 시골에서 자저온 가문비나무를 장식하고 코코빵을 만들었다. 세르게는 코네티컷에서 가져온 겨울 야채 수프에 파스닙, 커다란 당근, 그리고 달콤한 회향을 넣어 우리가 먹을 식사를 요리했다.

그날 밤에는 코네티컷을 강타했던 눈이 맨해튼을 덮쳤고, 엄마는 세르게와 함께 고향 집에 갇히게 되었다. 폴은 머리와 어깨에 눈송이를 얹은 채 우리 집 문 앞에 왔다. 내 뺨에 키스하려 몸을 기울이는 그의 얼굴은 차가웠다. 아버지가 사용하던 것과 같은 향수 냄새가 났다. 나는 월도프에서 폴의 욕실을 사용하며 그 향수 병을 본 적이 있었다.

폴은 버건디 병과 흰 종이로 싼 진홍색 장미 꽃다발을 들었다. 나는 이 선물 앞에 마음을 진정시키려 노력했다. 내가 드레스에 실크 스타킹 차림이었기 때문에 그가 가지색 재킷을 입은 모습이 편안하게 느껴졌다.

그는 와인 병을 내 손에 건넸다. 차갑고 묵직했다.

"메리 크리스마스. 내 사촌이 직접 재배한 포도로 만들어 보내온 와인 중 마지막이에요. 당신 허락도 없이, 난 당신 전화번호를 월도프에 남겼어요. 내게 연락할 일이 생길까봐."

"고마워요. 레나 일이 걱정되는 거죠?"

"그렇소. 하지만 조심하는 수밖에. 오늘 아침에도 아내와

통화하며 비자 갱신에 대해 말해줬어요. 로저 말로는 며칠 내로 알 수 있다고 하더군요."

레나. 그의 아내는 우리와 함께 있는 것 같았다.

폴이 거실로 들어왔다. "비행기를 여기에 착륙시켜도 될까요? 오늘 밤 우리 둘만이 탈 비행기를."

"코네티컷에서는 활주로에 내린 비행기를 치울 수 없을 거예요."

"그러면 오늘 내가 당신을 책임져줘야 할까요? 어려운 일인데."

저녁 식사 후, 나는 접시를 싱크대에 담가두고 말총 소파에 앉아 아버지의 코냑을 폴과 함께 마셨다. 그 소파는 마더 울시라 불리던 외할머니의 것이었다. 외할머니는 당신 딸의 남자들을 편하게 해주려고 그 소파를 구입하셨다.

히터를 낮춰두었기 때문에 벽난로 불이 꺼져가자 조금씩 추워졌다. 폴이 자작나무 토막을 벽난로 연료받이에 올리자 불이 다시 활활 타올랐다. 얼굴에까지 열기가 느껴졌다.

나는 신발을 벗고 다리를 세우고 앉았다.

"누가 코냑을 마셨나봐요." 내가 병을 벽난로 불빛에 비춰보며 말했다.

"천사의 몫일 테죠." 폴이 말했다. "그건 코냑 저장고에서 증발해 날아가는 양을 말하는 것이죠."

그는 쇠꼬챙이로 통나무를 밀었다. 불빛에 가린 얼굴이 검게 보였다. 남자들은 왜 불에 신경을 많이 쓸까?

폴이 다시 소파로 왔다. "나는 이렇게 있으면 모든 게 나보다 저만치 앞서 가는 것같이 느껴져요. 어린애같이."

"우리 마음 어느 한구석은 항상 스무 살로 살아가는 것 같아요." 내가 말했다. 엄마도 이런 말을 수없이 많이 했었다.

폴이 자신의 잔에 코냑을 따랐다. "당신 옛 남자친구는 참 멋있더군요."

"그 자신도 그렇게 알 거예요. 분명히." 내가 빈 잔을 내밀었다.

폴은 망설였다.

"인간은 이성적이기에 취해야만 한다." 내가 말했다. 왜 나는 바이런 시를 인용하고 있나? 내가 이렇게 고리타분한 사람이었나?

"인생의 최고는 만취밖에 없다." 폴이 내 빈 잔에 코냑을 따르면서 말했다.

이 사람도 바이런을 아는구나.

"당신은 이제 내 아내에 대해 묻지 않는군요." 폴이 말했다.

"내가 물어야 하나요?" 그건 내가 가장 꺼내기 망설여지는 대화 주제였다.

"글쎄요, 내가 이처럼 오랫동안 떨어져 지내는 게 이상하게 생각되지 않소?"

"당연하죠." 내가 말했다. 술잔이 불빛을 받아 반짝였다.

"우리에게는 현재 결혼생활이랄 게 별로 없어요."

"폴, 너무 진부해 보여요." 나는 왜 이 남자와 책상물림 같은 대화를 끊지 못할까? 내가 일방적으로 끊어도 되는 일이었다. 에스키모인들이 노인들에게 하듯이 유빙에 태워 보내는 방식도 가능했다.

"레나는 젊고 재미있는 사람이에요. 당신도 분명히 아내를 좋아할 겁니다. 하지만 지금처럼 함께 앉아서 인생에 대해 이야기할 수는 없었죠."

"부인이 좋아하는 게 뭔가요?" 내가 물었다.

장작이 내려앉으며 불꽃이 튀고 타는 소리가 났다.

"댄스나 파티 같은 것들. 아내는 여러모로 아이 같아요. 우리는 만난 지 얼마 안 돼 결혼했어요. 처음에는 굉장히 좋았죠. 침대에서는 환상적이었고. 하지만 곧 아내가 안절부절못하게 되더군. 아내에게 남자친구들이 생겼다는 이야기도 들었습니다."

침대에서 환상적? 분명 천국이었겠지. 나는 옷자락에서 보풀 한 가닥을 털어냈다.

"아무튼 이 나라에서 남자들은 침실에서의 업적은 말하지 않더군요."

"이 나라에서 남자들은 그와 관련해 말할 게 없나 봅니다."폴이 말했다. "결혼과 성 생활은 시들다 끝나는 법이죠. 레나는 멋진 여자였지만, 그녀는 우리 궁합이 맞지 않는다고 말했소. 나를 믿어요. 나는 할 만큼 했어요."

그는 불을 몇 번 더 뒤집고는 돌아왔다. 이번에는 내게 더 가까이 붙어 앉았다. 이렇게 활력적인 남자는 입술도 달콤할 것 같았다.

"우리 부모님보다 더 잘 어울리는 커플이 있을까요?" 내가 말했다.

"아버님이 어떻게 돌아가셨죠?"

"나는 한 번도 그 얘기를 한 적이 없어요. 당시 난 열한 살에 불과해서 그런 일을 누구와 상의하지 못했죠."

"아버님은 좋은 분이셨나요?"

"주말이면 도시에서 코네티컷으로 오셨어요. 언제나 더러워진 옷을 깨끗한 것으로 바꿔 가셨죠. 우리 농장 끝에 엄마가 만들어둔 야구장에서 함께 공을 주고받기도 했어요."

"자주 아프셨고?"

"아뇨, 절대. 하지만 1914년 봄 어느 날 아버지가 여기 침실에서 나오지 않으셨어요. 아닌 밤중에 홍두깨였죠. 방에는 포르베 의사 선생님과 엄마만 들어갈 수 있었어요. 여행 가방을 챙겨 나를 친척 집에 보낼 때에야 뭔가 크게 잘못되었다는 걸 직감할 수 있을 정도였죠. 내가 방으로 갔을 때 가정부는 말을 멈추었고, 엄마는 그 전에 한 번도 볼 수 없었던 표정을 짓고 있었어요."

"아픈 기억을 되살려 미안해요, 캐롤라인." 폴이 내 손을 잡았다가 놓았다. 따뜻하고 부드러운 손이었다.

"나는 닷새 후에야 집에 돌아올 수 있었지만, 아무도 나를 거들떠보지도 않더군요. 항상 그래 왔듯이, 나는 주방 뒤에서 정보를 최대한 수집했죠. 당시 우리 집에는 아일랜드인 가정부 네 명이 함께 살고 있었는데, 그 중 가장 연장자인 줄리아 스미스가 주방 테이블에서 완두콩을 까면서 큰 사건에 대해 동료들에게 말해주었답니다. 나는 아직도 줄리아가 한 말을 그대로 기억하고 있어요. '주인 아저씨는 큰 고생을 하고 나서야 떠나갈 모양이야.'

"메리 모런이라는 가느다란 몸매의 신참 가정부가 더러운 수세미를 타일에 문지르면서 이렇게 말하던군요. '폐렴으로 죽는 게 가장 비참해. 익사 같은 경우는 깨끗하잖아. 방에 들어가봤어? 손을 대지도 못하겠더라.'"

"그리고 줄리아는 또 이렇게도 말했어요. '일분은 미치광이처럼 웃더니 그다음에는 가슴을 쥐어뜯으며 너무 뜨겁다며, 포르베 선생님께 제발 창문을 열어달라고 울부짖었어.' 그러고는 딸내미 캐롤라인을 불러달라고 하더라. 내 가슴이 찢어지는 것 같더라고. 주인 아주머니는 계속해서, '여보, 해리, 죽지 말아요'라고만 할 뿐이야. 그렇지만 주인 아저씨는 죽은 게 분명했어. 포르베 선생님이 문 밖으로 고개를 내밀어 내게 장의사에게 연락하라고 했으니."

"그 넷 중에 가장 어린 릴리 크리포드도 이렇게 맞장구를 쳤어요. '주인 아주머니는 아저씨를 안고는 해리, 난 당신 없이 못 살아요, 라고 말했어. 얼마나 슬프던지 내가 울고 싶어지더라.'"

"그날 저녁, 엄마가 그 소식을 내게 알려주었어요. 나는 아버지의 담배 상자만 쳐다보며 아버지가 없는데 저 담배들이 어떻게 될까 생각했죠. 엄마와 나는 아버지의 죽음에 대해 더 이상 이야기하지 않았고, 그날 이후 엄마는 내 앞에서나 다른 누구 앞에서도 울지 않았어요."

"너무 슬픈 일이었네요, 캐롤라인." 폴이 말했다. "그땐 당신이 너무 어렸고."

"당신 좋은 기분을 망쳐서 내가 미안해요."

"아직 어린 아이에게는 큰 짐이 됐겠소."

"이제 좀 더 좋은 것에 대해 이야기해요."

"캐롤라인, 당신은 무척 따뜻한 마음을 가졌군요." 폴이 말했다. 그가 손을 내밀어 내 귀 뒤에 낀 머리칼을 풀어주었다. 나는 풀쩍 뛸 뻔했다. 그의 손이 닿는 순간 전율을 느꼈기 때문이다.

"많은 사람들이 죽었고 또 죽어가고 있으니." 내가 말했다. "다른 얘길 하면 어떨까요?"

우리 두 사람은 잠시 동안 벽난로의 불을 보면서 장작이 타는 소리를 들었다.

폴이 나를 향했다. "나, 고백할 것이 있어요."

"그건 독실한 가톨릭 신자가 신부님께 하는 것 아니에요?"

스타킹을 신은 내 발 위로 그의 손가락이 행진했다. "맞습니다. 하지만 지금은 실크 스타킹 때문에 흔들리는군요."

이 사람은 자신의 손가락 끝이 가진 힘을 알기나 할까?

"나는 아마 학창 시절 친구 때문에 상처받은 게 분명해요."

나는 똑바로 앉았다. "그때 그걸 모르는 편이 나았소."

"그 녀석은 자기 침대 밑에다 옛날 사진들을 박스로 보관했답니다."

"자연 사진?"

"어떻게 보면 그렇다고도 할 수 있죠. 대부분은 실크 스타킹의 여자들이고 다른 사진은 거의 없었어요." 폴은 자기 술잔을 흔들었다. "난 아니오. 나는 절대 그런 적이 없었어요. 나는 마를렌 디트리히가 영화 <블루 엔젤>에서 '나쁜 로라'를 부르는 모습을 봤을 때 모든 관객이 떠난 다음에야 자리에서 일어섰죠."

"마를렌은 그 영화에서 속이 다 비치는 검은 스타킹을 신었죠."

"그만할까요? 내가 조금 흥분되는 것 같아서."

"당신이 먼저 시작했으면서."

"나는 항상 강인한 여성들만 만나게 되는 것 같습니다." 폴이 말했다.

"엄마에게 엘리너 루즈벨트를 당신에게 소개해주라고 할까요?"

폴은 미소 짓는 술잔을 마루에 놓았다. "캐롤라인, 당신 참 독특한 사람인 것 알아요? 당신을 생각하면 내 마음이 텅 비어버리니." 그는 나를 쳐다보면서 잠시 말이 없었다. "난 이제 당신에게 붙어버렸소. 당신이 날 떼내려 해도 할 수 없을 거요."

"따개비처럼?" 내가 말했다.

그는 미소 지으며 내게 더 가까이 기대왔다. "그렇소, 그게 뭐든지."

나는 일어서서 옷을 바로잡았다. 우린 일이 복잡해지기 전에 기어를 바꿀 필요가 있었다.

"잠깐만 기다려요." 내가 말했다. "당신에게 줄 게 있어요. 특별한 건 아니지만."

"궁금해지는데, 캐롤라인. 마를렌과 비슷하게."

나는 침실로 갔다. 이게 잘못된 일일까? 남자와 여자 친구가 서로 선물을 주고받는 게? 무엇보다 그는 날 위해 준비한 것이 없었다. 나는 몇 번을 풀었다 다시 싸느라 오래된 것처럼 보이는 은박지 포장 상자를 가져와 폴에게 건넸다.

"이게 뭐죠?" 그가 말했다. 그의 뺨이 붉어진 것은 당황해서일까, 아니면 코냑 때문에?

"아무것도 아니에요." 나는 그의 옆으로 가 앉았다.

그가 포장지 속으로 손을 넣어 셀로판 테이프를 뜯었다.

"정말로, 친구가 주는 선물일 뿐이에요." 내가 말했다. "베티와 나는 항상 서로 선물을 주고받는데, 이것도 그와 마찬가지로 생각해주세요."

그가 접혀진 양끝을 뒤로 당겨 펼쳐 무릎 위에 올려놓고는 내려다보았다. 사각형으로 접힌, 오래된 와인 색깔이었다. 그는 말이 없었다.

"아버지 거예요." "아버지에게는 많이 있었어요. 이건 물론 한 번도 사용하지 않은 것이고."

폴은 비단에 메리노 양모가 섞인 스카프를 들고는 손가락으로 그것을 조심스레 쓸어보았다.

"무슨 말을 해야 할지 모르겠소."

나는 입술이 마르는 것 같았다. 이런 사적인 선물로 너무 앞서 나가는 게 아닐까?

"당신 어머니가 반대하지 않으실까?"

"엄마도 지금까지 아버지 물건을 다른 이들에게 주곤 했어요. 내게도 그렇게 하라고 말씀하셨고."

"아버지께서 안 계신 지금은 어머니가 그것들을 보는 것 자체로 아픔일 수도 있으니."

"한번은 헐벗은 배달원에게 아버지 비큐나 코트를 줘버릴 뻔한 적도 있다니까요."

그는 스카프 한쪽 끝을 들고 천천히 자신의 목에 둘렀다. 머리는 굽히고.

"너무 아름다워요, 캐롤라인." 그는 손바닥을 위로 하여 손을 펼쳤다. "어때요?"

그는 베들레헴의 버드폰드 연못에 뛰어들려는 소년같이 보였다. 뺨이 달아올랐다. 그에게 키스하면 어떻게 보일까? 우리 둘 다 후회할까? 그에게는 잘 맞든 아니든 아내가 있고, 프랑스에서 곧 일어나 그의 전화를 기다릴 것이다.

"아버지 물건들을 좀 더 보시겠어요? 옷 말예요."

나는 폴을 아버지 방으로 데려갔다. 엄마와 아버지는 각자의 침실이 있었다. 당시 풍습이 그랬다. 구석의 책상등이 벽에 그늘을 만들었다. 가정부는 여전히 그 방을 청소했다. 매년 봄이면 오간자 커튼을 씻었고, 린넨들을 세탁했다. 아버지가 어느 땐가 돌아와서 "나 왔소"라고 소리치며 가죽 가방을 침대 위로 던질 것처럼. 창가 한구석에 놓인 작은 소파는 오래전에 광택이 사라진 채 낡은 무명천으로 덮여 있었다. 나는 담배와 빅스 베이포럽 약 냄새가 섞여 흘러나오는 아버지 벽장 문을 열고 불을 켰다.

"아, 캐롤라인." 폴은 감탄했다.

아버지의 벽장은 거의 그대로 남아 있었다. 카키색과 갈색, 그리고 흰색 플란넬 바지들이 접혀서 옷걸이에 걸렸고, 갖가지 재킷들도 벽장을 차지하고 있었다. 신발과 슬리퍼들을 모아둔 공간도 있었다. 넥타이와 벨트 들도 버클과 함께 걸렸고, 장례식 때부터 엄마가 가져온 검은 조기는 선반 맨 위에 놓여 있었다. 성토마스 교회에서 그날 내가 보았던 기억은 없었다. 당시 내 나이는 열한 살에 불과했다. 그날 <뉴욕타임스>는, '교회 앞 좌석에 앉은 울시네 여자들'이라는 기사를 게재했다. 나는 벨트 한 개를 당겨 손가락으로 바다표범 가죽의 질감을 만져보았다.

"아버님이 깔끔한 분이셨나 보죠?"

"아뇨, 그렇지도 않아요. 늘 엄마가 정리하시곤 했어요."

폴은 선반에서 회색 중절모를 꺼내들었다. 노랑색 종이로 속을 채워 단단하게 해둔 모자였다. 그는 희귀한 운석을 관찰하는 과학자처럼 두 손으로 모자를 돌려 보고는 다시 선반에 올려놓았다. 갑자기 그가 우울해 보였다. 내가 감정을 그렇게 만들었나?

"아버지는 색맹이었어요."

폴이 나를 가만히 쳐다보았다. 내가 이 수다를 멈춰야 하는데.

"게다가 아버지는 하인이 당신에게 옷을 입히지 못하게 하셨죠."

폴은 내 말을 끊지 않고 가만히 쳐다보기만 해서 나는 점차 몸 둘 바를 몰랐다. 죽은 아버지를 그리워하는 불쌍한 노처녀에 대한 동정심일까?

"당신이 직접 옷을 입겠다고 해서서, 엄마가 기본 색상의 옷만 가져다주었어요. 갈색이나 네이비 같은." 나는 벽장의 불을 껐다. "그보다도 아버지의 옷차림을 당신이 봤어야 하는데."

나는 벽장 문을 닫으면서 눈물이 나오려 하는 걸 참았다.

"언젠가 아침 식사 시간에 아버지가 노란 재킷에 보라색 넥타이, 짙은 오렌지색 바지, 그리고 빨간 양말 차림으로 나타나신 적이 있어요. 그 때문에 엄마는 웃다가 거의 숨이 막힐 지경이 되었죠."

나는 얼굴을 벽장 문으로 돌리고 이마를 차가운 벽에 댔다. "폴, 미안해요. 내가 정신을 차려야 하는데."

폴이 내 어깨를 잡고 나를 자기 쪽으로 돌려세우고는 끌어당겼다. 그는 내 머리를 뒤로 넘기고 입술을 내 뺨으로 가져왔다. 그의 입술은 내 눈 아래에서 잠시 머뭇거리더니 내 얼굴 전체를 옮겨 다녔다. 내 입술을 찾기까지 먼 길을 돌아왔다. 그의 입에서 코코뱅과 프랑스 담배 냄새가 났다.

폴은 목에서 스카프를 풀었다. 황홀한 냄새.

소나무, 가죽, 그리고 사향.

우리는 소파로 갔다. 창밖에는 눈이 퍼붓고 있었다. 마치 허리케인에 모래가 날리는 것 같았다. 그의 손이 내 허벅지

안쪽을 문지르며 스타킹을 벗기는 동안 심장이 멈추는 듯했다. 그는 손가락 두 개를 스타킹 안으로 넣어 끌어내렸다. 나는 그의 셔츠 맨 위 단추를 풀었다. 그리고 다음 단추. 그의 열린 셔츠 속으로 내 손을 밀어넣었다. 소라 껍질 속처럼 매끄러웠다.

"내 생각에는 당신이 코냑 천사의 몫 그 이상을 마신 것 같은데." 폴이 입을 내 귀에 대고 말했다.

그는 내 드레스 윗단추를 벗겼다. 희미한 불빛 속에서 그의 얼굴은 아름다웠고 또 진지했다. 우리가 함께 있는 지금은 현실일까. 나는 그와 레나가 함께인 모습을 머리에서 지웠다.

두 번째 그리고 세 번째 단추로, 천천히.

그는 내 드레스를 아래로 벗겨 내리고 아무것도 덮이지 않은 내 몸에다 키스했다. "당신, 믿을 수 없을 정도로 아름답소." 그가 입술로 내 가슴을 따라 내려가며 말했다. 서두르지 않고.

"침대로 가요."

나는 고개를 끄덕일 수밖에 없었다. 내 캐노피 침대에 핑크색 새틴 침대보가 덮여 있던가? 침대는 폴 로디에르 같은 사람을 한 번도 본 적 없었다.

우리는 비틀거리며 침실로 향했다. 내 속옷들이 아래로 떨어졌다.

"팔을 올려요." 침대에 와서 폴이 말했다.

나는 다이빙하는 자세로 팔을 들었다. 그가 내 슬립과 드레스를 위로 끌어올려 벗겨냈다. 단 한 번의 동작만으로. 그가 재킷을 벗어던지고 나를 끌어당겼다. 그의 벨트를 만지는 내 손이 떨렸다. 내가 버클에서 벨트를 풀고 당겨 빼내는 동안 그는 내게 키스했다. 지퍼가 내려갔다. 그가 바지에서 발을 빼내고 우리 둘은 침대로 향했다. 우리는 새틴 침대보 위로 쓰러졌다. 부드러웠다. 우리 무게에 놀랐을 것이다.

"아직 양말 신고 있어요?" 내가 말했다.

그가 내 입 속 깊숙이 키스했다.

"방금 무슨 소리지?" 그가 내 몸 아래로 움직이며 물었다.

"네?" 나는 한쪽 팔꿈치에 의지해 몸을 일으켰다. "여기 누가 있어요?"

그가 나를 당겨 내리고는 입술을 내 귀에 가까이 가져왔다. "아무것도 아니오." 그의 꺼칠한 턱이 내 뺨을 스쳤다. 좋은 느낌이었다. "걱정 말아요."

내 침대에서 폴과 함께하는 것은 꿈만 같았다. 그가 몸을 돌려 내 위로 올라와서 입에 키스했다. 이제는 격렬했다. 나는 핑크색 새틴 침대보 속으로 더 깊이 가라앉았다.

이번엔 내가 그 소리를 들었다. 누군가 노크하고 있었다. 경비원이 있는데 어떻게 왔을까? 폴의 입술은 계속해서 아래로 내려갔고 나는 얼어붙었다.

"여기 누가 있나 봐요." 내가 말했다. 어둠 속에서 몸이 떨렸다.

8장

카샤, 1940~1941년

폴란드 젊은이들이 지하운동에 참여하는 것은 매우 흔한 일이었다. 독일 침공 이후 소녀단과 스카우트는 불법 조직이 되었지만, 우리는 이 활동을 은밀히 계속해 회색 계층이란 뜻의 '샤르 셰레기' 혹은 '그레이 랑스'로 알려지게 되었다. 우리는 런던의 폴란드 망명정부에 호응했으며, 과거 소녀단 단원들 거의 모두가 여기에 합류했다. 내게는 이들외에 함께할 친구들도 없었다. 수산나 언니가 루블린 앰뷸런스 부대에서 긴 시간을 근무했기 때문이다. 그리고 독일에 점령당한 데서 오는 좌절감을 대체할 수 있는 좋은 방법이기도 했다.

소녀단 활동을 할 때 우리는 제대로 된 응급구조 훈련을 받았지만 그레이 랑스에서는 독학하거나 의학 수업에 몰래 참가할 수밖에 없었다. 나이가 많은 소녀들은 남자들과 함께 싸우거나 간호사나 바느질, 고아 돌보기와 같은 활동을 했다. 독일 감옥에서 풀려난 사람들을 돕거나 교량 폭파, 독일군 작전계획 빼내기 등에 관여하는 경우도 있었다.

나이가 어린 소녀 일곱 명으로 구성된 우리 팀은 독일군들이 폴란드 책을 없애지 못하도록 숨기고 비밀리에 수업을 진행했다. 우리는 암호 해독 훈련을 받고 가짜 증명서나 메시지를 전달하기도 했다. 그 외에도 거리 표지판을 바꿔서 SS가 길을 잃게 만드는 것처럼 나치를 괴롭히기 위해 우리가 할 수 있는 일들을 했다. 밤에는 거리의 독일 방송 스피커를 연결하여 폴란드 국가를 들려주기도 했다. 계획한 일이 성공할수록 더 많은 일에 도전했다. 마약과 비슷했다. 그렇지만 우리는 신중했다. 루블린이 나치의 폴란드 본부가 되었기 때문만이 아니라, 독일 스파이들이 폴란드 전역에 걸쳐 과거 소녀단 지도부를 색출해 체포하기 시작했기 때문에. 우리는 더욱 조심해야 했다.

게다가 수시로 단속이 벌어졌다. 엄마는 특히 우리 때문에 단속을 걱정했다. SS는 갑자기 막무가내로 인간 사냥을 하곤 했다. 체포를 위해 밤까지 기다리지 않았다. 벌건 대낮에 예측하지 못한 장소에서 무작위로 그들의 먹잇감 폴란드인을 잡아갔다. 교회, 기차역, 배급을 기다리며 선 줄에서도. 운이 없으면 잡힌 후 곧바로 수용시설로 보내졌다. 대부분은 독일로 이송되어 죽을 때까지 일했다. 아리아인처럼 생긴 폴란드 어린이들도 위험하긴 마찬가지였다. 많은 수의 어린이들이 도시에서 사라지기 시작했다. 어느 날에는 기차 전체를 그 어린이들로만 채워서 데려갔다. 독일군들은 아이 이름을 부르며 기차를 따라 달리는 엄마들에게 총을 쐈다. 시골의 경우 마을에 일할 사람이 거의 없다면 그 마을을 불태워버렸다.

피에트릭은 말하지 않으려 했지만, 폴란드군 대위인 그의 아버지가 다른 장교들과 함께 체포되어 집에는 피에트릭 혼자 남게 되었다. 전쟁 전, 대학을 졸업한 모든 남자들은 군에서 장교로 복무해야 했기 때문에, 독일은 폴란드군 장교들을 모두 체포해 고등교육을 받은 폴란드인을 쉽게 제거할 수 있었다. 피에트릭은 전쟁이 일어났을 때 아직 군에 징집되지 않은 상황이었다.

나는 여자 선배들이 하는 일처럼 좀 더 중요한 임무를 맡겨달라고 피에트릭에게 졸랐다. 하지만 그는 우리 그룹의 지휘자로서 이런저런 이유를 댔다.

"내가 중요한 임무에 적당하지 않다면 그렇다고 말해." 어느 날 오후 우리 아파트에서 나는 피에트릭에게 따졌다. "봤잖아. 난 나디아네 집에서 임무를 잘 완수했다고."

나는 피에트릭과 함께 묻어두지 않은 엄마의 그림 붓 몇 개를 씻었다. 엄마는 마룻바닥 밑에다 숨겨둔 붓으로 밤에 그림을 그릴 수 있었다. 보통 붓이 아니고 콜린스키 담비털

수채화 붓이었는데, 그 붓들을 씻는 일을 엄마가 내게 맡긴 것은 나를 신뢰한다는 의미였다. 그림 붓의 세계에서 스트라디바리우스라 할 수 있는 그 붓은 엄마가 외할머니에게서 물려받은 것으로 재산 가치가 있었다. 각각은 작은 관 속에 넣어 붉은 플란넬 천으로 말아서 쌌다. 러시아 족제비 중에서도 수컷 털로 만들어, 값으로 따지면 금보다 세 배나 더 비싸고 귀했다.

"카샤, 네게 맡길 일이 없어. 지금은 조용한 상황이야."

그는 아주 큰 손으로 부드럽게 붓을 다루었다. 비눗물에 담갔다가 손가락으로 니켈 덮개 위를 지나 붓끝 쪽으로 부드럽게 훑어내렸다.

"이 집에서 하루를 더 지낸다면 난 미쳐버릴 거야."

피에트릭은 붓을 내 옆의 행주 위에 놓았다. "규칙을 알잖아. 넌 아직 어리니, 책이나 읽어."

"난 할 수 있다고."

"카샤, 그게 아냐."

"피에트릭, 그놈들과 싸우는 것보다 더 좋은 건 없어. 날 어떤 곳으로든 보내봐. 큰 일이 아니라도 돼."

"네가 잡히기라도 한다면, 예쁘고 젊은 소녀라고 해서 그들이 봐주는 경우는 없어. 다른 사람과 마찬가지로 곧바로 쏴버릴 거야."

예쁘다고? 내가? 아름다워?

"내게 임무를 맡기지 않는다면 난 <자유신문>에 일하러 갈 거야. 그곳에서는 일할 사람이 필요하다고 들었거든."

"나랑 함께 있어야 더 안전해. …… 어디 갈 곳이 있긴 한데."

마침내, 성공!

피에트릭이 심각한 얼굴로 나를 보았다.

"한 가지 일이 있긴 있어. 복잡한 임무니까 잘 들어야 해."

"게토로 들어가?" 내가 물었다.

그가 고개를 끄덕였다.

나는 금방 불안해졌지만 드러낼 수는 없었다. 겁먹은 표정을 보이면 내 임무는 없던 일이 될 것이었다.

"Z 약국에 가야 하는데." 잠시 말이 없다가, "안 되겠어. 다시 생각해보니, 넌 이 일에 적당하지 않아."

"그럼 누가 더 적당하단 말이니? 나는 나디아와 함께 Z 약국에서 초콜릿 아이스크림을 자주 사먹었어. 그리고 Z 아저씨는 우리 성당에 다니는 분이야." 차우파닝 아저씨를 우리는 Z라 불렀다.

Z 약국은 게토 안에 있었지만, 기독교인들이 그 약국에서 약을 구입하지 못한다는 규정은 없었다. 모든 사람들, SS까지도 그 약국에서 필요한 것을 구입했다. 약사이면서 주인인 Z 아저씨가 실질적으로 의사 역할도 할뿐더러 전쟁 중에도 모든 약을 갖추어 놓았기 때문이다.

"정확하게 내일 2시까지 그곳에 갈 수 있겠니?"

"내가 언제 늦은 적 있어?"

"그때 순찰조가 교대하는데, 그래서 그 시간에는 독일군이 없을 거야. 정확하게 오 분 동안이야. 가능한 한 검은 셔츠 입은 자들을 피해. 순찰을 돕는 놈들이야."

"알았어." 나는 미소를 지었지만, 몸속 모든 피가 멈춘 것만 같았다. 내 속 깊은 곳에서 "다시 생각해봐"라고 말하는 듯했다. 그러나 나는 그런 생각을 쫓아냈다.

"들어가서 가게 뒤에 있는 문으로 곧장 걸어가."

"지하실로?"

"맞아. 계단을 내려가." 피에트릭은 내 손을 잡고 눈을 바라보았다. "도착해서부터 시간이 오 분밖에 없어. 카샤, 이게 굉장히 중요한 물건인 걸 알아야 해. 이해하겠어?"

나는 끄덕였다. 나는 침착한 목소리를 유지하려 애쓰며 물었다. "혹시 폭발물?"

"아냐, 하지만 네가 그곳을 떠날 때까지 누구에게도 말하지 마. 그리고 극장에 돌아와 평소처럼 일하는 거다. 약국에는 아스피린을 사러 가는 걸로 해."

피에트릭은 너무 심각해진 나머지 내가 알아서 해도 될 것까지 지시했다. 약국에 가는 이유. 이것은 실제 임무였다. 나는 손이 떨렸지만, 완벽하게 해낼 자신이 있었다. 오 분이면 뭔가 집어올 시간밖에 안 되는 걸 알면서도.

그날 밤 나는 거의 잠을 잘 수 없었다. 머릿속에서는 만약 잘못되면, 하는 생각이 꼬리를 물었다. 게토에 간다. 그곳에 있는 것만으로 체포될 수 있었다. 거의 매일 이웃이나 친구가 게슈타포 본부로 끌려갔다는 이야기를 들었다. 겉으로는 평범해 보이는 사무용 빌딩 지하실이었다. 더 나쁜 경우는 루블린 성으로 보내져 그곳 마당에서 총살당했다.

다음날 오후, 나는 다리가 심하게 떨렸지만 Z 약국으로 걸어갔다. 구름이 잔뜩 끼고 바람이 부는 찌푸린 날씨였다. 겁먹으면 안 돼. 그러면 불안의 냄새를 잘 맡는 나치에게 체포될 수 있다.

게토로 들어가는 입구인 그로츠카 게이트, 그곳으로 가는 길 중간쯤에서 걸음이 멈췄다. 엄마가 도이체하우스에서 나오는 모습을 본 것이다. 그곳은 이 도시의 모든 독일인들이 이용하는 레스토랑으로, 입구에는 '폴란드인 출입 금지'라고 아주 크게 써 붙여 놓았다. SS 대원들은 그곳을 특히 좋아했다. 그곳 음식은 안전하게 마음대로 먹을 수 있고, 폴란드인 옆에 앉을 염려가 없었기 때문이었다. 담배 연기로 가득하고 온갖 소문이 떠도는 곳이었으며, 음식은 양이 많아서 안 먹고 버려지는 것이 많다고 했다. 하지만 그 안으로 들어가 본 사람은 없었다. 아마도 그럴 것이다. 그곳에 대해 이야기하는 것은 살기 싫다는 말과 같았다. 그것이 규칙이었다. 폴란드인은 들어갈 수 없었다. 일주일 전에만 해도 청과물 장수가 감자를 배달하러 들어갔다가 주방에서 체포된 후 사라졌다.

체포는 일상이 되었다. 그날 아침 나는 수산나 언니의 지하신문에서 전쟁 3개월 만에 폴란드인 5만 명이 체포되거나 살해당했으며, 그 중 7,000명이 유대인이라는 기사를 읽었다. 그들 대부분은 이 도시의 지도층이었다. 법률가, 교수, 종교 지도자, 그리고 점령군에 대항하거나 그들의 규칙을 어긴 사람들이었다. 나치는 가톨릭 교회를 위험한 적으로 간주해 많은 사제들을 체포했다. 대다수 국민이 말도 안 되는 죄명으로 끌려가거나 공공장소에서 처형당했다. 총소리 때문에 깨어나는 밤이 많았다.

엄마는 빵처럼 보이는 갈색 꾸러미를 옆에 끼고 있었다. 그 모습에서 나는 엄마가 거기에서 무얼 하고 있었는지 금방 알게 되었다. 점심시간이었으며, 바람을 피해 머리를 숙인 채 걸어가는 사람들로 인도가 붐볐다. 엄마는 나와는 반대 방향으로 걸어갔다. 집으로.

나는 사람들 사이를 비집고 엄마에게 다가가며 불렀다. "엄마!"

엄마가 뒤돌아서 나를 보더니 놀란 표정을 지었다. "어?

카샤, 극장에 있지 않고? 네게 샌드위치를 갖다주려 했는데." "오늘 내 당번은 늦게 시작해요." 나는 우리 아파트 근처 영화관에서 매표원으로 일했다. 수산나 언니가 내게 물려준 일이었다.

우리는 길게 늘어선 물 배급 줄을 피해 길 옆으로 갔다.

"도이체하우스에서 나왔죠? 폴란드인은 들어갈 수 없는 곳인데."

"그들은 나를 독일인으로 생각해."

그런 장소에 있는 엄마를 생각하자 약간 피곤해졌다. 담배 냄새 때문에 더 그랬다. 엄마에게서 그 냄새를 맡을 수 있었다.

"엄마가 어떻게 그럴 수 있어요?"

"카샤, 너무 민감하게 생각하면 안 돼. 일을 얻은 지 얼마 안 된단다."

우리는 독일인 커플이 나란히 걸어갈 수 있도록 인도에서 내려섰다.

"일을 얻어요? 무슨?"

엄마가 종이 가방을 더 단단히 움켜쥐자, 진하고 이국적인 향이 퍼져 나왔다. 야자나무와 볶은 브라질 커피.

"사실대로 말해줘요. 엄마." 나는 두려움을 떨쳐버리려 깊게 숨 쉬었다. "새 오드 투알레트 향수 냄새예요?"

엄마는 다시 인도로 올라서서 몸을 추슬렀다. "신경 쓰지 말아라, 카샤."

나는 엄마 화장대 서랍에서 셔츠 아래 뱀 껍질처럼 놓인 실크 스타킹을 본 적이 있었다. 불안이 현실이 되었다. "엄마는 할 말이 없어요. 고백성사를 보셔야 해요."

엄마는 다시 멈추더니 나를 가까이 끌어당겼다. 그리고 작은 목소리로 말했다.

"SS 대원과 커피를 마셨다고 고백해? 레나르트는……."

나는 웃었다. "레나르트? 레나르트라는 말은 '용감하다'는 뜻이에요, 엄마. 용감한 레나르트 씨가 우리 쉬나를 삽으로 내리쳐 죽였죠."

구름 사이로 태양이 비치자 엄마 뺨의 우묵한 부분에 옅은 얼룩이 빛을 반사했다. 목탄 자국.

"그를 스케치하고 있었군요." 심호흡을 하자, 엄마가 나를 당겼다. "카샤, 조용히 해. 그들은 내 그림을 좋아해. 그래서 그들에게 가까이 접근할 수 있어."

"그건 위험해요."

"내가 그에게 마음이 있는 것 같니? 모두 아빠를 위한 일이란다. 카샤, 그들은 아빠를 쏠 수도 있는 사람들이야."

"내가 아빠 같은 사람의 아내라면, 남편에게 신뢰를 잃느니 차라리 죽겠어요."

엄마는 사람들 사이를 헤치며 걸어갔다. 그리고 사람들과 부딪히며 나도 그 뒤를 따라갔다.

"어떻게 해야 이해하겠니?" 엄마가 말했다.

나는 엄마 재킷의 소매를 당겼다.

엄마는 내 손을 쓸어내렸다.

"엄마, 그들은 인종 오염이라고 불러요. 폴란드인과 독일인이 함께하는 것을 말예요."

엄마가 얼굴을 내게로 돌렸다.

"조용히 했으면 좋겠다. 도대체 뭐가 문제니?" 엄마 입에서 커피와 배 크래커 냄새가 났다.

울음이 터져나오려 했다. 엄마는 어쩜 저렇게 무모할까?

"저들은 우리 모두를 잡아갈 거예요. 아빠도."

"일하러 가거라." 엄마가 화난 표정으로 말했다. 그리고 거리를 가로질러 뛰어갔다. 커플이 탄 오픈카를 아슬아슬하게 피했다. 차에 탄 사람이 경적을 울리며 독일어로 고함을 질렀다. 반대편에 올라선 엄마는 나를 향해 돌아섰다. 내게 화나서 속이 상한 것일까?

"극장으로 샌드위치 가져갈게." 엄마가 한 손을 입에 대고 소리쳤다. "금방 갖다줄 수 있을 거야!"

내가 대답하지 않자 엄마는 커피를 가슴께에 쥐고는 사람들 속으로 걸어갔다.

나는 그 자리에 떨면서 서 있었다. 누구에게 말해야 하나? 아빠는 아니다. 아빠는 레나르트를 죽일지도 몰라. 그러면 우리 모두가 처형당하겠지. 도이체하우스를 돌아보니 레나르트가 이쑤시개를 입에 물고서 동료 세 명과 함께 계단을 내려오고 있었다. 엄마는 어떻게 저런 인간을 만날 수 있을까?

이런 생각보다 내게는 임무가 먼저였다. 우리 소녀단의 모토가 뭐였던가? "조심하라!" 피에트릭이 맡긴 임무를 빈틈없이 완수하도록 집중하는 것이 중요하다. 수산나 언니에게는 나중에 말하자. 언니는 엄마가 다시 정상으로 돌아오도록 도와줄 것이다.

나는 계속해서 게토를 향해 갔다. 그로츠카 게이트를 지나 차우파님 약국에 제 시각에 도착했다. 어려운 일이 아니었다. 나디아와 나는 Z 약국에 수천 번 갔지만 이번에 약국으로 걸어가는 동안에는 단테의 지옥으로 내려가는 느낌을 떨칠 수 없었다.

한때, 구 시가지는 루블린에서 가장 활기찬 쇼핑 구역이었다. 그래서 나디아와 나는 상점들을 구경하면서 설탕이 듬뿍 뿌려진 따뜻한 하누카 도넛을 사먹곤 했다. 순무와 감자를 쌓아놓고 파는 손수레들도 많았다. 아이들이 거리에서 뛰어놀았고, 개버딘을 입고 검은 모자를 쓴 상점 주인들은 문을 활짝 열어 물건들이 보이게 해놓고 가게 앞에 서서 손님들과 이야기를 나누었다. 갖가지 신발, 쟁기나 갈퀴, 간혀서 꽥꽥거리는 닭과 오리 들.

그때까지는 루바르토프스카 거리에 커다란 츄라노심 유

대교 공회당이 있어 어깨에 흰색과 검은색의 기도용 숄을 걸친 남자들이 오고 갔다. 목욕탕을 나와 집으로 가는 사람들이 많아 거리에서 따뜻한 공기가 느껴지기도 했다.

그러나 독일군이 들어온 후로는 게토를 지날 때마다 슬픔과 공포를 느꼈다. 우리 도시를 내려다보는 루블린 성은 나치에게 점령되어 감옥으로 이용되었으며, 거리는 이제 더 이상 아이들이나 상인들로 떠들썩하지 않았다. 나치는 젊은 남자들 대부분을 건설 공사에 차출해갔다. 루블린의 남쪽 외곽에 땅을 정리해 마이다네크라 부르는 노역장을 짓기 위해서였다. 그래서 많은 상점들이 문을 닫았고 몇 안 되는 노점상들도 팔고 있는 물건이 매우 적었다. SS가 이곳저곳을 순찰하고 다녔으며, 아직 나치 노역장에 끌려가지 않았지만 일할 나이가 된 십대들은 불안감 속에서 서성거렸다. 여자들이 땅에 떨어진 고기 부스러기 주위로 모였으며, 한 소년은 다윗의 별이 새겨진 흰 완장을 팔고 있었다. 공회당은 문에 판자를 대고 못으로 박아 폐쇄했으며, 목욕탕에서는 더 이상 증기가 나오지 않고 근처에는 아무도 없었다.

약국에 도착하자 안심이 되었다. 약국은 문을 연 몇 안 되는 장소들 중 하나였으며, 그날 오후는 활기가 있어 보였다. Z 아저씨가 영업을 계속할 수 있도록 나치들을 매수했다고 한다. 아저씨는 게토에서 상점 주인들 중 유일하게 유대인이 아니었다.

나는 약국 유리창으로 체스 게임에 몰두해 있는 검은 모자의 남성들을 엿보았다. Z 아저씨는 약국을 길게 가로지르는 목재 카운터에 서서 어떤 커플과 약에 대해 이야기하고 있었다.

약국 문 손잡이를 돌리자 삐걱거리며 열렸다. 게임을 하고 있던 남자들이 고개를 들었다. 내가 들어서자 그들의 눈도 나를 따라왔다. 그 중 일부는 무슨 일일까 하는 표정이었다. 차우파님 아저씨는 성당을 같이 다녀서 알고 있었으며, 내가 안으로 들어가자 아무 말도 없었다. 탁자를 지나갈 때 그들의 대화가 들렸는데, 대부분은 유대어였지만 폴란드어도 많았다. 뒷문으로 가서 손잡이를 쥐고 돌렸지만 꿈쩍하지 않았다. 잠긴 것일까? 다시 한 번 해보았지만 손바닥이 미끄러졌다. 별로 좋지 않다. 임무를 포기해야 할까?

나는 Z 아저씨에게로 얼굴을 돌렸다. 그는 미안한 표정을 짓고는 내게로 다가왔다.

바로 그때, 갈색 나치 셔츠에 총을 찬 히틀러 친위대 한 명이 약국 앞 유리창에 손을 대고 안을 들여다보았다. 그는 나를 지켜보고 있었던 것이다! 테이블에 있던 남자들 중 몇 명이 일어나 차렷 자세를 했다. 그는 모든 것을 보고 있었다. 나는 머릿속에서 맹세를 되풀이했다. 나는 그레이 랑스에 종사할 것이다. 조직의 비밀을 안전하게 지키고, 명령에 복종하며, 주저 없이 내 생명을 던질 것이다.

"생명을 던진다" 부분이 정말 현실이 되고 있었다.

Z 아저씨는 나를 카운터 뒤로 데려갔다. 나는 그곳에 거의 가본 적이 없었는데 다리는 사정없이 떨렸다.

"아스피린 사려고?" 아저씨가 말했다.

"네. 머리가 심하게 아파서요."

갈색 셔츠가 옆으로 이동하자 아저씨가 나를 문으로 데려갔다. 그리고 손잡이를 가볍게 당기더니 아주 자연스럽게 나를 들어가게 했다.

나는 지하로 계단을 내려가서 나무 문을 두드리고 전등 아래에 섰다. 오한이 전신을 스쳤다. 피에트릭에게 이 임무가 끝이라고 말할까 생각했다.

"누구?" 여자 목소리.

"이보나." 내가 말했다.

문이 열렸다.

"어린애를 보냈네?" 그림자 속에서 여자가 말했다. 내가 들어가자 뒤에서 문을 닫았다.

어린애? 나는 열여덟 살이고, 나이가 더 많아 보인다는 말도 자주 들었다.

"전 아스피린을 사러 왔고, 시간이 오 분밖에 없어요."

여자는 시장에서 마지막 생선 조각을 보는 것처럼 나를 한참 동안 응시하더니 옆방으로 걸어갔다. 나는 지하실 안으로 더 들어갔다. 우리 아파트 두 배 정도 되는 공간이었는데, 검은 종이로 창문을 가려서 깜깜했다. 바닥에 던져진 더러운 양말과 곰팡이 냄새가 짙었지만, 가구는 잘 갖춰져 있었다. 긴 소파, 주방 테이블과 의자 그리고 그 위에 달린 푸른색과 붉은색의 램프, 벽 쪽의 싱크대까지. 싱크대에서 떨어지는 물방울, 쿵쿵거리는 발걸음, 그리고 의자가 바닥을 긁는 소리가 위에서 들려왔다. 그 여자는 어디에 있나?

여자는 두툼한 뭉치를 들고 금방 돌아왔다. 나는 그것을 받아 가방에 넣고 시계를 보았다. 일 분도 안 돼 끝냈다. 굼벵이라도 그렇게 긴 시간이 걸리지는 않을 것이다. 그때 소파에 앉은 여자아이가 눈에 띄었다. 그림자 속에서 고개를 숙인 모습이었다.

"쟤는 누구예요?" 내가 물었다.

"네가 관여할 일이 아냐. 넌 어서 가야 해."

나는 가까이 다가갔다.

"당신이 이 애를 때렸나요?"

"무슨 말을 그렇게 해. 이 아이를 가톨릭 가정에 보내기로 했어. 안나의 부모는 그곳이 더 안전할 거라고 생각하거든."

"이 옷차림으로?" 안나는 손으로 짠 스웨터 위에 검은 코트를 덧입었다. 검은 가방을 들고 검은 스타킹을 신었다. 그리고 머리는 말아올려 검은색과 붉은색이 섞인 스카프로 묶었는데 마치 터번을 쓴 것 같았다. 가톨릭 소녀들의 옷차림에는 내가 전문가였다. 나 자신이 가톨릭이고 일요일 미사에 가장 먼저 참석하는 엄마 때문이기도 했다. 안나는 그 옷차림으로는 멀리 갈 수 없었다.

"이렇게 입는 가톨릭 소녀는 없어요." 내가 말했다.

나는 가기 위해 몸을 돌렸다.

"그럼, 애가 어떻게 입어야 하는지 잠시 말해줄 수 있겠니?" 여자가 말했다.

"전 잘 몰라요." 이 여자는 자기가 필요할 때만 내게 잘해주는 것일까? 내게는 나의 일이 있다. 얼른 이 비밀 물건을 들고 거리를 통과해가야 한다.

"이 아이에겐 중요한 일이고, 이제부터 애는 혼자서 해결해야 해." 여자가 말했다.

"그럴 것 같군요." 내가 말했다.

나는 소녀에게 가까이 가서 옆의 소파에 앉았다.

"난 카샤라고 해." 나는 손을 내밀어 소녀의 손을 잡았다. 내 손보다 더 차가웠다. "안나, 예쁜 이름이구나. 이 이름이 '하느님께서 좋아하신다'라는 뜻인 걸 알고 있니?"

"진짜 이름은 한나예요." 소녀는 내게 눈길도 주지 않고 말했다

"네가 가톨릭 가족들과 함께 살려면 무엇보다도 먼저 스카프를 벗어야 할 것 같다."

한나는 망설이면서 화난 표정으로 나를 바라보았다. 나는 소녀를 버려두고 계단을 뛰어 올라가고 싶었지만 그렇게 하지 않았다. 그것이 내가 할 수 있는 전부였다.

소녀는 천천히 스카프를 벗었다. 검은 머리가 어깨 위로 흘러내렸다.

"잘했다. 이제 검은 스타킹이나 구두를 신지 않아야 해. 여기 내 것이랑 바꾸자."

소녀는 움직이지 않았다.

"못 하겠어요." 소녀가 말했다.

"한나야."

"삼 분 남았다." 여자가 문 앞에 서서 말했다. "빨리 해야 돼." 내가 말했다.

"마음을 바꿨어요." 한나가 말했다.

나는 일어서며 치마를 다듬었다. "좋아 그럼, 난 갈게."

"내 남자친구가 이렇게 하면 나를 죽일 거라고 했어요."

나는 다시 앉았다. 남자친구가 저렇게 골칫거리라니!

"모든 것을 남자친구 위주로 할 순 없어."

"그는 이제 날 미워해요. 내가 부모를 버렸다고 말하면서."

"네 부모님이 이렇게 하길 원하셔. 그리고 네 남자친구도 이게 최선이란 걸 알게 될 거야."

여자가 내게로 왔다. "이제 끝내고 일어나."

"그놈들은 남자들만 잡아가니까." 한나가 말했다. "나는 집에 있는 편이 더 좋을 것 같은데."

"어디 노동 수용소로 보내지는 것보다는 새로운 가족과 생활하는 것이 더 좋아. 계획대로 하면 그들에게 음식도 제공해줄 거야."

"그럴 수 없어요."

"사람들은 다 그렇게 해. 지금은 네가 명랑해야 돼. 슬픈 표정 지으면 안 돼. SS가 눈치 챌 수 있어."

소녀는 얼굴을 닦고 똑바로 섰다. 시작이다! 코 위로 주근깨가 보이는 귀여운 아이였다.

"내 신발을 신어. 빨리."

"이 분." 문 앞에서 여자가 말했다.

"정말 못 하겠어." 한나가 말했다.

"해야 돼. 네 구두는 죽음으로 가는 길이야. 내 것과 바꿔."

내가 잡힌다면? 내게는 증명서가 있고, 아빠가 어떻게든 도울 것이다. 한나는 검은 스타킹을 벗어 내 흰 양말과 바꿨다. 나는 한나 구두를 신었다. 내 신발보다 약간 작을 뿐이었다.

"됐어, 이제 돌아봐." 나는 최대한 서둘러서 소녀의 머리를 한 가닥으로 굵게 땋아 내렸다. "미혼인 가톨릭 소녀들은 머리를 이렇게 한 가닥으로 땋아. 주의 기도 외울 수 있니?"

소녀는 머리를 끄덕였다.

"좋아, 폴란드 국가도 배워야 해. 요즈음에 그놈들이 불러보라고 할 때가 많으니. 그리고 기억해야 할 것은, 누가 네게 보드카를 주면 한 모금도 홀짝여서는 안 된다. 한꺼번에 다 들이키거나 아예 안 마신다고 해야 돼."

"시간 다 됐어." 여자가 말했다.

내 작품은 훌륭했다.

흰 성경책이 테이블 위에 있었다. "깔끔한 성경이구나." 소녀에게 주면서 내가 말했다. "책갈피를 약간 뜯어두어 읽은 티를 내야 해. 그리고 성당에서는 이렇게 오른쪽 무릎이 바닥에 닿게 무릎을 꿇고 십자가를 그려 성호를 긋도록 해." 나는 시범을 보였다. "그렇지. 아냐. 오른손으로 하는 거야. 그래, 다른 사람들을 따라하면 되겠다. 그리고 성체를 씹으면 안 돼. 입 속에서 녹여야 해."

소녀가 내 팔을 잡았다. "돼지고기를 먹어야 해요?"

"그것 먹고 배탈이 크게 난 적 있어서 보기도 싫다고 말하면 될 거야."

"고마워요." 한나가 말했다. "나는 당신에게 줄 게 아무것도 없는데."

"이보나, 이제 정말." 여자가 말했다.

"걱정하지 마. 그리고 무엇보다도 초조해할 필요 없어. 네 폴란드어는 누구보다 유창해. 마지막 한 가지." 나는 내은 십자가 목걸이를 풀어 소녀의 목에 둘러주었다.

소녀는 자기 가슴께를 내려다보았다.

"이걸 하고 있기 힘들겠지만 가톨릭 소녀들은 누구나 이렇게 하고 다녀."

피에트릭은 이해해줄 것이다.

문으로 가서 나는 마지막으로 한 번 더 한나를 돌아보았다. 한나는 한 손에 성경을 들고 서 있었다. 일요일 미사에 가는 가톨릭 소녀 모습이었다.

"오 분이 넘었다." 여자가 말했다. "어두워질 때까지 기다려야 되겠어?"

"전 괜찮아요." 내가 말했다. 피에트릭은 기다려줄 것이다.

나는 다시 계단을 올라와 약국을 통과해 거리로 나갔다. 신선한 공기를 마시니 기분이 좋았다. 내 임무를 완수했다. 극장으로 돌아가며 나는 당분간 다른 임무를 맡지 않겠다고 생각했다. 시계를 얼핏 보니 극장의 당번 시간에는 아직 일렀다. 사장님이 좋아하겠지. 나는 그곳에 안전하게 가야 한다는 생각뿐이었다. 도움이 필요하면 피에트릭이 도와줄 것이다.

가는 길은 순조로웠다. 그러나 구 시가지를 벗어나기도 전에 누군가 나를 뒤따르는 것이 느껴졌다. 나는 허리를 굽혀 한나의 구두를 묶었다. 내 가방에서 서류 뭉치가 바스락

거렸고 나는 뒤를 살짝 돌아보았다. Z 약국에서 나를 보던 갈색 셔츠였다. 어린애들을 쫓아내고 있었다. 내가 지하실로 들어가는 걸 봤을까? 나는 불길한 생각을 떨치면서 뛰었다.

극장에 도착하니 내 당번 시간보다 오 분 빨랐다. 극장 차양에는 '영원한 유대 왕국'이라 적혀 있었다. 극장은 한때 나치에게 징수당해 모든 필름이 나치 본부로 압수되고, 폴란드인은 들어갈 수 없었다. 하지만 이 영화는 이름에서부터 벌써 나치 선전물이었다. 매표소 앞에는 벌써 줄이 형성되고 있어, 독일인 관객들이 줄을 섰다. 얼굴에 기대감을 잔뜩 품은 단골 관객들이었다. 최근 나치는 우리에게 애국 음악을 강요하기 시작해, 극장 밖에 시끄러운 스피커를 틀어놓았다. 나치 당가인 '호르스트 베셀의 노래'를 계속해서 들려주었다. 트럼펫이 연주하는 장송곡 같은 행진곡이 밤새 자갈길 도로 광장을 울렸다. 영화가 상영되는 중에도 마찬가지였다!

"깃발을 높이 들어라." 독일어 합창이 들렸다. "대열을 좁혀라! 나치 돌격대는 한발 한발 군세게 행진한다.

나는 매표소 문으로 들어가 숨을 골랐다. 그곳은 작은 욕실 정도 크기의 방이었는데, 종이로 가려둔 매표구 창과 높은 스툴 의자가 있었다. 나를 따라온 자가 있을까? 나는 불을 켜고, 마음을 진정시키기 위해 현금 상자를 만져보았다.

차갑고 매끈한 느낌. 평상시처럼 행동할 필요가 있었다. 돈을 세고, 창문 가리개를 밑으로 당겨 내린다.

엄마는 어디 있을까? 내게 치즈 샌드위치를 약속했는데. 엄마는 전에 간호사였기 때문에 올드타운 병원에서 일하라는 압력을 받았다. 엄마가 왜 늦을까? 나는 배가 고팠다. 독일 캔디바 냄새에 배에서 쪼르륵 소리가 났다.

나는 어두운 쪽으로 옮겨 앉아 매표구 창밖을 훔쳐보았다. 몸으로 전기가 흐르는 듯했다. 이럴 수가? Z 약국에서 나를 지켜보던 갈색 셔츠가 거기에 있었다. 표를 사기 위해 줄 서 있는 주부 둘과 뭔가를 이야기하면서.

피에트릭이 매표소로 뛰어들어 내 발 근처 바닥에 평소처럼 앉았을 때 나는 기쁨을 감출 수 없었다. 매표구 아래 벽에 기댄 그의 뺨에는 홍조가 피었고, 눈은 유난히 더 푸른색이었다. 그의 여동생 루이자가 바로 뒤에 있었다. 루이자도 오빠 옆의 벽에 등을 대고 앉았다. 루이자는 피에트릭과는 정반대였다. 오빠의 눈은 밝은색이지만 동생은 짙은 색이었다. 피에트릭은 신중했지만 루이자는 자주 웃었다. 열다섯 살임에도 오빠 절반 정도의 체구였다.

Z 약국에 간 일은 어떻게 됐어? 그가 물었다.

나는 검표원 스툴 의자 위에 높이 앉아서 다리가 최대한 예쁘게 보이도록 치마를 다듬었다. "잘했어. 한 가지가 마음에 걸리지만."

그는 루이자 앞에서는 그 얘기를 하지 말라고 눈짓으로 내게 말했다.

"나는 내가 뭘 가장 잘할 수 있을까 생각 중이야." 루이자가 말했다. "카샤 언니는 그게 뭐일 것 같아?"

루이자는 그 순간에 하필이면 그런 바보 같은 주제를 꺼냈을까? 나는 창문 가리개를 열고 앞에 선 줄을 관찰했다. 갈색 셔츠는 아직 거기 있었다. 이제는 두 남자와 무슨 대화에 열중이었다. 내 얘기일까?

"루이자, 난 모르겠어." 내가 말했다. "넌 빵도 잘 굽고……."

"그건 누구나 할 수 있는 거잖아. 나만이 할 수 있는 일은 없을까?"

나는 다시 한 번 밖을 관찰했다. 뭔가 잘못되었다. 하지만 너무 극단적으로는 생각하지 말자. 나는 돈을 정리하면서 매표 일에 대해서만 차근차근 생각했다.

캔디 가격 카드 세트? 체크.

현금통 정리? 체크.

지금 영화 관객은 대부분 독일인이다. 나는 주의를 더 집중해야 한다. 내가 조금이라도 실수한다면 사장님이 크게 질책하기 때문이다.

수산나 언니가 매표소로 들어오더니 문을 닫았다.

"카샤, 왜 그렇게 창백한 얼굴을 하고 있어?"

"언니, 밖에서 갈색 셔츠를 봤어?"

언니는 가방을 구석으로 던졌다. "좋은 인사말이다. 난 지금까지 환자들과 씨름하다 온 시골 의사야. 그렇게 일해서 네가 아침에 먹을 계란을 구했단다. 카샤야."

나는 창문 가리개를 젖혔다. 그놈이 여전히 서 있었다. 자리를 옮겨 줄에 선 어떤 젊은 여자와 이야기 중이었다.

"Z 약국에서부터 나를 뒤쫓아온 것 같아." 나는 피에트릭을 향했다. "너와 루이자도 포함돼. 너희들이 나와 함께 있는 걸 보면 모두 잡아갈 거야."

언니는 웃었다. "법이 온통 뒤죽박죽이긴 하지만, Z 약국에 가지 못하게 하는 법이 있다는 얘기는 못 들었어."

나는 바깥의 줄을 다시 한 번 살폈다. 그 여성이 고개를 끄덕이면서 손가락을 들어 매표소 문을 가리켰다. 내 온몸이 얼어붙었다.

"그놈이 나에 대해 묻고 있어." 나는 몸의 기운이 다 빠져나가는 느낌이 들었다. "사람들이 내가 여기 있다고 말해주는 것 같아."

순간 심장이 오그라들었다. 엄마가 줄의 맨 끝에서 사람들을 헤치며 우리 쪽으로 오고 있었다. 손에는 도시락 바구니를 들고서.

수산나 언니가 내 손에서 창문 가리개를 당겨서 창을 가렸다. "계속 그렇게 죄 지은 표정을 하면 더 문제가 돼."

나는 거의 숨도 쉴 수 없었다.

오지 마, 엄마. 지금 당장 돌아가, 늦기 전에.

9장

헤르타, 1940년

휘르스텐베르크 역으로 나를 태우러 프리츠가 늦게 오긴 했지만 라벤스브뤼크의 수용소 의사로서 첫날을 시작하기에 멋진 길이었다. 그가 나를 알아볼까? 의문이었다. 대학에서 그는 항상 간호학과 학생과 붙어 다녔었다.

기차역은 바이에른 양식으로 지어진 건물이었고 나는 플랫폼에 오 분 동안 서서, 여유 있게 구경했다. 내게 중요한 임무가 배정될까? 좋은 친구가 생길까? 가을 날씨로는 따뜻해서 내가 입은 모직 셔츠가 피부를 자극했다. 빨리 좀 더 가벼운 옷으로 갈아입고 실험 가운을 걸치고 싶었다.

프리츠는 퀴벨바겐-82를 타고 왔다. 녹색의 4인승 라벤스브뤼크 관용 차량이었다. 그는 차를 멈추더니 팔을 조수석 등받이에 올렸다.

"늦었네." 내가 말했다. "10시 넘어 수용소 소장이 만나

자고 해서."

그는 플랫폼으로 와서 내 가방을 받아들었다. "헤르타, 악수 안 해? 널 못 본 지 1년이나 지났잖아."

나를 기억했다.

차를 타고 가며 곁눈질로 그를 보았다. 아직 그는 대학의 모든 여자들이 인정했을 만큼 준수한 모습이었다. 키 크고, 결이 고운 검은 머리, 그리고 러시안블루 빛깔의 눈. 귀족적 혈통이 드러나는 세련된 용모였다. 하지만 그는 피곤해 보였으며, 특히 눈 주위에서 그것이 여실히 드러났다. 여성 재교육 수용소에서의 일이 스트레스가 많겠지.

휘르스텐베르크의 작은 시가를 통과해 프리츠-로이터 스트라세를 달려갈 때 내 짧은 머리에 스치는 바람은 부드러웠으며, 길 양측으로는 잔디 지붕 집들이 늘어서 있었다. 아주 오래된 독일식 가옥으로, 영화의 한 장면 같았다.

"히믈러가 휘르스텐베르크에 오면 이곳에 머물곤 했어. 라벤스브뤼크가 들어선 땅을 제국에 판 사람이 그였어. 알고 있어? 잘해봐. 쉬베트 호수 너머로 수용소가 보이지? 아주 새로운 광경이다. 헤르타, 울고 있니?

"눈에 바람이 들어갔을 뿐이야." 그는 눈치가 빨랐다. 휘르스텐베르크를 지나면서 감정이 솟구칠 수밖에 없었다. 어렸을 때 부모님과 함께 낚시하러 비슷한 마을에 간 적이 있었다. 이것이 바로 독일의 진수였다. 아름답고 오염되지 않은. 우리가 싸우고 있는 이유다.

"몇 시나 됐어, 프리츠?" 내가 눈을 말리며 말했다. 소장이 나를 울보로 취급할 수 있었다. "늦으면 안 돼."

프리츠는 속도를 높이고 목소리도 엔진 소리보다 크게 높였다. "쾨겔은 나쁜 사람이 아냐. 여기 오기 전에는 뮌헨에서 기념품 가게도 했었어."

호수를 따라 수용소로 난 길을 달려가는 우리 뒤로 먼지 구름이 일었다. 나는 고개를 돌려 호수 너머로 방금 지나온 휘르스텐베르크의 시가지와 교회 첨탑의 먼 실루엣을 바라보았다.

"여기 근무하는 의사들 중 마음에 드는 사람을 고를 수도 있어." 프리츠가 말했다. "닥터 로젠탈은 금발을 좋아해."

"난 금발이 아냐." 내가 말했다. 하지만 그가 그렇게 생각해주는 것이 좋았다. 프리츠와 함께 차를 타고 가니 기분이 고양되고 새로운 모험을 시작하는 느낌이었다.

"가까워질 수 있어. 여기서는 깨끗한 독일 여자가 드물지. 다들 슬라브인 특징이 섞여 있어."

"난 내 남자가 매독에 걸렸어도 상관없어."

"내가 독일인 늘리기 일을 하는 것처럼." 프리츠가 미소 지으며 말했다.

"넌 이런 식으로 여자를 꼬시니?"

그는 나를 힐끗 보더니 바로 고개를 돌리고는 무심한 표정이 되었다. 내가 히틀러 휘하의 몇 안 되는 여자 의사들 중한 명인 것이 행운으로 생각되었다. 난 이제 전혀 다른 계층으로 진입했다. 프리츠 피셔가 뒤셀도르프의 여자들에게는 이런 식으로 추파를 던지지 못할 것이다. 머리를 다시 길게 길러야 할 것 같았다. 일단 내가 이곳에서 가장 유능한 의사가 되고 나면 그는 내게 호감을 가질 것이 분명했다.

우린 줄무늬 옷을 입고 수척한 모습의 여자들 무리를 지나갔다. 근육이 심각하게 줄어든 상태에서 체중 전체를 무거운 콘크리트 롤러의 금속 견인대에 기대고 있었다. 병든소떼 같았다. 모직 제복을 입은 여성 경비원이 셰퍼드가 날뛰지 못하게 붙잡았다. 프리츠는 경비원에게 손을 흔들었고, 그녀는 우리가 지나가는 모습을 노려보았다.

"저 사람들은 나를 좋아해." 프리츠가 말했다.

"그래 보이네."

우리는 먼지를 일으키며 행정동 앞에 멈췄다. 길 끝에 위치해 수용소에 오면 가장 먼저 보게 되는 벽돌 건물이었다. 나는 차에서 내려 옷에 묻은 먼지를 털고, 주위를 살펴보았다. 가장 먼저 괜찮은 곳이라는 느낌이 들었다. 초록의 잔디가 무성했으며, 건물 둘레를 따라 붉은 꽃들이 피어 있었다. 왼쪽으로는 수용소를 내려다보는 언덕에 독일 전통 양식으로 지어진 간부 숙소 네 채가 들어서 있었다. 자연석 기둥에 목재 골조의 발코니를 갖춘 집이었다. 북유럽과 독일 양식이 혼합되어 보기 좋았다. 고위급들이 머무는 장소였다.

"언덕 위에 수용소를 내려다보는 집은 소장 관사야." 프리츠가 말했다.

행정동 건물 뒤로 철조망이 쳐진 높은 돌담만 보이지 않는다면 요양원이나 죄수 재교육소 정도로 생각할 수 있었다. 나는 쾨겔 소장을 좋아하기로 마음먹었다. 그런 고위직들은 부하 직원이 자신을 좋아하지 않으면 핀잔을 주고 결과적으로 내 경력에 나쁜 영향을 미치게 된다.

수용소 정문 바로 안쪽 길에서 약간 떨어진 곳의 동물 우리는 이곳에 어울리지 않았는데, 원숭이와 앵무새, 그리고 다른 여러 이국적인 새들이 들어 있었다. 동물은 스트레스를 줄여준다. 하지만 이렇게 동물을 모아둔 목적이 그것일까?

"헤르타, 소장님을 만나야 하니 조금 기다릴래?" 프리츠가 복도에서 말했다.

비서가 나를 2층의 소장 집무실로 안내했다. 소장 쾨겔은 책상에 앉아 있었고 그 위에 걸린 사각형 거울은 코너에 놓인 사람 크기의 화분 초목을 비추었다. 나는 집무실의 웅장함에 위축될 수밖에 없었다. 방 전체에 깔린 카펫, 값비싸 보이는 휘장과 샹들리에. 소장 전용 도자기 싱크대까지 있었다. 나는 구두를 닦고 왔어야 했다.

쾨겔이 일어섰고, 우린 독일식 경례를 교환했다.

"늦었군, 닥터 외버호이저." 그가 말했다. 벽걸이 시계가 30분을 알렸다. 독일 전통 치마와 바지를 입은 댄서들이 '즐거운 방랑자' 음악에 맞춰 춤추며 원을 그렸다. 내가 늦었음을 축하해주는.

"닥터 피셔가……" 내가 말을 시작했다.

"당신은 자신의 잘못을 항상 남 탓으로 돌리나?"

"늦어서 죄송합니다, 소장님."

그는 가슴에 팔짱을 꼈다. "오는 길은 어땠나?" 그는 살이 찐 체형으로, 개인적으로는 좋아하지 않는 유형이었다. 하지만 나는 미소를 지었다.

2층 쾨겔 집무실에서는 수용소 전체가 한눈에 들어와 넓은 운동장에서 여성 수감자들이 차렷 자세를 하고 5열로 서 있는 모습이 보였다. 수용소를 둘로 나누며 관통하는 도로에는 검은 찌꺼기들이 덮여 햇빛에 반짝였다. 깔끔해 보이는 막사들이 이 도로에 직각으로 멀리까지 줄지어 있었다. 도로를 따라 일정한 간격으로 심어진 보리수는 아직 덜 자랐지만 아름다웠다. 보리수는 독일인들 사이에 숭고한 '연인들의 나무'로 통한다.

"편안하게 잘 왔습니다. 소장님." 라인 지방 억양을 최대한 억제하며 내가 말했다. "일등석 티켓을 주신 데 감사드립니다."

"자네에게는 편안한 것이 중요한가?" 쾨겔이 물었다.

소장은 땅딸막한 다리에 불쾌한 성격을 지닌 냉혹한 사람이었다. 기분 나쁜 그의 행동은 셔츠 칼라와 타이가 목의 비곗살을 너무 세게 죄기 때문일지도 몰랐다. 칼라 주위의 피부가 늘어져서 곡식 이삭들처럼 보였다. 가슴에는 각종 메달을 줄줄이 매달았다. 그는 분명히 애국자였다.

"아닙니다. 저는 그렇지 않습니다."

"무슨 착오가 있지 않았나 생각하는데." 그가 손을 저으며 말했다. "여기엔 자네가 묵을 숙소가 없네."

"그렇지만 전 베를린으로부터 편지를 받았습니다."

"여기에 여의사는 자네뿐이라는 게 문제야."

"전 그렇게 생각하지 않습니다."

"닥터. 이곳은 노동 수용소다. 미장원이나 커피 모임 같은 건 없어. 직원 식당에서 식사하는 자네를 보고 남자들이 어떻게 생각하겠나? 많은 남자들 틈에 낀 여자 한 사람은 문제를 일으키게 마련이다."

그의 말에 내 월급이 날아가는 것 같았다. 프리츠가 다음 베를린행 기차로 날 데려다주게 되는 것일까? 엄마는 다시 하루 종일 일해야 하고.

"전 검소하게 살아왔습니다. 소장 각하."

움켜쥐었던 주먹을 풀고 보니 손바닥이 손톱에 패어 있었다. 웃는 모양의 빨간 손톱 자국이 나를 비웃는 것 같았다. 내가 자초한 일이었다. 너무 확신하지 말았어야 했다. "저는 어떤 생활환경에서도 잘 지낼 수 있다고 자신 있게 말씀 드립니다. 총통께서도 검소한 생활이 최선이라고 말씀하십니다."

쾨겔이 짧게 자른 내 머리를 보았다. 그가 약해지고 있는 것일까?

"피부과 의사를 내게 보내? 여기선 쓸모없어."

"전염병도 봅니다. 소장님." 그는 한 손을 허리에 얹고 잠시 생각했다.

"알았어." 그가 말했다. 그는 창 쪽으로 돌아서더니 수용소를 내려다보았다. "그렇다면…… 닥터. 우린 여기서 조금 민감한 일을 하고 있다."

그가 말할 때 아래 광장에서 들리는 채찍 소리가 내 주의를 끌었다. 여자 경비원이 그곳에 모인 많은 수감자 중 한 명에게 말채찍을 휘둘렀다.

"닥터. 여기 일은 일체 비밀로 해야 한다. 서약서를 작성할 용의가 있나? 누구에게도 발설하면 안 돼. 자네 어머니나 여자 친구에게도."

그 점은 걱정할 것 없다. 내겐 여자 친구가 없으니까.

"어떤 식으로든 비밀이 누설된다면 자네 가족들은 감옥에 가고 자네는 처형될 수 있어."

"명심하겠습니다. 소장 각하."

"여기 일은, 그러니까, 어렵다고 볼 수는 없다. 우리의 의료 체계는 어떤 상황에서도 적절히 가동될 수 있도록 잘 구축돼 있다."

쾨겔은 창 밑에서 일어나는 일을 무시했다. 수감자는 바닥에 쓰러지면서 손으로 머리를 감쌌다. 다른 경비원이 목줄에 묶인 셰퍼드가 이빨을 드러내며 앞으로 튀어나가려 하자 당겨서 제지했다.

"좋아, 베를린도 만족할 거야." 쾨겔이 말했다.

"재교육에서 제가 할 역할은 무엇입니까, 소장 각하?"

광장의 경비원은 쓰러진 여자의 복부를 구둣발로 걷어찼고 여자의 비명은 듣기 힘들었다. 이것이 재교육의 폭력적 형태였다.

"자네는 엘리트 그룹에 속하게 돼. 자네는 독일에서 최고의 의사들과 함께 수용소 직원들과 그 가족들의 의료적 문제를 해결하는 일을 하고, 총통의 일을 수행하도록 여기로 재배치된 여자들의 의료 문제도 처리하네. 그리고 닥터 게브하르트는 몇 가지 프로젝트도 수행하고 있다."

경비원은 채찍을 다시 감았고, 수감자 두 명이 피투성이 동료를 끌고 가는 동안 나머지 여자들은 차렷 자세로 서 있었다. "세 달 동안의 훈련 기간을 거친 다음에는 어떤 상황에서든 그만둘 수 없다."

"이해할 수 있습니다, 소장님."

쾨겔은 책상으로 돌아갔다. "자네는 도로시 빈츠와 집을 같이 쓰도록 하게. 우리 여자 경비 인력들 중 대장이야. 우리 미장원은 멋지진 않지만 꽤 괜찮아. 바로 아래층인데, '바이블걸'이 운영하고 있어. 여호와의 증인 신자들이지. 그들은 내 생활을 생지옥으로 만들려고 애를 쓰지만 그들의 가위질은 믿어도 돼."

"명심하겠습니다, 소장 각하." 나는 독일식 인사를 하고 물러났다.

나는 쾨겔이 동의해준 데 편해진 마음으로 그의 집무실을 나왔다. 하지만 나 자신이 라벤스브뤼크에 근무하길 원하는지 확신할 수 없었다. 어떻게 해야 할지 모르는 감정이었다. 다시 기차를 타고 집에 가버린다면? 어쩌면 세 가지 일을 한꺼번에 해야 할지도 모른다.

나는 내게 배정된 방을 보고 놀랐다. 출입문에서 몇 발 떨어져 새로 지어진 고위 여 교도관 숙소에 있었는데, 고향의 우리 아파트보다 컸다. 샤워와 욕조를 갖춘 욕실은 공동으로 사용했다. 화장대가 딸리고 하얀 솜이불로 덮인 포근한 침대도 있었다. 나는 규정에 따라 화장을 하지 않았지만 화장대는 좋은 책상 역할을 했다. 그리고 숙소가 중앙난방식인 것이 무엇보다 좋았다. 깨끗하고 품위 있는 개인 발코니까지. 엄마가 그런 곳에서 생활하는 나를 본다면 어리둥절해 머리를 흔들었을 것이다.

점심 식사 시간에 수용소 본관 출입구로 들어가니 간부 식당이 보였다. 작은 건물에 SS 의사와 경비원들이 빽빽이 들어차서 사람들의 말소리가 시끌벅적했다. 라벤스브뤼크에 배치된 50명의 SS 의사들 중 대부분이 와 있었는데, 다들 남자였으며 모두가 돼지고기 구이, 버터 감자, 그리고 여러 가지 쇠고기를 먹는 중이었다. 나는 쾨겔이 말한 것처럼 최고 수준의 의사들과 교류할 수 있었으면 했다. 급할 것은 없었다. 남녀 의사 비율은 49대 1로 유리했다.

나는 프리츠가 뭔가 이야기하고 있는 테이블로 다가갔다. 내가 지나가자 남자들이 대화를 멈추고 나를 주시했다. 나는 의과대학 때부터 남자들 틈에 있어보았지만 좋은 여자 친구를 사귀지는 못했다. 그 테이블에 앉은 프리츠와 그의 동료 세 명은 모두 배가 나왔고 담배를 물고 있었는데, 섹스 후 피우는 담배처럼 보였다.

"헤르타 선생." 프리츠가 말했다. "점심 식사 하셔야지?" 그는 기름덩어리 폭찹이 가득 담긴 접시 쪽으로 몸을 움직였고 나는 구역질이 치밀어올랐다.

"전 채식만 합니다." 내가 말했다.

그의 옆자리 남자가 웃음을 참았다.

프리츠가 일어섰다. "이런, 내가 깜빡했네. 소개해드리겠습니다. 테이블 저쪽 맨 끝에 계신 분은 닥터 마틴 헬링거, SS 치과계의 축복이죠."

닥터 헬링거는 짙은 눈썹에 철사테 안경을 썼다. 소화기관이 발달한 체형으로, 나를 거의 알아보지 못할 정도로 혈당이 낮을 것 같았다. 그는 연필을 입에 물고 신문의 크로스워드 퍼즐을 풀고 있었다.

"그 옆은 닥터 아돌프 빈켈만으로 아우슈비츠에서 방문차 오셨습니다."

빈켈만은 의자에 파묻힌 듯 앉아 있었다. 통통한 체구에 벌레가 파먹은 나무 같은 피부를 가지고 있었다.

"그리고 여기는 유명하신 롤프 로젠탈입니다." 프리츠가 자신의 옆자리에 다리를 벌리고 앉은 족제비 상의 검은 머리를 가리키며 말했다. "해군 소속 외과의였다가 지금은 우리의 산부인과 신동입니다." 로젠탈은 담배를 물고 몸을 앞으로 내밀며 나를 쳐다보았다. 소 장수가 소를 품평하는 듯했다.

스크린도어가 쾅하고 열리는 소리에 의사들이 돌아보니, 쾨겔의 창문을 통해 보았던 금발 경비원이 식당으로 걸어 들어왔다. 위에서 내려다볼 때보다 키가 더 컸다. 드디어 내 숙소 여자 동료가 나타났다.

그녀는 느긋하게 우리 테이블 쪽으로 걸어왔다. 목재 마룻바닥을 울리며 걷는 그녀의 부츠 한쪽에는 말채찍이 꽂혔고, 머리는 당시의 유행 스타일로 말아올려 이마를 드러냈다. 이제 열아홉 살 정도로 보이는 젊은 여자 얼굴은 기미와 주근깨로 가득했다. 농장에서 일한 탓일까?

프리츠는 한 팔을 자기 의자 등받이에 올렸다.

"여긴 빈츠 아가씨, 사랑스럽지 않습니까. 라벤스브뤼크의 얼굴이자 자랑입니다."

프리츠는 그녀를 맞이하기 위해 일어서지는 않았다. 다른 의사들은 찬바람이 불듯이 의자를 돌려 앉았다.

"프리츠, 안녕." 빈츠가 말했다.

"자네는 허락 없이 간부 식당에 들어올 수 없다는 것을 모르나?" 프리츠가 말했다. 그는 금 라이터로 담배에 불을 붙였다. 눈부실 정도로 하얀 손이었다. 우유에 담근 손인가 하는 생각도 들었다. 유명한 피아니스트 손이나 삽자루를 한 번도 잡아보지 못한 손도 연상되었다.

"쾨겔 소장님이 의료진들과 내 부하 여직원들이 함께할 시간을 만들어보라고 하셨어요."

"또 소풍 가라고? 싫어." 로젠탈이 말했다.

"그는 댄스파티를……." 빈츠가 말했다.

댄스? 댄스광이라 자처하는 나는 귀가 솔깃했다.

로젠탈이 신음 소리를 냈다.

"쾨겔이 프랑스산 클라레를 제공해준다면." 프리츠가 말했다. "그리고 당신들 쪽에서 예쁜 폴란드인들을 데려와야지. 바이블 걸들은 입 다물고 있고."

"그리고 100킬로그램 이하 여자 경비원들만 와야 해."

로젠탈이 말했다.

"프리츠도 올 거죠?" 빈츠가 담배에 불을 붙였다.

프리츠가 한 손을 내게로 향했다. "빈츠, 당신 새 룸메이트에게 인사해야지. 닥터 헤르타 외버호이저. 여긴 도로시 빈츠. 징벌방 감독이야. 그리고 제국 전체의 여자 경비원들 대부분을 여기서 훈련시키고 있지."

"여의사?" 빈츠가 말했다. 담배를 빨아들이고 나를 쳐다보았다. "새로운 일이네. 만나서 반갑군, 닥터. 잘 지내봅시다."

그녀가 내게 존칭을 사용하지 않아 무례하다 싶었지만 아무도 이를 지적하지 않았다.

"고마워요, 빈츠 아가씨." 식당 문으로 걸어가는 그녀를 향해 내가 말했다.

"여자 경비원들에게 고맙다고 하지 마, 닥터." 프리츠가 말했다. "나쁜 선례가 될 수 있으니."

빈츠는 쾅 소리가 나게 문을 닫고 나가서 광장으로 성큼성큼 걸어갔다. 반도 안 피운 담배를 내던지고는 발로 짓이겼다. 빈츠는 내가 원하던 친구는 아니었다.

점심 식사를 마치고 나는 닥터 헬링거, 프리츠와 함께 시설동 쪽으로 걸었다. 신규 수감자들이 거치는 곳이었다. 가는 도중에 유니폼을 입은 수감자들 모두가 옷에 붙은 자신의 번호표 바로 아래에 색색의 삼각형을 달고 있는 것을 보왔다.

"프리츠 저런 칼라 배지는 뭘 뜻하는 거야?" 내가 물었다.

"녹색 삼각형은 기결수들인데 주로 베를린에서 오는 중
범들이야. 하지만 그 중에는 별것 아닌 일로 잡혀온 경우도
있어. 블록 대표들 중에 이걸 착용한 경우가 많아. 보라색은
바이블 걸, 여호와의 증인들이야. 그들은 히틀러를 무엇보
다 숭배한다는 서류에 서명만 하면 돼, 그러면 풀려나는데
그러지 않는 사람들이야. 미쳤지. 붉은 삼각형은 정치범들
이고, 주로 폴란드인들이야. 검은색은 반 사회분자들. 매춘
부, 알코올 중독자, 반전론자 같은 놈들. 삼각형 안에 수놓인
글자는 국적을 나타내. 유대인은 삼각형 두개를 겹쳐서 별
을 만들어. 히믈러의 아이디어지."

시설동 바깥에는 벌거벗은 여자들이 줄을 서 기다리고
있었다. 여자들은 모두 슬라브계로 보였으며 연령이나 체
구가 다양했다. 임신이 분명한 여자들도 보였다. 남자 의사
를 만나면 비명을 지르는 여자도 있고 모두 다 자기 몸을 가
리려 애썼다.

"프리츠, 이 여자들에게 옷을 줘야지." 내가 말했다.

우리는 건물 안으로 들어가 조용한 구석에 서서 이야기
했다. "여기서는 이런 식으로 선별하고 있어." 프리츠가 말
했다. "먼저 헬링거가 검사해서 금니나 은니가 있으면 모두
기록해. 그 다음에 작업에 적절하지 않은 여자들을 골라내.

여자들이 줄을 서면, 죄수들을 골라내지. 병들거나 금니가 많은 여자들이 대상이 돼. 우린 그들에게 진실을 말해주지는 않아."

"진실이 뭔데?" 내가 물었다.

"하늘로 가는 급행 버스. 가스나 수면제 에비판. 이것이 다 떨어지면 휘발유도 사용해. 그다음에 헬링거가 제국의 재산을 뽑아내지. 오늘은 에비판을 쓸 거야."

나는 내 허리를 감쌌다. "내 생각에는 수감자들이 일을 하는 편이 좋을 것 같은데."

"헤르타, 늙은 여자들은 콘크리트 롤러를 끌지도 못해."

"늙은 사람은 거의 없고 또 그런 사람은 편물 작업을 시킬 수 있잖아. 그리고 임신한 사람들은 쉬어야 해."

"독일 법이 그렇지. 수용소에서 아기가 태어나면 안 돼. 그리고 일정 비율은 특별 관리가 필요해. 그렇지 않으면 이곳이 과밀 상태가 될 거야. 네 생각은 어떨지 모르지만 난 장티푸스에 별로 신경 쓰지 않아. 그리고 저들 중에는 유대인들도 많아."

재교육 수용소는 거의 전쟁터 수준이었다. 어떻게 내가 이렇게 유약할 수 있나? 계속 토할 것 같은 느낌이 들었다.

"난 방에 가서 짐 정리해야겠다." 내가 말했다.

"넌 학생 때 해부 실습을 잘했잖아."

"숨 쉬지 않는 시신들이었어, 프리츠. 난 관여하고 싶지 않아."

"관여 않겠다? 그런 자세로는 여기 있을 수 없어."

"난 이 모든 게 편하지 않아. 그래, 개인적으로 그렇단 말이야."

독약을 몸속으로 주사한다는 것은 생각하기도 싫은 일이었다. 팔에다 주사하나? 극약 주사는 잔인하고, 주사하는 사람에게 정신적 상처가 될 수도 있었다.

내가 프리츠 팔을 두드리며 말했다. "그렇지만 청산가리는 빠르고 조용해. 오렌지주스에 타서 주면."

"넌 내가 이런 일을 좋아한다고 생각해?" 프리츠가 나를 가까이로 당기며 물었다. "넌 여기서 해야 할 일을 하는 거야. 저들을 처리할 다른 방법은 일을 통한 파괴뿐이야."

죽도록 일을 시킨다. 계획적으로 굶겨 죽이는 것이다.

"히믈러가 직접 지시한 명령이야. 저들은 3개월 동안 살아서 일할 정도의 칼로리만 제공돼. 서서히 끝장내는 것이지."

"나는 도저히 못 하겠……."

그가 어깨를 으쓱했다. "저들은 어떤 식으로든 죽어. 그러니 아예 생각을 하지 마."

프리츠는 벌거숭이 여자들의 줄로 다가가서 손뼉을 쳤다. 여자들이 헛간의 말들처럼 모여들었다.

"안녕하세요, 여성분. 이 중에 나이가 쉰이 넘은 사람, 체온이 40도 이상인 사람, 그리고 임신한 사람은 옆으로 나와 주세요. 장티푸스 접종을 한 다음, 쉬게 해드리겠습니다. 65명만 데려갈 수 있으니 빨리 움직이세요."

여자들은 서로 이야기했고, 프리츠의 지시를 다른 언어로 옮겨주는 사람도 있었다. 곧 자원자들이 나타났다.

"여기, 이분은 제 엄마입니다." 젊은 여자 한 명이 나이 든 여자를 앞으로 떠밀며 말했다. "엄마는 기침이 심해서 일할 수 없어요."

"네, 알겠습니다." 프리츠가 말했다.

임신이 분명하고, 검은 피부에 젖소처럼 속눈썹이 긴 갈색 눈의 여자가 앞으로 나오며 프리츠에게 미소를 지었다. 양팔로 불룩한 배를 감쌌다. 금방 지원자 65명이 채워져서, 그는 경비원에게 그들을 의무동으로 데려가라고 지시했다. 그들은 말없이 따라갔다.

"언제부터 장티푸스 백신이 있었어?" 내가 물었다. 독일어를 알아듣는 수감자가 있을 경우에 대비해 최대한 목소리를 낮추었다.

"물론 없어. 병든 수감자들은 평균적으로 14일밖에 못 살아. 그래서 우린 그 기간을 단축시켜주고 있어. 다른 방법들보다 훨씬 인간적이지."

프리츠는 나를 새 일터인 의무동으로 안내했다. 다른 동들과 동일하게 생긴 낮은 벽돌 건물로, 수감자들을 진료하는 곳이었다. 전면의 접수 구역은 간이침대와 이층침대들이 빽빽이 들어선 방과 이어져 있었다. 그곳에는 환자들이 가득해 일부는 마룻바닥에 누웠다. 어떤 여자들은 상태가 매우 심각해 보였다. 한 수감자의 머리에는 이가 들끓어서 짧은 머리가 이로 인해 하얗게 보이기도 했다. 피부는 긁은 상처투성이였다. 운영이 엉망이었다.

게르다 크렌하임이라는 젊은 간호사가 우리를 맞았다. 뒤셀도르프에서 온 밤색 머리의 예쁜 여자였는데 그곳에서 조산사 학교를 다녔다고 했다. 게르다는 뛰어난 간호사였지만 의무동을 통제하지는 못했다.

프리츠가 우리를 복도 아래로 이끄는 동안 육류 저장고를 지났는데, 하인츠 삼촌 가게의 것과 다를 바가 없었다.

"이게 뭐야?" 내가 문을 만지며 물었다. 차갑고 이슬이 맺혀 축축했다. 갑자기 떠오른 하인츠 삼촌의 얼굴을 머리에서 지웠다.

"냉장고야." 프리츠가 말했다. "게브하르트가 이용하는."

프리츠는 나를 뒷방으로 데려갔다. 차분한 연두색으로 칠해졌고, 스툴 의자 두 개와 긴 실험용 테이블이 전부였다. 은색 주사기 바렐이 불빛에 반사되었다. 세 개 중 하나는 테이블 위에 아무렇게나 놓였다. 멸균되지 않은 상태가 분명했다. 우리가 들어올 때 생긴 바람에 벽에 걸린 회색 고무 앞치마가 흔들렸다. 그쪽 벽의 창문은 흰색으로 칠해져서 백

내장에 걸린 눈처럼 뿌옇게 보였다. 나는 마치 갇혀버린 것 같은 공포를 느꼈다.

"창문에다 왜 페인트 칠을 했어?" 내가 물었다.

"게브하르트는 프라이버시에 집착해." 프리츠가 말했다.

"프리츠, 솔직히 난 오늘 피곤해."

"힘들면 페치딘 반 알을 먹으면 도움이 될 거야." 프리츠가 말했다. 그는 이마를 찡그렸다. "싫으면 네가 마지막 호출을 해볼래? 처형의 벽 당번."

"처형의 벽?" 내가 말했다. "차라리 이게 낫겠다."

"훨씬 깔끔해. 처음만 어려울 뿐이야, 날 믿어, 차가운 호수에 뛰어드는 것과 비슷해."

여자 경비원 두 명이 프리츠가 뽑은 수감자들 중 첫 번째 여자를 데려왔다. 늙었지만 매우 활달한 여자로, 어깨에 담요만 걸치고 나막신을 신었다. 그녀는 엉망인 치아 사이로 프리츠에게 폴란드어로 말하려 했다.

프리츠가 미소를 지었다. "네, 네, 들어오세요. 지금 예방 접종을 준비하고 있습니다."

그는 고무 앞치마를 둘렀다.

"저들을 친절하게 죽여주는 거야." 프리츠가 말했다. "마음 편하게 생각해."

여자 경비원들이 늙은 여자를 스툴 의자로 데려왔다. 나는 어깨너머로 게르다가 20cc 피하 주사기로 핑크색 에비판을 뽑아 바렐에 넣는 것을 보았다. 소를 죽일 때 쓰는 약이었다.

"환자들을 안정시키기 위해 이 방을 연두색으로 칠했어." 프리츠가 말했다.

경비원이 담요를 벗기고 수건으로 여자 얼굴을 감쌌다. 그리고 정맥 주사를 준비하는 것처럼 왼팔을 잡았다.

"의과대학 때도 난 주사에 자신 없었어." 내가 말했다.

경비원 한 명이 여자의 무릎을 눌러서 등이 뒤로 젖혀지며 가슴이 앞으로 나오게 했다.

프리츠가 무거운 주사기를 내 손에 쥐어주었다.

"봐, 넌 이 사람들에게 좋은 일을 하는 거야." 프리츠가 말했다. "처리해줘야 할 병든 개라고 생각해. 잘 처리하면 이들은 더 이상 고통을 겪지 않을 거야."

여자가 바늘을 본 것 같았다. 여자는 경비원들과 싸우며, 다른 한 팔을 휘둘렀다. 이건 내가 해야 할 일이었다. 프리츠가 쾨겔에게 내가 주사를 못 놓는다고 말할 수도 있었다.

나는 뒤로 물러섰다. 바늘 끝에서 흰 액체가 한 방울 떨어졌다. "안 되겠어, 내일 해볼게."

"지금." 그가 내 뒤에서 팔로 나를 감쌌다. "그러면 함께 해보자."

그는 주사기를 든 내 손을 잡고 나의 다른 손 손가락을 여자의 갈비뼈 피부 위에 놓았다. 경비원들이 여자의 팔을 구속복처럼 이용했다. 프리츠는 내 손가락으로 여자의 몸통을 짚어가며 다섯 번째 갈비뼈 공간에 닿게 했다.

"눈을 감아." 프리츠가 말했다. "느낌이 와? 왼쪽 유방 바로 아래야."

나는 내 손가락을 여자의 주름지고 따뜻한 피부 깊숙이 눌렀다.

"됐어." 내가 말했다.

"좋아, 거의 다 했어."

프리츠는 자신의 엄지손가락을 주사기 피스톤 위의 내 엄지에 올리고 내 손을 정확한 지점으로 가져가서는 주사 바늘을 안으로 찔러 넣게 했다. 갈비뼈 사이를 뚫고 들어가는 느낌이 들었다. "여기서 가만히." 프리츠가 말했다. 그의 입술이 내 귀를 부드럽게 스쳤다. "숨 쉬고."

부드러운 덩어리에 닿자 프리츠는 우리 엄지손가락을 일정한 힘으로 눌러 에비판을 심장에 직접 넣었다. 여자는 몸을 뒤틀었지만 경비원들이 움직이지 못하게 했다.

"그대로 계속." 프리츠가 내 귀에 입을 가까이 하며 말했다. "십사 초면 돼, 거꾸로 세어보자."

"십사, 십삼, 십이……."

나는 눈을 뜨고 여자의 얼굴에서 수건이 떨어지는 것을 보았다. 아랫입술이 흉측하게 일그러졌다.

"십일, 십, 구……."

여자는 발버둥쳤고, 나는 구역질이 치밀어 심호흡을 했다.

"팔, 칠, 육……."

여자는 심장에 충격을 받은 듯 일어나려다, 풀썩 쓰러져서는 아무런 반응이 없었다.

프리츠는 나를 놓아주었다.

"이 여자는 빨리 끝난 경우야." 그가 말했다. "너 땀에 젖었구나."

여자 경비원 한 명이 늙은 여자를 끌고 방 밖으로 나갔다. 게르다는 다음 여자를 데리러 갔다.

"게르다는 로젠탈의 여자친구야." 프리츠가 클립보드에 기록하며 말했다. "로젠탈이 그녀의 임신 중절 수술을 하고, 게브하르트의 냉장고 안 항아리에 보관해두었어. 게르다는 수감자들 중에서 놀이개가 될 여자들을 뽑아. 따뜻하게 목욕시켜 꽃으로 장식하지. 그리고 그 여자들의 머리를 빗기고 달콤한 이야기를 해준 다음 이리로 데려오는 거야.

나는 공기를 마시러 문으로 걸어갔다. "프리츠, 어떻게 이런 일을? 이건 너무……."

"멋진 일은 아니지만, 네가 떠나면 내일 누군가가 이 자리에 올 거야. 우린 매달 처리해야 할 일정한 양이 있어. 베를린에서 오는 지시라, 어떻게 할 수 없어."

"방법이 없다니, 거절하면 되잖아."

프리츠가 다시 주사기를 채웠다. "그러면 쾨겔에게 어떤 소릴 듣겠어?"

"그래도 난 이런 일은 못 하겠어." 그만둘 방법이 있을까?

헬링거가 도구 가방을 들고 방으로 들어왔다. 나는 그가 여자들의 금니 뽑는 소리를 듣지 않으려 애썼다. 뽑고 난 다음에 그 여자에 대해 끝냈다는 표시로 여자의 뺨에 별 도장을 찍었다.

"헤르타, 넌 잘할 거야." 프리츠가 말했다. "몇 번만 해보면 익숙해져."

"난 여기서 나가야겠어. 이런 일 하러 의과대학에 간 게 아냐."

"나도 그렇게 말했어요." 헬링거가 웃으며 말했다. 그는 금니 자루를 코트 주머니에 쑤셔 넣었다.

"나도 그랬어." 프리츠가 말했다. "그리고 어영부영하다 보니 석 달이 지나버렸어. 그 후에 네가 여기 일하러 온 거야. 그러니 빨리 마음을 정해야 해."

나는 결심했다. 해가 뜰 때쯤에는 여기를 떠나고 말 것이다.

10장

캐롤라인, 1939~1940년

캄캄한 침실에서 나는 옷을 더듬었다. 슬립을 찾아 입었을 때 폴의 벨벳 재킷이 만져져서 위에 걸쳤다. 벗은 팔에 새틴 침대보가 차갑게 느껴졌다. 누가 아파트 문을 두드리고 있는 것일까?

"폴, 여기 있어요. 내가 나가볼 테니."

그는 다시 내 새틴 베개를 베고 누웠다. 어둠 속에서 손을 머리 뒤로 모으며 웃는 모습이 하얗게 보였다. 재미있다는 뜻일까? 엄마라면 뭐라 말해야 할까? 세상에서 제일 멋있는 남자가 반나체로 내 침대에 있다고? 하지만 엄마에게는 이 아파트 열쇠가 있었다. 열쇠를 두고 온 것은 아닐까?

나는 거실로 나갔다. 누가 이런 소란을 벌이고 있는 걸까? 캄캄한 거실의 벽난로에서는 노란 깜부기불이 타고 있었다.

"캐롤라인." 문을 통해 목소리가 들렸다. "당신을 잠깐 봤으면 해."

데이빗 스톡웰이었다.

나는 문으로 다가가서 한 손으로 문을 잡았다. 데이빗은 문을 계속 두드렸고 내 손가락으로 그 진동이 전해졌다.

"데이빗, 여기서 뭐해?" 내가 문을 통해 말했다.

"문 열어." 그가 말했다. "중요한 일이야." 5인치 오크나무 문 뒤에 있지만 그가 술에 취한 것을 알 수 있었다.

"옷을 안 입었어."

"캐롤라인, 이야기 좀 해. 몇 분이면 돼."

"데이빗, 내일 다시 와."

"당신 어머니에 관한 얘기야. 당신과 이야기해야 해. 아주 급한 일이야."

나는 전에도 데이빗의 '아주 급한 일'을 많이 겪었다. 하지만 어쩔 수 없었다.

나는 거실 불을 켜고 문을 열어 데이빗을 보았다. 나비 넥타이가 구겨진 채로 그는 문기둥에 기대어 있었다. 그가 나를 밀치고 현관으로 들어왔다. 비틀거리는 걸음이었다. 나는 폴의 재킷을 팽팽히 당겨 나의 벗은 몸을 감추려 했다.

"시간이 다 됐어." 데이빗이 말했다. "이런, 캐롤라인, 당신 지금 뭘 입고 있는 거지?"

"경비원은 어떻게 통과했어?"

데이빗이 내 어깨를 잡았다. "캐롤라인, 내게 그렇게 화낼 것까진 없잖아. 당신 냄새가 좋아."

나는 그를 밀어내려 했다. "그만, 데이빗. 내 엄마에게 무슨 일이 생긴 거야?"

그가 나를 당겨서 내 목에다 키스했다. "당신이 보고 싶었어, 캐롤. 내가 잘못했어."

"데이빗, 냄새가 지독해."

내가 빠져나가려 애쓸 때 내 뒤에서 폴이 나타났다. 팬티에 셔츠를 급히 걸친 차림이었다. 머리 위로 불빛을 받았지만 폴의 모습은 사랑스러웠다. 열린 셔츠 틈으로 나의 립스틱 자국이 보였다.

"캐롤라인, 무슨 일이에요?"

데이빗은 취했으면서도 폴의 목소리가 들리자 고개를 들었다.

"이 녀석은 누구야?" 데이빗이 마치 유령을 만난 듯이 말했다.

"이분은 폴 로디에르. 오늘 낮에 공원에서 만났잖아."

"그래?" 데이빗이 몸을 바로 세웠다. "당신 어머니가 어떻게 생각하실까."

나는 데이빗의 팔을 잡았다. "어서, 나가."

그가 내 손을 더듬었다. "나와 같이 가, 캐롤, 내 어머니도 그러길 원하셔."

믿을 수 없었다. 알고 지낸 지 몇 년이 지났지만 그의 어머니는 아직 나를 "그 여배우"라 불렀다.

"캐롤이라 부르지 마, 데이빗. 그리고 당신은 결혼한 사람이잖아. 신문에서 '세기의 결혼'이라 떠들었던 걸 잊었어?"

그가 폴을 쳐다보았다. 마치 존재를 잊었다는 듯이. "이 남자에게 옷 좀 입혀." 데이빗이 내게로 몸을 기울였다. 그의 푸른색 눈에 핑크색 핏줄이 맺혔다. "캐롤라인, 이 남자좋아하면 안 돼."

"데이빗, 당신은 내게 이래라저래라 할 수 없어. 배드민턴 클럽에서 당신 아내에게 공개적으로 구혼했으면서."

폴이 침실로 돌아갔다. 다시 잠들기 힘들 것이다.

"그 클럽은 의미 있는 곳이야. 샐리와 내가 혼합복식에서 우승했으니." 내 아버지와 그의 아버지가 함께했던 클럽이었다.

샐리와 데이빗이 배드민턴에서 우승한 소식은 <더 선>에 대문짝만하게 실렸고, 우리 마을을 떠들썩하게 만들었다. 아버지가 살아계실 때도 나는 배드민턴 클럽을 좋아하지 않았다. 그 비슷한 종류의 운동들도 거의 하지 않았다.

폴이 다시 돌아왔다. 이번엔 단추를 채우고 바지를 입은 모습이었다.

"두 사람 다음에 이야기하면 안 될까?" 그가 외투를 덧입었다.

"가려고요?" 내가 말했다. 애원하는 듯이 들리지 않았으면.

"데이빗은 나가야 해. 그리고 나도 내일 일찍 공연 리허설이 있어서." 그가 내게 몸을 숙여 뺨에 키스한 다음 반대쪽 뺨에 키스하며 "당신은 보랏빛이오"라고 귀에다 속삭였다. 나는 그에게 숨을 내쉬었다.

폴은 불청객을 문밖으로 끌어내 계단을 내려갔다. 데이빗은 온갖 욕설을 퍼부으며 거부했지만 끌려갔다. 폴이 떠나는 모습에 나는 마음이 아팠다. 그와 밤을 보내지는 못했지만, 내게는 마지막 기회가 아니었을까? 그래도 문 앞에 서 있던 사람이 엄마가 아니어서 다행이었다.

나는 크리스마스 휴가 기간에 폴과 함께 많은 시간을 보냈다. 할렘에서 촛불을 앞에 두고 나란히 앉아 재즈를 들었다. 그는 룸메이트도 데리고 나왔다. <파리의 거리> 스태프 중 한 명이었다. 엄마가 뉴욕으로 돌아와 있었기 때문에 그와 밀회 시간을 갖기가 거의 불가능했다. 나는 그가 출연한 연극을 일곱 번이나 보았으며, 그때마다 다른 출연진 백 명의 동작도 지켜보았다. 폴은 주연배우 역할 외에도 쇼에서 춤추고 노래하여 다재다능함을 과시했다. 그가 못하는 것이 있을까? 쇼의 포스터에는 파리의 미녀들 오십 명도 출연한다고 광고했다. 그렇게 여자들에게 둘러싸여 있으면서도 폴이 자유 시간을 나와 함께 보내는 것은 정말 수수께끼였다.

1940년 봄, 영사관 일은 긴박하게 진행되어 나는 사무실에서 거의 살다시피 했다. 히틀러가 4월 9일 덴마크와 노르웨이를 침공하여 영사관에 새로운 공포가 덮쳤다. 이제 세계는 최악의 상황에 직면했다.

4월 하순 어느 으스스한 날, 폴이 내게 일이 끝나면 RCA 빌딩 전망대에서 만나자고 했다. 그가 내게 부탁할 것이 있다고 말했다. 무슨 일일까? 나는 이미 그의 아내 레나의 보증인으로 서명했다. 그래서 그 부탁은 아닐 것이다. 그 생각이 하루 종일 나를 따라다녔다. 우린 가끔 거기서 만나 망원경으로 별을 관찰하곤 했었지만, 그날은 그가 내게 작은곰자리가 아닌 다른 어떤 이야기를 하려 한다는 것을 직감했다. 그는 우리가 무슨 일엔가 관여될 수도 있다는 언질을 준 적이 있었다. 단막극을 하게 되었나? 브로드웨이와 관련 없는 어떤 것일 수도 있었다, 물론.

나는 평소처럼 일찍 올라가서 기다렸다.

간호사 세 명이 노란색 야외 안락의자에 모여 서로 사진을 찍었다. 'RCA 전망대 방문 기념사진'이라 쓰인 간판 앞이었다. 둘레로는 팔꿈치 높이의 철제 레일만 있어, 맨해튼

이 우리 아래로 보였다. 동쪽으로는 이스트 강이, 북쪽으로는 센트럴파크가 맨해튼 한가운데에 펼쳐놓은 두툼한 갈색 융단처럼 보였다. 남쪽에는 엠파이어스테이트 빌딩이 솟았고 서쪽에는 50번가 독dock이 허드슨 강으로 돌출되어 출항을 기다리는 배들이 정박해 있었다. 아래로는 메이시 백화점의 검은 지붕에 대조되어 짙어지는 땅거미 속에서 밝게 보이는 흰색 문구가 있었다. '메이시 백화점. 절약이 미덕입니다.'

폴이 은방울꽃 다발을 들고 도착했다.

"조금 이르지만 받아주오."

그는 5월 1일이면 연인에게 은방울꽃을 선물하는 프랑스 풍습을 말한 것이었다. 나는 두 손으로 꽃자루를 감싸 쥐고 달콤한 향기를 맡았다.

"내년 5월 첫날에는 우리 함께 파리에 있읍시다." 그가 말했다.

나는 꽃을 드레스 가슴선 속으로 넣었다 차가운 꽃자루가 가슴에서 느껴졌다. "아름다운 뉴욕의 메이데이."

나는 멈칫했다. 내가 왜 이렇게 눈치가 없을까? 그는 평소보다 훨씬 정장 차림이었다. 네이비블루 재킷 주머니에 붉은색 실크 손수건이 꽂혀 있었다. 그가 떠나려는 것일까?

"세련돼 보이네." 내가 말했다. "하얀 플란넬을 밖으로 냈군요. 먼 여행을 떠나는 사람들이 그렇게들 많이 하죠."

그에게 머물러달라고 애원하기에는 너무 늦었다. 나는 왜 좀 더 일찍 말하지 않았을까?

폴이 항만을 가리켰다. "난 7시 30분에 떠나는 그립스홀름을 탑니다."

내 눈에 눈물이 맺혔다. "스웨덴 배?"

"국제적십자사에 끼어서. 로저가 손을 써주었어요. 괴테보르크를 거쳐 프랑스로 갑니다. 당신에게 좀 더 일찍 말하려 했지만 내 일에 정신이 없어서."

"지금은 갈 수 없어요. 바다에 U-보트와 X-크래프트 잠수함이 설쳐대는 걸 몰라서 그래요? 안전하지 못해요. 공격당하기 딱 좋아요. 레나 비자는 어떻게 됐어요?"

"로저가 한 달 더 기다려야 한다고 했소."

"로저가 워싱턴에 전화를 해주면⋯⋯."

"캐롤, 모든 수를 다 써봤소. 상황은 더 나빠질 뿐이에요."

"그렇지만 나는 당신이 여기 있길 원해요. 그건 고려 대상도 아닌가요?"

"나는 해야 할 일을 하는 거예요. 쉽지는 않지만."

"기다리면서 상황 변화를 지켜보는 건 어떨까요?"

"로저는 자신이 계속 힘써 보겠다고 했어요. 그렇지만 그곳에 가서 하는 게 더 쉬울 테지. 그래서 내가 가려는 것이고. 레나의 가족들 절반은 이미 파리를 떠났어요."

나는 그의 외투에 뺨을 기댔다. "당신, 아직 아내를 사랑하고 있군요."

"캐롤라인, 그것과는 상관없는 일이오. 나도 할 수 있었다면 여기에 당신과 함께 머물렀을 거예요. 그렇지만 집에서 지옥이 펼쳐질지도 모르는데 내가 이곳 월도프에 편안히 앉아 있을 수는 없지 않소? 당신도 이해할 거예요."

그는 정말로 가려는 것일까? 농담이겠지. 이제 곧 웃음을 터트리고 우린 파이를 먹으러 갈 것이다.

해가 기울고 기온이 떨어지자 폴은 팔로 나를 감쌌다. 따스했다. 지금 내게 필요한 느낌이었다. 70층 높이지만, 우리는 50번가에 정박 중인 배들을 알아볼 수 있었다. 노르망디는 아직 있었다. 일드프랑스도. 그립스홀름만이 스웨덴 국기를 매달고 항해를 준비 중이었다. 배의 굴뚝에서 옅은 연기가 강 위로 피어올랐다.

동쪽을 보았다. 대서양 중앙은 매우 위험한 지역으로 공군력이 미치지 못하는 곳이 많았다. 아직 전쟁 초기지만 U-보트가 벌써 연합국 선박 여러 척을 격침시켰다. 영국으로 가는 물자 공급을 차단하려는 시도였다. 바다 속에서 상어처럼 기회를 노리고 있는 독일 잠수함이 머리에 그려졌다.

폴이 내 손을 잡았다. "그렇지만 난 당신에게 이 전쟁이 끝나면 파리로 올 것인지 묻고 싶소."

난 손을 빼냈다. "내가 그걸 어떻게 알겠어요?"

하지만 내 마음은 파리의 생제르맹데프레의 레 되 마고

카페로 달려가 그와 함께 차양 아래의 카페 테이블에 앉았다. 그는 비엔나커피, 나는 크림커피. 석양이 지면 헤네시코냑을. 그의 극장 활동을 계획하면서 산딸기 파이에 샴페인을 마실지도. 나 혼자 생각하는 우리.

"레나가 어떻게 생각할까요?"

그는 살짝 웃었다. "레나는 좋아할 거예요. 우리와 함께 어울리겠죠. 자기 남자친구들 중 한 명을 데리고 와서."

바람이 내 뺨을 스치자 머리카락이 회오리처럼 우리 주위에 날렸다. 그가 내게 키스했다. "온다고 약속해주겠소? 당신을 온전히 그대로 남겨두고 가는 것이 내가 가장 아쉬운 점이에요." 그가 웃으며 손으로 내 허리를 감쌌다. "상황이 좋아지겠지."

"물론 그렇겠죠. 내가 당신 편지를 받을 때만. 당신의 시간을 빽빽이 적은, 이야기가 가득한 긴 편지 말이에요."

"난 글을 아주 못 쓰는 편이지만 열심히 해보겠소." 그가 내게 키스했다. 내 입술 위 그의 입술은 따뜻했다. 나는 모든 시간과 공간 감각을 잃고 매달렸다. 세상에서 가장 높은 곳에서. 폴이 나를 놓았다. 어지러웠다.

"나가서 걷겠소?"

"난 여기 그냥 있고 싶어요." 내가 말했다.

"그냥 가세요. 더 힘들어지니까."

그가 문으로 걸어갔다. 그리고 돌아서서 손을 흔들고는

떠났다.

시간이 얼마나 지났는지 모른다. 나는 난간에 기대 떨어지는 해를 보았다. 폴이 택시를 타고 거대한 배 앞에 도착하는 모습을 상상했다. 사람들이 사인해달라며 폴을 방해할까? 그러지 않았으면 좋겠다. 스웨덴인들이 폴을 알기나 할까? 이제 우리 둘이 함께하는 시간은 없을 것이다. 최소한 당분간은.

"문을 닫아야 합니다." 옥상 경비원이 말했다.

그가 난간 앞의 내게로 왔다. "남자친구는 어디로 갔습니까?"

"프랑스에 있는 집으로." 내가 말했다.

"프랑스 말입니까? 무사히 가시길 바랍니다."

우리 둘은 대서양을 바라보았다.

"나도 그러길 바랍니다."

5월 10일 아침은 다른 날과 같았다. 10시에 벌써 접수 구역이 꽉 찼고, 나는 책상 서랍을 정리하면서 쏟아질 일거리에 대비했다. 폴을 생각할 여유가 없었다.

"당신 펜팔들에게서 우편엽서가 더 많이 왔어요." 피아가 말했다. 그녀는 우편물 뭉치를 내 책상으로 던졌다. "그리고, 내 담배에 손대지 말아요."

5월의 좋은 날씨였지만, 창밖 느릅나무를 스치는 산들바람도 내겐 위로가 되지 못했다. 좋은 날씨일수록 더 힘들었다. 폴과 함께할 수 없는 날이기 때문이다. 나는 우편물 뭉치를 펼쳤다. 혹시 그에게서 온 편지도 있을까 기대했다. 물론 폴이 보낸 편지가 포함되어 있을 가능성은 거의 없었다. 편지가 대서양을 건너오려면 최소한 일주일이 걸리는 걸 알지만 나는 여우를 찾는 사냥개처럼 우편물을 살폈다.

"당신이 내 편지 읽었어요?"

"캐롤라인, 그건 우편엽서잖아요. 세계 절반이 그걸 읽었을 거예요. 프랑스 고아원에 대해 조금이라도 관심이 있는 사람들이라면."

나는 우편엽서들을 넘겼다. 쇼몽 성, 마젤리에 성, 빌라 체스니. 한때 기품 있던 프랑스 저택들이 고아원으로 바뀌었다. 그들이 내가 보낸 원조 물품을 받았다는 확인 엽서를 보내온 것이었다. 나는 향기로운 비누 한 개, 깨끗한 양말 한 켤레, 사탕 한 개, 그리고 엄마가 직접 짠 것 같은 옷가지 한두 벌을 깔끔한 갈색 종이에 싸서 보냈다. 그러면 아동들의 정서에 도움이 될 것 같았다.

나는 일어서서 게시판에다 엽서들을 부착했다. 게시판은 이미 프랑스 아이들 사진들로 가득 차 있었다. 검은 머리의 천사가 '캐롤라인, 대단히 감사합니다!'라고 적힌 글을 들고 있는 사진이 있는가 하면, 다른 사진에서는 야외 미술 수업에서 이젤 앞 접의식 의자에 앉거나, 나이에 맞춰 구성된 아동들이 보리수나무 아래에서 책을 읽고 있었다. 파리 남서쪽에 있는 뫼동의 성필립 고아원 원장 베르티옹 부인이 찍었을 것이다. 나는 편지를 통해 베르티옹 부인과 가까워졌으며, 아이들에게 있었던 귀여운 일들이나 그들이 나의 위문품에 고마워한다는 이야기를 적어서 보내는 부인의 편지를 매우 기다렸다. 이 편지 묶음에 포함된 부인의 편지 중에는 성필립 고아원 건물과 굴뚝에서 연기가 피어오르는 모습을 컵케이크 위의 아이싱처럼 크레용으로 그린 우편엽서가 있어 역시 게시판에 부착했다.

이 아이들 중 한 명을 입양하면 어떨까? 남자애? 아님 여자애? 더 헤이라 부르는 코네티컷의 우리 집은 아이들에게는 완벽한 낙원이었다. 엄마는 장작 난로까지 갖춘 내 장난감 집을 목초지에 그대로 유지하고 있다. 아이를 입양하면 그에게 나의 모든 것을 물려주게 된다. 울시 할머니의 사랑이 담긴 컵. 우리의 손때 묻은 오리발 테이블. 엄마의 은제 식기. 하지만 나는 그 생각을 접어두기로 했다. 나 혼자서 아이를 키울 수는 없기 때문에. 아버지 없이 아이를 키울 때의 어려움을 나는 너무 잘 알고 있었다. 아버지의 빈 자리는 아프고, 엄마가 절대로 채울 수 없었다. 학교에서 부녀가 함께 하는 날 행사 때는 특히 더 아팠다. 거리에서 아버지와 딸들이 손잡고 걷는 모습을 보면 눈물이 났다. 작별 인사도 못 한 아쉬움은 응어리로 남았다.

편지 뭉치의 맨 마지막 항공 우편 용지에서 사랑스러운 글씨체를 발견했다. 우체국 소인에는 루앙이라 찍혀 있었다. 폴.

폴과 그렇게 함께 지내면서도 전에는 어떻게 한 번도 그의 손글씨를 보지 못했을까? 그래도 폴이 분명했다.

———

사랑하는 캐롤라인,

나는 도착하자마자 곧바로 편지를 씁니다. 당신도 말했듯이, 당신은 기다림에 익숙하지 않을 것이기 때문이에요. 여기서는 아주 많은 일이 발생하고 있어요. 루앙은 이 가증스런 전쟁에서 놀랍게도 온전하지만, 많은 이들이 벌써 떠났고 우리 이웃들도 어젯밤 할머니를 유모차에 태워서 도시를 빠져나갔다고 해요. 남은 우리들은 하늘에만 기대고 있어요. 나는 파리에서 새 연극에 참여해보려고 이야기하고 있습니다. '끝이 좋으면 다 좋다.' 당신은 이 말을 믿어요? 셰익스피어의 작품. 나는 당신이 내게 무척 좋은 사람이었다고 생각합니다.

레나는 가게를 닫아야 할 것 같아요. 가게에 들여놓을 직물이나 잡화가 거의 없기 때문에. 그래도 레나는 개의치 않습니다. 담배를 구할 수 없어 장인어른은 해바라기 잎을 대신 피울 정도의 상황이죠.

이 정도로 내 소식이 전해졌으면 좋겠군요. 나는 대사관에 일을 처리하러 가야 해요. 비자 문제와 관련해 로저에게 잘 말해 주시오. 당신을 자주 생각합니다. 지금 일하고 있겠죠. 로저가 당신을 함부로 대하지 않았으면 좋겠소. 로저에게는 당신이 필요해요. 잊지 마요.

사랑을 담아.

또 소식 전하겠소.

폴.

———

추신,

어젯밤에는 이곳 파리의 무대에 선 당신을 보았습니다. 매우 에로틱한 <한여름밤의 꿈>이었어요. 당신은 천사 역할이었고. 이것이 당신의 연기 활동과 관련된 것일까? 아니면 당신을 그리워하는 내 마음이 반영된? 내 꿈은 항상 현실로 나타나오.

폴은 루앙의 집에 무사히 도착했다. U-보트를 피해서. 일단 안심이었다.

사교적인 남자가 편지를 짧게 썼다. 하지만 없는 것보단 좋았다. 새 연극? 프랑스가 별 문제 없이 지나가려나. 지구 반대쪽의 우리보다는 프랑스 내 연출자들이 상황을 더 잘 알겠지. 그리고 그 꿈! 그가 내게 실제로 키스한 것이다.

<쁘띠 파리지앵> 4월 23일자가 눈에 들어왔다. 로저가 가방에 넣어 가져오는 여러 가지 프랑스 신문들 중 하나로

날짜가 많이 지났지만 상황을 자세히 파악할 수 있는 좋은 신문이었다. 헤드라인은 '독일군 스칸디나비아 침공! 바다와 육지에서 싸우는 영국군, 노르웨이 전투에서 많은 어려움을 극복하고 상당한 승리를 거두었다.' 좋은 소식에 내 기분도 고양되었다. 미국은 계속 전쟁에 끼어들지 않으려 할 것이지만, 영국군은 독일 공군의 공습에도 불구하고 빠르게 참전의 길을 선택했다. 어쩌면 히틀러가 프랑스를 침공하지 않을지도.

나는 극장 페이지를 살폈다. 폴이 출연하는 새 연극에 대한 광고가 있을까? 셰익스피어는 없었지만 레나 가게의 작은 광고가 실려 있었다. 테두리가 진주로 장식된 칸에 검은 바탕의 문구였다. 예쁜 것들. 안목 있는 여성을 위한 란제리와 속옷들.

로저가 문 앞에 나타났다. 타이가 비뚤어지고, 셔츠에는 로르샤흐 검사 항목처럼 커피 얼룩이 묻어 있었다.

"캐롤, 방금 들어온 나쁜 뉴스, 결국 히틀러가 프랑스와 룩셈부르크, 네덜란드, 그리고 벨기에를 동시에 공격했소. 일이 점점 어려워질 것 같아요."

나는 그의 사무실로 따라가 서성대며 그를 살폈다.

"로저, 이를 어쩌죠. 파리에 전화해보았나요?"

창가의 회전 선풍기는 방을 돌아가며 식히고 있었다. 누군가가 선풍기에 매달아둔 리본이 작은 나치 깃발처럼 펄

럭였다.

"전화가 안 돼요." 로저가 말했다. "기다리는 수밖에."

"마지노선은 어떻게 되나요?"

"히틀러가 마지노선을 우회하거나 그 위나 아래로 간 것 같아. 곧바로 벨기에를 통과했어요."

"루즈벨트는 어쩐대요?"

"아마 손 놓고 있겠지. 그렇지만 프랑스를 대표하는 정부가 어느 쪽이 되든 상대할 수밖에 없을 거요."

피아가 로저 방으로 왔다. 목에는 암호 헤드폰이 걸려 있었다. "파리에 계신 아버지께 전화하려는데, 연결이 안 되네요. 고향에 가봐야겠어요."

"피아, 지금은 어디에도 갈 수 없어." 로저가 말했다.

"그렇다고 여기 있을 순 없어요."

"바보 같은 소리 하지 마." 내가 말했다. "지금은 갈 수 없다니까."

피아가 서서 흐느꼈다. 나는 그녀를 팔로 감쌌다. "잘될 거예요, 걱정 마." 평소의 그녀답지 않게 그녀도 나를 안았다.

1940년 6월 14일, 독일이 파리를 점령했다. 그리고 8일

뒤 프랑스는 항복했다.

피아와 나는 로저 사무실에 서서 나치가 행진하며 개선문을 지나는 라디오 방송을 들었다. 프랑스는 두 지역으로 나뉘었다. 점령지역이라 불리는, 독일군에게 점령된 북부와 소위 자유지역이라 불리는 남부였다. 남부 자유지역에서는 비쉬 정권이라는 새로운 프랑스공화국이 구성되어 필리프 페탱이 수반이 되었지만, 대부분은 이를 나치 꼭두각시 정부로 간주했다.

"우리 사무실은 어떻게 되나요?" 피아가 물었다.

"나도 몰라." 로저가 말했다. "지금은 굳건히 자리를 지키도록 합시다. 여기 있는 우리 국민들을 위해 할 수 있는 최선을 다하는 수밖에. 프랑스와는 전화도 안 되니."

"영국이 도와줄까요?"

"이미 함께하고 있어." 로저가 말했다. "영국해협에서 독일군 급강하 폭격기가 국적을 가려서 폭격하진 않으니." 로저가 록펠러센터의 인터내셔널 및 브리티시 빌딩에 근무하는 이웃들과 가깝게 지내니 다행이었다. 피아가 '영국인 첩자들'이라 부르는 사람들로, 그들은 비밀 정보도 잘 알려주었다.

로저의 전화가 울리자 피아가 전화기를 들었다. "로저 포티어 사무실입니다. 네 그렇습니다. 지금 있습니다. 잠시만 기다리세요."

피아가 내게 전화를 내밀었다. "폴이에요."

"어떻게 전화 연결이 됐을까?" 폴이 말했다.

나는 전화를 움켜쥐었다. "폴?" 나는 거의 숨도 쉴 수 없었다.

"시간이 일 분밖에 없소." 폴이 말했다.

폴.

그의 목소리는 옆방에서 거는 것처럼 뚜렷했다. 나는 손가락으로 반대쪽 귀를 눌렀다. 정말 그이가?

"캐롤라인. 당신 목소리를 들을 수 있어 좋아요."

"아, 폴. 어떻게 전화 연결이 되었어요?"

"여기 대사관에 있는 친구가 전화할 수 있게 해줬소. 여긴 지금 모든 게 미쳐 돌아가고 있어요. 상상도 못 할 거요. 히틀러가 여기로 오는 건 시간문제일 뿐이오."

"로저에게 비자를 재촉해볼게요."

"캐롤라인, 나도 모르겠소. 이곳은 사실상 모든 게 중단된 상태예요."

"다른 필요한 것은 없나요?"

"시간이 없어요. 난 당신만 있으면 돼요." 전화에서 끊어지는 소리가 들렸다.

"캐롤라인, 들려요?"

"폴, 듣고 있어요."

"캐롤라인?"

"폴, 가면 안 돼."

전화선이 먹통이었다.

나는 잠시 동안 다이얼의 울림을 듣고 있다가 전화기를 내려놓았다. 우리 모두 그 자리에 서서 전화가 다시 울리길 기다렸다. 로저와 피아는 나란히 서서 서로 손을 잡고 나를 바라보기만 했다. 전에도 저런 시선을 본 기억이 있다. 가련해라. 아버지가 돌아가셨을 때.

"그가 다시 전화하면 바로 연결해줄게요." 피아가 말했다.

나는 내 사무실로 돌아왔다. 폴과 마지막 대화를 나눈 것 같은 불안감이 나를 따랐다.

11장

카샤, 1940~1941년

수산나 언니에게 대답하기도 전에, 매표소 문을 열어젖히며 SS 검은 셔츠 세 명이 뛰어 들어왔다. 한 명은 피에트릭을 잡아 일으키고 다른 한 명은 내 팔을 잡아 매표소 밖으로 끌어냈다. 현금통 속의 동전들이 이리저리 날았다.

"우린 잠깐 들렀을 뿐이에요." 피에트릭이 말했다. "애는 내 여자친군데, 뭔가 오해가 있었나 봅니다!"

여자친구? SS는 아무 말도 없이 우리를 끌어냈다. 나는 사람들 속에서 엄마를 찾았다. 엄마 어디 있어?

"부탁합니다. 돈을 드릴게요." 피에트릭이 말했다.

SS가 그의 뺨에 주먹을 날렸다. 피에트릭의 아름다운 얼굴에!

SS가 사람들 속으로 우리를 끌고 갔다. 줄 선 사람들이 우릴 쳐다보고 자기들끼리 속삭였다. 나를 뒤쫓았던 SS가 보였다. 내 바로 뒤에서 루이자와 수산나 언니가 그의 양팔에 잡힌 채 끌려오고 있었다.

엄가가 줄 선 사람들 사이를 헤치고 나와 우리에게 달려왔다. 엄마 얼굴의 표정이 나를 공포에 질리게 했다. 그런 표정을 전에 딱 한 번 보았었다. 자동차에 치인 말이 눈을 거칠게 뜨고 죽어갈 때였다. 엄마는 샌드위치 바구니를 가슴에 꽉 꺼안고 있었다.

"엄마, 집에 가." 내가 말했다.

"안 됩니다. 제발, 사람을 잘못 본 겁니다." 엄마가 SS에게 말했다.

"범죄자들인가 봐." 줄 선 사람들 중 한 여자가 말했다.

"얘들은 아무 짓도 안 했습니다." 엄마가 사람들에게 호소하며 말했다. 엄마 눈이 야생마처럼 크게 벌어졌다. "얘는 내 딸이고, 나는 병원 간호사입니다."

엄마는 같은 말을 몇 번이고 계속한 다음, 우리에게 달려와서는 우릴 놓아달라고 애원했다. SS 중 한 명이 "계속 이러면 이 여자도 끌고 가"라고 말하며 엄마를 붙잡았다. 그는 엄마의 바구니를 낚아채더니 줄 선 사람들 중 독일 여자 한 명에게 던졌다.

"표는 누가 팔죠?" 줄에서 한 부인이 장교에게 물었다.

"표가 왜 필요해?" 그가 말했다. "그냥 들어가, 오늘 밤은 공짜야."

독일인들은 머뭇머뭇하면서 그 자리에 섰고, SS가 우리를 어둠 속으로 끌고 갔다. 나치 당가를 부르는 트럼펫이 밤공기 속으로 울렸다.

그들은 루블린 성에서 남녀를 분리하고, 다음날 우리를 트럭에 싣고 철도역으로 갔다. 주변의 많은 사람들이 SS에게 편지를 찔러넣거나 뇌물을 주었다. 엄마도 그들 중 한 명에게 편지를 전했다.

"부탁드립니다. 전 독일인입니다. 이 편지를 레나르트 프라이서 씨에게 전해주실 수 있을까요?" 엄마는 약간의 돈도 건넸고, 그는 둘 다를 받아서는 편지를 쳐다보지도 않고 주머니에 넣었다. 그들은 우리를 밀기에만 바빴다. 레나르트의 이름이 프라이서일까? 푸줏간 주인이란 뜻이다. 딱 들어맞는 이름이었다.

그들은 엄마와 나, 수산나 언니, 루이자, 그리고 백 명은 넘을 것 같은 여자들을 기차 안으로 밀어 넣었다. 전에 식당칸으로 쓰다가 테이블을 모두 없애고 문을 잠근 곳이었다. 창에는 쇠창살이 붙었고, 생리적 욕구를 해결하도록 구석에 양동이가 놓여 있었다.

나와 함께 소녀단에서 활동했던 여자들도 만났다. 얼이

빠진 듯한 재니나 그라보브스키도 그 중 한 명이었다. 리포바 거리에서 게슈타포에게 잡혔다고 했던가? 거기에서 미켈스키 부인을 보니 내 가슴이 무너져내리는 것 같았다. 어린 딸을 두 팔로 안고 있었다. 부인은 부군이 지하신문을 배포하던 중 게슈타포에 함께 체포되었다. 아기 이름은 야고다였는데 조금만 있으면 두 살이 된다. 딸기처럼 귀여운 작은 금발이었다.

몇 시간 후 우린 바르샤바에서 정차했지만, 곧 다시 움직이기 시작해 속도를 높였다. 그 기차에 탄 이들 중 누구도 울지 않았다. 거의 대부분이 아무 말도 하지 않았는데 그 침묵은 무척 참기 힘든 것이었다.

밤이 되어, 나는 창가로 가 쇠창살 사이로 달빛이 비치는 들녘과 어두운 숲을 바라보았다. 나무들이 서로 너무 가까이 붙어 있는 것 같았다.

미켈스키 부인은 잠들었지만 루이자와 나는 야고다를 서로 번갈아 안아주느라 바빴다. 그 또래 특유의 아기 냄새가 났다. 아기가 얇은 잠옷 하나만 입고 있었기 때문에 우린 힘들어도 아기를 바짝 껴안아주었다. 루이자는 금방 흥분했다.

"내가 없으면 우리 엄마가 어쩔까?" 루이자가 말했다. "엄마가 빵 굽는 걸 내가 항상 도왔는데."

"걱정 마. 금방 집으로 돌아가겠지. 이건 임시 조치일 뿐이야."

"피에트릭 오빠는?" 루이자가 말했다. "오빠도 이 기차를 탔을까?"

차량이 오른쪽으로 요동치자 변기 양동이에 담긴 배설물이 넘쳐 바닥에 앉은 두 여자에게로 튀었다. 그들은 비명을 지르며 껑충 뛰었다.

"내가 어떻게 알겠어?" 내가 말했다. "목소리 낮추자, 사람들이 자고 있으니까."

"편지 쓸 수 있을까?"

"당연하지, 루이자. 아마 어디서 일하게 될 거야. 사탕무 뽑는 일 같은 것이겠지."

"우리를 가두어둘까?" 루이자가 물었다.

"나도 몰라. 그렇지만 아주 나쁘진 않을 것 같아."

미켈스키 부인이 와서 애기를 받았다. 기차가 요람처럼 흔들려서 대부분의 사람들이 깊이 잠들었다. 엄마와 수산나 언니가 구석에서 잠자는 동안 루이자는 창 근처에서 나에게 기대어 앉았다. 엄마와 언니가 자는 모습은 아름다웠다. 언니는 아기처럼 머리를 엄마 어깨에 올리고, 긴 다리는 엄마 아래에 끼운 자세였다.

루이자는 수산나 언니와 자리를 바꿔서 마지막으로 잠들었다. 기차가 독일을 향해 속도를 높이자 내 속에서 악마가 기어나왔다. 우리 모두가 잡히는데, 어떻게 내가 방심할 수 있었을까? 나의 어리석음을 자책할 수밖에 없었다. 나 때문에 내가 사랑하는 모두가 이렇게 되었다. 극장에 왜 갔나? 내가 생각이 부족해 우리 모두를 망쳤다. 재판을 할까? 나 외의 다른 사람들은 아무것도 하지 않았음이 밝혀지면 다른 사람들을 풀어줄지도 몰라. 나 혼자만 갇히게 되겠지.

피에트릭이 이미 처형된 것은 아닐까? 그들은 루블린 성의 정원에서 총살을 집행했다. 우리 모두 알고 있는 사실이었다. 나는 몸을 떨었다. 아빠는 어디에 있을까? 조금이라도 희망을 가지려면 지금 바로 기차를 탈출해야 했다. 창문으로 일어서서 창틀을 흔들어보았다. 밤이었지만 빠르게 지나가는 가문비나무들이 보였다. 공기는 점점 더 차가워지고 우리는 서쪽으로 멀어져 갔다.

"이제 네가 잠잘 차례야." 수산나 언니가 말했다.

"우린 여기서 나가야 해."

"카샤, 마음 단단히 먹어."

"여기 못 있겠어." 나는 불안감이 커졌다. "왜 이렇게 숨쉬기가 힘들까?" 무언가 내 목을 쥐고 누르는 것 같았다.

"그만해." 언니가 말했다. "루이자가 겁에 질리잖아. 걔는 벌써 많이 힘들어 해."

나는 허리를 굽혔다. "죽을 것 같아."

언니는 내 손목을 잡아 돌려 쥐더니 손가락 끝을 가지런히 하여 내 손목 안쪽에 댔다. "맥박이 빨라졌어. 너는 지금

공황 상태에 있는 거야. 숨을 쉬자. 깊게 들이마시고 깊게 내뱉고."

나는 폐에다 공기를 최대한 채웠다.

"카샤, 날 봐. 다시 숨 쉬자. 멈추지 말고. 이 상태에서 벗어나려면 십 분 정도 걸릴 거야."

의학에 대해 잘 아는 언니가 있어 다행이다. 거의 정확히 십 분이 지나니 상태가 누그러졌다.

한 시간 후 우리는 포즈나니를 지나 북서쪽으로 빠졌다. 아침 햇살이 나뭇잎을 드러냈으며, 갈수록 오렌지 빛이 짙어졌다. 나는 뺨을 쇠창살에 기대고 졸다 기차가 느려지자 곧 깨어났다.

루이자와 다른 여러 사람들이 창문 앞에 섰다.

"무슨 일일까?" 루이자가 물었다.

기차가 역으로 들어갈 때 경적이 높고 길게 울렸다.

엄마가 사람들 사이를 뚫고 내 옆에 와서 섰다. "뭘 보고 있어?"

나는 엄마 손을 잡았다. "휘르스텐베르크-메클렌부르크라 쓰여 있어."

플랫폼에 여자들이 서 있었다. 회색 유니폼 위로 검은 후드 망토를 걸친 금발의 거인들이었다. 그 중 한 명이 담배를 아래로 던지고 구두로 짓밟았다. 셰퍼드 개를 옆에 데리고 있는 여자들도 있었다. 그 개들은 우리의 도착을 예상하고 있었던 것 같았다. 애완견이 주인을 기다리는 모습으로 기차를 지켜보았다. 개들은 전에도 이렇게 했을까?

"독일." 내 뒤의 여자가 쳐다보려고 목을 길게 빼면서 말했다.

루이자가 비명을 질렀다. 기차가 다시 한 번 무섭게 경적을 울리자, 나는 또 숨쉬기가 힘들어지기 시작했다.

엄마는 내 손을 단단히 쥐었다. "분명히 노동 수용소일 거야."

"교회 첨탑이 보이네요." 내가 말했다. 일요일 교회에 앉아서 찬송가를 부를 독일인들을 생각하니 조금 편해졌다.

"인상이 썩 나쁘지는 않아 보이네." 누군가 말했다.

"휘르스텐베르크?" 미켈스키 부인이 말했다. "난 그곳을 알지. 리조트 도시야!"

"힘들게 일하겠지만 우린 괜찮을 거다." 엄마가 말했다.

기차가 정지하면서 쏠릴 때 쇠창살을 붙잡고 몸을 지탱했다. "저들도 최소한 십계명은 알겠죠." 내가 말했다.

그날 아침 우리는 기차에서 내려 지옥으로 곤두박질쳤지만, 그때는 아무도 그 사실을 알아차리지 못했다.

12장

캐롤라인, 1941년

봄이 다가오자 프랑스의 상황은 더욱 절망적으로 변했다. 매일 아침 10시면 영사관 접수 구역은 사람들로 꽉 찼고 내 일정도 빌 틈이 없었다. 나치가 파리 전역을 짓밟자 뉴욕의 프랑스인들은 절망에 빠졌고, 금전적으로 큰 어려움에 봉착하는 경우도 많았다. 하지만 우리가 도울 방법은 거의 없었다. 로저가 내 개인 돈으로 해결하지 말라고 엄격히 지시했기 때문에 나는 우는 사람에게 초콜릿을 주거나 어깨를 다독거리는 것 외에 할 수 있는 일이 없었다.

어느 날 오전 나는 베티가 준 신발 상자들을 책상에 올려놓고 고아원 위문품을 싸기 시작했다. 폴에게서 온 새 소식은 없었다. 어두운 생각들과 내 가슴에 상처로 남는 것들을 떨치려 노력했다.

"쉴 새가 없군요," 피아가 내 책상에 폴더 뭉치를 내려놓으며 말했다. "제일 문제는 막무가내인 당신 상류층 친구들이에요."

"피아, 왜 그렇게 삐딱하게 생각해."

"나도 모르겠어요. 프리시인지 뭔지 하는 사람과 그 어머니."

프리실라 허프를 지칭하는 것이었다. 그녀는 금발에 키가 크고 채핀에서 내 한 해 후배였다. 푸른 맹보쉐 옷을 깔끔하게 차려 입었으며 상냥했다. 딸보다 아주 약간 더 살이 붙은 엘렉트라 허프가 뒤따라 들어오며 문을 닫았다.

"캐롤라인, 작아도 세련된 사무실에서 근무하는구나." 허프 부인이 말했다.

"프랑스 아이 한 명을 입양하고 싶어, 캐롤라인." 프리실라는 나이트클럽에서 샤토브리앙을 주문하는 것처럼 말했다. "쌍둥이도 괜찮고."

"프리실라, 입양 대상 아이들은 몇 안 되는데 입양하려는 사람들은 많아서 기다려야 해. 그래도 피아가 네 서류 작성을 도와줄 거야. 남편 사인만 있으면 돼."

"로저 포티어는 어때?" 허프 부인이 물었다. "네 상사 멋있더라."

"그래? 그렇다면 문젠데, 캐롤라인." 프리실라가 말했다. "난 결혼 안 했거든."

"아직 안 한 거지." 허프 부인이 선반의 은색 테두리를 만지작거리며 말했다. "얘기 중인 구혼자가 두 명 있잖니."

나는 오트밀 색상의 깨끗한 양말 한 켤레를 신발 상자에 넣었다. 두 명과 얘기 중이라고? 팜비치에 울타리가 쳐진 2에이커 땅을 소유한 이 여자에게?

"프리실라, 입양하려면 부모 모두 있어야 해."

"엄마가 프랑스어에 능통하고, 나도 아주 잘해."

프리실라에게 프랑스어 능숙 여부는 문제가 아니었다. 그녀는 매년 프랑스어 작문 대회에서 나를 눌렀다. 그녀 집 요리사가 매년 크리스마스 때마다 학급에 멋진 '부쉬 드 노엘'을 만들어준다는 사실은 내게 별 상처가 되지 않았다. 유일한 심사위원이었던 프랑스어 담당 뱅고얀 선생님의 치아가 너무도 예뻤던 것만이 기억 속에 강하게 남아 있다. 나는 그때 왜 담배를 피웠을까.

"그래, 프리실라, 나도 알아. 하지만 내가 멋대로 규정을 바꿀 수는 없어. 이 아이들은 안타까운 상황에서 왔어. 너도 알잖아. 부모 모두가 있어도 어려울 때가 많아."

"그래서 넌 고아들에게 위문품만 보내고 이처럼 완벽하게 좋은 가정을 거부한다는 거야? 나는 아이에게 뭐든지 최고로 잘해줄 수 있어."

그렇겠지. 하지만 잇몸으로 씹는 건 이가 없을 때 이야기지.

"프리실라 미안해. 난 오늘 오전에 처리해야 할 일들이 많아서." 나는 서류 캐비닛 쪽으로 걸어갔다.

"내 말은, 입양을 주선해달라는 거야." 프리실라가 말했다.

"요즈음 여러 일이 많은 걸 알잖아." 내가 말했다.

"규정대로 하지 않는 경우도 있는 것 같던데." 허프 부인이 장갑을 바로잡으며 말했다.

"허프 부인, 전 아버지를 열 살 때 잃었어요. 아버지 없이 크는 것은 정말 못할 일이었어요. 다른 아이에게 그런 일을 겪게 할 순 없습니다."

"부모 모두가 없는 것보다 더 안 좋단 말이니?" 프리실라가 말했다.

나는 파일 서랍을 닫았다. "그게 문제이긴 해. 하지만 입양 대상 프랑스 아이들이 많지 않아."

프리실라의 입이 튀어나왔다. 나는 그녀의 목을 조르고 싶은 충동을 느꼈다.

"고아를 실은 배가 매일 도착하는 것으로 알고 있는데." 그녀가 말했다.

"아냐, 실제로는 매우 드물어. 시티오브베나레스 호 사건 이후에는 특히."

"시티오브 뭐라구?" 프리실라가 물었다.

허프 부인이 가방을 들었다. "여기, 돈이 필요하다면. 너와 네 어머니가 초원클럽을 탈퇴했다고 들었어."

나는 의자에 깊숙이 등을 기댔다. "허프 부인, 우린 사우스햄프턴의 집을 팔았고 여름에는 코네티컷에서 지냅니다. 그래서 클럽이 필요 없게 됐어요. 그리고 프리실라, 안돼, 아기는 돈으로 살 수 없어. 네가 신문을 읽는다면 알겠지만, 시티오브베나레스 호는 런던 폭격을 피해 캐나다로 보낼 영국 아이들 백 명을 싣고 가던 영국 여객선이야. 리버풀에서 노바스코샤 할리팩스로 가던 중이었지."

허프 부인이 양손으로 내 책상을 짚고 몸을 기울였다. "캐롤라인, 우린 프랑스 아이들을 원한다니까."

"항해 나흘째에 네 살에서 열다섯 살 사이 아이들은 잠옷을 입고 잘 준비를 하고 있었는데…….." 내 눈에서 눈물이 흘렀다.

프리실라가 팔짱을 꼈다. "그게 프랑스 아이 입양과 무슨 관계가 있다고."

"독일 잠수함이 그 배를 가라앉혔어, 프리실라. 배에 탄 아이들 백 명 중 일흔일곱 명이 익사했어. 그래서 아이 피신 프로그램이 갑자기 중단된 상태야. 그래서 너와 네 어머니가 오늘은 아이를 살 수 없게 되어 아주 미안해. 그리고 두 사람은 지금 즉시 여길 떠나주셨으면 해요. 나는 지금 매우 바쁘니까. 접수 구역에 들어찬 사람들을 보셨을 테죠."

프리실라가 스타킹 솔기를 살폈다. "캐롤라인, 그렇게 퉁명스럽게 굴 것까지 있어? 우린 도와주려는 것뿐인데." 피아가 절묘한 타이밍에 노크를 하고 들어오자, 허프 모녀는 밖으로 나갔다. 그들은 방으로 들어오는 로저를 쳐다보지도 않고 지나쳐 갔다.

"캐롤라인, 당신에게 고급 기밀 취급 허가가 났어요. 기분이 어때?"

나는 서랍을 열어 허쉬 초콜릿바를 정리했다. 떨리는 손을 로저가 알아채면 안 되는데. "어떤 기밀이죠?"

"프랑스 자유지역 여러 곳에 임시 수용소가 있다는 것을 알고 있죠. 외국인들을 그곳에 모았는데, 유대인이 대부분이지만 전부 그렇지는 않아요. 수용소에서 폴란드나 다른 지역으로 이송된다는 보고도 있죠. 당신이 그 문제를 다룰 수 있을지."

나는 로저 쪽으로 얼굴을 돌렸다. "무슨 문제 말이죠? 정확하게."

"그들이 어디로 가는지 그리고 누가 얼마나 많은 수가 가는지 체크하는 것. 그들이 체포된 이유도. 난 내가 모르는 사람들에게 그들의 가족에게 일어난 일을 말해주는 데 지쳤어."

"걱정 마세요, 전 그 일을 할 겁니다. 로저."

나는 이제 기밀 정보에 접근해서 유럽에서 벌어지는 일을 손바닥 보듯이 할 것이다. <뉴욕타임스>에 실리기까지 기다리지 않아도 된다. 폴에 대한 새 정보를 얻을지도 모른다.

"아무런 보수도 주지 않고 이런 부탁을 하니 미안해서."

"걱정하지 말라고 했잖아요, 로저. 엄마와 전 괜찮아요."
사실, 아버지가 충분한 재산을 남겼지만 우린 지금까지 절
약해왔다. 여러 곳에서 수입이 있고 팔 수 있는 자산도 있었
다. 은식기류 같은 건 언제든 팔 수 있었다.

그날 점심시간에 나는 아래층 프랑스 서점으로 달려 내
려가 그곳에 있는 지도를 모두 빌려 사무실로 가져왔다. 그
리고 기밀 정보로 구성된 새로운 세계로 빠져들었다. 영국
의 정찰 사진과 기밀 문서. 피아가 내 책상 위에 파일들을 던
져놓았고, 나는 수용소에 대한 조사에 내 모든 것을 쏟아부
었다. 프랑스 자유지역의 임시 수용소들. 귀르, 르 베흐네,
아르겔레스서 메, 아그드, 드 밀. 정찰 사진은 남의 집 뒷마당
을 훔쳐보는 것처럼 은밀하고, 상세하고, 또 충격적이었다.

나는 수용소들을 분류 정리하다가 임시 수용소 외에 새
로운 유형이 있는 것을 알았다. 집중 수용소였다.

나는 지도를 내 사무실 벽에 붙이고 수용소 위치에 핀으
로 표시했다. 로저는 계속해서 목록을 주었고 나는 계속 확
인해갔다. 금방 오스트리아와 폴란드, 그리고 프랑스에 성
홍열 발진처럼 빨간 핀들이 꽂혔다.

폴로부터 더 이상의 편지가 없는 채 몇 달이 지나갔다. 나
치가 프랑스를 가혹하게 지배하고 있었기 때문에 최악의

상황을 상상하지 않을 수 없었다. 처음에 프랑스인들은 독일에 대해 기다려보자는 식의 태도로 대했다. 그러나 나치 장교들이 레스토랑 최고급 테이블을 차지하자, 파리 시민은 그들을 단순히 무시해버리는 방식으로 대응했다. 그들로서는 최선의 방법이었다. 무엇보다도 파리는 이전에도 점령당한 적이 있었기 때문에 그들이 물러갈 것이라는 희망을 가진 듯했다.

나치는 특별한 사전지식 없이도 최고의 샤퀴테리와 와인을 자기들 몫으로 챙겼고 파리의 패션 산업 전체를 함부르크로 옮기겠다는 계획을 발표했다. 그리고 나치가 아무런 경고 없이 프랑스 민간인들을 체포하기 시작하자, 소규모 레지스탕스 그룹이 파리 이곳저곳에서 결성되어 반독일 유인물을 배포하고, 효과적인 정보망 구축을 위해 지하활동을 전개하기 시작했다는 보고가 속속 접수되었다. 첫 번째 보고를 접수한 지 일주일도 채 되지 않아, 프랑스 전역에서 벌이는 지하 활동 보고가 급속히 증가하였다.

나는 고아 돕기 활동으로 계속 바빴고 엄마는 피로한 기색도 없이 이 활동에 함께해주었다. 어느 날 저녁, 나는 줄이거나 수선해 고아들을 위한 옷으로 다시 만들 수 있는 옷가지를 찾기 위해 아파트의 손님방 벽장에 있는 모든 것들을 꺼냈다. 엄마는 우리가 가진 쓸 만한 옷감들을 찾아 꿰매고 있었다.

손님방은 엄마와 아버지의 특이한 조합이었다. 한때는 아버지가 사용해서 벽지와 책상에 아버지의 체취가 묻어 있었지만 나중에는 엄마의 뜨개질 방이 되어 엄마의 자취가 남았다.

나는 엄마의 자선 바자 가방과 부드러운 옷감의 겨울 모직 옷을 찾았다. 바느질에 소질이 전혀 없어서 내가 수선한 부분은 쉽게 뜯어지기 일쑤였지만, 엄마는 뛰어난 재봉사 같았다. 엄마는 오래된 싱거 재봉틀에 앉아 머리를 숙였다. 전등 아래에서 보는 엄마의 머리는 백발이었다. 아버지가 돌아가시자 짙은 색의 머리가 소금 빛으로 변했다. 엄마는 머리를 짧게 자르고 승마복을 입기 시작했으며 루주도 바르지 않았다. 말을 좋아해 자신이 치장할 때보다 말을 빗겨 줄 때 더한 편안함을 느끼는 듯했다. 하지만 저토록 아름다운 여인이 자신에게 무관심해진 것이 보기에 안타까웠다.

우리는 일을 하면서 라디오로 전쟁 관련 뉴스를 들었다.

'1941년 4월 19일, 독일 공군의 폭격으로 파괴된 북아일랜드 벨파스트가 복구에 한창일 때, 런던은 전쟁 이후 최대 규모의 공습을 받았다. 독일군이 그리스로도 진출하자, 그리스 수상 알렉산드로 코리시스가 자살을 했다. 영국은 그

리스에서 물러났다.'

"캐롤라인, 라디오를 끄렴. 희망적인 뉴스가 거의 없으니."

"그래도 우리 미국이 전쟁에 발을 들였잖아요."

미국은 아직 공식적으로는 중립국이지만 결국 북대서양 순찰 활동을 개시했다.

"히틀러가 파르테논 유적에 어떤 짓을 할지 생각하면." 엄마가 말했다. "그놈들이 어디까지 갈까?"

나는 엄마가 가위나 실패와 같은 잡동사니를 넣어두는 양철 모래 통에 실뜬개를 던져 넣었다. 통 바닥에는 아직 모래가 남아 있었다. 사우스햄프턴의 외갓집 진레인 오두막 앞 해변에서 가져온 모래였다. 무척 아름다운 해변이었다. 나는 그곳에서 엄마와 아버지가 함께 있는 모습을 볼 수 있었다. 엄마는 검은색 수영복 차림을 하고, 아버지는 넥타이까지 맨 채 바람에 날리는 신문과 씨름하고 있었다. 소금기품은 공기에 나는 폐가 따끔거렸다. 밤에 커다란 거실이 명암에 잠기면 나는 뺨을 차가운 린넨 소파에 대고 책을 읽는 척했었다. 그러면서 두 분이 진러미gin rummy 게임을 하며 술잔을 주거니 받거니 웃는 모습을 지켜보곤 했다.

"엄마, 우리 사우스햄프턴으로 가요. 한번쯤 변화를 주면 좋을 것 같아요." 우린 그때 진레인 오두막을 매각한 상태였고, 베티는 그때까지 그곳에 집을 가지고 있었다.

"안 돼, 그곳은 지금 뉴요커들로 가득할 거야."

"엄마도 뉴요커면서."

"괜히 말씨름하지 말자." 엄마는 해변에 잘 가지 않았다. 아버지에 대한 기억을 떠올리게끔 하기 때문이었다.

"하긴 우린 지금 어디에도 가면 안 될 것 같아요. 날씨가 추워지면 고아들에게 따뜻한 옷이 얼마나 필요할까 생각하면."

"넌 아직 우편으로 위문품을 보낼 수 있나 보다."

"독일군들은 고아들에게 도움을 보내는 것은 좋아해요. 수용소 고아들도 마찬가지고. 자기들 비용을 줄여주는 일이니."

"친절하신 보쉬들 같으니". 엄마는 '보쉬'라는 프랑스어를 사용했다. '네모난'이라는 뜻이지만 독일 사람을 가리킬 때 엄마 나름의 작은 저항이었다.

나는 침대로 돌아가 아버지의 모직 재킷들을 한아름 모았다.

엄마가 그중 한 개 옷자락을 당겼다. "내가 자를게."

"엄마, 아버지 옷을 자르려는 게 아니에요. 아이들이 맨살 위에 입을 수 있는 옷감이 필요해서요."

나는 엄마로부터 재킷을 빼앗았다.

"캐롤라인, 네 아버지가 돌아가신 지 20년이 넘었어. 낙타 털이 나방에게는 사탕이 될 수 있단다."

"언젠가 아버지 재킷을 내 몸에 맞게 줄여서 입은 적도 있어요."

아버지 재킷들을 줄이니 내게 잘 맞았다. 모두가 최고급의 이중 캐시미어, 비큐나, 혹은 헤링본으로 만든 옷들이었다.

가죽 단추는 그 자체가 예술품이었다. 주머니는 안감이 새틴이라 손을 넣으면 물속 깊숙이 손을 담그는 것 같았다. 그리고 아버지 재킷들은 아버지 일부가 내 옆에 있다는 느낌을 주었다. 가끔 신호등이 바뀌길 기다리며 거리 구석에 서있을 때는 깊숙한 옷 주름 안에서 시가 가루가 발견되기도 했다.

"얘야, 네 아버지 것을 모두 다 간직할 수는 없단다."

"엄마, 그러면 돈을 아끼는 게 돼요."

"우린 아직 빈곤층이 아니다. 너는 우리가 모두 술에 취해 '내 주를 가까이'를 함께 불러대는 가족인 것처럼 말하는구나. 우린 그럭저럭 살 수 있어."

"우리 집 직원을 줄여야 할까 봐요."

아버지가 돌아가신 후, 엄마는 도와줄 사람들을 모았다. 다른 사람들이 스푼이나 중국산 도자기를 모으는 것처럼. 빈민굴에 살던 불쌍한 영혼이 우리 집 손님방에서 셰리주잔을 들고 『분노의 포도』를 읽는 모습을 자주 볼 수 있었다.

"우리 집엔 제복 입은 집사가 없지 않니? 세르게에 대해 이야기하는 거라면 그는 우리 가족이다. 그리고 그는 이 도시에서 가장 뛰어난 프랑스 요리 셰프에다 다른 사람들처럼 술도 마시지 않으니."

대답이 필요 없었다. 그리고 이상하게도 미스터 가드너라는 이름으로 불렸던 정원사도 우리 가족이었다. 그는 따뜻한 눈에 마로니에 열매처럼 미끈한 갈색 피부를 가졌으며, 아버지가 돌아가시기 전 우리가 베들레헴에 정원을 만들 때부터 계속 우리와 함께해왔다. 노스캐롤라이나에서 코네티컷으로 왔다고 들었다. 미스터 가드너는 고전적인 장미를 키우는 재능 외에도 엄마 대신 죽으라면 죽는 시늉이라도 할 사람이었고 엄마 역시 그를 위해 죽음도 마다하지 않을 것이었다. 그는 우리와 영원히 함께할 것이다.

"그리고 가끔씩 파출부를 불러도 파산하지 않아." 엄마가 말했다. "돈을 아끼려면 영사관에다 네가 고아원 위문품 보낼 때 운송비를 내달라고 해."

"로저는 비용을 나와 분담해왔어요. 하지만 이번에는 보낼 양이 많지 않을 것 같아서. 입힐 만한 옷가지가 거의 없거든요."

"자선 공연을 준비해보면 어때? 너한테는 다시 무대에 서는 기회가 될 거야. 그리고 아직 우리는 의상을 갖고 있잖니."

의상들. 꽤 많은 양이 트렁크에 처박혀 있을 것이다. 누구에게도 소용없지만 아이들 옷으로는 모든 종류를 다 만들 수 있다.

"엄마, 정말 생각 잘하셨어요."

나는 침실로 달려가 벽장 속의 트렁크를 끌어냈다. 거기에는 내가 공연했던 모든 도시의 기념 스티커가 아직 붙어 있었다. 보스턴, 시카고, 디트로이트, 피츠버그. 나는 트렁크를 간신히 손님방까지 가져왔다. 숨이 찼다. 이제 그만, 피아담배를 슬쩍해서는 안 되겠다.

내가 들어가자 암마가 흔들의자에서 벌떡 일어섰다. "어, 캐롤라인, 안 돼, 그러면 안 돼."

내가 트렁크 뚜껑을 열자 향나무와 오래된 실크, 그리고 무대 화장 냄새가 풍겼다. 사랑스러운 냄새였다.

"좋죠?"

"너, 그래도 되는 거니?"

우린 이곳저곳에서 소도구와 의상들을 수집했다. 여기서 19세기 실크 보디스를 저기서 티파니 펜을 얻는 식이었다. 하지만 엄마는 내가 무대에서 입었던 의상 대부분을 직접 만드셨다. 채핀에서의 <십이야> 공연에서부터 브로드웨이의 <빅토리아 리자이너>까지. 나는 모든 앙상블을 다 보관할 수는 없었지만 고등학교 때 옷들은 아직 가지고 있으며, 엄마는 브로드웨이 앙상블을 수선해주기도 했다. 엄마는 최고급 벨벳과 산뜻한 실크 그리고 가장 부드러운 면을 이용했다. 각각의 의상은 사우스햄프턴 해변에서 주운 홍합 껍질을 가지고 직접 만든 진주 단추로 마무리했다. 엄마가 달아준 단추는 떨어지지 않고 영원히 그 자리에 붙어 있었다.

"베니스의 상인." 나는 푸른색 벨벳 재킷과 바지를 꺼내며 말했다. 둘 다 안감이 머스타드 실크였다. "아기 셔츠 두 벌은 나오겠다. 안감으로 뭘 만들까?"

엄마가 힘없이 말했다. "속바지?"

"딱 맞겠어요, 엄마." 나는 핑크색 새틴 가운과 작은 진주들로 장식된 보디스를 집었다. "십이야."

"넌 옛날이 그립지 않니?"

"전혀요, 엄마. 엄마가 싫으면 제가 직접 자를게요."

엄마는 내게서 드레스를 받아들었다. "내가 할게, 캐롤라인."

나는 아몬띠아도 셰리 색상의 벨벳 드레스, 흰색 가짜 모피 펠레린 그리고 주홍색 로브를 더 꺼냈다.

"끝이 좋으면 다 좋다잖아요." 드레스를 잡으며 내가 말했다. 내 허리가 저렇게 가늘 때가 있었나? "로브로 잠옷 여섯 벌, 드레스로 외투 두 벌을 만들 수 있겠네요. 털은 벙어리장갑에 넣고."

우리는 밤까지 일했다. 나는 솔기를 뜯어내고, 핑킹 가위로 벨벳과 새틴을 잘랐다.

"네 친구 폴에게서는 소식 있니?" 엄마가 물었다.

"전혀. 이제 사무실에서 프랑스 신문도 구하지 못해요."

엄마는 폴과 나의 관계를 필요한 만큼만 알고 있지만, 그가 내게 얼마나 중요한 존재가 되었는지 어느 정도 이해했다. 프랑스에서 벌어지는 모든 일들과 관련해 엄마는 나만큼이나 그를 걱정하는 것 같았다.

"그의 아내가 의상실을 한다고?"

"실제로는 란제리 가게예요. 가게 이름이 '예쁜 것들'이고."

"란제리?" 엄마는 마치 레나가 서커스를 한다고 들은 것처럼 말했다.

"네, 브래지어 같은 것들."

"나도 란제리가 뭔 줄 알아, 캐롤라인."

"엄마, 선입견 갖지 마세요."

"그래, 폴이 이 전쟁 속에서 소식 한 토막이라도 보내온다면."

"엄마, 나도 그의 소식을 듣기만 하면 좋겠어요."

엄마는 자주색 새틴 안감의 솔기를 뜯어냈다. "그리고 프랑스에서는 유부남과의 친구 관계가 흔하다고 하더라. 하지만."

"엄마, 내가 원하는 건 그의 편지뿐이에요."

"너도 생각하겠지만, 이 전쟁은 끝날 것이고, 그가 네 방

문을 두드리는 날이 올 게다. 독일놈들이 그를 어떤 특별한 곳에 있게 했을 것 같구나. 그는 유명 인사니까."

나는 그렇게 생각하지 않았다. 나치가 폴이 유명하다고 특별히 대우해줄까? 아침까지 우리는 손님방 침대에 아동 옷가지를 만드는 데 필요한 것들을 쌓아놓았다. 부드러운 외투와 바지, 점퍼와 모자 들.

나는 그것들을 모두 사무실로 가져가 피아 책상에 두었다. 피아는 어디로 갔는지 보이지 않았다.

몇 주 후, 나는 사무실에 진을 친 르블랑 가족을 마주하게 되었다. 그들은 영사관 여자 화장실에서 차례로 목욕도 했다. 그때 갑자기 로저가 내 사무실 문을 밀어젖히며 들어왔다. 한 손은 문고리를 잡은 채. 얼굴은 그가 입은 회색 셔츠와 같은 색이었다. 속이 뒤집혔다. 나쁜 소식이라고 얼굴에 쓰여 있었다. 찌푸린 이마, 꽉 다문 입술.

그가 손가락으로 머리를 넘기며 말했다. "캐롤라인."

"말씀하세요, 로저."

"몇 가지 알려줄 게 있어요."

나는 목재 캐비닛을 손으로 짚었다. "이야기하세요."

"나쁜 일이어서 걱정이 돼, 캐롤."

"앉아서 들어야 하나요?"

"그랬으면 해요." 로저는 문을 닫았다.

13장

카샤, 1941년

기차 문이 열렸을 때 우린 차량 안에서 얼어붙은 듯 서 있었다.

"내려, 내려!" 플랫폼의 여자 경비원들이 소리 질렀다. 곤봉과 가죽 채찍으로 우리를 마구 찌르고 때렸다. 가죽 채찍은 맞아본 사람만이 그 쓰라림을 알 수 있을 것이다. 이전까지 어떤 것으로도 맞아본 적이 없던 내게, 채찍에 맞을 때의 아픔은 공포에 가까운 쇼크였다. 하지만 최악은 개였다. 우리를 향해 짖어대며 물기도 했는데, 내 다리에 그놈들이 내뿜는 뜨거운 호흡이 느껴질 정도로 가까이 접근했다.

"너희들한테선 돼지 같은 냄새가 나." 경비원 한 명이 말했다. "폴란드 놈들은 똥을 뒤집어썼나 봐."

이 말이 나를 더 열 받게 만들었다. 자기들이 작은 양동이 하나만 줬으면서 냄새가 난다고 불평을 해?

우리는 그 일요일의 첫 햇살을 받으며 휘르스텐베르크를 빠른 걸음으로 행진했다. 내 왼쪽에 엄마가, 오른쪽에는 미켈스키 부인과 아기 야고다가 서서, 다섯 명이 나란히 걸었다. 뒤돌아보니 한 줄 뒤에서 수산나 언니와 루이자가 걷고 있었는데, 공포감에선지 눈동자가 희미했다. 휘르스텐베르크는 소설 속 중세 마을 같았다. 초가지붕 집들이 눈에 띄었으며, 굳게 닫힌 창가에는 피튜니아가 무성하게 자라 있었다. 독일인들은 따뜻한 침대 속에서 아직 자고 있나? 바람을 타고 토스트와 커피 냄새가 풍기는 것을 보니 누군가 깨어 있었다. 2층의 문 하나가 삐걱거리며 열리더니 다시 닫혔다.

따라오지 못하는 사람은 호되게 당했다. 뒤처지는 사람을 경비원이 때렸고 개가 다리를 물기도 했다. 엄마와 내가 미켈스키 부인이 발을 헛딛지 않도록 붙잡아주었다. 부인은 아기 발이 추위로 파랗게 되지 않도록 마사지를 계속했다. 우리가 부축을 하면 그녀는 빵을 반죽하는 것처럼 발을 문질렀다.

그들은 호수 기슭의 자갈길을 따라 우리를 몰아댔다.

"어머, 예쁜 호수다." 우리 뒤에서 루이자가 말했다. "저기서 수영할 수 있을까?"

아무도 대답하지 않았다. 저놈들이 우리를 제대로 대할까? 무엇보다도 여기는 독일이었다. 어릴 때 독일 여행은 너무 오래 머물지만 않으면 언제나 재미있었다. 하지만 대부분은 생각에서 크게 벗어나지 않는 것들이었다. 서커스 구경을 가더라도 예상하는 것이 있었다. 하지만 지금은 달랐다.

곧 우리는 길 끝의 거대한 벽돌 건물을 보게 되었다. 이제 9월이지만 북쪽이어서 그런지 소나무 사이에 벌써 노랑, 빨강으로 변한 나무들이 있었다. 벽돌 건물 둘레로 심어진 샐비어조차도 나치의 붉은색이었다.

벽돌 건물에 가까이 가자 먼 곳에서 울리는 독일 선전 음악이 들렸다. 감자 굽는 냄새가 공기를 채웠고 배에서는 쪼르륵 소리가 났다.

"KZ인 것 같아." 내 뒤의 여자가 말했다. 특별히 누구에게 한 말은 아니었다.

"코첸트라치온스라거." 포로 수용소라는 뜻이다.

처음 듣는 단어였다. 나는 수용소가 뭔지 몰랐을 뿐만 아니라 그 발음은 마치 등줄기에 얼음이 닿는 것과 같았다.

높은 담으로 포위된 수용소에 도달한 우리는 녹색의 금속 문을 지나 트인 광장으로 들어갔다. 나지막한 목재 건물들이 둘러싼 곳이었다. 음악 소리 가운데서도 담 위의 철조망에 고압 전류가 흐르는 울림을 들을 수 있었다.

중앙에는 수용소를 양분하는 넓은 길이 있었다. 공식적으로는 수용소 길이라는 뜻의 라거스트라세 혹은 캠프로드라 불렸지만 우리는 곧 뷰티로드라 부르게 되었다.

길은 정말 아름다웠다. 자갈이 깔린 넓은 광장 프라츠에서 시작해 수용소 뒤쪽으로 곧게 난 그 길에는 검은색의 모래와 슬래그가 태양빛을 받아 반짝였다. 꿀처럼 달콤한 냄새가 코를 간지럽히며 내 눈길을 나무들 쪽으로 이끌었다. 길 양쪽에서 눈길이 닿는 저 끝까지 늘어선 나무들은 보리수였다. 성모 마리아가 좋아하는 나무를 보니 크게 마음이 놓였다. 폴란드에서는 보리수를 숭배하여 이 나무를 베는 것을 불길하게 생각했다. 각각의 블록 창에는 제라늄이 심어진 목재 화분이 달려 있었다. 저렇게 멋진 곳인데 나빠봐야 얼마나 나쁘겠어? 가장 이상한 것은 뷰티로드가 시작되는 지점에 위치한 은색의 화려한 우리 안에 기이한 동물들이 갇혀 있는 것이었다. 노란 날개를 가진 앵무새, 아이들처럼 우리 이곳저곳을 뛰어다니는 갈색의 거미원숭이 두 마리, 그리고 에메랄드그린 색 머리의 공작. 공작은 꼬리를 펼쳤다. 공작이 날카로운 소리를 낼 때 내 온몸에 전율이 일었다.

실내로 들어서자 엄마는 우리를 가까이 모았다. 프라츠에서는 줄무늬 옷을 입은 여자들이 다섯 줄로 서서 차렷 자세를 하고 있었다. 한 사람도 우리 쪽을 쳐다보지 않았다. 여자 경비원이 엉덩이에 찬 총집에서 권총을 꺼내 들고는 옆에 선 경비원에게 무슨 말인가를 했다. 엄마는 권총을 얼핏 보더니 바로 고개를 돌렸다.

줄무늬 옷 여자가 내 가까이 다가왔다.

"폴란드인?" 그녀가 말했다. 목소리가 음악에 거의 묻히다시피 들렸다.

"네." 내가 말했다. "우리 전부."

거미원숭이는 뛰어 놀기를 멈추고 창살을 손가락으로 말아 쥐고 우리를 바라보았다.

"먹을 것을 가지고 있으면 뺏어가니 빨리 먹어치워요." 그녀는 이렇게 말하고는 자기 줄로 돌아갔다.

"가진 것 있으면 전부 우리에게 주세요. 당신들은 필요하지 않으니." 나이 든 여자가 지나가며 말했다. 우리 줄 끝까지 걸어가며 손을 내밀었다.

우리는 입고 있는 코트를 바짝 당겼다. 가진 것도 거의 없는데 이걸 어떻게 포기해? 엄마를 흘긋 바라보았다. 내 손을 잡는 엄마의 손이 떨리고 있었다. 나는 잠을 잘 수만 있었으면 했는데, 다만 목이 심하게 말랐다.

경비원은 우리를 시설 블록으로 몰아갔다. 넓게 트이고 천장이 낮은 방 두 개 옆에 샤워실이 한 개 있었다. 문 옆에는 키 큰 금발의 경비원이 서 있었다. 빈츠라는 이름은 나중에 알았지만 그 여자 경비원은 히틀러만큼이나 악랄했다.

"빨리 해, 빨리!" 경비원이 채찍 손잡이로 내 엉덩이를 치며 소리쳤다. 내가 책상 앞으로 오자, 책상 너머에서 줄무늬 옷의 여자가 내 이름을 기록했다. 그녀는 내게 주머니에 든 것을 모두 꺼내라고 독일어로 말하고, 몇 안 되는 내 소지품들을 노란색 봉투에 넣고 다른 봉투들과 함께 상자 속으로 던졌다. 손수건, 시계, 아스피린 몇 알. 정상적인 삶의 마지막 흔적이었다. 그 다음에는 옷을 벗어야 했다. 수감자와 경비원이 지켜보는 가운데.

"이제, 따라 가!" 나체가 된 내게 말했다.

내 뒤로, 테이블 옆에 엄마가 서 있었다. 그들이 엄마에게 반지를 달라고 했지만 손가락에서 반지가 잘 빠지지 않았다.

"손가락이 부었군." 근처에 서 있던 여자 의사가 말했다. 하얀 의사 가운을 입은 의사는 키가 크고 금발이었다. 빈츠가 엄마 손을 잡아 올리더니 찰싹 때리며 반지를 빼내려고 했다. 엄마는 고개를 돌렸다. "바셀린을 발라." 여의사가 말했다.

빈츠는 반지를 낀 손을 다시 한 번 때리며 결국 돌려서 반지를 빼냈다. 책상 뒤의 여자가 반지를 노란 봉투에 넣고 상자 속으로 던졌다.

엄마의 반지가 사라졌다. 어떻게 다른 사람 물건을 아무런 감정도 없이 뺏어갈 수 있을까? 줄에서 나보다 훨씬 앞에 선 재니나 그라보브스키가 경비원과 씨름을 하며 우는 모습이 보였다. 미용사의 검사를 받는 중이었다. 다른 경비원이 처음 경비원을 도와 재니나 어깨를 잡았다.

"안 돼. 제발. 그만해." 재니나가 머리를 자르려는 그들에게 저항하며 말했다.

경비원이 나를 앞으로 밀어서 엄마와 떨어지게 했다. 엄마는 여자들 속으로 묻혀 들어갔다. 내가 벌거숭이 몸을 가리려 하는 중에 줄무늬 재킷 어깨에 녹색 삼각형 표시를 단 수감자 한 명이 나를 스툴 의자 위로 밀었다. 머리에 뾰족한 것이 닿는 느낌이 들었을 때 재니나에게 했던 짓을 내게도 한다는 것을 알았다. 심장이 가슴을 빠져나가는 것처럼 쿵쿵거렸다.

뒷목에 닿는 가위는 차가웠다. 여자는 내 머릿결을 난도질하면서 독일어로 욕을 했다. 머리칼이 굵다고 날 욕하는 것일까? 그녀는 내 잘린 머리카락 더미를 이미 창틀에 닿을 만큼 쌓여 있는 머리카락 무더기 위로 던졌다. 그리고 자신의 일이 힘들다는 듯이 내 머리를 거칠게 대충 면도했다. 면도 기계가 찰칵거릴 때마다 머리카락이 맨어깨 위로 흘러내렸다. 그 여자가 나를 스툴에서 밀어냈다. 만져보니 매끈한 머리 군데군데 머리칼이 뭉텅이로 만져졌다. 피에트릭이 이 모습을 보지 않는다는 게 그나마 다행으로 여겨졌다. 머리카락이 없으니 얼마나 추운지!

보라색 삼각형 표시가 있는 수감자 — 성서 소녀라는 뜻으로, 그들을 '바이블 걸'이라 부른다는 것을 나중에 알았다 — 한 명이 나를 뒤로 밀어 부인과 검사용 테이블로 가게 했다. 그녀가 내 다리를 벌려 잡고 다른 수감자 한 명이 면도 칼로 털을 깎았다. 내 몸 군데군데 칼에 베이고 긁힌 상처가 남았다.

그 짓이 끝나자 나를 여의사에게 보냈다. 여의사는 내게 "테이블에 올라가!"라고 말하더니 차가운 은색 도구를 잡고 내 속으로 밀어넣었다. 그리고 벌려서 보았는데, 이 모든 행위는 도구를 한 번도 닦지 않고 진행되었다! 그녀는 고무장갑 낀 손가락을 내 속으로 찔러넣고 주위를 만졌다. 그녀는 자기가 하는 일을 마치 접시 씻는 것처럼 당연한 듯이 했다. 내가 아직 어리다는 사실이나, 자신이 내게 하는 짓이 회복될 수 없는 파괴라는 것을 전혀 고려하지 않았다.

나는 처녀성 상실을 슬퍼할 겨를도 없었다. 경비원들은 벌거벗은 우리를 샤워실 안으로 밀어넣고 다섯 줄로 세웠다. 샤워기 앞으로 달려가던 우리 앞줄의 여자들이 흰색 원피스 작업복 차림의 경비원에게 채찍으로 맞았다. 등에 붉은 자국이 선명하게 남았다. 나는 미켈스키 부인 가까이에 서서 채찍에 대비했다. 부인은 아기 야고다를 꼭 껴안고는 마치 얼음물을 뒤집어쓴 것처럼 심하게 떨었다. 소매에 녹색 배지를 단 수감자들이 미켈스키 부인에게 다가가서 양손으로 아기를 잡아당겼다. 부인은 야고다를 더 단단히 껴안았다.

"아기를 내게 줘요." 경비원이 말했다.

미켈스키 부인은 더 세게 껴안기만 했다.

"귀여운 아기예요." 내가 그 경비원에게 말했다.

경비원이 아기를 더 세게 당겼다. 아기가 둘로 찢어지면 어떡해?

"어떻게 할 수 없습니다." 경비원이 말했다. "문제 일으키지 마세요."

아기가 울음을 터트렸고, 이것이 못돼먹은 경비원 대장인 도로시 빈츠의 주의를 끌었다. 그녀는 뒤에 다른 경비원 한 명을 데리고 건물 앞에서 거의 뛰어오다시피 했다. 도로시는 '신의 선물'이라는 뜻인데, 이보다 더 나쁠 수 없는 인물의 이름이라니.

빈츠는 미켈스키 부인 옆에 서더니 채찍 손잡이로 금발의 작은 야고다를 가리켰다.

"아빠가 독일인이야?"

나를 쳐다보는 부인의 눈썹이 일그러졌다.

"아닙니다. 폴란드인입니다." 부인이 말했다.

"데려가." 빈츠가 채찍을 흔들며 말했다.

빈츠를 따라왔던 경비원이 미켈스키 부인을 뒤에서 붙잡았고 처음의 경비원이 야고다를 엄마 팔에서 떼어냈다.

"제가 실수했습니다." 미켈스키 부인이 말했다. "맞습니다. 얘 아빠는 실제로 독일인입니……." 부인이 나를 바라보았다.

"베를린에서 왔습니다." "진정한 애국자예요."

녹색 배지가 알몸의 야고다를 붙잡아 어깨 위로 올리고는 빈츠를 쳐다보았다.

"데려가." 빈츠가 고개를 까닥이며 말했다.

경비원은 아기를 어깨 위 더 높이 쳐들고는 안으로 들어오는 사람들 사이를 걸어갔다.

아기를 데려가는 모습을 본 미켈스키 부인은 불탄 종잇조각처럼 바닥으로 허물어졌다. "안 돼요, 제발. 아기를 어디로 데려가는 거예요?"

빈츠는 부인의 가슴을 채찍 손잡이로 찌르면서 샤워기 쪽으로 밀쳤다.

나는 두 팔로 벌거벗은 가슴에 팔짱을 끼고 빈츠 앞으로 다가갔다.

"엄마가 없으면 아기는 죽을 겁니다." 내가 말했다.

빈츠가 내게로 돌아섰다. 끓는 주전자가 연상되는 표정이었다.

"이 이상 더 잔인할 수는 없습니다." 내가 말했다.

빈츠가 채찍 막대를 내게로 들었다.

"어디서, 너 따위 폴란드인이……."

나는 눈을 감고 몸을 가리며 채찍 가죽이 내려치길 기다렸다. 어디에 맞게 될까?

갑자기 누군가 나를 팔로 감는 것을 느꼈다. 엄마가 맨몸으로 나를 감싼 것이었다.

"경비원 선생님, 제발 부탁드립니다." 엄마가 유창한 독일어로 말했다. "애가 이런 식으로 말하다니 제정신이 아닌가 봅니다. 정말 미안합니다."

엄마의 독일어 때문에 빈츠가 그냥 뒤돌아선 것일까? 때리지 않고?

"애한테 입 다물라고 해." 빈츠가 채찍 손잡이를 내게로 흔들며 말했다. 그리고 사람들 사이로 걸어 나갔다.

경비원은 나를 샤워기 앞으로 밀었다. 미켈스키 부인이 가엾어 흐르는 눈물이 차가운 샤워 물과 섞였다.

우리는 2주 동안 격리되었다 풀려났다. 갈아입을 유니폼과 블라우스, 큼지막한 신발, 칫솔, 얇은 외투 한 벌, 회색 반바지, 양철 사발과 숟가락, 그리고 비누 한 조각. 두 달 동안 이것으로 살아야 한다고 했다. 2개월? 우린 분명히 그때까지는 집에 돌아갈 것이다!

우리가 생활할 새 집은 블록 32로, 격리 블록보다는 훨씬 큰 건물이었다. 여자들은 갈색 셔츠와 줄무늬 드레스의 유니폼 차림이었다. 어떤 이들은 샤워 후 벗은 몸 그대로 있었다. 옷을 놓고 두리번거리거나 밀짚 매트리스를 다듬었으며, 푸른색과 하늘색이 교차되는 시트를 챙기는 여자도 있다. 블록 내에 한 개뿐인 작은 화장실에는 샤워기가 세 개, 꼭지가 달린 기다란 싱크대가 세 개 있었다. 여자들은 구멍을 뚫어 악취 나는 땅으로 대소변을 그대로 흘려보내게 만든 판자 위에 거리낌 없이 앉았다.

블록에서는 닭장이나 썩은 무 같은 냄새, 그리고 오백 명의 씻지 않은 발 냄새가 났다. 블록의 여자들 모두가 폴란드어를 썼으며, 대부분은 정치적 수감자를 나타내는 붉은 삼각형 표지를 달았다. 수용소에서 한 가지 다행은 많은 수감자들이 — 거의 절반이 — 우리와 같은 폴란드인이고 나치가 말하는 정치범들이라는 것이었다. 폴란드인 다음으로 많은 그룹은 히틀러가 선포한 갖가지 법률들 중 하나를 어겨 잡혀오거나 살인, 절도 등의 범죄를 저지른 독일인 여성들이었다.

"침대 정리!" 블록 대표 로자가 소리쳤다. 졸린 눈을 한 독일인 여자로, 엄마보다 훨씬 나이가 많았다. 나중에 알았지만 그녀는 독일군 장교에게 혀를 내밀었다는 이유로 체포되었다고 했다.

"식기를 챙겨!"

우리는 라벤스브뤼크에서의 생존이 양철 사발과 컵, 그리고 숟가락을 중심으로 돌아가고 이것을 반드시 지켜야 한다는 것을 금방 알아차리게 되었다. 잠시라도 한눈을 팔면 없어져버려서 다시는 찾을 수 없었다. 그래서 우리는 식기를 유니폼 깊숙이 가슴 안에 품었으며, 실이나 끈을 구할 수 있었던 사람들은 벨트를 만들어 식기를 허리에 찼다.

루이자와 엄마는 위층 침상을 선택했다. 높이 있었기 때문에 수감자들은 그 침상을 코코야자나무라 불렀다. 천장에 매우 가까워서 침상에 거의 앉을 수 없었으며, 겨울에는 위에 고드름이 달릴 정도였다. 하지만 좀 더 혼자만의 공간이 될 수 있었다. 수산나 언니와 나는 바로 그 반대편에서 잤다.

루이자가 엄마 옆에서 잠을 잔다는 데 질투가 일었지만 참았다. 수산나 언니가 내 옆에서 잤는데, 언니는 밤에 내내 뒤척이면서 잠꼬대로 의사들이 쓰는 말을 중얼거렸다. 나는 어둠 속에서 죄의식에 잠겨 스스로를 탓했다. 내가 거의 마비 상태가 되었을 때, 언니가 나를 깨워 일으켰다. 나 때문에 우리 모두가 이런 곳으로 끌려오게 되었다. 내가 어떻게 그처럼 신중하지 못할 수 있었을까? 게다가 밤은 조용하지 않았다. 악몽에 시달리는 여자들의 날카로운 목소리나 이 때문에 몸을 긁는 소리, 야간 근무자들이 집으로 돌아가는 소리, 세면장에 갈 수 없는 환자들이 대야를 달라고 부르는 소리가 들렸고, 잠을 이루지 못한 여자들이 서로 무슨 이야기를 주고받기도 했다.

그런 중에 나는 엄마와 단둘만의 시간을 가질 수 있었다. 그날 밤 나는 저녁 식사 전에 엄마 침상으로 기어올라 갔다.

"나 때문에 엄마가 이곳에 끌려왔어요, 미안해, 엄마. 그 샌드위치만 가져오지 않았다면, 내가 그렇게……."

"그런 말 하지 마," 엄마가 말했다. "여기서 넌 독일인보다 더 나은 사람이 되는 데 집중해야 한다. 나는 너희들과 같이 있어 좋아. 모두 잘 될 거야." 엄마는 내 이마에 입을 맞췄다.

"그렇지만 엄마 반지를…… 반지를 뺏어간 놈들이 미워 죽겠어."

"어쩔 수 없는 일이야. 미워하느라 에너지를 낭비해선 안 돼. 그러면 널 망치게 된다. 강하게 버텨야 해. 넌 잘할 수 있어. 저들보다 더 나은 사람이 될 방법을 찾아봐."

블록 대표 로자가 걸어 들어왔다. 친절한 얼굴이었지만 웃음기는 하나도 없이 이렇게 말했다.

"일과 시작은 오전 8시다. 작업이 배정되지 않은 사람은 블록 옆의 노동 사무실에 신고하도록. 여러분이 검사를 받았던 곳이다. 그곳에서 배지와 번호를 받는다."

"저 여자는 독일어로만 말해?" 나는 엄마에게 속삭였다. "여자들이 다 알아듣겠죠?"

"스펙 선생님과 독일어 수업에 고맙다고 해야겠구나. 네 생명을 구해줄지도 모르니."

맞는 말이었다. 다행히 나는 독일어가 가능했다. 여기서는 모든 발표를 그 언어로만 했다.

다음날 아침 요란한 사이렌 소리가 우리를 깨웠다. 나는 방금 잠들어 루블린에서 피에트릭과 함께 수영하는 꿈을 꾸던 중이었는데, 우리 블록에 불이 켜져서 보니 새벽 3시 반이었다. 사이렌은 정말 싫었다. 끔찍하게 시끄러운 소리가 마치 지옥의 가장 깊은 곳에서 울리는 것처럼 들렸다. 사이렌과 함께 줄지은 침대들 사이로 로자와 그녀의 조수들이 걸어 들어왔다. 한 조수가 양철 냄비를 두드리면 다른 조수가 스툴 의자 다리로 슬리퍼를 찍었다. 그러면 로자가 국자로 양동이의 물을 퍼서 잠자고 있는 여자들 얼굴에 뿌렸다.

"빨리! 빨리! 모두 일어나!" 그들이 소리 질렀다.

그건 일종의 고문이었다.

엄마와 나, 수산나 언니, 루이자는 모두 식당으로 향했다. 취침 구역 옆에 위치한 긴 방이었는데 우린 그곳 끝 쪽의 의자 위로 몸을 끼워넣었다. 아침 식사는 격리동에 있을 때와 같았다. 미지근하고 누리끼리한 수프는 소가 지나간 물과 같았고, 작은 빵 한 조각은 톱밥 씹는 느낌을 주었다. 수프가 위장에 들어가는 순간 거의 토할 뻔했다.

로자는 새로 배정된 작업 목록을 읽었다. 엄마는 책 제본 작업에 배정되었는데, 실내에서 하는 일이라 모두가 원하는 일들 중 하나였다. 죽도록 힘들게 일해야 하는 작업에 비해 훨씬 나았다.

루이자는 앙고라토끼 털을 가공하는 바이블 걸들의 조수가 되었다. 앙고라토끼는 수용소 구석에 특별히 난방을 한 우리에서 키웠는데, 소장 관사 온실에서 재배한 부드러운 상추를 먹이로 주었다. 털을 주기적으로 깎아 모직 공장에 보냈다. 그 공장은 창고 여덟 개가 서로 연결된 대규모 구조물로, 그곳에서 수감자들이 독일군 군복을 만들었다.

수산나 언니는 의사라고 밝히지 않아 노획물 정리하는 작업에 배정되었다. 히틀러가 강탈한 물건들이 기차로 실려와 쌓이는 곳이었다.

나는 보충조에 배정되어, 어떻게 보면 좋고 또 어떻게 보면 나빴다. 매일 줄을 서야 했지만, 작업이 배정되지 않는 날이면 종일 침상에 누워 지낼 수 있었다. 하지만 최악의 작업에 배정될 수도 있다는 점이 나빴다. 변소 청소나 도로 공사와 같은 종류였다. 도로 공사에 배정되면 마치 동물처럼 무거운 콘크리트 롤러를 끌어야 했고 하루치의 노동만으로 사람이 죽을 수도 있었다.

라벤스브뤼크에서 처음 맞은 크리스마스는 특히 나빴다. 우리 대부분이 그때까지는 집에 돌아갈 수 있을 것으로 기대했기 때문이었다. 엄마와 나, 수산나 언니, 그리고 루이자는 모두 그곳에서 2개월을 지냈을 뿐인데 3년은 된 것처럼 생각되었다. 그때까진 간간이 아빠로부터 편지를 받았다. 독일어로 쓴 편지였지만 검열 과정에 대부분이 검은 매직으로 지워져서 마지막 단어 몇 개만 보였다. 너희를 사랑하는 아빠가. 우리가 쓰는 편지도 마찬가지였다. 한 페이지짜리 수용소 전용 용지를 사용하고 날씨에 대한 이야기나 모호한 긍정적 생각만 써야 검열에 통과되었다.

낮이 점차 짧아지자 수산나 언니는 우리에게 항상 희망을 잃지 말아야 한다고 강조했다. 병보다 실의에 빠지면 더 위험하기 때문이었다. 여자들 중에는 모두 포기한 채 음식을 끊고 죽어가는 경우도 있었다.

크리스마스 아침은 추위에 유리창이 깨지는 것으로 시작했다. 안으로 쏟아져 들어온 찬 공기에 모두 잠을 깼다. 크리스마스 날 침대까지 우리를 찾아온 이 악마의 바람은 불길한 징조일까?

수용소 내 모든 수감자들은 점호를 위해 프라츠 광장으로 나갔다. 아펠, 즉, 단체 인원 점검이었다. 우리는 레비어라는 이름의 의무동 건물 옆에 10열로 늘어섰다. 깜깜한 어둠 속에서 신발이 딸각거리는 소리만 들렸다. 추위를 이기려 몸을 움직여서 나는 소리였다. 따뜻한 코트가 얼마나 그리웠던지! 감시용 탐조등이 머리 위에서 원을 그렸다. 크리스마스라고 점호가 별일 없이 일찍 끝났다. 독일인들은 예수님의 생일을 축하하지 않는 것일까? 빈츠는 크리스마스 휴가를 갔겠지? 피복 창고 옆에는 시신들이 장작 더미처럼 쌓여서 눈으로 살짝 덮여 있었다. 나는 그 모습을 보지 않으려 애썼다. 시내에서 장의사가 차를 가져와서 시신들을 한 구씩 종이 백에 넣어 끝을 묶은 다음 차에 싣고 갔다.

빈츠의 분신 같은 이르마 그레세라는 젊은 수습 경비원이 우리 줄을 따라오며 인원을 세어 클립보드에 기록했다. 그 여자 경비원은 점호 도중 멈춰 검은색 두꺼운 망토를 둘러쓰고 담배를 피우곤 했다. 이르마와 빈츠는 무단결석 중인 십대 패거리 같았는데, 둘 다 금발에 예뻤으며, 서로에게 함부로 대하지 않았다. 빈츠가 약간 더 크고 거친 모습이었는데, 이마에서 머리를 가지런히 말아올려 올림피아 롤로 감았다. 이르마는 영화배우처럼 작고 귀여웠으며, 아몬드 모양의 푸른 눈과 청순한 핑크색 입술을 갖고 있었다. 제복 모자 아래에 두 갈래로 묶은 금발 머리가 목 양쪽에서 금으로 된 동전처럼 반짝였다. 그러나 이르마는 숫자에 재능이 없어 우리를 힘들게 했다. 그녀가 인원수를 틀리게 세어 빈츠가 센 수와 맞지 않으면 우리는 세 시간이고 네 시간이고 점호를 받아야 했다.

태양빛이 프라츠에 부딪혀 황금색으로 반사되자 여자들의 한숨 소리가 동시에 터져나왔다.

"조용히 해!" 이르마가 소리를 질렀다.

우리는 최대한 몸을 뒤로 빼서 따뜻하게 서 있으려 했지만, 그날 아침 수용소 내의 작은 한 가족인 우리 다섯 명은 모두 사람들에게 밀려 맨 앞줄에 서야 했다. 그 자리는 위험했는데, 지루해지거나 화난 경비원이 맨 바깥 가장자리에 선 수감자를 때리는 경우가 자주 있었고, 개의 공격을 당하기도 쉬웠다. 나는 엄마 옆에 섰으며, 반대쪽에 루이자가 섰다. 미켈스키 부인은 수산나 언니와 나 사이에 섰는데, 아기를 잃고 난 다음 급속히 쇠약해진 모습이었다. 수산나 언니는 내 선생님이셨던 미켈스키 부인의 병을 이질과 우울증이 겹친 심각한 상태라고 진단했다.

11월 초부터 눈이 내리다 그치다 했다. 나는 시간을 빨리 보내기 위해 날개에서 눈을 털어내는 새들을 지켜보다가, 마음대로 오갈 수 있는 새들에게 질투를 느꼈다. 차가운 바람이 호수를 때리던 그날 아침 우리는 냉기를 막으려 몰래 들여온 신문지 두 장을 미켈스키 부인의 얇은 재킷 앞에 둘러주었다. 이르마가 보이지 않을 때는 등을 서로 맞대고 문질러 온기를 유지하려 하기도 했다. 경비원들은 크리스마스트리 대용으로 뷰티로드 끝의 단단한 목재 기반에 큰 전나무를 세웠는데, 바람에 크게 흔들렸다.

미켈스키 부인도 따라 흔들려서 내가 팔을 잡아 몸을 유지시켰다. 면 코트 위를 잡았지만 부인의 팔꿈치 뼈가 내 손바닥에 느껴졌다. 나 역시 그렇게 야위었을까? 부인이 내게 기대자 구겨진 신문이 목 위로 삐져나왔다.

나는 신문지를 다시 밀어넣어 보이지 않게 했다. "똑바로 서 있어야 합니다." 내가 말했다.

"카샤, 미안해."

"머릿속에서 숫자를 세면 도움이 될 거예요."

"조용히 해." 수산나 언니가 미켈스키 부인 등 뒤로 내게 이야기했다. "빈츠가 오고 있어."

빈츠가 자신의 푸른색 자전거를 타고 수용소 정문을 통과해 프라츠를 지나오는 모습에 수감자들 사이 공포의 파도가 밀려왔다. 잠을 많이 잤을까? 유부남 친구와의 잠자리는 따뜻했을까, 에드문트였던가? 그날 아침은 결코 따뜻하지 않았다. 마주치는 수감자들마다 키스하듯이 채찍을 휘둘렀고, 그것은 그들이 가장 좋아하는 소일거리였다.

빈츠의 자전거는 맞바람을 맞으며 왔다. 한 손은 핸들에 얹고 다른 손으로는 개 끈을 잡았으며, 모직 망토가 뒤로 나부꼈다. 의무동까지 와서 자전거를 벽에 기대놓은 후, 옷의 칼라를 세운 채 개를 데리고 선머슴같이 걸었다. 빈츠는 장난감을 가지고 노는 아이처럼 채찍을 공기 속으로 흔들었다. 그건 새로운 채찍으로, 검은색 가죽 손잡이 끝에 긴 셀로판 끈이 달려 있었다.

빈츠의 개 이름은 아델리게였는데, '귀족 여성'이라는 뜻이었다. 독일종 셰퍼드 중에서도 가장 크고 무서운 종으로, 가슴 주위로 검고 두꺼운 털이 무성해서 두툼한 코트를 입은 것 같았다. 그놈은 빈츠가 녹색의 금속 클리커로 내리는 몇 가지 명령을 알아들었다.

빈츠는 미켈스키 부인에게 곧장 오더니 채찍 손잡이로 찔러 부인을 줄 밖으로 밀어냈다.

"당신, 나가."

내가 따라가려 했지만 엄마가 뒤에서 나를 붙잡았다.

"무슨 얘기 하고 다녔어?" 빈츠가 물었다. 엉덩이 옆에 개를 데리고.

"아무 말도 안 했습니다. 간수님." 부인이 대답했다.

이르마가 빈츠의 옆으로 왔다. "인원이 맞습니다, 간수님."

빈츠는 대답 없이 미켈스키 부인만 노려보았다.

"제 아기 야고다." 부인이 말하기 시작했다.

"당신 아기는 없어. 당신에겐 아무것도 없어. 단지 숫자일 뿐이야."

빈츠가 이르마 앞에서 과시하는 것일까?

미켈스키 부인이 한 손으로 빈츠를 붙잡았다. "정말 예쁜 아기예요."

빈츠는 손을 뻗어 부인의 옷 안에 있던 신문지를 아래로 순식간에 빼냈다.

"이거 어디서 났어?" 빈츠가 물었다.

이르마가 들고 있던 클립보드를 겨드랑이에 끼우고 담배에 불을 붙였다.

미켈스키 부인은 몸을 똑바로 세웠다. "모릅니다. 제겐 아무것도 없습니다. 저는 숫자에 불과합니다."

나는 다섯 걸음 떨어져 있었지만 빈츠가 몸을 파르르 떠는 모습을 볼 수 있었다. "당신 말이 맞아." 빈츠는 이렇게 말하고는 팔을 뒤로 당기더니 미켈스키 부인의 뺨에 채찍을 날렸다.

채찍이 부인의 광대뼈를 내리쳤다. 빈츠는 이르마를 한번 쳐다본 다음 몸을 굽혀 허리에서 개를 풀었다. 아델리게는 잠시 멈칫하더니, 빈츠의 클리커 소리에 맞춰 미켈스키 부인에게 돌진했다. 귀는 뒤로 바짝 세우고 이빨을 드러냈다. 주둥이로 부인의 손을 물고 옆으로 흔들어 부인을 내려앉혔다. 그놈은 부인에게 달려들어 웃옷의 목덜미를 물고는 눈 위로 끌고 갔다. 개의 으르렁거리는 소리가 울려퍼졌다.

엄마는 내 손을 꼭 쥐었다.

미켈스키 부인이 옆으로 구르며 벗어나려 했지만, 그놈은 부인의 턱과 목을 물고는 머리를 앞뒤로 흔들어댔다.

개가 미켈스키 부인을 끌고 가는 동안 나는 토하지 않으려 애를 써야 했다. 사냥한 사슴을 끌고 가는 늑대 같았다. 눈을 따라 선홍색 자국이 남았다.

빈츠의 금속 클리커 소리가 프라츠에 울렸다.

"아델리게, 놓아줘!" 빈츠가 명령했다.

개는 다시 엉덩이를 깔고 앉아 헐떡이며 노란색 눈으로 빈츠를 바라보았다.

"일곱 일곱 일곱여섯!" 빈츠가 소리를 질렀다.

이르마는 들고 있던 담배를 옆으로 던지고 클립보드에 기록했다. 담배가 떨어진 눈에서 파르스름한 연기가 피어올랐다.

개는 움직임이 없어진 미켈스키 부인을 내버려두고 꼬리를 다리 사이에 끼운 채 빈츠에게 다가갔다.

빈츠는 몸을 돌리더니 내게 줄 밖으로 나오도록 손짓했다. 나는 밖으로 한걸음 나갔다.

"둘이 친구야?"

나는 고개를 끄덕였다.

"그래? 어떻게?"

"제 수학 선생님이었습니다. 간수님." 눈물이 시야를 뿌옇게 했지만 흐르지 않도록 참았다. 눈물은 빈츠의 화를 부추길 뿐이었다.

이르마가 입술에 손가락을 대고 웃는 표정을 지었다. "폴란드인이 수학을."

빈츠가 내게 보라색 유성 펜을 던져주었다.

"그걸로 써봐." 빈츠가 말했다.

나는 모든 과정을 목격했다. 빈츠는 미켈스키 부인의 가슴에 숫자를 기록하라는 것이다. 죽어가는 수감자들이나 시신을 마지막으로 경멸하는 행동이었다. 아넬리게가 눈 위에 남긴 검붉은 자국을 따라 내 선생님이 누워계신 곳까지 걸어가는 동안 심장은 망치처럼 가슴을 때렸다. 등을 대고 누운 미켈스키 부인은 목이 뼈가 보이도록 찢기고 맨가슴은 피범벅이 되어 있었다. 얼굴은 나를 향했고 반쯤 뜬 눈과 광대뼈 위로 찢어진 살갗이 마치 미소 짓는 듯했다.

"거기다 써." 빈츠가 말했다.

나는 재킷 자락으로 부인의 가슴에서 피를 닦아내고 7776이라 썼다.

"시체를 치워." 빈츠가 말했다.

시신을 피복 창고 옆에 쌓인 더미로 끌고 가라는 것이었다.

나는 미켈스키 부인의 양 손목을 잡고 눈 위로 끌었다. 손목은 아직 따뜻했고, 쟁기질하는 말처럼 내뿜는 나의 호흡은 하얀 안개가 되었다. 그 공포란. 내 가슴 속에서 커지는 증오는 끝이 없었다. 복수하지 않으면 나는 사람이 아니다.

어깨 높이로 쌓인 시신 더미는 눈에 덮여 있었다. 눈물에 젖은 얼굴로 나는 내 선생님을 더미 옆에다 조심스럽게 밀어넣었다. 잠자는 듯한 모습이었다. 우리의 영웅이며 우리의 희망, 우리의 별.

"폴란드인들은." 내가 자리로 돌아가면서 그녀를 지나갈 때 이르마가 빈츠에게 말했다. "그들에게 수학은 왜 가르치려고 할까?"

"그러게 말이야." 빈츠가 웃으며 말했다.

나는 걸음을 멈추고 이르마를 쳐다보았다.

"최소한 나는 숫자를 셀 수 있습니다."

이때만은 빈츠의 채찍이 내려치길 기다릴 필요가 없었다.

14장

헤르타, 1941년

나는 라벤스브뤼크에 남기로 했다.

아버지가 돌아가시고, 엄마는 허리 때문에 재활 치료를 받아야 한다는 소식을 접하자, 내 월급이 더 중요하게 되었다.

남자 의사만 있는 곳에서 나는 유일한 여자 의사로 외로웠다. 그래서 프리츠가 없을 때는 내 사무실을 지키며 스크랩북 작업에 매달렸다. 휘르스텐베르크에서 식사할 때 프리츠가 웨이터에게 부탁해 찍은 스냅 사진이나 종이성냥과 같은 기념품을 붙이고, 신문도 많이 오려 붙였다. 얼마전, 독일 보병들이 소련에 쳐들어가 큰 승리를 거두었다. 그래서 신문에는 스크랩할 기사들이 많았다.

나는 집으로 편지를 써서 엄마에게 내가 의무동을 청결하게 만들고 효율적으로 운영하기 위해 얼마나 열심히 일하는지 말해주었다. 나는 수용소 소장이 내 노고를 알아주길 기대했다. 나는 이곳의 질서를 잡아가고 있었다.

어느 날 밤 나는 하루 일과를 마치고 숙소로 돌아가는 중, 제본 작업실에 불이 켜진 것을 보고, 이야기할 만한 상대가 있을까 해 멈췄다. 빈츠가 제복 차림으로 낮은 스툴 의자에 앉아서 얼굴을 들고 허리를 꼿꼿이 하고 있었으며, 붉은색 배지의 수감자 한 명이 그 근처 의자에 앉아서 그녀를 스케치하고 있었다. 입소 절차 때 본 적이 있는 폴란드인으로 빈츠가 반지를 빼내기 위해 때렸던 여자였다. 반지가 있었던 그녀의 손가락에는 아직 하얀색 자국이 보였다.

빈츠가 내게 안으로 들어오라는 손짓을 했다. 제국의 교육 자료를 만들 목적으로 구성된 자그마한 공간이었다. 벽한 면을 따라 놓인 긴 테이블 위에는 팸플릿과 책들이 쌓여 있었다. "들어와요, 닥터. 내 초상화를 그리는 중이에요."

"감독님, 가만히 계셔주세요." 수감자가 말했다. "말씀을 하시면 그리기 어렵습니다."

수감자가 빈츠에게 지시를 해? 이상했지만 빈츠는 고분고분 따랐다.

"여기 이 할리나는 최고 화가지." 빈츠가 말했다. "쾨겔 소장이 부탁한 초상화를 봤어야 하는데, 진짜 메달인 줄 알았다니까."

수감자는 스케치를 멈췄다. "감독님, 다음에 할까요?"

전에는 종이와 잉크 등 여러 가지 물품들로 어지러웠던 제본 작업장이 잘 정리된 것을 누가 보더라도 알 수 있었다.

"소장이 부탁해?" 내가 수감자에게 말했다. "얼마나 받았어?"

"빵으로 받았습니다, 의사 선생님." 그녀가 말했다.

"이 사람은 다른 폴란드인들에게 그걸 줘버려." 빈츠가 말했다. "머리가 어떻게 됐나 봐."

종이 위에 연필로 그린 스케치를 보니 마음이 안정되며 거의 환상적인 상태가 되는 것 같았다.

"당신도 폴란드인이야? 독일어를 잘하는데."

"나도 속았어." 빈츠가 말했다.

"제 어머니가 독일인입니다." 수감자는 눈은 빈츠를 보며 말했다. "오스나브뤼크에서 멀지 않은 마을에서 어린 시절을 보냈습니다."

"당신 아버지는?"

"쾰른에서 태어나셨고, 그곳에서 할머니 밑에서 자랐습니다. 할아버지는 폴란드인이었습니다."

"그러면 당신은 독일인 명부에서 제3그룹 독일인에 속하네." 빈츠가 말했다. 독일인 명부는 폴란드인을 네 개 그룹으로 나누었다. 3그룹은 주로 독일인 혈통이지만 폴란드화된 사람들이었다.

"독일인에 아주 가깝네." 내가 말했다.

"네, 그렇습니다, 의사 선생님."

나는 미소를 지었다. "닭이 돼지 우리에 알을 낳는다고 병아리가 돼지 새끼가 되는 건 아니지?"

나는 수감자 뒤로 가서 그녀가 빈츠의 뺨에 음영 넣기를 끝내는 모습을 지켜보았다. 초상화는 훌륭했다. 빈츠를 빼닮았으면서도 그녀가 가진 힘과 복잡한 성격을 잘 나타내었다.

"난 이 초상화를 에드문트에게 생일 선물로 주려 해." 빈츠가 말했다. "누드화를 원했는데, 이 여자가 그런 그림은 잘 못 그린대."

할리나는 얼굴을 약간 붉혔지만 눈은 패드에 고정시킨 채였다.

"닥터도 초상화를 부탁해봐요." 빈츠가 말했다. "당신 어머니가 좋아하실 텐데."

아버지가 돌아가신 후 엄마는 새 삶을 살기에도 바쁜데 내 초상화를 거들떠보기나 할까?

빈츠가 미소 지었다. "비용은 빵으로 충분해."

수감자는 연필을 내려놓았다.

"점호 시간이라, 전 정말 돌아가야 합니다."

"할리나, 내가 블록 대표에게 말할게." 빈츠가 말했다. "앉아요, 닥터. 다른 할 일 있어요?"

빈츠는 수감자 옆으로 걸어가 마무리된 작품을 보고는

어린애처럼 좋아서 손뼉을 쳤다.

"오늘 밤 당장 에드문트에게 줘야지. 불 잘 끄고, 할리나, 블록 대표에게 당신이 9시까지 들어올 거라고 말해둘 테니. 그럼 값으로 내일 흰 빵을 보내줄게."

나는 빈츠가 앉았던 스툴 의자를 당겼다. 할리나는 새 연필을 잡더니 스케치를 시작했다. 가끔씩 나를 힐끗 쳐다보면서.

"당신, 여기에 왜 왔죠?" 내가 물었다.

"저도 모릅니다. 의사 선생님."

"어떻게 모를 수 있어? 체포됐을 거잖아?"

"내 딸들이 체포되었고 나는 그들이 끌려가지 않도록 막았습니다."

"뭣 때문에 체포됐는데?"

"저도 모릅니다."

아마도 지하 활동일 것이다.

"오스나브뤼크에 있을 땐 뭘 했죠?"

"시골 할아버지 댁에 있었습니다." 수감자가 유창한 독일어로 말했다. "할아버지는 판사였고, 유디 슈나이더가 제 할머니이십니다."

"화가 말이에요? 총통께서 그분 그림을 수집하신다고 하던데." 수감자는 총통이 좋아하는 그녀 할머니의 재능을 물려받았다. "그러면 폴란드 어디 출신이죠?"

"루블린입니다. 의사 선생님."

"거기엔 유명한 의과대학이 있지." 내가 말했다.

"맞습니다. 제가 거기서 간호사 자격을 취득했습니다."

"당신이 간호사?" 문화인이 옆에 있고 그와 의학적 논의를 함께할 수 있다면 아주 좋을 것이었다.

"네, 그렇습니다. 그 이전에는 아동 서적 삽화를 그렸습니다."

"당신을 의무동에서 활용할 수 있겠는데."

"하지만 저는 10년 동안 간호사 일을 손에서 놓고 있었습니다, 선생님."

"관계없어요. 빈츠에게 당신을 즉시 재배치시키라고 할게요. 지금 어느 블록에 있죠?"

"32블록입니다, 선생님."

"당신은 병동 담당자로 지명되어 블록 원으로 옮기게 될거예요."

"하지만 저는 여기 그대로 있고 싶습니다."

"의무동에서 일하는 죄수 인력들은 블록 원에서 거주해요. 당신은 죄수들뿐만이 아니라 SS 직원과 그 가족들도 치료하게 되겠죠. 블록 원은 침대보도 깨끗하고 이는 한 마리도 없어요."

"네, 선생님. 그렇다면 딸들을 데려가도 될까요?"

그녀는 크게 개의치 않는다는 듯 무심하게 말했다. 물론,

불가능했다. 블록 원에는 1급 인력들만 거주할 수 있었다.

"글쎄, 나중에. 음식도 신선하고 배급량도 두 배나 많아요." 나는 그 엘리트 구역에 공급하는 음식에는 죄수들의 성욕을 죽이고 생리를 멈추게 하는 약물을 넣지 않는다는 말을 하지 않았다.

두 차례 더 만난 다음, 할리나는 내 초상화를 완성했다. 흰 종이로 덮어 내 사무실에 가져다주었다. 종이를 덜어낸 나는 깜짝 놀랐다. 세밀한 묘사가 놀라웠다. 이전에는 누구도 나를 그처럼 완벽하게 표현하지 못했다. 의사 가운을 입은 제국의 여의사, 강하고 집중하는. 엄마가 액자로 만들어둘 것 같았다.

할리나가 책 제본 작업장에서 의무동으로 옮기는 데는 며칠이 걸렸다. 병동은 실제적으로는 SS가 운영하지 않지만 그 관할에 있었다. 따라서 행정적 처리에 많은 시간이 소요되었다.

턱이 두꺼운 간호사 마샬은 나의 의무동 배치를 반가워하지 않는 유일한 사람이었다. 의무동 프론트데스크에 있던 그녀의 자리를 정리하고 할리나로 대체하던 날, 그녀는 내 사무실로 어슬렁거리며 들어와서는 거위처럼 꽥꽥거렸다. 나는 마샬 간호사를 건물 뒤의 아주 좋은 사무실로 옮겨주었다. 물품 보관실로 쓰던 곳이었다.

할리나가 일을 맡은 첫날부터 의무동이 개선되기 시작

했다. 환자들이 그녀의 효율적인 관리에 호응했다. 그녀는 독일인 혈통이기 때문에 이러한 능력을 발휘하는 것이 분명했다. 그날 하루가 끝날 때쯤에는 대부분의 침대가 비게 되고 게으름뱅이들은 작업장으로 돌아갔다. 건물 전체에 소독도 실시했다.

할리나에게는 별도의 지시가 필요 없었다. 그녀가 내리는 결정은 나와 거의 같았기 때문에 나는 밀린 서류 업무를 처리할 수 있었다. 내가 믿고 의지할 수 있는 파트너가 생긴 것이었다. 소장도 조만간 이런 발전을 알게 될 것이다.

그 달의 하순에 빈츠가 기발한 생각이라며 한 가지 계획을 가져왔다.

몇 주 동안 남자 직원들은 소장 쾨겔이 본에 가 있는 시기에 맞춰 베를린으로 놀러 갈 계획을 세웠다. 비밀을 지켜야 하는 '특별 임무'라고 했다. 하지만 여자 직원들은 그 임무가 구체적으로 어떤 것인지 알았다. 빈츠 밑의 여자 경비원들 덕분이었다. 남자 경비원들과 자주 잠자리를 같이 하는 여자들이었다. 베를린의 번화가에 있는 고급 사창가인 '살롱 키티'에 가는 것이었다. 쾰른의 자기 어머니 집을 방문할 예정인 프리츠가 빠지긴 했지만, 남자 직원들 거의 모두가 수용소를 비우고 버스에 올랐다. 소풍 가는 개구쟁이들 같았다.

그래서 우리들이 수용소를 책임지게 되었다. 빈츠와 그 부하 여자 경비원들, 담장을 감시하는 늙은 SS 감시탑 경비원, 불쌍한 정문 수위, 그리고 나.

"당신이 안 계신 동안 어떤 탈출 시도도 없기를 바랍니다." 나는 나갈 준비를 하는 아돌프 빈켈만에게 말했다.

"모두 다 좋아졌잖아, 닥터 외버호이저. 당신이 오늘 밤을 책임지는 가장 높은 사람이다. 만약을 대비해 보초를 더 세워두었어." 나는 감시탑 경비원이 명사수들로 보충된 것이 좋았다. 그들은 자기 자리를 비울 수 없었다.

빈켈만은 버스 쪽으로 걸어갔다. 버스 창문에서는 그의 동료들이 그를 내버려두고 떠날 것이라고 위협하며 빨리 오라고 재촉했다.

그들이 없는 동안 빈츠는 여자 경비원들 숙소 한 곳에서 파티를 열자고 했다. 수용소 담장 바깥의 직원 거주 단지 귀퉁이에 위치한 아담한 오두막이었다. 그들은 애를 써서 축하 파티를 계획했다. 이어서 술 마시기, 댄스, 카드 게임 등이 있었다. 폴란드인 수감자들이 분홍색 티슈를 이용해 만든 종이 장식을 집 주위에 화환처럼 걸어두었다.

나는 이 파티에 참석하지 않고 할리나와 함께 사무실에서 몇 가지 남은 일을 하기로 했다. 그게 싫지 않았다. 수용소에 온 이후 추잡한 이야기만 하는 빈츠 이외에 처음으로 다른 지적인 친구를 갖게 되었고 나는 그 점이 즐거웠다. 할리나는 의무동을 깨끗이 하고 치료를 기다리는 환자 수를 4분의 3이나 줄였을 뿐만 아니라, 책 제본 작업장에서 소장이 지시한 중요한 프로젝트들도 완료했다. 그녀는 내게 책을 보여주었는데, 히믈러 개인을 위해 엮은 것이었다. 또한 앙고라토끼 털 작업을 각 수용소에 상세한 사진과 함께 배정했다. 라벤스브뤼크에는 최고급 털 토끼들이 할당되었고 토끼장 수도 다하우 수용소에 비해 두 배나 많았다. 할리나는 손으로 책을 엮은 다음 부드러운 앙고라 직물로 커버를 만들었다.

"의사 선생님은 서류 작업을 많이 하시는군요." 할리나가 말했다. "제가 어떻게 도와드릴까요?"

그녀는 정말 순식간에 해치웠다. 유능할 뿐더러 나를 조금도 두려워하지 않는 죄수와 함께 보내는 시간은 즐거웠다. 사냥당한 동물 같은 눈빛이 아니었다. 그리고 나를 하늘의 구름이나 마당의 벌레처럼 보지도 않았다. 내겐 할리나 당신뿐이야!

"봉투에 주소를 써주면 내가 카드를 넣죠." 내가 말했다.

우린 조문 카드를 보냈다. 수용소에서 어떤 식으로든 죽은 죄수의 가족에게 보내는 것으로 위문 카드라고도 불렸다. 특별 관리 대상이나 자살자. 탈출을 시도한 경우. 자연사

한 사람들. 나는 가족들이 시신을 보고 싶어 하는 경우에는 '위생상의 문제로 인해 시신을 검사할 수 없습니다'라고 썼다. 의사다운 악필이었다. 이런 일은 정말이지 말도 안 되는 가식이었으며, 그렇잖아도 바쁜 내게 매주 최소 열 시간 정도를 할애하도록 만들었다. 수용소장은 체면 때문에라도 그렇게 해야 한다고 강조했다. 할리나는 시간 여유가 될 때마다 봉투에 주소를 썼고 그 속도는 내가 카드를 작성하는 속도보다 훨씬 빨랐다.

"가족들이 그런 소식을 접하면 힘들 겁니다." 할리나가 봉투에 수려한 글씨체로 주소를 쓰며 말했다. 그녀 눈에 눈물이 맺혔던가?

봉투에는 위문 카드와 함께 가족들이 죄수의 유골을 보내 달라고 신청할 수 있는 공식 양식을 동봉했다. 신청이 승인되면 여성 죄수 한 명당 4파운드의 유골을 주석 용기에 넣어 보냈다. 나는 최소한 그런 일에는 책임이 없었다.

"이제 잠시 쉬죠." 내가 말했다.

할리나가 차렷 자세로 섰다. "전 괜찮습니다, 선생님. 하지만 부탁이 하나 있는데, 말씀드려도 되겠습니까?"

"그래요? 그렇게 해요." 할리나는 내게 큰 도움을 주고 있었다. 최소한 그녀의 부탁을 들어는 봐야 했다.

그녀는 주머니에서 편지를 한 통 꺼냈다. "선생님께서 이 편지를 부쳐주실 수 있겠습니까? 제 친구에게 보내는 편지입니다." 수용소 공식 편지지에 쓴 것으로 보였다.

"직접 부치세요. 당신은 그래도 됩니다."

할리나는 한 손으로 내 의사 가운 옷자락을 잡았다. 손가락에는 반지가 있었던 자국이 푸른색으로 보였다. "하지만 검열관들이 잘라내버립니다. 날씨나 식사에 대한 이야기까지 그렇게 합니다."

나는 편지를 받아들었다. 루블린 주소의 레나르트 프라이셔 씨 앞으로 보내는 편지였다.

이런 편지를 보낸다고 무슨 문제가 있을까? 무엇보다도, 할리나는 제국에 가치 있는 사람이었다. 하지만 위험한 일임에는 분명했다. 발각되면 심한 처벌이 있을 것이다. 최소한 견책 처분이 내려질 것이다.

"생각해보죠." 나는 그렇게 말하고 편지를 책상 서랍에 넣었다.

할리나는 다시 자신의 일을 시작했다.

"감사합니다, 선생님."

캠프 끝 숲의 직원 숙소에서 열린 빈츠 파티에서 나오는 음악과 웃음소리는 의무동의 사무실에 앉은 내 귀에까지 들려왔다. 수용소의 거의 모든 남자들이 나갔다는 생각에 나는 짜증이 났지만, 내가 여기에서 제일 높은 사람으로 간주된다는 점이 기분을 조금 누그러지게 했다.

저녁이 된 지 한 시간도 안 돼서 나와 할리나는 많은 일을 해치우고 있었는데, 갑자기 쾅 하는 소리와 함께 땅이 흔들렸다. 나와 할리나는 서로를 쳐다보기만 하고 다시 일에 몰두했다. 차가 폭발했을까? 수용소에서 이처럼 큰 소리가 나는 경우가 아주 드문 것은 아니었다. 또는 호수 때문에 소리가 증폭될 수도 있었다.

몇 초 후, 파티장 쪽에서 빈츠와 다른 여러 사람들이 외치는 소리가 들렸다.

"닥터 외버호이저, 이리로 와주세요! 이르마가 다쳤습니다."

할리나와 나는 서로 마주보았다. 말이 막혔다.

그런 상황에서는 의료인의 본능이 발휘된다. 할리나가 일어서더니 달려갔다. 나는 그 뒤를 바짝 따라갔다. 수용소 정문으로 가니 멀리 숲속의 숙소 방향에서 여러 명의 비명 소리가 크게 들려왔다.

"문 열어." 내가 경비원에게 말했다.

"하지만." 그의 시선이 할리나를 향했다. 여자 경비원이 동행하지 않으면 어떤 죄수도 문을 통과해 나갈 수 없었다.

"열어, 내가 당신보다 상관이야." 왜 이렇게 여자의 목소리로 내리는 명령에는 권위가 실리지 않을까?

경비원은 망설이더니 마침내 문을 열었다.

할리나가 머뭇거렸다.

"어서 와요." 내가 말했다. 나는 조수가 필요했다. 하지만 이것 때문에 질책을 받게 될까?

할리나는 나와 함께 숙소를 향해 달렸다. 우리가 자갈길에서 솔잎이 쌓인 길로 접어들자 그녀의 무거운 신발 소리가 조용해졌다. 달빛이 밝아, 소나무 숲 끝의 숙소 내부 모습이 눈에 들어왔다.

빈츠가 숙소로부터 달려왔다. "주방이 무너지고, 이르마가 쓰러졌어요." 빈츠가 소리쳤다.

이르마 그레세는 빈츠의 열렬한 부하들 중 한 명이었고, 빈츠보다 더 가혹하게 죄수들을 처벌한다는 말도 있었다. 소장이 뭐라고 할까?

할리나와 내가 숙소로 달려갔고 빈츠가 뒤를 따랐다. "빈츠, 어떻게 된 일이야?" 내가 물었다.

"가스 스토브. 이르마가 거기서 담뱃불을 붙이려다, 그 빌어먹을 것이 터져버렸어. 내가 담배 피우지 말라고 했는데."

할리나와 내가 숙소로 들어가니 이르마가 거실 바닥에 죽은 듯 쓰러져 있었다. 폭발로 전기가 나갔고 방 안에는 가스 냄새가 가득했다. 스토브 뒤의 주방 벽은 완전히 날아가버렸고, 스토브 위도 부서져 금속 조각들이 이리저리 흔들리며 신음처럼 이상한 소리를 내고 있었다. 우리 옆의 달력까지도 완전히 일그러졌다.

할리나와 나는 이르마 옆에 무릎을 구부리고 앉았다. 거의 암흑이었지만 나는 이르마의 호흡이 가빠진 것을 확인할 수 있었다. 쇼크였다. 어깨가 피에 젖었다.

"누가 가서 담요 좀 가져와." 내가 말했다.

"그리고 초도 한 개 가져오고." 빈츠가 덧붙였다.

"아직 실내에 가스가 차 있습니다." 할리나가 말했다. "배터리가 든 플래시로 가져와요. 밝은 것으로."

빈츠가 잠시 멈칫했다. 죄수로부터 명령을 받아?

"플래시 가져와." 빈츠가 어깨 뒤로 소리쳤다.

나는 이르마의 어깨를 직접 압박하려 했지만 어둠 속이라 잘 보이지 않았다. 그렇지만 피 냄새는 분명했다. 몇 초후, 바닥이 축축해지더니 끈적하게 변했다.

"의무동으로 옮겨야겠어." 내가 말했다.

"거기까지 갈 수 없을 겁니다." 할리나가 말했다. "여기서해야 합니다."

이 여자가 제정신인가? "여기엔 아무것도……."

우리 주위에 모인 빈츠의 경비원들은 아무 말이 없었다. 할리나는 오래 머뭇거렸다. 여자 경비원 한 명의 생명을 구하기 위한 머뭇거림일까? 할리나는 팔을 뻗어 이르마의 옷을 찢었다.

빈츠가 할리나 쪽으로 몸을 내밀었다. "지금 뭐하고 있어?"

나는 빈츠를 뒤로 당겼다.

"상처를 노출시키는 거야." 내가 말했다.

이렇게 하면 우리가 상처를 다룰 수 있을 뿐만 아니라 출혈 위치도 알 수 있다. 빈츠의 부하 한 명이 강력한 전등을 가져와서 우린 부상이 어느 정도인지 볼 수 있었다. 의식을 잃었고, 여러 곳의 타박상, 2도 화상, 그리고 청색증. 이것은 쇼크의 전형적인 증상으로 피부가 차가워지고 청색으로 변했다. 그러나 가장 급한 문제는 출혈 위치였다. 팔 윗부분에 크게 생긴 상처로 스토브에서 터져나온 쇳조각에 찢어졌을 것이다. 상처가 깊어서 뼈가 훤하게 보였다. 나는 이르마의 팔목에 손가락을 대어보았지만 맥박이 거의 잡히지 않았다. 살아나기 힘들 정도의 부상이었다.

밤이 차가웠지만 할리나는 유니폼을 벗어 회색 속옷에 신발만 신은 차림이 되었다. 신발도 벗어던지다시피 하고는 자기 유니폼을 찢어 폭이 2인치 정도 되는 긴 끈을 만들었다. 그녀가 일을 처리하며 보여준 판단력에 놀라지 않을 수 없었다. 뺨이 발갛게 변하고 불빛에 눈이 반짝였다. 그녀는 자기 생각대로 일을 해나가고 있었다.

나는 그때까지만 해도 할리나의 살이 크게 빠진 것을 알아차리지 못했다. 블록 원에서 나오는 배급도 크게 부족했던 것이다. 특히 엉덩이와 허벅지가 심각했다. 그러나 하얀 피부는 흠 하나 없이 신선한 우유색이었다. 옅은 불빛 속에서 빛을 발하는 몸이었다.

"의무동으로 데려가야 합니다." 빈츠가 말했다.

나도 할리나와 함께 유니폼을 찢었다. 그녀는 그렇게 만든 끈으로 상처 부위 2인치 위에서 돌려 묶고 매듭까지 완벽하게 완성했다.

"먼저 지혈을 해야 돼." 내가 빈츠에게 말했다.

나는 벽에 걸린 달력으로 가 나무 받침대를 빼낸 뒤 할리나에게 건넸다. 그녀는 끈 두 개를 나무 막대에 묶어 지혈 장치로 만들었다. 나도 그 장치를 이용하는 그녀를 도왔고 마침내 출혈은 멈췄다.

곧 환자에게서 반응이 나타나기 시작했다. 우리는 담요로 들것을 만들고 여자 경비원 네 명이 들것을 들어 수용소로 옮겼다. 나는 경비원에게 담요를 가져오게 해 할리나의 어깨에 걸쳐주었다. 일을 끝낸 할리나가 몸을 떨고 있었기 때문이다.

할리나와 나는 빈츠와 그의 부하들이 이르마를 의무동으로 데려갈 때 숙소 문 바깥까지 따라갔다. 나는 이후의 치료를 생각하고 있었다. 수액 투여를 시작해야 할 것이다…….

할리나는 어둠 속에 가만히 있었다. 왜일까?

그녀는 호수 쪽을 내다보았다. 호수는 달빛을 받아 다이아몬드를 뿌려놓은 것처럼 아른거렸다.

"뭐 해요?" 그녀도 쇼크에 빠졌나?

"할리나, 할 일이 많아요."

그때 문득 떠오른 생각, 그녀는 탈출을 꾀하고 있었다! 가능할까? 속옷과 담요만 걸친 죄수는 멀리 갈 수 없다. 라벤스브뤼크에서 탈출을 시도한 이는 세 명뿐이었다. 그 중 두 명은 잡혀와서는, '만세, 만세, 나는 수용소로 다시 돌아왔다'고 적힌 플래카드를 든 채 고문을 당하고 처형의 벽에서 죽음을 맞았다.

탈출해버려요. 내가 감시하는 동안에.

"갑시다." 내가 말했다.

할리나는 가만히 서 있었다. 금발이 달빛에 빛났고, 얼굴은 그림자에 묻혔다. 침묵 속에서 나는 호수의 파도가 기슭에 부딪치는 소리를 들었다.

"지금." 내가 말했다. "그 환자를 더 치료해줘야 해요."

어둠 속에서 할리나는 거의 움직이지 않았다.

감시탑의 탐조등이 운동장을 지나 호수로 옮겨갔다. 저들이 우리를 보고 있었다.

"할리나, 당신은 오늘 밤 제국에 큰 봉사를 했어요. 보상이 있을 겁니다. 분명히 그럴 겁니다. 어서 갑시다."

개장 속의 개들이 크게 짖었다. 더 오래 있으면 우리가 실종된 것으로 여겨 개를 풀어놓을 것이다.

할리나는 여전히 움직이지 않았다. 감시탑의 경비원들이 우릴 지켜보고 있는데?

그녀는 숨을 깊이 들이마셨다. 입김이 달빛을 받아 유령처럼 피어올랐다.

"여기서 수용소를 보고 싶었을 뿐입니다." 그녀가 꿈꾸는 듯한 목소리로 말했다.

내가 그녀를 왜 정문 밖으로 나오게 했을까?

할리나는 한번 숨을 들이마셨다. "아주 오랜만에 자유로운 공기를 마셔봅니다. 호수는 마치……"

"빨리 갑시다." 내가 말했다.

그녀는 아주 천천히 내게 와서 함께 의무동으로 걸어갔다. 그녀의 신발 끄는 소리가 크게 들렸으며, 내 코트는 땀으로 흠뻑 젖었다.

우리가 들어오고 정문이 닫힌 후에 나는 다시 편하게 숨쉴 수 있었다.

그날 저녁에 있었던 일은 다음날 금방 소문이 났다. 소장이 돌아오고, 사창가 여행을 갔던 남자들도 복귀하자 소장은 나의 빠른 대응에 감사했다. 나의 재능과 용기 덕분에 제국의 유능한 일꾼 한 명의 목숨을 구할 수 있었다는 사실을 히믈러에게 편지로 전했다고 일러주었다. 수용소 전체가 나의 행위를 칭찬했지만 마샬 간호사는 그렇지 않았다. 그녀는 나를 도와준 폴란드인에 대한 질투로 입을 차갑게 다물고 있었다.

그 주의 마지막 날, 할리나와 나는 서류 작업을 마무리하기 위해 책상 앞에 나란히 앉아 있었다. 그때까지 우리는 거의 말을 하지 않았다. 사무실이 어떻게 돌아가는지, 그리고 서로의 리듬이 어떤지 너무나 잘 알고 있었기 때문이었다. 그녀의 블록 대표는 불을 끈 후에도 그녀가 이곳에 머물 수 있도록 허가해주었기 때문에, 우리가 함께 어디로 간다 해도 이상할 것이 없었다. 그날 아침, 나는 피복 창고로 향했다. 노획물 창고라고도 불리는 그 건물에는 히틀러가 정복한 국가에서 몰수한 물품들이 산더미처럼 쌓여 있었다. 이러한 물품들 ─ 옷가지, 은제품, 식기류 등 ─ 은 잘 분류되어 있었기 때문에 나는 필요한 것들을 금방 찾을 수 있었다. 할리나에게 줄 따뜻한 스웨터, 축음기와 음반 몇 가지. 나는 내 사무실에 가서 할리나에게 줄 옷에 녹색 배지를 단 다음, 축음기를 틀어 낮게 음악이 나오게 했다.

바이블 걸들이 장교식당에서 빵과 치즈를 가져와 우리에게 주었다. 나보다 할리나에게 많이. 그리고 축음기 바늘을 음반에 올렸다. 바르샤바의 폭스트롯.

"제가 좋아하는 노래입니다." 할리나가 말했다.

나는 볼륨을 낮추었다. 의무동 전체가 폴란드 음악을 듣게 할 필요는 없었으니까. 할리나는 봉투에 주소를 쓰면서 음악에 맞춰 몸을 약간씩 흔들었다. "저는 이 노래로 폭스트롯을 배웠습니다."

"내게 가르쳐줄 수 있어요?" 내가 물었다. 문제가 뭐 있겠어? 수용소에서 나 말고는 모두가 이 스텝을 알고 있는데. 의과대학에서는 이런 것에 신경 쓸 시간이 없었을 뿐이다.

할리나는 머리를 저었다. "그래서는 안 됩니다."

나는 일어섰다. "내가 가르쳐달라고 하잖아요."

할리나가 천천히 일어섰다. "선생님, 저는 잘 가르치지 못합니다."

나는 미소 지었다. "어서요, 노래가 끝나기 전에."

그녀는 한 손을 나의 등에 대고 다른 한 손으로는 내 손을 잡았다.

"이렇게 잡습니다." 할리나가 말했다. "다른 볼룸 댄스와 같습니다."

우리는 음악에 맞춰 두 스텝 앞으로 갔다가 다시 한 스텝 옆으로 갔다. 할리나는 겸손했다. 그녀는 탁월한 선생님이었다.

"슬로우, 슬로우, 퀵, 퀵. 아시겠죠?"

어려운 춤이 아니었다. 나는 금방 마스터할 수 있었다. 할리나는 좁은 사무실에서 나를 계속 돌아가게 했다. 우리 둘은 완벽하게 맞았다. 잘 맞춰 춤을 추었기에 우리 두 사람은 함께 웃음을 터트렸다. 수용소로 온 이후 나는 이처럼 웃어본 적이 없었다.

우리는 숨이 가빠져 춤을 멈추었다. 나는 이마로 내려온 할리나의 머리를 뒤로 넘겨주었다. 할리나가 돌아선 순간 그녀는 몸이 굳어버렸다. 돌아서 보니 마샬 간호사가 문 앞에 물품 청구서를 들고 서 있었다. 우리 둘 다 문이 열리는 소리를 듣지 못한 것이다.

나는 숨을 고르며 말했다. "마샬, 무슨 일이죠?"

할리나는 음반에서 바늘을 들어올렸다.

"물품 청구서를 가져왔습니다." 마샬이 말했다. "책상에 올려두고 가려 했습니다만 선생님은 너무 바쁘시군요." 그녀의 눈이 할리나를 향해 불꽃을 쏘았다. "그리고 약장 문이 열려 있었습니다."

"내가 잘 관리할게, 바빠서 그랬나봐. 신경쓰지 마요."

마샬 간호사는 내게 서류를 넘겨주고는 자리를 떠났다. 물론 할리나를 쏘아보는 것을 빼먹지 않았다.

마샬이 가고 나서 나는 그녀가 문을 열 때 그랬던 것처럼 최대한 조용히 문을 닫았다. 나와 할리나는 서로를 쳐다보았다. 무언가 일이 일어났다는 것을 직감했다. 위험하고 돌이킬 수 없는.

"저 여자는 노크할 줄을 몰라." 내가 말했다.

할리나는 나를 바라보았다. 그의 얼굴에서 핏기가 사라졌다. "선생님, 그녀는 기분이 매우 나쁜 것 같았습니다."

"짖는 개는 물지 않는 법이죠." 내가 어깨를 으쓱하며 말했다. "저 여자는 필요 없는 사람이에요."

그러나 마샬 간호사를 과소평가해선 안 되는 것이었다.

15장

캐롤라인, 1941년

나는 캐비닛 서랍 모서리를 쥐었다. "로저, 무슨 일인지 말씀하세요."

"캐롤라인, 나도 전해들었을 뿐인데, 체포된 사람들 명단에 폴과 레나 이름이 있다고 해."

폴이 체포돼?

"피아 앞에서 이야기하지 않은 게 다행이군요." 나는 눈물을 참았지만 나도 모르게 곧장 눈앞이 뿌옇게 흐려졌다. "레나 아버지에 대한 소식은 없나요? 루앙에서 함께 살았는데."

"아직은. 내가 매시간 명단을 체크하고 있어요. 당신도 알겠지만, 우리는 그들을 추적하기 위해 할 수 있는 건 다 할 거야."

"최소한 살아 있는 것은 맞죠? 뭣 때문에 체포된 것인가요?"

"나도 알 수 있으면 좋겠군. 우리 런던 정보국은 허술해. 어디로 갔는지도 모르고 있어요. 그리고 또 다른 소식, 독일군 삼백만 명이 러시아를 침공하기 시작했대."

"상호 불가침 협정은 어떻게 되고?" 히틀러는 거짓말쟁이 미친놈이란 걸 알지만, 말을 뒤집을 때마다 늘 큰 충격으로 다가왔다.

"히틀러에게 그런 협정은 휴지조각이지. 곰들만 안 됐어."

로저는 소련을 '곰'이라 부르길 좋아했다. 잘 어울리는 이름 같았다.

"히틀러는 자기 하고 싶은 대로 하니. 이건 뭐 상황이 점점 더 나빠지는 것 같아."

로저가 그렇게 말하지 않아도 알았다. 머지않아, 히틀러가 세계 절반을 차지할 것이다. 다음에는 영국일까?

"이런 소식을 전하게 돼 유감이에요."

로저는 진정으로 미안해하는 것 같았다. 아마도 레나에게 손을 써주지 못한 것을 안타까워하고 있을 것이다.

나는 그날 일이 손에 잡히지 않았다. 머릿속에서 만약, 이라는 생각만 맴돌았다.

폴이 여기, 안전한 뉴욕에 머물렀더라면? 내가 로저를 더졸라서 레나 비자를 받아내게 만들었더라면?

그날 나는 베티 스톡웰이 7파운드의 남자 아기를 낳고 친정아버지 이름을 따서 월터라 이름 지었다는 전화를 받았다. 그래서 혼란이 더 가중되었다. 일이 몹시 바빴지만 점심 시간에 잠시 짬을 내어 베티가 입원한 병원으로 갔다. 약간의 질투가 일긴 했지만 아기가 무척 보고 싶었다. 점심은 젤리 도넛으로 때웠다. 장소를 바꾸면 머릿속이 맑아지지 않을까 기대했다. 폴에 대한 걱정을 베티와 나누는 것도 괜찮을 것 같았다.

병원으로 가는 길에 베티가 좋아하는 튤립을 샀다. 병원 침대 위의 베티 모습은 켄터키 더비 경마에 참가한 기수처럼 늠름했다. 장미와 카네이션이 놓인 이젤에는 '축하합니다!'라고 쓰인 리본이 달려 있었다.

"어머, 튤립 고마워, 캐롤라인." 베티는 핑크색 새틴 병원복과 어울리는 터번을 머리에 두른 채 등에 베개를 대고 침대에 비스듬히 앉았다. "넌 언제나 내가 좋아하는 것을 잘 아는구나."

간호사가 아기를 데려왔다. 그녀는 소리 나지 않는 고무 밑창 신을 신고 있었다. 아기를 보니 내 모든 근심이 뒤로 밀려났다.

"아기를 한번 안아봐." 베티가 손짓하며 말했다. 포대기에 싸인 아기는 따뜻했다. 턱 밑으로 주먹을 쥐고 있었다. 얼굴은 프로 권투 선수처럼 부풀었다. 이 작은 월터는 서로 떨어져 있을 때 가장 잘 지내는 부모 밑에서 살아남기 위해 전투적이 되어야 할지도 모른다.

"캐롤라인, 무책임한 소리처럼 들릴 수 있겠지만, 난 아기를 가질 준비가 안 돼 있어." 베티가 말하며 손수건을 눈으로 가져갔다.

"베티, 네가 어떻게 그런 말을 할 수 있니?"

"난 필에게 말했어. 이렇게 빨리 아기를 원하지 않는다고. 하지만 그는 듣지 않았어. 그리고 무엇보다도 나는 그가 원하는 대로 해줬어. 그 사람을 위해 골프 신발까지 신었는데."

"넌 아주 좋은 엄마가 될 거야."

"캐롤라인, 여기 서비스는 아주 좋아." 베티가 생기를 띠며 말했다. "플라자보다 더 좋다니까. 수시로 아기를 데려와. 그래서 나는 아기를 신생아실에 그냥 두라고 말해야 할 정도야. 아기들한테 정말 잘해."

"아기가 진짜 예쁘다." 내가 말했다.

나는 아기 주먹을 만져보았다. 부드러운 꽃잎 같았다.

내 팔 안에서 월터는 꿈을 꾸는지 몸을 뻗으며 눈꺼풀을 떨었다. 나는 익숙한 아픔을 느껴서인지 눈물이 솟아날 것 같았다. 지금은 아니다.

"캐롤라인, 네게도 남편과 아기가 생겨야 하는데."

"난 그런 것 다 초월했어."

"네 어머니 속옷을 빌려 입기 시작했니? 아니지, 그렇지? 그렇다면 넌 초월하지 못한 거야."

간호사가 와서 아기를 받았다. 베티가 탁자 아래 부착된 산모용 호출 버튼을 누른 것 같았다. 나는 아기를 간호사에게 넘기는 마지막 순간까지 손을 떼지 못했다. 간호사가 아기를 안고 나가자 내 팔이 텅 비고 차갑게 느껴졌다.

"폴과 레나가 체포되었다고 로저가 말해줬어."

"이를 어쩌니, 캐롤라인. 그들이 어디로 갔는지는 알아?"

나는 창가로 가서 팔짱을 꼈다.

"아무도 몰라. 파리 감옥이나 어디 다른 수용소로 갔을 거야. 내가 어떡해야 할지 모르겠어."

창밖 아래로 보이는 공원에서는 한 아이가 연을 날리고 있었다. 하지만 몸체가 바닥에 부딪히며 뜨지 못했다. 너무 무거운가 하고 생각했다. 꼬리만 겨우 위로 날았다.

"너 정말로 마음이 아프겠다." 베티가 말했다.

"일도 손에 안 잡혀."

"집에 가면 루아우 파티를 열 생각이야. 파티 계획을 짜는데 도와주겠니. 아니면 밴더빌트 파티에서 내 브리지 파트너가 되든지. 나는 프루랑 게임할 건데, 네가 한다면 기꺼이 비켜줄 거야."

"베티, 난 파티 생각 같은 건 못 하겠어. 그놈들이 폴을 어디로 데려갔는지 알아내야 해."

"캐롤, 같이 가자. 그건 슬픈 일이지만, 넌 어차피 폴 로디에르와 함께 평범한 삶을 살아갈 수 없잖아."

"네가 말하는 평범이란 게 뭔데?"

"넌 왜 그렇게 항상 힘든 길만 찾아가니? 데이빗 오빠와도……."

"데이빗은 날 떠났어."

"네가 그렇게 돌아다니는데 어떻게 너와 결혼하겠니. 열 개 도시 순회 무대는 관계에 도움이 안 돼. 남자들은 너의 세계 한가운데 들어가길 원해. 이제는 너도 정착했으니 서둘러 결혼하고 아기를 가져. 너도 알듯이 여자의 난자는 차츰 허물어진다고."

난자에 대한 지적이 나를 움찔하게 만들었다. 몸속에 떠다니는 작고도 약한 존재.

"베티, 그런 바보 같은 말 하지 마."

"바로 네 난자 이야기야. 뉴욕에 적당한 남자들이 깔렸는데도 넌 프랑스 감옥에 있는 남자 한 명을 찾고 있잖아."

"이제 사무실에 돌아가야 해. 왜 그렇게 감정이 무뎌졌니? 사람의 생명이 달린 문제를 앞에 두고."

"미안, 넌 이런 얘기 듣기 싫어하겠지. 하지만 그 사람은 우리 같은 부류와 안 어울리는 게 사실이야."

"우리 같은 부류라고? 내 아버지는 일생 동안 당신 방식대로 살아가셨어."

"바오로 성인처럼."

"네 오빠를 존경하지만, 부모가 너무 애지중지하며 키워서 자신만의 개성이 없잖니."

"열여섯 살 때까지 하녀의 도움으로 옷을 입은 애가 그런 말을 하다니. 그래, 캐롤라인, 우리 현실적으로 생각해보자. 아직 너무 늦지 않았어, 너도 알겠지만……."

"뭘? 평판에 신경 쓰라고? 파티 파트너가 없으면 안 되니까 아무나하고 결혼하라고? 베티, 넌 남편과 아기를 원했지만, 난 달라. 난 내가 행복하고 싶어."

베티는 담요의 보풀을 떼냈다. "그래 좋아, 하지만 나중에 불행해져서 내 앞에서 울지는 마."

나는 뒤돌아 나왔다. 어떻게 나의 진정한 행복은 안중에도 없는 저런 친구를 갖게 되었을까? 베티는 필요 없다. 내겐 엄마가 있다. 지금은 그걸로 충분하다.

나의 세계에서 폴을 포기할 방법이란 없었다.

그 주말에 로저는 이제 더 이상 영사관에서는 내가 프랑스로 보내는 위문품에 돈을 지원해줄 수 없게 됐다고 말했다. 프랑스 고아원들에서는 어떻게든 도움을 달라고 요청하는 편지와 엽서가 계속해서 날아들고 있었다. 한순간 그들에게서 등을 돌릴 수는 없었다. 그리고 나는 엄마가 저축해둔 돈을 요청할 만큼 생각이 없는 사람도 아니었다. 아버지가 돌아가신 후 엄마는 절약하며 생활해왔다. 한동안 나는 기적만을 바라다가, 그곳에 가면 해결할 길이 열릴 것이란 생각이 들었다. 스나이더 앤드 굿리치 골동품점이었다.

몇 년 전, 엄마는 잘 사용하지 않는 은식기를 내놓고 그 수익금을 자선 활동에 쓰자는 제안을 한 적이 있다. 그리 놀랍지는 않았다. 엄마는 외할머니가 자신의 은제품을 자선 활동에 내놓는 성품을 고스란히 이어받았다. 나는 엄마가 돈으로 우리의 가치를 매기는 사람이 아니므로, 남북전쟁 이후 손대지 않았던 굴 포크를 아까워할 것이라고는 생각지 않았다.

나도 마찬가지다.

스나이더 앤드 굿리치 골동품점은 중심가에서 멀찍이 떨어져, 진짜 같은 가발을 파는 작은 상점 옆에 있었다. 체납된 세금을 해결하기 위해 혹은 술고래 삼촌을 돕기 위해 가보를 팔려는 사람들은 일단 스나이더 앤드 굿리치에서 일을 끝낸 다음에는 행동이 달라졌다. 베티와 육촌 사이로, 남편이 세금 포탈로 감옥에 들어간 한 여성은 스나이더 앤드 굿리치에 결혼 기념 도자기를 넘긴 그날 수면제 한 병을 전부 삼켰다. 그녀는 가까스로 회복되었지만 떨어진 평판은 돌이킬 수 없었다.

여윳돈이 많은 사람들은 그런 곳을 드나드는 데 신경 쓰지 않았다. 봄 대청소가 끝나면 제복 차림의 운전기사나 가정부를 스나이더 앤드 굿리치로 보냈다. 더 이상 사용하지 않는 것들을 처분하기 위해서였다. 더러워진 하마단 카펫, 리모주 핑거볼.

엄마는 시내 볼일을 위해 운전기사를 대동하지 않았다. 몇 안 되는 가정부들도 더 헤이The Hay에 남았다. 그래서 어느 날 오전 나는 아파트 은식기 벽장에서 천으로 포장된 굴 포크 세트를 꺼내 상점으로 직접 가져갔다. 스나이더는 외할머니의 은식기를 보면 좋아할 것이 분명했다.

나는 상점 문을 열고 담배 연기 자욱한 안으로 들어갔다. 상점 안에는 자연사박물관에 있는 것보다 더 많은 유리 상자가 있었다. 벽에는 바닥에서부터 천장까지 이어지는 선반으로 가득 찼고 또 벽에서 조금 떨어진 곳에는 카운터 높이의 선반이 빙 둘러져 있었다. 모두 닦아서 광택을 냈지만 집에서 쓰던 흔적이 남아 있었다. 물건들은 종류별로 진열되어 있었다. 장식이 있는 단검, 술이 달린 칼집, 동전, 그림, 그리고 술잔 모음. 은수저와 은접시는 별도의 유리 상자에 들어 있었다.

육십대로 보이는 말쑥한 남자가 허리 높이의 상자 앞에 서서 <뉴욕타임스>를 펼쳐놓고 실버 캐비어를 닦고 있었다. 신문 위에는 광택을 내는 데 이용하는 나무 성냥개비, 오렌지 막대, 광택 걸레가 놓여 있었다. 나는 신문의 헤드라인 기사를 위에서 아래로 훑었다. '히틀러가 러시아를 상대로 전쟁을 시작하다', '북극에서 흑해까지 행진 중인 군대들', '다마스커스 함락되다', '미국, 로마 영사를 추방하다.'

그 남자는 자신을 스나이더라 소개하며 내가 가져간 펠트 두루마리를 펼치고는 굴 포크 하나를 꺼냈다. 사프란 꽃에서 암술머리를 뽑아내는 것처럼 조심스럽게. 보석상 확대경을 한눈에 대고 포크에 새겨진 외할머니 가족 고유의 문양을 살폈다. 스나이더는 은으로 된 특별한 장식이 마음에 들었을 것이다. 중세 기사의 투구에서 솟아오른 관모를 쥐고 있는 사자 두 마리의 실루엣과 그 위로 손에 정강이뼈를 쥔 팔이 새겨진 장식이었다.

스나이더는 관모에 적힌 글자를 읽었다.

"*Manus Haec Inimica Tyrannis.*"

"우리 가족에 전해 오는 글귀입니다. '이 손은 폭군이나 폭정에 대항해서만 분노로 일어나 그의 정강이뼈를 쥘 것이다'라는 뜻이고요." 스나이더가 이런 역사적 물건을 마다할 수 있을까?

"최대로 얼마 주실 수 있나요?" 내가 물었다.

"미스 패리디, 여기는 마구잡이로 파는 곳이 아닙니다. 클리앙쿠르 벼룩시장이나 그렇게 합니다." 그가 녹이 묻어 검게 변한 손가락으로 파리 방향을 가리키며 말했다.

스나이더는 독일식 악센트가 거의 없이 영어를 유창하게 구사했다. 이름은 영어 같지만 그는 독일 출신이었다. 나는 그가 사업상 이유로 쉬나이더라는 이름을 영어식 스나이더로 바꾼 것이라 생각했다. 1차 대전 이후 독일 출신 이민자들은 미국인들로부터 편견의 대상이 되곤 했다. 하지만 최근 이런 경향은 변했으며, 많은 미국인들은 독일인들을 좋아했다. '굿리치'라는 이름도 영국식으로 들리게 만들었겠지만 원래는 독일식 이름 '굿리히'였을 것이다. 증거는 없었지만. 스나이더는 굴 포크를 자세히 살펴보았다. 마치 맹인이 얼굴을 만져보듯이 포크 날을 구부리고 위에다 숨을 불어보기도 했다.

"날이 무르지 않군요. 괜찮아요. 각인이 막혔는데 어디 담가놓았나 보죠?"

"아니에요.……솜에 잘 싸서 보관했습니다."

나는 아부라도 하고 싶었다. 그러나 미소에 서툰 게 미국인의 약점이었다.

스나이더는 성냥개비 끝으로 포크 각인을 후벼 팠다. 그의 두피가 얇은 흰머리 사이 핑크색으로 반짝였다. 옷에서도 광택이 났다.

"좋군요." 스나이더가 내게 손가락을 펴 보였다.

"은제품은 언제나 녹슬 수 있지만 필요할 때만 닦아주어야 합니다. 녹이 보호제 역할을 하기 때문이죠."

"그 은식기는 제 증조할머니 엘리자 울시 때 것이에요."
나는 갑자기 울고 싶어져서 놀랐다.

"여기 있는 모든 것들이 누군가의 증조할머니 것이죠. 전 최근 몇 년 동안 레몬이나 정어리, 체리, 굴 포크 등을 가져본 일이 없었답니다. 어릴 적 일 너무 염두에 두지 마세요. 팔 곳도 없었잖아요."

녹이 유익한 것이라 주장하는 사람이지만, 어쩐지 자기 소유의 은제품은 반짝거리게 닦을 것 같았다.

"소더비 경매에 내놔야 할 것 같네요." 내가 말했다.

스나이더는 갈색 천을 말기 시작했다. "됐습니다. 그들은 국자와 숟가락도 구별 못 할 테죠."

"울시 할머니 은식기는 『남북전쟁 때의 귀중품들』이란 책에도 실렸습니다."

그는 자기 뒤의 케이스를 손으로 가리켰다. "저 아스토 술잔은 프랑스혁명 때 것이죠."

내가 그의 모국어로 바꿔 말하자 스나이더의 태도가 변했다. 나는 아버지가 내게 독일어를 배우도록 강권하셨던 사실에 처음으로 감사했다.

"그 책에는 제 증조할머니 집에 있던 러빙 컵에 대해서도 다뤘어요." 나는 독일어로 말하며 과거형 '있던'을 강조했다.

"독일어를 어떻게 아세요?" 그가 미소 지으며 말했다.

"채핀 학교에서."

"그 러빙 컵이 은제인가요?" 그가 물었다. 계속 독일어를 썼다.

"네, 그리고 금도 섞이고. 게티스버그에서 할머니가 간호 하셨던 젊은 병사의 가족이 준 것이죠. 할머니가 아니었으 면 상처 때문에 사망했을지도 몰라서 그 가족이 감사 편지 와 함께 보내왔다고 해요."

"게티스버그, 끔찍한 전투였습니다. 그 컵에 장식이 새겨 져 있나요?"

"엘리자 울시에게 깊은 감사와 함께." 내가 말했다. "앞에 금 꽃바구니가 붙은 성배 모양입니다."

"그 편지를 아직 가지고 있습니까?"

"네, 편지에는 그 병사가 치카호미니 습지에서 탈출한 과 정이 상세히 적혀 있어요."

"출처가 확실하군요." 스나이더가 말했다.

나는 그 컵과 헤어지기보다는 죽는 게 나았다. 하지만 그 이야기가 스나이더의 마음을 녹여서 포크 가격을 제안하 게 만들었다.

"최고로 쳐서 45달러, 어떻습니까?" 그가 말했다. "은 가 격은 아직 회복되지 않아서요."

대공황의 시작인 '검은 화요일' 이후 10년이 넘게 지났 다. 1941년에는 우리 경제가 좋아지고 있었지만 일부 사람들은 여전히 '불황'이라고 말했다.

"스나이더 씨, 그걸 녹여도 75달러는 나오겠는데요."

"60달러."

"네, 좋습니다."

"당신과 함께해서 기쁩니다." 스나이더가 말했다. "유대인들도 자기들이 내게 무슨 도움이 되는 것처럼 생각하고 이리 옵니다."

나는 카운터에서 뒤로 물러섰다.

"스나이더 씨, 제게 어떤 말을 해도 괜찮을 것 같은 인상을 주었다면 미안해요. 저는 그들이 독일에서 어떻게 했는지 모릅니다. 하지만 저는 반유대주의자들과는 함께 일하지 않아요."

나는 갈색 천에 포크를 넣어 감았다.

"아, 미안합니다, 미스 패리디. 제가 잘못 말했습니다. 용서해주세요."

"이 나라는 평등과 정의의 원칙 위에 세워졌고, 당신도 그걸 잘 기억할 겁니다. 어떤 한 집단에게 부정적 생각을 갖고 있다는 인상을 주는 것은 당신 사업에도 도움이 되지 않을 거예요."

"네, 명심하겠습니다." 그가 내 손에서 포크를 가만히 빼내며 말했다. "제 진정어린 사과를 받아주시기 바랍니다."

"네, 알겠어요. 저는 감정을 담아두지 않아요, 스나이더

씨. 하지만 저와 같이 일을 하는 사람이라면 높은 소양을 갖췄으면 하는 바람이에요."

"정말 감사드립니다, 미스 패리디. 그리고 당신의 기분을 상하게 해서 죄송합니다."

그날 나는 새로운 희망을 갖고 골동품점을 떠났으며, 내 주머니도 내 위문품과 기부받은 오발틴 분유를 보낼 수 있을 만큼 현금으로 두둑했다. 나는 도움이 필요한 사람들을 위해서는 때로는 악마와도 거래해야 한다고 생각하며 자신을 위로했다. 나는 반유대주의자와 거래했다. 하지만 어쩔 수 없는 상황이었다.

스나이더 덕분에 부모 잃은 쉰 명의 프랑스 아이들은 자신들이 잊히지 않았다는 사실을 알게 될 것이다.

16장

카샤, 1941~1942년

빈츠는 이르마 그레세에게 반항했다는 이유로 나를 2주 동안 가두는 징벌을 내렸다. 이 징벌 블록은 그 명성에 걸맞았다. 나무 스툴 의자 하나만 있는 차가운 독방으로, 바퀴벌레가 떼를 지어 다니는 곳이었다. 나는 미켈스키 부인의 죽음을 슬퍼하고 독일인들에 대한 복수 시나리오를 짜면서 시간을 보냈다. 가슴 속의 분노는 끝이 없었다. 그놈들은 미켈스키 부인에게 한 짓에 대가를 치를 것이다. 캄캄한 독방에서 여러 장면들을 머릿속으로 그려보았다. 나는 집단 탈출을 주도한다. 나는 스툴 의자 다리로 빈츠를 살해한다. 나는 아빠에게 이름이 적힌 암호 편지를 쓴다. 나는 참고 기다려야 하지만, 그날은 올 것이다.

이듬해 봄, 어느 일요일 엄마가 우리를 찾아왔다. 엄마가 엘리트동으로 옮긴 이후 거의 볼 수 없었기 때문에 그 시간은 하늘의 선물 같았다. 엄마는 취침 시간 직전에 우리 침상에 나타나 우리를 놀라게 했다. 그때 나와 수산나 언니, 재니나, 루이자는 함께 뷰티로드에 가야 할 때 뭘 가져갈 것인지에 대해 말하는 우울한 놀이를 하고 있었다. 뷰티로드는 처형당할 사람이 총살장까지 걸어가야 하는 길이었다. 처형당할 여자가 그나마 운이 좋아서 수용소 가족들이 그녀의 머리를 다듬고 옷을 단장해줄 시간이 있다면 마지막 가는 길에 예쁘게 보일 수 있었다.

이 게임에서 우리는 우리 스스로 죽음을 앞두고 총살장까지 걸어가야 할 때 가장 재미있는 것을 가져가기 위해 서로 경쟁했다. 지금은 이상하게 들릴 수 있겠지만, 당시 우리는 그런 류의 우울한 게임을 하면서 기분을 안정시키곤 했다. 핑크색 연기와 붉은 연기 게임도 그랬다. 수감자가 시내 화장장에서 불태워질 때 피어오를 연기의 색을 예측하는 것이었다. 열두 시간 노동 후의 피로와 배고픔 속에서 어쨌든 이로써 웃을 수 있었다.

엄마는 내 침상으로 올라와서 이마에 키스했다. 엄마는 수용소 내를 돌아다닐 수 있는 특혜 수감자들의 노란색 완장을 착용하고 있었다. 완장에 새겨진 붉은 글씨 위로 손가락을 스치니 이상한 전율이 몸에 일었다.

나는 불길한 느낌을 떨쳐냈다. 엄마를 보니 얼마나 기뻤던가! 엄마 손가락, 반지가 있었던 자리에 묶인 푸른색 끈이 눈에 들어왔다. 엄마가 아직 아빠의 부인임을 잊지 않기 위해서인가?

"금방 나가야 해." 블록 원에서 계속 뛰어온 건지 거칠게 숨을 몰아쉬면서 엄마는 말했다. 매일 밤 9시에 문이 잠겼다. 예외는 없었다. 엄마처럼 노란색 완장을 했어도 밤에 블록 밖에서 잡히면 갇히거나 혹은 더 나쁜 일을 당해야 했다. 그리고 서로 교류를 금지하는 새로운 규칙도 있었다. 특히 폴란드인들 사이는 엄격했다. 블록 창문을 통한 방문 금지. 점호 시간에 서로 도와주기 금지. 허락 없이 서로 대화 금지.

엄마는 우리 모두를 차례대로 껴안아주었는데, 나는 엄마 속에서 달콤한 향을 맡았다. 엄마가 치마 밑에서 깨끗한 천으로 싼 뭉치를 꺼내 펼쳤는데, 그것은 흰 빵 덩어리였다. 소금이 약간 뿌려진 표면이 금색으로 반짝였다. 빵에서 나는 이스트 냄새! 우린 차례대로 만져보았다.

"더 있어요?" 수산나 언니가 물었다. "어디서 얻었나요?"

엄마는 미소 지었다. "한꺼번에 다 먹지는 마, 병난다."

수산나 언니는 빵을 베개 밑에다 밀어넣었다. 얼마나 좋은 선물인가!

루이자가 엄마에게 파고들었다. "내게 큰 재능이 있는 것 같아요."

"그래?" 엄마가 말했다. "궁금하게 만들지 말고 말해보렴."

루이자는 주머니에서 연푸른색 실 뭉치를 꺼냈다.

나는 루이자 손에서 그걸 받아들었다. "어떻게 구했어?"

루이자가 다시 채갔다. "프라츠에서 주운 담배와 바꿨어. 감독이 나처럼 뜨개질이 빠른 사람을 본 적이 없다고 했을 정도야. 오늘 하루 만에 양말 두 켤레를 끝냈지. 이제 토끼털 분류 일 안 해도 돼. 이제부터는 스트리케라이에서 뜨개질만 하게 됐어."

스트리케라이는 수용소의 편물 작업실로, 뜨개질 손이 가장 빠르고 뛰어난 수감자에게만 배정되었다. 안을 살짝 들여다보면 줄지어 앉은 여자들이 놀라운 속도로 뜨개질을 하고 있었는데, 빠른 속도로 돌리는 영화를 보는 것 같았다.

나는 루이자 팔을 잡았다. "그 양말들은 전선으로 가서 독일군들의 발을 따뜻하게 해줄 거야. 알아?"

루이자가 팔을 빼냈다. "상관 없어. 여기를 나가면, 나는 편물점을 차려서 갖가지 색실을 갖춰놓고 매일 뜨개질만 할 거야."

"멋지다." 엄마가 루이자를 가까이로 당기며 말했다. "꼭 그렇게 할 수 있을 거야. 아빠나 다른 사람들이……."

엄마의 눈길이 나를 피했다. 다른 사람들? 레나르트?

"……우리를 석방시키려 애쓰고 있단다."

"우린 '내가 가져갈 것' 게임을 하고 있던 중이었어요."

재니나가 말했다. 붉은 머리칼이 없는 재니나를 보면 아직 이상했다. 수용소에 온 첫날 머리를 전부 깎인 다음부터 재니나의 머리에서는 가늘고 갈색인 머리칼이 자랐다. 새끼 참새의 솜털 같았다. 머리를 기를 수 있게 된 수감자들도 많았지만, 첫날 재니나가 머리를 안 깎으려 소동을 벌인 이후 빈츠는 재니나의 머리만은 기르지 못하도록 했다.

"엄마는 그 게임 안 하실거야." 수산나 언니가 말했다. 시무룩한 얼굴이었다.

"우울한 게임인 것은 맞지만, 다들 재미있게 했잖아." 재니나가 말했다.

"나도 할게." 엄마가 말했다. "빨리 해야 돼." 엄마는 우리를 기쁘게 할 수 있다면 뭐든 하실 것이다.

재니나는 우릴 가까이로 당겼다. "뷰티로드를 걸어갈 때 무엇을 가져갈 것인지 말하는 거예요."

엄마는 머리를 한쪽으로 기울였다. "어떻게 한다고?"

"이제 마지막 걸음을 걷는다면, 예를 들어, 난 예쁘고 굽이 가장 높은 구두를 신고 갈 테다. 검은색 소가죽 — 양가죽이 아니고 — 구두를 신고 키를 높여서 걸을래. 아, 그리고 머리는 리타 헤이워드처럼 할 거야."

"두 개 말했어." 루이자가 말했다.

"그리고 폴시즈 한 벌도."

"재니나!" 수산나 언니가 말하기 시작했다.

"왜, 어때서? 나는 한번쯤 가슴이라는 걸 가져보고 싶거든. 죽는 순간에는 가슴을 한껏 치장하고 죽는 게 좋을 것 같아."

수산나 언니는 비스듬히 기댔다. "난 제일 좋은 폴란드 초콜릿 한 박스를 가져가야지. 종류 별로. 바닐라, 크림, 캐러멜, 헤이즐넛."

"그만." 재니나가 말했다. 재니나는 누가 음식에 대해 말하는 것을 싫어했고, 여자들이 그런 주제로 얘기할 때면 귀를 막았다.

루이자가 똑바로 앉았다. "나는 뜨개질한 것들을 가져갈 거야. 내 뜨개질이 얼마나 예쁜지 빈츠가 보게 된다면 나를 살려줄지도 몰라."

엄마가 모든 걸 받아들이는 표정으로 싱긋 웃었다. 엄마 미소를 본다는 게 정말 좋았다.

내 차례였다. 경비 조수 한 명이 누군가를 세면장에서 불러내는 소리가 들렸다. 가까이 있었기 때문에 나는 목소리를 낮췄다.

"나는 크고 푹신한 거위 털 매트리스를 가져갈 건데, 그 위에서 자면서 갈 거야. 경비원들이 나를 들고 갈 때 빈츠는 핑크색 커다란 타조 털로 내게 부채질을 해주고."

재니나가 코웃음을 참았다.

"엄마는 뭘 갖고 가실까?" 수산나 언니는 여전히 웃으면서 엄마에게 물었다.

엄마는 한참 동안 손을 내려다보았다. 우리는 엄마가 게임이 싫은 것일까 생각했다. 마침내 엄마가 말했는데 그 표정이 이상했다.

"나는 꽃다발을 들고 갈 거야. 장미와 라일락을."

"아, 저도 라일락이 좋아요." 루이자가 말했다.

"나는 머리를 높이 들고 걸어갈 거야. 그리고 가면서 이 꽃다발을 경비원들에게 주고, 그들에게 자신들이 한 짓에 대해 너무 자책하지 말라고 말해줄 거야."

엄마는 마음을 편하게 하자는 이 게임의 목적을 이해 못하는 것일까?

"총살장에 도착하면 나는 눈가리개를 거부할 거야. 그리고 '폴란드 만세!'를 외칠 거야. 총알이 내 심장을 뚫기 전……."

엄마는 손을 내려다보았다.

"너희들 모두가 너무 그리울 거야." 엄마는 공허한 미소를 지었다.

이처럼 심각한 대답 때문에 수산나 언니 얼굴에 생겼던 행복한 표정이 순식간에 사라졌다. 나머지도 마찬가지로 웃음을 잃고 조용해졌다. 이런 일이 일어난다는 생각 자체가 너무 무서워 더 이상 게임을 계속할 수가 없었다. 우리 모두 막 눈물을 쏟으려는 것처럼 보였을 것이다. 그러자 엄마가 주제를 바꿨다.

"의무동은 훨씬 잘 돌아가고 있어."

"그 여의사는 어때요?" 내가 말했다. 묻고 싶은 것이 많았지만 시간이 너무 없었다.

"체계적으로 잘 정리되어서 좋아하고 있지만, 이제 더는 내가 아픈 사람을 오래 머물게 할 수가 없어." 엄마는 몸을 앞으로 기울이며 목소리를 낮췄다. "일할 수 없는 수감자들은 제거된다. 그러니 그곳에 오래 있으면 안 돼. 그 여의사는 믿을 사람이 못 돼. 거리를 두는 게 가장 좋아."

"독일인들이란." 수산나 언니가 말했다. "내 몸에 일부라도 독일인 피가 흐르는 것이 부끄럽네요."

"그렇게 말하면 안 돼. 시내에서 오는 파울라 슐츠라는 약사를 만나봤어야 해. 좋은 사람이거든. 그녀는 SS에게 약을 전달하러 올 때면 내게 약품들을 슬쩍 찔러 넣어준다. 염색약 같은 것들이지. 나이든 여자들을 젊게 보이게 만들면 선택을 피할 수 있거든. 약한 사람들이 점호 때 똑바로 설 수 있도록 강심제도 줘. 그녀 말에 따르면 미국이……."

경비 조수 한 명이 이를 닦으며 우리 침상 옆을 걸어갔다. 그녀는 물을 양철 컵에 뱉고 소리쳤다.

"불 꺼!"

나는 엄마를 꽉 붙잡았다. 가게 할 수 없어, 아기처럼 울었다. 엄마는 내 팔을 당기고 몸을 빼내었다. 늦으면 잡힐 수 있었다. 떼를 쓴 것에 부끄러운 생각이 들었다. 하지만 엄마가 뷰티로드를 달려 내려간 후 몸을 돌려 어둠 속에서 우리에게 키스를 보내는 모습을 창문으로 보는 것이 배고픔이나 구타보다 더 아팠다.

무시무시한 고통.

그 주가 끝나기 전, 아침 점호 전 의무동에 보고해야 할 수감자 열 명의 명단이 불렸다. 루이자, 수산나 언니, 그리고 내가 그 명단에 있었다.

다른 사람들이 작업장으로 출발한 다음 로자는 우리를 데리고 뷰티로드를 지나 의무동으로 갔다.

"어서 와, 아가씨들." 그녀는 친절하게 말했다. 전에 우리가 꾸물거린다고 때리던 옛 로자는 어디 갔나? 불길한 느낌이 가슴에서 올라왔다. 그날 아침의 일출은 하늘을 핑크빛으로 물들였다가, 우리가 회색 의무동 블록에 도착하자 푸른색으로 변했다.

나는 수산나 언니를 돌아보았다. "무슨 일일까?"

"나도 모르지." 언니가 아침 햇살에 눈을 가늘게 뜨고 대답했다.

"엄마를 만날 수 있겠지?" 내가 말했다.

"그럴 거야." 언니가 크게 기대하지 않는 듯 말했다.

그날 의무동은 이상할 정도로 조용했다. 입구 방의 커다란 나무 책상에 있어야 할 엄마가 보이지 않았다. 내 눈은 노란색 스툴 의자에 고정되었다. 엄마가 거기 앉아서 매일 환자들을 체크했었지만 오늘은 비어 있다.

"너희 엄마 어디 계셔?" 루이자가 그곳을 지나며 살짝 말했다.

수산나 언니가 두리번거렸다. "여기 어디에 계실 거야." 로자가 우리를 갈색 제복을 입은 건장한 SS 간호사 두 명에게 인계해주었다. 하얀 케이크 같은 간호사 모자를 올림머리에 바비핀으로 고정시킨 여자들이었다. 그들은 우리를 병동으로 데려갔다. 2단 침대 세 세트, 싱글 침대 세 개로 꽉차고 깨끗하게 청소된 방이었다. 벽 높은 곳 천장에, 거의 닿을 만한 곳에 매트만 한 크기의 창문이 있었다. 갑자기 사방의 벽이 좁혀드는 것 같았다. 이 방에서는 왜 공기가 느껴지지 않을까?

소녀단에서 알았던 알프레다 프루스라는 이름의 소녀가 병원 가운을 입고 손을 무릎에 포갠 모습으로 한 침대에 앉아 있었다.

입술이 말랐다. 대체, 우리에게 무슨 짓을 하는 것일까?

간호사 한 명이 우리에게 옷을 벗어 정리해두고, 병원 가운을 입으라고 말했다. 뒤가 트인 옷이었다. 나는 가슴속으로 공기를 최대한 들이마시고 천천히 내쉬었다. 루이자를 위해 나는 차분하게 있어야 했다.

간호사가 나간 후 수산나 언니가 방을 둘러보았다. 한 침대의 끝에 달린 클립보드를 들고는 빈 차트를 살펴보았다.

"이게 무슨 일인지 알 것 같아?" 루이자가 물었다.

"나도 모르겠어." 수산나 언니가 말했다.

"넌 내 옆에 꼭 붙어 있어." 나는 말했다.

"난 여기 벌써 이틀 동안 있었는데, 얘기 상대가 미친 집시 여자 한 명뿐이었어." 알프레다의 말이었다. "오늘 아침 그들이 여자를 데려갔어. 그들이 무슨 일을 벌이는 것 같아? 옆방에는 여자들이 더 많아. 울부짖는 소리도 들렸어."

수산나 언니가 두 방 사이의 문으로 걸어가서 금속 손잡이를 잡았다.

"잠겼어." 언니가 말했다.

곧 간호사들이 더 많은 폴란드 여자들을 방으로 밀어넣었다. 레지나도 그 속에 포함되어 있었다. 둥근 안경을 낀 그녀는 키가 크고 말이 적었으며 우리 블록에서 비밀리에 영어를 가르쳤다. 재니나 그라보브스키도 들어왔다. 재니나와 레지나는 가운을 입고 웃음을 터뜨렸다. 뒤가 터어서 엉덩이에 바람이 스쳤기 때문이었다.

"우릴 다른 수용소에 보내서 무슨 특수 검사를 받게 하려는 건 아닐까?" 알프레다가 말했다.

"사창가에 보내려는 것 같아." 레지나가 말했다.

우리는 모두 다른 수용소에서 사창가를 운영한다는 것을 알았다. 빈츠가 점호 시간에 사창가로 갈 사람을 뽑는다는 말을 한 적이 있었다. 지원자는 몇 달간 봉사하면 그 보상으로 좋은 옷과 신발을 받고 수용소에서 풀려날 것이라고 약속했었다.

"레지나, 그만해." 내가 말했다.

루이자가 내 손을 잡았다. 두 사람의 손바닥이 축축했다. "차라리 난 죽을 거야." 루이자가 말했다.

"나는 영어 단어장을 가져왔어." 레지나가 말하며 베개 아래에 넣어놓았다. 화장실 티슈 여든 장에 깨알같이 써서 만든 것이었다.

"그 책이 우리에게 큰 도움이 될 거야." 재니나가 말했다. "우린 실험실 토끼야."

"설마, 우리에게 주사를 놓을까?" 알프레다가 말했다.

루이자는 몸을 내게 바짝 붙였다. "난 주사 안 맞을거야."

마음을 진정시키기 위해, 루이자와 나는 침대에 앉아 창문 밖에 굴뚝새가 둥지를 짓는 모습을 관찰했다. 날갯짓으로 오가면서 건축 재료를 계속 가져와 쌓았다. 그다음 우리는 영어 단어장에서 서로 퀴즈를 냈다. 헬로. 내 이름은 카샤인데, 택시 타는 곳이 어디입니까?

곧 간호사가 방으로 들어왔다. 체온계와 금속 사발, 그리고 면도칼을 들고.

"면도는 왜 하려는 걸까?" 루이자가 작은 소리로 말했다.

"나도 몰라." 내가 말했다. 저들이 우리를 수술하려는 것일까? 뭔가 잘못된 것이 틀림없어. 엄마는 왜 우릴 이렇게 내버려두는 걸까?

귀여운 모습의 간호사 게르다가 다른 간호사 두 명과 함께 주사기와 약병이 든 접시를 들고 떠들썩하게 들어왔다. 게르다는 곧장 루이자 앞으로 왔다.

"제발, 하지 마세요." 루이자가 팔로 내 목을 감으며 말했다. 나도 루이자 허리를 단단히 감아쥐었다.

"얘를 다치게 하면 안 됩니다." 내가 말했다. "대신 저를 데려가세요."

수산나 언니가 침대로 와서 루이자 옆에 앉았다. "불쌍히 생각해주세요. 루이자는 이제 열다섯 살이고, 주사를 무서워합니다."

게르다의 조수가 루이자 팔을 내 목에서 떼어냈다.

"그렇게 무서워할 필요 없어." 게르다가 미소 지으며 루이자에게 말했다. "금방 꽃도 보고 종소리도 듣게 될 거야."

그들은 완력을 써서 루이자를 이동침대로 옮기고 팔을 펼쳤다. 주사 침이 닿을 때 루이자는 비명을 질렀고 나는 눈을 감았다. 루이자가 금방 잠들자 게르다와 다른 간호사들이 침대를 밀고 나갔다.

언니가 방구석에 있는 내 침대로 왔다.

"저들은 아마……."

"우리 몸에 수술을?" 그 단어를 말할 때 공포가 내 몸을 찔렀다.

"다음은 내 차례일 거야." 수산나 언니가 말했다. "골치 아픈 사람을 먼저 데려가려 해." 다른 침대의 덜컹거리는 바퀴 소리가 복도에서 울렸다.

"엄마에게 알려야 해." 내가 말했다.

게르다가 이동침대를 방으로 밀고 와서 수산나 언니에게 손짓했다. 미소를 지으며 말했다. "아우프 디 바레." 침대에 올라가.

"지금 뭘 하시는 거죠?" 수산나 언니가 똑바로 섰다. "우린 알 권리가 있습니다."

게르다가 수산나 언니에게 와서 팔을 당겼다.

"빨리 와. 소란 부리지 마. 험한 꼴 당하기 전에."

게르다가 수산나 언니를 이동침대로 당길 때 내가 수산나 언니의 다른 팔을 잡았다.

"우리에게 이럴 수는 없어요." 내가 말했다.

수산나 언니는 잡힌 팔로 게르다를 쳤다. 게르다는 녹색 삼각형 표시를 단 카포 두 명을 호출했다. 수감자들 중에서 뽑힌 감시자들이다. 달려온 그들은 수산나 언니를 침대로 밀어붙이고 흰색 무명 끈으로 묶어 움직이지 못하게 했다.

"가만히 있는 게 좋아." 게르다가 말했다. "금방 끝나. 그

다음에 너는 풀려나서 폴란드 집으로 가는 거다."

저 말을 믿을 수 있을까?

나는 한 카포 앞으로 갔다. "그녀를 어디로 데려가는 겁니까?" 이 모두를 지켜본 재니나와 레지나는 침대에서 서로 껴안고 있었다.

카포가 나를 뒤로 밀었고 게르다는 수산나 언니의 팔로 주사 바늘을 가져갔다.

"우린 수감자이지 실험 쥐가 아닙니다." 내가 말했다.

수산나 언니는 점차 조용해졌고, 게르다가 이동침대를 밀고 나갔다.

"사랑해, 카샤." 언니가 끌려나가면서 말했다.

십 분쯤 후에 게르다가 내게 다가왔다. 그녀의 카포들이 나를 이동침대로 밀 때 저항했지만, 침대에 묶이자 꼼짝할 수 없었다. 얼음을 뒤집어쓴 느낌이었다. 게르다가 내 팔을 펼쳤고 팔꿈치 반대쪽을 찌르는 주사가 따끔했다.

"너희 여자들은, 남자들보다 더 나빠." 그녀가 웃으며 말했다.

"남자? 무슨 남자? 지금 어디로 가는 걸까?

시간 감각이 없어졌다. 모르핀이었을까? 누군가 나를 방으로 밀고 들어갔다. 천장에 둥근 등이 매달려 있는 곳이었다. 내 얼굴을 수건으로 덮었다. 정맥주사 느낌에 이어 숫자를 거꾸로 세라고 말하는 여자의 목소리. 나는 폴란드어로 세고, 여자는 독일어로 셌다. 그리고 나는 의식을 잃었다.

내가 깨어난 시간은 밤중 어느 때였다. 지금 환상 속에 있는 것일까? 나는 병동으로 돌아와 침대에 누워 있었다. 창문으로 열은 빛이 들어올 뿐이었다. 갑자기 한 줄기 불빛이 번쩍이더니 문이 열리고 닫혔다. 엄마 냄새를 맡을 수 있었다. 나는 엄마가 내 침대 옆에 몇 초 동안 서 있었다고 생각했다. 엄마가 나를 안아 올리는 것을 느꼈다. 엄마는 매트리스를 들고 아래의 시트를 팽팽하게 당겼다. 엄마는 항상 이렇게 해주었다. 엄마다! 엄마 입술이 내 이마에 닿았고 그렇게 한참 있었다.

나는 엄마에게 손을 뻗었지만 붙잡을 수 없었다. 제발, 가지 마.

곧 다른 한 줄기 불빛이 비치더니 엄마가 떠났다.

다음 날 아침, 나는 바닷속 깊은 곳에서 떠오르듯 잠에서 깼다.

"엄마?" 루이자였다. 내 옆의 자기 침대에서 부르고 있었다. "엄마, 목말라."

"루이야, 옆에 내가 있어."

나는 팔꿈치를 짚고 몸을 일으켰다. 모든 침대가 차 있었다. 수산나 언니를 빼고는 모두가 다리에 깁스를 하거나 붕대를 감은 모습이었다. 신음 소리를 내는 여자들, 엄마나 남편 혹은 아이 이름을 부르는 여자들. 우리 모두 매우 목이 말랐다. 내 침대는 창문에서 가장 가까운 곳이었고, 수산나 언니는 내 아래쪽 복도 문에 가까운 곳에 있었다.

"언니?" 내가 불러보았지만 대답이 없었다. 언니는 많이 토한 것 같았다.

"엄마!" 내가 최대한 큰 소리로 불렀다. 어젯밤에 정말 나를 찾아왔던 것일까?

아니면 꿈이었나?

나 역시 토할 것처럼 속이 메스꺼웠고 동시에 엄청난 통증이 일었다. 처음 깨어났을 때 나는 다리가 없어졌나 해서 쳐다보니 발가락 끝에서 허벅지 맨 위까지 무거운 깁스로 싸여 있었다. 깁스 안에 면으로 덮인 것처럼 보풀 있는 물질이 느껴졌다. 깁스나 붕대 위에 기호가 적혀 있는 여자들도 있었다. AI, CII 같은 글자들이었다. 일부는 왼쪽 다리를 수술했지만, 오른쪽 다리를 수술한 여자, 그리고 양쪽을 다 수술한 여자들도 있었다. 내 깁스 위에는 로마 숫자 I이 검은색 매직으로 적혀 있었다. 무슨 의미일까?

너무나 물을 마시고 싶었다! 하지만 아무것도 주지 않았다. 닥터 외버호이저가 식초를 한 컵 주긴 했지만 마실 수 없는 것이었다.

나는 정신이 오락가락했다. 모두가 탈진했지만, 알프레

다와 루이자의 상태가 특히 나빴다. 그들 깁스에는 대문자 T가 적혀 있었다. 처음에는 알프레다가 아파서 비명을 질렀지만 금방 목에 강직이 생기더니 머리가 뒤로 젖혀졌다. 아침이 되자 팔과 다리에도 강직이 왔다.

"제발 좀 도와줘." 알프레다가 말했다. "물을 줘, 제발."

첫날에 어느 정도 몸을 일으킨 재니나가 이 침대 저 침대로 다니면서, 담요를 펴주거나 하나뿐인 간이 변기를 가져다주는 등 우리 모두를 돕기 위해 애쓰고 있었다.

"곧 물이 올 거야." 재니나가 말했다. 자신도 목이 심하게 탈 텐데.

"엄마, 카샤가 여기 있어!" 내가 소리를 질렀다. 의무동 안의 책상에 앉아 있을 엄마에게 내 목소리가 들리기를. 우리 방엔 닥터 외버호이저와 게르다 간호사 외에는 아무도 들어오지 않았다.

한밤중에 루이자가 나를 깨웠다. 여기서 며칠이나 있었을까? 이틀? 이주일? 시간이 뒤섞여서 흘렀다.

"카샤, 깨어 있어?" 루이자가 물었다.

감시탑의 탐조등 불빛이 일정한 시간 간격으로 방을 스쳐갔다. 고통으로 일그러지고 창백한 루이자의 얼굴이 불빛에 잠깐 보였다. 추위로 온몸을 심하게 떨고 있었다.

"루이자, 내가 옆에 있어." 내가 말했다.

그녀는 우리 두 침대 사이로 팔을 뻗었다. 나는 그녀의 차가운 손을 잡았다.

"엄마한테 내가 용감했다고 말해줄 수 있어?"

"네가 직접 말하게 될 거야."

"아냐, 카샤. 난 겁이 나. 난 아마 미치게 될 거야."

"내게 이야기를 들려줘. 다른 생각을 해야 돼."

"무슨 이야기?"

"아무거나. 피에트릭의 흉터 얘기가 좋겠다."

"아기 젖병 이야기? 아마 백 번은 얘기했을 거야."

나는 탐조등 불빛이 내 얼굴에 비치길 기다려 나의 진지한 표정을 루이자에게 보여주었다.

"한 번 더 얘기해줘."

"못 하겠어, 카샤."

"루이야, 포기하면 안 돼. 이야기해봐."

루이자는 숨을 깊게 쉬었다. "피에트릭 오빠가 애기였을 때 이야긴데, 지금은 돌아가신 우리 할머니가 젖병에 물을 넣어 애기 침대 안에다 넣어주셨어."

"예쁜 애기였니?"

"예뻤던 거 잘 알잖아. 그런데 애기가 침대 난간에 있던 병을 깨트려버렸지 뭐야. 그래서 콧등을 유리에 베었고, 엄마가 애기 울음소리를 듣고는 달려왔어."

"피 얘길 빠트렸잖아."

"얼굴이 피로 덮였고, 할머니는 놀라서 바닥에 쓰러지면서 기절하셨어……."

루이자는 잠이 드는 듯했다.

"그리고 다음에는?" 내가 물었다.

"의사가 상처를 꿰맸어. 오빠의 아름다운 눈은 다치지 않았지만 콧등에 보기 싫은 흉터가 남게 됐어."

"전혀 보기 싫지 않은데." 내가 말했다.

불빛에 루이자의 미소가 비쳤지만, 상태가 좀 더 심각해 보일 뿐이었다. "유리가 머리를 두 쪽으로 만들었다면 지금 어떻겠어. 안 그래?"

"나도 그렇게 생각해. 하지만 피에트릭이 사랑하는 사람은 나디아야. 나디아도 피에트릭을 사랑하고. 누가 사랑하지 않으면서 댄스 티켓 열 장 모두를 사겠니?"

"잘못 생각한 거야. 알고 있지? 나디아가 너한테 뭘 남겨 됐다고 내게 말했어. 두 사람의 비밀 장소에."

루이자가 우리의 비밀 장소를 알고 있다니? 영원한 비밀은 없었다. "넌, 지금 잠을 좀 자는 게 좋겠다."

"그럴게. 그렇지만 카샤, 이 말에 먼저 대답해줘. 약속을 깨면 죄가 될까?"

"무슨 약속이냐에 따라 다르지." 내가 말했다.

루이자가 얼굴을 내게로 향했다. 아주 약간 움직였는데도 통증이 심한 것 같았다.

"그렇지만 난 맹세했는데. 하느님이 싫어하시겠지?"

"우리가 이렇게 된 데는 하느님도 책임이 있을 거야."

"하느님을 모독하면 안 돼."

"루이자, 넌 말해도 돼. 무슨 약속이었는데?"

"응, 피에트릭이."

마음이 다급해졌다. 나와 관련해서?

"오빠한테 절대 말하지 않겠다고 맹세해. 난 이제 영영 오빠를 못 보게 될지 모르지만. 오빠가 나를 입이 가벼운 동생으로 기억하는 것은 싫어."

"그렇게 생각하면 안 돼, 루이자. 넌 오빠를 다시 볼 거야. 그리고 넌 내가 비밀을 지킬 것이라는 걸 않잖아?"

"네가 카지노 댄스파티에서 춤출 때 오빠가 뭔가를 알았다고 말했어."

"뭘?"

"중요한 거야."

"루이자, 사람 애간장 태우지 말아."

"그래, 오빠가 널 사랑한다고 말했어. 정말이야."

"아냐."

"맞아, 오빠가 너한테 직접 말한댔어."

"이제부터 나는 춤만 추게 될 것 같은데." 내가 말했다.

"내숭 떨지 마. 너도 오빠를 사랑하잖아. 분명해."

"궁금하다면 말해주지. 그건 사실이야. 하지만 피에트릭은 나디아에게 빠져 있어."

"그게 아냐, 오빠는 널 사랑해. 오빠는 내게 거짓말 안 해. 카샤, 내 오빠가 있어 넌 좋겠다. 둘이 함께 살고 아기도 가져야지." 루이자는 잠시 말이 없었다.

"난 오빠가 보고 싶어. 부모님도. 그들에게 내가 마지막까지 용감했다고 말해줄 거지?"

나는 루이자의 손을 잡았다. 그녀가 잠들 때까지. 그리고 나도 피에트릭의 사랑을 받으면 얼마나 좋을까 생각했다. 그리고 아기 피에트릭을 상상하며 잠이 들었다. 그가 있는 집으로 루이자를 끝내 데려가지 못한다면 나 자신을 절대 용서할 수 없을 것이라 생각했다.

곧 우리는 모두 고열에 시달렸고 더 많은 여자들이 심각한 상태가 되었다. 다리의 통증은 엄청났다. 종아리에 벌집이 붙어 있는 것 같았다.

다음 날 저녁까지 닥터 외버호이저는 나타나지 않았다. 알프레다와 루이자는 움직일 수도 없게 되었다. 전신이 강직되고 등이 휘어졌다. 나는 루이자의 손을 잡으려 했지만 루이자의 손가락이 갈퀴처럼 굽어 있었다. 루이자는 이제 말을 할 수도 없고, 눈은 공포로 가득했다.

수산나 언니는 가끔씩 깨어있는 소리를 냈지만, 대부분의 시간은 정신을 차리지 못했다. 잠깐씩 의식이 돌아오면 몸을 웅크리고 배를 안은 채 신음했다. 언니에게 무슨 짓을 한 것일까?

닥터 외버호이저가 간호사 게르다와 함께 방으로 들어 왔다.

"어휴, 냄새야." 외버호이저는 이 말만 했다.

우리가 뭘 어쨌다고? 살이 썩어서 나는 냄새라고.

의사 선생님, 물 좀 마실 수 없습니까? 내가 물었지만 그 여의사는 나를 무시하고는 이 침대 저 침대로 다니며 차트에 기록했다. "글라이세, 글라이세, 글라이세, 글라이세." 수술한 다리와 건강한 다리를 비교하며 침대 사이를 다녔다. 그가 한 말은 이것이 전부였다. "같음, 같음, 같음."

"수산나 언니!" 내가 불렀다. 왜 대답을 하지 않을까? 언니는 옆으로 누워서 무릎을 가슴에 붙이고 잠들어 있었다.

닥터 외버호이저는 루이자 앞으로 가서 맥박을 검사하더니 간호사에게 말했다.

"이것 처리해." 그 의사가 루이자를 가리켰다.

내 피가 얼어붙었다. "안 됩니다. 제발, 선생님, 루이자는 이제 겨우 열다섯 살입니다."

게르다 간호사가 복도에서 이동침대 한 개를 루이자 침대로 밀고 왔다.

"약만 더 있으면 괜찮을 겁니다." 내가 말했다. "제발 부탁입니다."

닥터 외버호이저가 손가락 하나를 자기 입술에 댔다. 내게 입 다물라는 신호였다.

"제가 돌보겠습니다."

"간호사 두 명이 합세하여 루이자를 이동침대로 옮겼다.

나는 의사 팔을 잡았다. "네, 조용히 하겠습니다. 약속합니다."

닥터 외버호이저는 내 침대로 와서 내 팔에 손을 얹었다. "다른 여자들을 깨워선 안 돼."

"엄마는 어디 있죠?" 내가 말했다. "할리나 쿠츠메릭입니다."

닥터 외버호이저는 그 자리에서 굳어버린 것 같더니 천천히 손을 빼고는 무표정한 얼굴로 바뀌었다.

"엄마에게 할 얘기가 있습니다." 내가 말했다.

그녀는 뒷걸음질하며 멀어졌다. "네 친구는 좋아질 거야. 걱정 마. 다른 곳으로 옮기는 것일 뿐이야."

나는 그 의사의 가운 옷깃을 잡았지만 깁스 때문에 몸이 처졌다. 게르다 간호사가 내 허벅지에 주사 바늘을 찔렀다.

"엄마에게, 제가 만나길 원한다고 말해주세요."

방이 점차 희뿌옇게 변했다. 루이자를 어디로 데려가는 걸까? 나는 깨어있으려 애를 썼다. 다른 방에서 울고 있을까?

나는 스스로 미쳐버릴 것이라고 생각했다. 나를 비롯해 깁스에 감긴 여자들은 며칠 동안 같은 자리에 꼼짝 못 하고 누워 있어야 했다. 의무동 어딘가에서는 클래식 음악이 반복 연주되었다. 엄마는 어디에? 루이자를 도와주실까?

몇 개월쯤 지난 다음 우리는 시간 감각을 잃었다. 수산나 언니는 혼자 일어설 수 있을 정도로 좋아졌다. 언니는 우리 깁스를 떼내거나 바꿔달라고 닥터 외버호이저에게 부탁했지만, 의사는 우리를 무시하고 자기 일만 계속했다. 거의 대부분의 시간 동안 우거지상을 하고 우릴 거칠게 다루고 차트를 두드려댔다.

욕창이 심했지만 수술 부위 깊은 곳에서 생기는 통증에 비해서는 아무것도 아니었다.

하루는 애니스 포스텔이 SS 주방에서 빼내어 만든 선물을 우리 방의 높은 창문 안으로 던져넣었다. 그녀는 노획물 창고에서 수산나 언니와 함께 일했던 프랑스인 친구였다. 그 선물은 당근 두 개와 사과 한 개였는데, 나와 내 침대 주위로 쏟아졌다. 하늘의 선물 같았다.

"래빗들을 위해!" 그녀는 우리가 들을 수 있도록 큰 소리로 말했다. 잡히면 방에 갇히게 될 텐데.

나는 레지나에게 얻은 종이에 쓴 엄마에게 보내는 쪽지를 스푼에 감아서 창문 밖으로 던졌다.

"내 엄마에게 전해줄 수 있겠니?"

"해볼게." 애니스가 대답했다.

편지를 벗겨낸 스푼이 다시 방 안으로 날아와서 내 침대에 안전하게 내려앉았다.

"그 수술 후 의무동에서 배제된 수감자-간호사들이 많아." 애니스가 말했다.

그렇구나! 그래서 엄마가 올 수 없었구나.

"고마워 애니스." 내가 말했다. 쪽지일 뿐이지만, 우리가 엄마를 보고 싶어 한다고 말할 수 있어 얼마나 좋은지.

한편, '래빗'이라는 이름은 충격이었다. 수용소의 모두가 우릴 그렇게 불렀다.

폴란드 말로는 토끼라는 뜻. 실험용 쥐. 불어로 라팽. 닥터 외버호이저도 '펠죽스카닌셴'이라 불렀다. 실험용 토끼.

그 후 몇 주 동안은 깁스를 한 우리 모두에게 끔찍한 시간이었다. 환자용 간이 변기를 써야 했으며 상처 부위는 가려워서 미칠 지경이었다. 가려움 때문에 밤에 깨어나면 몸에서는 열이 났고, 루이자 걱정으로 다시 잠들 수 없었다. 이제 피에트릭이나 부모님께 어떻게 말해야 하나? 회복될 수 없는 슬픔으로 남겠지. 어느 날은 침대 모서리에서 구부러진 철사 한 가닥을 빼낸 다음 그걸 깁스 안 수술 부위에 넣어 긁

기도 했다. 그러면 조금 시원했다.

레지나가 영어 단어책을 이용해 영어로 자신의 어린 아들 프레디에 대한 이야기를 해주었다. 체포될 무렵 막 걸음마를 시작했던 아기였다. 나는 루이자라는 이름을 붙인 새를 관찰하는 것으로 시간을 보냈다. 우리가 의무동에 오던 날 둥지를 짓고 있던 굴뚝새였다. 아주 귀여웠는데, 어느 날 그 새가 새로 만든 둥지에 사람 머리카락이 많이 끼어 있는 것을 보게 되었다. 금발, 갈색과 밤색 머리칼이 갈대와 섞여 있었다.

어느 날 아침 간호사들이 와서 깁스를 한 여자들을 모았다.

"이제 깁스를 풀 시간이다." 게르다 간호사가 마치 크리스마스 아침인 것처럼 말했다.

그들은 나를 가장 먼저 선택했다. 나는 이제야 마침내 해방된다는 생각에 지나치게 기뻤다. 간호사들은 나를 부축하여 이동침대에 올린 후, 내 얼굴에 수건을 덮고 수술실로 데려갔다. 그곳에서 여러 사람들의 소리가 들렸다. 닥터 외버호이저와 간호사 게르다도 있었다.

나는 이동침대에 누워 침대보를 움켜쥐었다. 다행히 얼굴에는 수건이 덮여 있었다. 내 다리를 봐야 할까? 나는 다시 걷고 춤출 수 있기를 기도했다. 피에트릭이 내 모습을 흉측하다고 생각하지 않을까? 깁스를 떼내고 나면 내 다리가 그렇게 나쁘진 않을 거야.

"내가 하죠." 남자 목소리. 마치 멋진 샴페인 뚜껑을 연다는 듯이 말했다. 닥터 게브하르트?

가위 같은 차가운 금속이 내 다리 옆쪽 깁스를 자르며 올라가는 느낌이 들었다. 깁스가 두 개로 갈라지자 공기가 내 피부로 밀려들었고 누군가 깁스 조각을 들어냈다. 악취가 수건 아래의 내게로 번져왔다. 나는 일어나서 수건을 떨쳐냈다. 의사와 간호사들이 움찔했고, 게르다는 숨이 멎은 듯했다. "오 하느님." 닥터 게브하르트가 말했다.

나는 팔꿈치로 몸을 지탱하며 내 다리를 볼 수 있었지만 게르다가 수건으로 내 얼굴을 뒤로 당겨서 눕히려 했다. 나는 그녀를 밀쳐내며 앉았다. 그리고 눈에 들어온 내 다리는 악몽이었다.

17장

헤르타, 1942년

1942년 봄, 우리 독일 국민들은 승리를 낙관했다.

히틀러가 두 개 전선에 걸친 전쟁에서 패배하고 있다는 소문이 돌긴 했지만, 라벤스브뤼크에서는 매일 아침 <데르 스트뤼머> 신문에서 좋은 뉴스를 접했다. 그 신문에서는 우리 총통이 유럽 전체를 혹은 우리가 필요한 지역들을 장악하고 있다고 전했다. 전쟁이 여름까지는 끝날 것으로 보였다.

작년 말 우리의 동맹국 일본이 미국의 진주만 공격에 성공했고 우리는 봄까지 이어진 그들의 군사적 승리를 축하했다. 일본 대표단은 라벤스브뤼크를 방문하여 바이블 걸들이 정돈한 구역과 창가의 화단이 꽃으로 가득 찬 것을 보고 감명 받았다. 창가에 화단을 만든 것은 히믈러의 명령이었는데, 라벤스브뤼크처럼 방문객이 많은 수용소는 좋은 인상을 주어야 했기 때문이다.

나는 스크랩북 전체를 독일이 러시아를 상대로 거둔 승리로 채웠다. 우크라이나의 키에프 함락. 모스크바를 향한 진군. 하지만 사실은, 크레믈린을 불과 몇 마일 앞두고 우린 최초로 대규모 후퇴를 해야 했다. 추운 겨울이 일찍 닥쳤는데도 우리 군사들은 가벼운 군복만 입고 싸워야 했기 때문이었다. 그러나 총통이 독일 국민들에게 따뜻한 옷을 전방에 보내도록 요청하자, 우리는 모두 수백만 벌의 털 코트와 스키 부츠, 귀마개 등을 보냈다. 신문에서는 날씨가 따뜻해지면 우리에게 유리한 전황으로 빠르게 바뀔 것으로 예측했다.

라벤스브뤼크에서 내 일은 잘 풀려갔다. 여름이 되자 쾨겔 대신 슈렌 소장이 부임했다. 쾨겔은 뚱뚱한 데다 짜증스러웠지만, 슈렌은 날씬하고 산뜻했다. 그는 내가 의무동을 청결히 유지하기 위해 하는 노력들을 치하했으며, 우리는 처음부터 호흡이 잘 맞았다.

소장은 부임 축하 파티를 자신의 관사에서 열었다. 수용소가 내려다보이는 언덕 위에 지어진 흙벽과 A자 지붕, 그리고 황록색 셔터가 있는 아담한 집이었다. 나는 그날 밤 7시 오 분 전에 내 숙소를 떠나 소장 관사로 향하는 가파른 계단을 올라갔다.

슈렌은 베란다에 앉아서 수용소 전체와 주위 지역을 조

망하고 있었다. 몇 킬로미터 거리에 있는 우커마르크 청소년 수용소와 지멘스 수용소 분소도 보였다. 밤이 되자 수감자들이 작업장에서 수용소 본관으로 돌아가는 행렬을 볼 수 있었으며, 수용소의 강한 탐조등이 아래의 블록들을 비추었다. 사이렌이 울리고 수감자들은 점호를 위해 운동장에 모여들었다.

수용소에서는 새 불가마를 시험적으로 사용해보고 있었다. 새로 생긴 화장장의 굴뚝 두 개에서 연기와 불꽃이 하늘로 올라갔다. 호수 풍경은 인상적이었다. 회색 물결이 기슭을 넘어 히르스텐베르크의 독특한 벽돌집들과 운치 있는 교회 첨탑에까지 닿을 것 같았다. 구름은 지평선에 모여 있었다.

나는 수용소 직원 몇 명과 함께 문으로 걸어갔다. 소장의 늘씬한 금발 아내 엘프리데 슈렌이 우리에게 들어오라는 손짓을 했다. 전임자인 안나 쾨겔이 수용소 미장원에서 죄수 미용사에게 소리치곤 했던 것과는 달리, 엘프리데는 부드러운 여자였으며 바람 잘 날 없는 네 아이들을 키우는 일을 자신이 해야 할 가장 중요한 임무로 생각했다.

나는 집 안으로 들어갔다. 티롤리안 재킷을 입은 한 노인이 피아노에 앉아서 독일 민요를 연주하고 있는 방을 지나 작은 서재로 갔다. 슈렌이 코너에 서서 프리츠 및 닥터 로젠탈과 맥주와 시가를 함께하고 있었다. 사냥 트로피가 벽을 채웠다. 박제된 사슴, 물고기, 러시아 야생 돼지. 슈렌의 책 장에는 험멜 인형들을 다수 전시해두었는데, 이상하게도 남자 험멜들뿐이었다.

남자들은 자신이 좋아하는 주제에 너무 몰두해 있어 처음에는 내가 온 것을 알지도 못했다. 그들은 슈렌이 라벤스브뤼크 수감자들을 마우트하우젠의 사창가로 보내는 문제에 대해 이야기했으며, 뽑힌 여자들을 보내기 전 불임 수술을 하는 방법에 대해서도 상세히 말했다. 프리츠는 나를 보더니 무안한 표정을 지었다.

슈렌과 로젠탈이 자리를 옮기자, 나는 러시아 야생 돼지 머리의 벌어진 입 아래에 선 프리츠에게 갔다. 돼지는 입에서 가짜 혀를 내밀고 있었다.

프리츠와 나는 잘 지내고 있었다. 차고 건물 위의 수용소 극장에서 함께 영화도 보았다. 바그너 음악을 듣고 우울증을 치료한 독일 파일럿에 대한 감성적인 내용이었다. 프리츠는 영화를 보는 내내 자기 자리에서 꿈틀거렸고, 유치한 영화였다고 말했지만 나는 함께 저녁을 보내서 좋았다. 그리고 프리츠는 내게 화분에 심은 히아신스를 건넸다. 나는 그것을 책상 위에 두고 향기를 맡았다. 금방 시들어버릴 꺾은 꽃이 아니라 화분을 선택한 것을 보니 그는 멋있는 남자였다.

"슈렌 집은 참 예쁘다." 내가 말했다.

프리츠는 맥주를 한 모금 마셨다. "맥박이 뛰는 동물들을 좋아하지 않는다면 그렇지."

주방에서는 개가 짖었다. 소리로 볼 때 작은 놈이었다. 이런 종류가 제일 나빴다. 큰 개들은 최소한, 목적이 있었다. 침입자를 막거나 식량을 사냥하는 등.

우린 주방으로 갔다. 번지르한 오크 장과 최신 전등을 갖추어 현대적이고 깨끗했다. 손님들은 주방 테이블에 놓인 펀치 그릇에서 딸기 펀치를 덜어와서 먹었다.

"게브하르트가 설폰아마이드sulfonamide 실험에 대한 업데이트를 히믈러에게 보낼까?" 내가 물었다. "우리 이름도 넣어서?"

프리츠는 식당으로 들어갈 때 나를 위해 주방 문을 열어주었다. "난 그 문제에 관심 없어, 곧 여길 떠날 거야."

난 잠시 그 자리에 멈췄다. 머리가 멍해지는 기분이었다. 프리츠가 떠난다니? 그는 몇 안 되는 내 동료 중 한 명이었다. 나를 빈츠와 빈켈만과 함께 남겨두고 간다?

"왜 그렇게 갑자기? 무슨 일이 있어?"

프리츠는 맥주를 마저 마시고 빈 잔을 내려놓았다.

"난 게브하르트 연구를 할 만큼 했어. 네가 모르는 사례도 있고."

"나와는 스트레스가 달랐구나."

"넌 호헨리첸에서 벌어지고 있는 일을 절반도 몰라. 어제는 팔 이식 실험이 있어서, 베를린 고위층이 대거 그 과정을 지켜보러 그곳 온천장으로 모였어. 불쌍한 집시 수감자들의 팔을 가지고."

게브하르트는 SS 지도자, SS 무장친위대 장군일 뿐만 아니라, 국가 지도자 SS 히믈러의 주치의, 제국의 의사 SS 조직 외과 책임자이기도 하다. 그리고 수용소에서 14킬로미터 떨어진 온천장 병원 호헨리첸 운영도 맡고 있다.

"나는 왜 끼워주지 않았어?"

"헤르타, 그렇게 하지 않은 게 잘된 일이야. 지엽적인 것에 신경 쓰지 마. 지금 이 프로젝트는……."

"너도 참가해 수술하잖아."

프리츠는 턱수염을 만졌다. "그건 혐오스러운 일이야. 멀쩡한 여자들에게 그 짓을. 회복실 냄새를 생각하면."

"그들은 계속 모르핀을 달라고 하고 있어"

"그래서 모르핀을 더 줘도, 결과는 달라지지 않아." 프리츠가 말했다. "전부 비인간적인 일이야."

"게브하르트는 진통제 투여를 최소한으로 하라고 말해. 그런데 희생되는 죄수들에 대해 너는 왜 갑자기 마음이 바뀐 것일까?"

"헤르타, 난 그 일에 지쳤어. 고통을 주는 일에."

"우린 다른 방법이 없잖아."

"다른 방법도 있어, 헤르타. 그들에게 수술하지 않는 것이지. 그러면 그들도 고통받지 않을 것이고. 게브하르트는 자신의 더러운 연구에 우릴 이용할 뿐이야. 그렇지 않아?"

"나도 어쩔 수 없어, 프리츠." 프리츠는 왜 감정적으로 판단하는 것일까? 그 수술은 독일의 더 큰 영광을 위한 것이다.

"아무튼 난 갈 거야. 전선에서 죽어가는 우리 병사들을 꿰매줄 외과 의사가 필요하대. 이길 수 없는 전쟁이지만."

"어떻게 그런 말을? 패배주의자."

프리츠가 나를 가까이로 당겼다. "떠나기 전 네게 해줄 말이 있어. 새로 온 간호사를 조심해."

"할리나?"

"들은 말이 있어."

"무슨 남자들이 그렇게 쑥덕거려. 무슨 말인데?"

"곤란한데……."

"말해봐."

"너와 그 여자가 모종의 관계라는 소문이 돌아."

"겨우 그 따위 말."

"총통의 뜻에 어긋나는 일이지."

슈렌과 닥터 게브하르트가 사람들을 뚫고 우리에게 다가왔다. 두 사람 다 미소를 지었다. 슈렌은 키가 크고 가는 체구인 반면, 빨강 머리 게브하르트는 뚱뚱했다.

슈렌 소장이 내 손을 잡았다. "외버호이저 아가씨, 당신께 좋은 소식이 있어."

왜 날 닥터라 부르지 않고?

"내 첫 임무들 중 하나가 당신에게 위대한 명예를 수여하는 것이어서 기쁘군."

게브하르트가 가까이 다가왔다. "보통 명예가 아니라, 전쟁공로훈장에 추천되었어."

전쟁공로훈장이라고? 붉은색과 검은색의 리본에 은 십자가가 있는 그 훈장을 집에 가져가면 엄마는 기절할 것이다. 총통이 직접 만든 상이었다. 나는 히틀러의 선택을 받은 몇 안 되는 명예로운 사람들 중 한 명인 것이다. 내가 아는 사람은 아돌프 아이히만과 알베르트 슈페어, 단 두 명뿐이었다. 설파제 실험에 참여한 공로로 주는 것일까?

나는 프리츠와 함께 기쁨을 나누려 했다.

그러나 그는 벌써 가고 없었다.

다음 날 아침, 나는 내가 참여하는 새로운 설폰아마이드 수술 스케줄을 준비하기 위해 수술실에 의사들 중 가장 먼저 도착하여 싱크대에서 손 세척을 했다. 나는 손가락에서 할리나의 반지를 뺐다. 죄수들의 소지품을 모아둔 창고에서 찾아 내 주머니에 숨겨왔던 것이다. 닥터 게브하르트가 내 손가락에 그렇게 아름다운 반지가 있는 것을 보게 해서는 안 되었다. 수용소 지침에서는 의심스러운 보석류 착용을 금지했기 때문이다. 나는 언젠가 그 반지를 할리나에게 돌려줄 것이다. 참 예쁜 다이아몬드. 내가 갖고 있지 않으면, 어디로 갈지 몰랐다. 엘프리데 슈렌의 손가락에 끼워질지도.

게르다 간호사가 환자들에게 사전 처치를 하고 진정시켜놓았다. 마샬 간호사는 실험 대상 환자들의 목록을 작성했다. 그에게 적당한 업무였다. 각각의 이동식 침대에 누운 환자들에게는 담요를 덮어놓았다. 나는 수술 기구들을 점검하고, 에비판evipan 약병 상자를 열어 트레이에 배열했다.

우리는 전쟁터에서 당하는 부상을 시뮬레이션 하기 위해 상처 내로 삽입할 재료를 준비했다. 녹슨 못, 목재나 유리 조각, 돌, 그리고 파상풍 균을 혼합한 흙. 각각의 환자에게는 다른 감염 물질을 상처 속으로 넣는다. 닥터 게브하르트가 그날 아침 호헨리첸 요양소에서 자가용으로 돌아왔다.

"닥터 외버호이저, 이렇게 일찍 와주어 기쁘네. 닥터 피셔는 우리와 함께할 수 없게 되었소."

"어디가 아픕니까?"

게브하르트는 재킷을 벗었다. "다른 곳으로 옮겼어."

나는 실망감을 나타내지 않으려 애썼다. 프리츠가 정말로 갔구나.

"어디로 갔는지 물어봐도 됩니까?"

"서부전선 제10기갑연대에 소속된 의무대의 외과 책임자로 갔어." 게브하르트가 말했다. 그의 얼굴이 붉어졌다. "아마 그곳에서 더 많은 일을 할 수……."

프리츠가 어떻게 작별 인사도 없이?

"닥터 게브하르트, 저는 이해합니다. 그건 그렇고, 죄수-간호사 게르다 크렌하임이 오늘도 함께할 것입니다."

"좋아. 세세한 데까지 신경써주어 고맙네." 게브하르트가 말했다. "오늘 자네가 주도해보면 어떨까?"

"집도의가 되라는 말씀입니까?"

"그러면 안 돼? 자네는 직접 해보고 싶지 않아?"

"네, 감사합니다. 선생님." 꿈만 같은 일이었다.

"얼굴은 항상 덮어두어야 해, 닥터." 게브하르트가 말했다. "누군지 알 수 없어야 하니까. 그리고 머뭇거리지 마. 과감하게 하는 거야. 인체 조직을 부드럽게 다룰 필요는 없어."

게르다가 한 명씩 차례로 이동식 침대에 실어 밀고 왔다. 얼굴은 수건으로 덮여 있었다.

저녁까지 일이 순조롭게 진행되었다. 나는 서두르지 않고 차분히 시술했다. 절개하여 봉합한 실과 그 매듭이 가시철선처럼 보였다.

"나는 칭찬을 잘 하지 않지만, 닥터 외버호이저, 당신은 가르칠 필요가 없을 정도로 수술에 천부적 재능이 있어. 이제 그대로 하면 되겠어."

우리는 그날 밤 여러 건의 불임 수술도 끝냈다. 히믈러가 직접 지시한 새로운 처치였다. 나는 고요한 수용소를 통과해 내 방으로 돌아와 수면제 루미날을 먹고 깊은 잠을 잤다. 빈츠와 그녀의 남자친구 에드문트가 욕조 속에서 벌이는 정사 소리에 단 한 번 깼을 뿐이다.

다음 날 아침 나는 옷을 입으면서 간호사들이 환자의 상태를 체크하고, 할리나가 의무동을 통제하고 있을 것이라 생각했다. 그러나 내가 그곳에 도착해서 보니, 모든 것이 엉망이었다. 할리나 자리에는 새로운 간호사가 앉아 있었고, 진료를 기다리는 사람들의 줄이 문밖까지 이어졌다.

"의사 선생님, 반창고가 떨어졌습니다." 간호사가 체온계를 흔들며 말했다.

"할리나는 어디 있죠?" 내가 물었다.

"저도 모릅니다. 빈츠가 저더러 여기서 근무하라고 했습니다."

전날의 환자를 살피러 회복실로 들어가니 지독한 냄새가 풍겼다. 균이 배양되고 있다는 의미지만, 차트에는 손도

대지 않았고 혈압과 맥박 등도 기록해놓지 않았다. 환자 한 명은 벌써 침대를 벗어나 한 발로 뛰어서 다른 환자들을 찾아다니고 있었다.

"물이 있어야 합니다." 그녀가 말했다. "간이 변기도 더 필요하고."

서둘러 그 방에서 나온 나는 게르다가 복도에서 담배를 피우고 있는 것을 보았다.

"침대에 가만히 있게 하세요." 내가 말했다. "움직이면 감염이 자리를 잡지 못합니다."

나는 문을 닫고 빈츠를 찾으러 갔다. 수용소를 거의 절반가량 헤맨 다음 앙고라토끼장 앞에서 그녀를 발견했다. 바이블 걸들이 따뜻하고도 티끌 하나 없이 유지해주는 커다란 우리였다. 그녀와 부하 한 명이 보송보송한 공 같은 몸에 먼지떨이처럼 생긴 귀를 가진 새끼 토끼를 상대로 장난을 걸고 있었다.

"의무동에 무슨 일이 있었죠?" 내가 물었다.

다른 여자 경비원이 토끼를 다시 우리 속으로 밀어넣고는 나를 피해 자리를 떴다.

"인사 한마디 없이 불쑥 나타나다니." 빈츠가 말했다. "그곳에서 누군가는 일을 해야 하지 않습니까."

"당신이 함부로 사람을 교체할 순 없어."

"나도 어쩔 수 없었어요." 빈츠는 팔짱을 낀 자세로 말했다.

"알아듣게 말해요, 빈츠."

"모르세요?"

그녀에게 고함을 치지 않는 것만이 내가 할 수 있는 일이었다. "할리나는 어디 있냐니까?"

"어디 다른 곳에서 이야기합시다."

"빈츠, 당신이 할리나를 어떻게 했어?"

"이런, 세상에. 울지 마세요. 내 부하들에게 약한 모습을 보이려고 이래요? 내가 애초에 그 폴란드 여자에 대해 경고하지 않았나요? 다 당신 탓입니다."

"나는 이해가 안 돼."

"나도 그래요. 하지만 슈렌은 당신의 그 폴란드 여자를 믿지 못하나 봅니다. 이제 다른 사람이 당신을 도울 거예요."

18장

캐롤라인, 1942년

"뒤쪽 문이 열립니다. 돌아서주세요." 새로 온 엘리베이터 걸 에스텔라가 말했다.

편해 보이는 로퍼 구두에 무릎 높이 스타킹 차림의 에스텔라는 주니어 록펠러가 원하는 엘리베이터 안내원과는 거리가 멀었다. 작년 일본의 진주만 공격 이후 미국은 마침내 전쟁에 뛰어들었고 모든 젊은 남성들이 징병 대상이 되었다. 우리의 엘리베이터 보이 커디도 그중 한 명이었다.

"에스텔라, 커디에게서 무슨 연락 있나요?"

"군에서 온 새로운 소식은 없습니다, 미스 패리디. 당신이 지금 프랑스와 관련한 큰 문제를 맡고 있다고 피아가 말하더군요."

에스텔라 말은 옳았다. 독일이 1942년 11월, 프랑스의 자유지대를 침공하자, 비쉬Vichy 프랑스는 꼭두각시 국가가 되었다. 프랑스의 임시 수용소에서는 폴란드와 독일 전역에 세워진 강제 수용소들로 이송을 보내기 시작했다. 나는 수용소 위치에 꽂는 붉은 핀을 세 박스나 사용했다.

"피아가 무슨 말을 했나요?"

비밀 정보를 다루는 사람이지만 피아는 보안에 느슨했다.

접수실에서 나는 피아 책상을 피해 내 사무실까지 둘러서 갔다. 하지만 피아는 독사처럼 내 움직임을 간파했다.

"캐롤라인, 로저가 기다리고 있어요."

"알겠어요." 내가 돌아서 가며 말했다. "그런데, 피아……우리 일을 에스텔라에게 모두 말해줘야 하나요? 비밀 정보까지도."

"당신 의견이 필요하면 그때 상의하죠." 말하는 피아를 보니, 파리 동물원 개코원숭이 우리에 붙어 있던 경고문이 떠올랐다. '이 동물은 공격받으면 자신을 방어합니다.'

나는 로저 사무실로 들어가다 멈칫했다. 방 안에 돌풍이 불어와 책이나 서류를 모두 날려버린 것 같았다. 창문 아래로 보이는 록펠러 아이스링크에서는 스케이트를 타는 산타 뒤를 스케이터들이 줄지어 따라가고 있었다. 산타가 잠깐 멈추자 그들이 도미노처럼 넘어졌다.

"로저, 고아원에 보낼 위문품을 두 배로 늘려야 합니다. 새로 도와줘야 할 곳이 많이 생겼어요. 부모 잃은 프랑스 아이가 이십만 명이 넘어요. 그중 수백 명은 지하 활동으로 부모를 잃었답니다."

"캐롤라인, 우린 해야 할 일이 많아. 하지만 진주만 이후 모든 게 변했어요."

"전 개인 돈을 쓸 용의도 있어요."

"규칙을 알지 않나? 문 좀 닫아줘요." 그의 목소리가 떨렸다.

"무슨 일인가요?" 나는 벽난로의 차가운 대리석에 몸을 지탱했다. 제발, 폴 문제가 아니길.

"몇 가지가 있지. 드랑시에 대한 정보를 많이 가지고 있나요?"

"파일 여섯 개 가득히."

드랑시는 파리 외곽의 주택단지였는데, 지금은 프랑스의 다섯 개 임시 수용소에서 수감자들을 국외로 보낼 때 거치는 통과지가 되었다. 내가 읽은 몇 개 보고서에서는 국외로 이송될 때까지 머무는 지옥 같은 곳이라 표현되어 있었다. 형식적으로는 프랑스 경찰의 통제 아래 있지만 게슈타포 유대인문제국의 감독을 받았다.

"왜 그러세요, 로저? 무슨 일이죠?"

설마 폴이 그런 곳에 있을까? 사실, 레나가 유대인이었지만 그 때문에 폴이 위험하진 않겠지. 레나는 프랑스인이었지만 비쉬 정부의 자유지역에서도 반유대주의가 새로운 법률이 되고 외지 출신 유대인들은 체포되었다. 프랑스에서 사상의 자유는 하룻밤 새 없어진 것 같았다.

"로저, 말해주세요. 그를 찾았나요?"

"프랑스인 수감자들이 여러 차례에 걸쳐 히틀러 점령지의 수용소로 보내졌어요."

"폴도?"

로저가 고개를 끄덕였다.

"이를 어쩌죠, 로저."

"캐롤라인, 프랑스 남성들 한 그룹이 나츠바일러―스트루토프로 이송되었다고 해요."

"폴이 그 속에 포함되었다는 분명한 증거가 있고."

나는 회의 테이블에서 의자를 꺼내 앉았다. 내 손바닥의 습기로 손자국이 남았다가 사라졌다. 나츠바일러.

이것은 분명 나쁜 소식이지만 이상하게 희망이 느껴졌다. 어쨌건 그는 살아 있었다.

"확실한가요?"

"폴이 여러 사람들과 함께 드랑시에 유치되었다가 모두 나츠바일러로 이송되었다고 하는 정보밖에는."

"보주 산맥 안에 있는?"

나츠바일러―스트루토프는 프랑스 내에서는 유일하게 영구적인 나치 수용소로, 스트라스부르크에서 남서쪽으로 50킬로미터 떨어져 있었다. 나는 머릿속에 떠오르는 강제 노동과 체벌 장면을 지우려 애썼다.

로저가 고개를 끄덕였다. "내 조부모님이 그 근처 작은 마을에 계셔서 가끔 찾아가곤 했었는데, 멋있지만 고립된 곳이죠." 그는 마닐라지 서류 뭉치를 테이블 위에 던졌다. 나는 서류를 훑으며 폴의 체포와 관련된 것이 있는지 살폈다.

영국 공군의 정찰 사진으로 보면, 막사 스무 개에 다른 건물 네 개가 어우러진 작은 수용소였다. 눈 덮인 울창한 숲으로 둘러싸인 곳이었다. 폴이 저런 곳에서 얼어 죽지는 않을까? 내가 따뜻한 사무실에 앉아 있는 동안에. 나는 모여 있는 사람들이 찍힌 사진 속에서 폴을 확인할 수 있을지 뚫어지게 살펴보았다.

"로저, 고맙습니다. 피아에게 계속 찾아보라고 할게요."

"캐롤라인, 더 이상 찾아볼 수 없게 됐어. 워싱턴이 프랑스와 외교 관계를 공식적으로 단절했어요." 로저는 책상 위 서류들을 만지작거렸다.

"그러면 어떻게 하라고? 전화해야 되잖아요."

"캐롤라인, 누구에게 전화를? 파리에 대사관도 없어진 판국에. 그리고 이 사무실도 공식적으로는 폐쇄 상태예요. 듣기만 해요. 나는 여기서 주요한 것은 모두 파기하라는 지시를 받았소."

"그럼 우린 어떻게 하죠?" 내가 물었다.

로저가 일어나 창밖의 스케이터들을 내려다보았다.

"스위스 영사관을 활용하라고 했어요."

"가능할까요? 스위스가 독일 손바닥 위에 있는데."

"우리 국기도 내려야 해. 나는 가능한 한 오랫동안 불을 켜둘 거지만, 쉽지 않을 것 같소. 특별한 언급이 있을 때까지 여기로 더 이상 자금도 보내지 않을 거예요."

"최소한 프랑스와의 연결만은 유지할 수 있을까요?"

"런던의 자유 프랑스로부터 정보를 얻을 수 있길 바라지만, 그들도 프랑스와 영국을 연결할 배를 못 구해 애를 먹고 있으니. 스위스 영사관을 통할 수 있을 것 같고, 영국도 도와주겠죠."

"로저, 덕분에 폴이 있는 곳을 확인했어요. 고마워요."

"그리고 캐롤라인, 한 가지가 더 있어요. 폴에 대한 것."

나는 몸을 똑바로 했다. 설마 이보다 더 나쁜 일이?

"사망자 명단에 그의 아내 이름이 있었소. 아우슈비츠 – 비르케나우. 레나 로디에르."

"레나? 이럴 수가. 로저, 어떻게 하죠?"

"장티푸스인 것 같다고 해요. 캐롤라인, 나도 너무 안타깝네."

나는 정신이 아찔해졌다. 어떻게 이런 일이. 불쌍한 레나. 폴은 분명 모르고 있을 것이다. 폴, 그는 레나의 죽음을 어떻게 받아들일까? 너무 비참한 일이었다.

나는 돋보기를 들고 사진을 자세히 들여다보았다. 폴이

살아 있다면 내가 찾아낼 테다. 그리고 대서양을 헤엄쳐서
라도 그곳에 갈 것이다.

그날 이후 나는 '스나이더 앤드 굿리치'에 더 자주 갔다.
스나이더 씨가 주는 돈으로 나의 프랑스가족기금은 파산
하지 않고 버텼고 로저가 눈치챈 것 같지는 않았다. 그러나
자금이 없어 영사관 문을 닫아야 한다는 불안감은 더 커졌
다. 혼돈 상태의 파리나 프랑스 다른 지역과 공식적 연결이
없어서 문을 닫게 되는 것은 이해할 수 있었다. 하지만 우리
를 필요로 하는 사람들이 있는데도 문을 닫는 것은 정당하
지 못한 것으로 보였다. 그리고 무엇보다 영사관은 내가 폴
에 닿을 수 있는 유일한 통로였다.

"그렇게 열심히 찾다가는 망막이 찢어지겠어요." 어느
날 밤, 로저가 한 손에는 서류 가방을 다른 손에는 모자를 들
고 퇴근하면서 말했다.

"걱정 마세요." 나는 좌절감을 억누르며 말했다. "조금 신
경이 쓰일 뿐이에요. 우리 해군 항공기들이 롱아일랜드 해
협의 독일 잠수함을 폭격하고 있다고 합니다. 그리고 지금
이건 폴과 관련된 뉴스이고."

"캐롤, 나도 알아요. 밴더빌트 파티에 가는 건 어때요? 한

번쯤 여기서 벗어날 필요가 있으니. 가서 기분 전환을 해봐요."

로저 말이 옳았다. 내가 지치고 말라버리면 아무에게도 소용없을 것이다.

나는 집으로 달려가 내 최고의 검은 드레스로 갈아입었다. 아버지의 옷을 고쳐서 만든 재킷을 걸치고 머리는 위로 올렸다. 키가 너무 커보일까? 다시 머리를 내렸다. 나는 마흔 살 여자치고는 아직 꽤 괜찮아 보였다.

우리 아파트에서 코너를 돌아가면 나오는 50번가의 밴더빌트 갈색 벽돌집에 도착할 때쯤 나는 파티에 들렀다가 그냥 나가버릴까 하는 생각도 했다. 그러면 베티가 앞으로 날 아는 체도 안 할 것이다. 징스 휘트니도 만난다는 생각에 나는 움찔했다. 아버지로부터 어리석은 휘트니라는 말을 자주 들었기 때문이다. 징스만 피하고 다른 옛 친구들을 만날 수도 있었다. 나는 왜 자꾸 사회와 멀어지려 할까. 하루 종일 일만 할 수는 없는데.

밴더빌트 가옥은 고풍스럽고 아름다운 곳으로 황금시대의 마지막 유물이었다. 헐어버리기는 아쉬웠지만 점차 주위와 어울리지 않게 되어서, 그녀의 남편이 사망한 다음에는 50번가의 여왕인 밴더빌트가가 규모를 줄일 필요가 있었다. 부인은 서른 명에 달하던 직원을 열여덟 명으로 줄이고 좀 더 아늑한 맨션으로 이사 갔다. 그녀는 그 집에서 기금 마련을 위해 마지막으로 파티를 개최한 것이었다. 브리지 게임, 댄스, 식사가 섞인 특이한 형태의 파티여서, 입장료 25달러로 이 모두가 가능하고 수익금은 자선단체에 기부되었다.

집 안의 홀을 일반인들에게 처음이자 마지막으로 개방한 터라 많은 사람들이 참석했다. 모자와 외투를 아직 손에 들고 있는 한 젊은 커플은 입을 헤벌리고 1층을 어슬렁거렸다. 금박 장식이 있는 목재 가구를 힐끔거리고 기둥을 만지곤 했다. 입구의 폼페이식 프레스코화 앞에도 한 무리의 사람들이 서있었다. 현관에만도 도움이 필요한 열 가구가 들어와 살 수 있을 것 같았다.

"멀 오베론이 여기 왔군요." 중절모를 손에 든 남자가 말했다.

브리지 게임을 할 사람들이 서재로 몰려가 샹들리에 아래 준비된 서른 개 카드 테이블에 자리를 잡았다. 그룹별로 팀이 구성되었다. 주니어 리그, 채핀 스쿨, 대학생, 프린스턴. 채핀 그룹의 수가 가장 많았다.

벽난로 앞이 매우 넓어서 나는 거기에 서있을 수 있었다. 턱시도 차림의 웨이터 두 명이 브리지 점수판에다 분필로 이름을 적었다. 하이얼리아의 패리뮤추얼 기계처럼 보였다. 나침반 지침이 플레이어를 지명했다. 동, 서, 남, 북.

멋진 귀공자들이 브리지 테이블에 앉자, 나는 훈제갈비

와 팝오버 냄새로 가득한 만찬장을 둘러보았다. 냉육 접시와 껍질을 깐 해물 요리, 온실 아이리스 장식. 그리고 와인크림이 가득한 실버 펀치 볼은 사람이 들어가도 될 만큼 컸다. 오케스트라가 콜 포터와 어빙 벌린을 연주하는 동안 웨이터 한 명이 그곳을 감시했다. 은제품을 지키는 것일까?

일본의 진주만 공격 이후 뉴욕의 모든 젊은 남자들이 징집되는 것 같았다. 크리스마스 방학 때 집에 왔다가 곧바로 입대하는 대학생들도 있었다. 훈련소는 지원자들로 금방 가득 찼다. 밴더빌트 여사는 군인들을 무료로 파티에 입장시켰고, 제복 입은 군인들은 멋진 모습을 연출했다. 플로이드 베닛 필드에서 온 해군 비행사들은 네이비블루색 재킷 차림으로 예비역들과 전쟁 전략을 두고 토론 중이었다.

우리 병사 대부분은 파크 애비뉴 아모리에서 기초 훈련을 받고 유럽의 대규모 훈련소에서 보완 훈련을 받았다. 우리 병사들은 다른 병사들과 구분할 수 있었는데, 뉴욕의 맞춤복 집에서 제복을 만드는 경우가 많았기 때문이다. 규정에 따라 제대로 만들었다면 병사들에게 최고의 면과 실크와 거북등 단추로 만들어진 제복이 지급될 수 있었다.

"캐롤라인, 게임 안 해?" 스튜어트 코빗 커스터 부인이 물었다. 엄마의 절친한 친구였다. 부인의 뺨에 키스하니 내 입술에 분가루가 묻었다. 그날 밤, 청록색 쉬폰 차림의 부인을 보니 기분이 좋았다. 엄마와 부인은 예전 매디슨 스퀘어 가

든의 가금류 전시회에 태어난 지 몇 주 안 되는 나를 데려갔을 때 아버지가 화를 냈다는 이야기를 즐겨 했다. 당시 나를 사우스햄프턴의 집으로 돌려보냈는데, 나를 담은 아기 바구니를 자동차 뒷좌석의 꼴망태 위에다 올려놓고 운전했다고.

"다른 여자들에게 기회를 주려고?" 커스터 부인이 말했다. "착하구나, 너라면 모두를 다 꺾을 수 있을 텐데."

점수판을 보니 브리지 팀들이 만만치 않았다.

M. 필드 부인과 쿠싱 부인. 노엘 부인과 딕만 부인. 탄실 부인과 오킨크로스 부인.

"엄마가 참가하지 못해 아쉬워요." 내가 말했다.

"나도 그렇구나, 얘야. 네가 나 대신에 점수를 기록해주겠니? 보통은 네 엄마가 기록 담당이었으니. 그리고 네가 이 방 안에서 제일 정직한 사람이잖아. 넌 정말 그래."

"감사해요, 커스터 부인."

"제한 시간은 두 시간으로 하려 해. 공이 울리면 점수표를 모아서 우승자를 내게 가져오기만 하면 돼. 넌 아마 그렇게 하는 걸 백만 번은 봤을 거야."

나는 각 테이블에다 점수 기록 용지와 녹색 연필을 놓아주며 다니는 중에 서재에서 베티가 프루덴스 볼레스와 함께 서 있는 모습을 보았다. 밴더빌트의 사촌으로 사슴처럼 귀여운 눈을 가진 여자였다. 그 옆에는 록펠러 사촌으로 별로 반갑지 않은 징스 휘트니와 그녀의 친구 크리퍼 리도 있었는데, 가냘픈 체구에 웃을 때 잇몸이 보였다.

네 사람이 서로 엉켜, 럭비 스크럼과 교황청 회의 중간쯤 되는 형태로 서 있었다. 베티는 아직 내게 화가 났을까? 내가 달래서 많이 누그러진 건 분명했다.

"……그래서 내가 그 여자에게 말했어." 징스가 떠들고 있었다. "그 남자도 같은 멤버야. 예외는 안 돼. 그 여자 아버지가 미국 대통령이래도 관계없어. 우린 지금 꽉 차 있어."

징스 옆 여자들의 시선이 내게로 향했다. 징스가 돌아보았다.

돈과 결혼한 것처럼 보이기도 하는 징스는 그 모습이 프리저데어 냉장고를 닮았다.

"어머, 캐롤라인이구나." 징스가 말했다. "멋진 옷을 입었네."

"징스, 반가워."

"그래, 너 참 예쁘다." 프루가 말했다. "짙은 색상에 어울리는 피부를 가졌어."

"정말 그래." 징스가 말했다. "내 할머니도 아주 어두운 색상을 입었지만 모두들 자연스럽다고 말했어."

프루도 맞장구쳤다. "캐롤라인, 넌 참 예뻐. 양귀비 소녀로 뽑힌 애답다."

징스가 돌아섰다. 그녀는 1921년 양귀비 소녀 선발대회에서 자신을 제치고 내가 뽑힌 충격에서 아직 회복되지 못한 것 같았다. 그해 사교계에 데뷔하는 모든 여자들 중 최고로 인정되는 커다란 영광이었다. 열아홉 살에 나는 미국과 프랑스 아동연맹이 후원하는 새로운 양귀비 행사의 얼굴이 되어 모든 잡지와 뉴스에 사진을 실었다. 실크 부토니에 양귀비꽃 판매를 촉진하는 행사로 세계대전에서 부상당한 미국 병사와 프랑스의 아동 환자들을 돕기 위한 목적이었다.

"그래, 양귀비 수익금의 절반은 프랑스로 돌아갔지." 징스가 말했다.

"결핵 아동을 도왔지. 징스, 그건 서로 주고받는 행사였어. 프랑스에서 판매된 양귀비 수익금 절반은 미군 병사의 무덤을 조성하는 데 이용되었고."

"브리지 할 사람?" 징스가 베티 쪽으로 돌아서며 말했다.

"베티, 파트너 필요한 사람 있니?" 내가 물었다.

"난 프루랑 할 거야." 베티가 말했다. 갑자기 그녀의 약혼반지 장식에 관심이 생겼다.

"아쉽지만, 여기는 브리지 게임 인원이 찼어." 징스가 뾰로통한 표정으로 말했다.

"몇 주 동안 한 팀이었거든. 정말 미안해."

"캐롤라인은 일로 바빴어." 베티가 말했다.

징스가 베티 가까이로 갔다. "베티, 너와 프루는 누구랑 게임하니?"

"아직 몰라." 베티가 말했다. "어쨌든 우린 이길 수 없어."

베티 말은 맞았다. 베티와 프루는 브리지 게임에 아주 약했다.

"키퍼와 나는 미군들과 게임하고 있어." 징스가 말했다.

"잘했어."

징스가 내게로 돌아섰다. "캐롤라인, 무슨 문제가 있구나?"

"응, 파티에 돈이 너무 많이 들어가는 것 같아서."

"우리 군인들을 지원하기도 해." 징스가 말했다.

"음, 그게 전장에서 싸우는 군인들을 지원하지 않고 술을 마셔댄다는 뜻이라면, 맞는 말이야."

"베티, 다음번엔 나랑 파트너 하자." 징스가 말했다. 그녀는 목에 감긴 아코디언 주름 스카프를 만지작거렸다. 독버섯을 연상시켰다. 나는 재미로 그 스카프를 목 뒤로 세게 당겨볼까 하는 생각을 했다. 사람들이 좋아할지도 몰랐다. 사람들이 한번쯤 해보고 싶은 시도일지도.

"캐롤라인, 네 어머니는 어디 계시니?" 징스가 물었다. "어머니가 시내로 나오셨니, 아니면 시골 그 집에서 혼자 지내시니?"

"요리사도 있어." 내가 말했다.

징스는 빨대로 클럽 소다를 마셨다. "그 러시아인 셰프?"

"난 가봐야 해." 내가 말했다.

"그리고 그 잘생긴 흑인 정원사도? 그래, 시대가 변했으니."

"징스, 가드너 씨는 우리 가족에게 중요한 친구야. 어려운 시기를 함께 지내왔어. 우리에겐 소위 말하는 고상한 사회의 다른 사람들보다 분명히 더 좋은 친구야."

"캐롤라인, 네 프랑스 아이들을 위해 수표를 보내줄게." 프루가 손으로 내 팔을 잡으며 말했다. 긴장감을 해소시키려는 건가? 그녀는 자신에게나 다른 사람을 대할 때 매우 유연했으며, 필요한 상황이라면 간과 쓸개라도 내줄 사람이었다.

"고마워, 프루. 네 기부금 잘 사용할게."

"오늘 밤 여기서 청탁은 안 되는 걸 알잖아." 징스가 말했다. "프로그램에 인쇄돼 있고 보여줄 수 있어. 자선에 기부 요청 금지."

"너희 집에서나 그래라." 내가 말했다.

"캐롤라인, 우리 자신을 십자가에 못 박을 순 없어. 내 옷을 남 주고 나는 해진 옷을 입어야만 행복한 사람이 네 어머니 말고는 어디 있겠어?"

베티가 발을 번갈아 짚으며 안절부절못했다. 내 엄마를 헐뜯는 말에 불편해서 그러나?

"빅 리즈는 어떠셔?" 내가 물었다. 징스의 이름은 그녀의 어머니 엘리자베스의 이름을 따서 지었는데, 두 사람을 구분하기 위해 어머니를 빅 리즈라 불렀다. 그녀에게 딱 어울렸다. "목장에서 집으로 들어오셨니? 요즈음은 우편으로 살 빼는 슬랜데렐라 코스를 판매하는데, 알고 있지?"

"어머니는 사우스햄프턴을 좋아하셔." 징스가 말했다. "머리스 아저씨가 어머니를 진레인으로 데려갔는데, 너희 미첼 오두막까지 갔나봐. 두 분이 그곳을 크게 보수하셨어. 낡아서 거의 허물어지고 있었대."

"그렇게 해줘서 고마워." 내가 말했다.

"네가 그곳을 포기해야 했던 게 참 안 됐다." 징스가 말했다. "모두 네 폐가 안 좋아서 그랬지."

"베티, 브리지 게임 해야 하지 않니?" 내가 물었다.

"네가 사우스햄프턴 공기를 마실 수 없는 게 안타깝다. 아프리카에서 출발해 대서양을 건너온 공기지."

"징스, 그만하자." 베티가 말했다.

"그러면 캐롤라인, 네 부모님이 너 때문에 코네티컷에서 만 사셨구나?" 징스가 말했다.

사람들 앞에서 징스를 한 방 갈기면 어떻게 될까? 이 여자의 살찐 뺨에 부딪치면 내 손이 짜릿하겠지.

"그래." 내가 말했다.

"아이러니다. 그렇지 않아?"

"징스, 됐어." 베티가 말했다. "그만해."

"네 아버지도 폐 때문에 돌아가셨으니 아이러니다. 슬픈 일이고."

"아버님이 돌아가셨구나, 어떻게 위로해야 하나." 키퍼가 말했다.

"키퍼, 벌써 오래전 일이야. 아무튼 고맙다." 내가 말했다.

"나는 네 아버지가 너희 아파트에 속수무책으로 누워 계시던 모습을 생각하면 안타까워." 징스가 안됐다는 표정으로 말했다. 그런 표정을 잘 짓는 여자였다. "'폐렴'이 웬수지. 너도 그럴까. 정말 무서운 병이야."

그래도 베티는 얼굴을 돌릴 정도로 매너가 좋았다.

"미안하지만 난 이제 가봐야……."

나는 게임 시간 대부분 새우를 먹어대며, 변호사 이야기에 동조하는 것처럼 꾸민 표정을 지었다. 자기 아내가 징스 휘트니보다 옷을 더 잘 입으려 하지만 잘 되지 않는다는 이야기였다.

마침내 공이 울렸다. 내가 서재로 가서 득점표를 모으자 장내에 긴장감이 느껴졌다. 브리지 게이머보다 더 치열하게 경쟁하는 사람들은 월스트리트 중개인이나 브라질 주짓수 선수밖에 없을 것이다. 최소한 브라질 주짓수에서는 훔쳐보기가 금지되어 있다.

참석자들이 점수판 가까이로 모여들었다. 서로 끼어들고 밀치면서도 결과가 나올 때까지 무관심한 표정을 지으려 했다. 징스는 키퍼, 베티, 그리고 프루와 함께 서 있었다. 긴장된 브리지 라운드를 끝낸 후 맥이 풀린 모습이었다.

"베티, 넌 어땠어?" 내가 펜스를 바로잡으며 물었다.

"괜찮았어, 프루가 막판에 운이 좋았지."

"내 생각에는 우리가 너희를 간신히 이긴 것 같은데, 프루." 징스가 말했다.

나는 쌓아둔 득점표들을 넘겨보았다. "그럴 것 같네." 내가 말했다.

"네가 득점을 계산하는 거야?" 징스가 말했다. "네 계산을 다른 사람에게 한 번 더 검토하게 해. 실수할 수도 있잖니."

"걱정 마, 징스." 내가 말했다. "너와 키퍼 외에 다른 누가 일등을 할 수 있겠니?"

나는 득점표 뭉치를 파우더룸으로 넘겼다. 금으로 도금된 백조 머리 수도꼭지 세면대가 있어 마리 앙투아네트가 좋아했을 것 같은 곳이었다. 그리고 점수를 기록했다. 징스와 키퍼 팀은 베티 프루 팀을 완파하고 있었다.

모이라는 공이 울려 서재로 가니, 커스터 여사가 밴더빌트 여사와 점수판 근처에 서 있었다. 밴더빌트 여사는 다이아몬드 아홉 개가 달린 회색 호박단 옷과 그에 맞는 터번을 둘렀다. 그녀의 뺨이 홍조를 띤 것은 샴페인 탓일까, 아니면 노블리스 오블리제를 실천해서일까?

"어서 와, 오늘의 승자는 누굴까?" 커스터 여사가 물었다. "점수판에 적을 시간이 없을까 걱정되는데."

나는 득점표 뭉치를 그녀에게 넘겼다. 맨 위에 우승자 득점표가 있었다. 커스터 여사가 그것을 밴더빌트 여사에게 보여주고는 둘이 함께 미소 지었다. 내가 방 뒤로 걸어가는 동안, 커스터 여사가 공을 울렸고 집의 이곳저곳에 있던 참석자들이 모여들었다. 평상복 차림의 남자들은 제복 입은 남자들에게 길을 비켜주었고, 모두가 더 잘 보기 위해 목을 길게 뺐다.

"제가 오늘밤 브리지 게임의 우승자를 발표하게 되어 영광입니다." 밴더빌트 여사가 말했다. "저의 남편은 이것을 우리의 과거를 떠나보내는 좋은 행사로 생각할 것입니다. 여기서 적십자를 위한 기부금이 2만 달러나 접수되었습니다."

참석자들에게서 박수와 함성이 울렸다. 징스와 키퍼는 사람들 틈을 헤집고 방 앞쪽으로 나왔다.

"그리고 추가로 5,000달러가 운이 좋은 또 다른 자선 활동에 기부됩니다. 여러분들 모두 우승자 이름을 듣고 싶으시죠. 최고 중에서도 최고라 할 수 있는 사람들입니다. 이제 더 이상 끌지 않고 우승자를 발표하겠습니다. 오늘의 우승팀은……."

오케스트라의 연주가 울렸다.

징스와 키퍼가 손을 잡고 점수판을 향해 다가오기 시작했다.

"엘리자베스 스톡웰 머천트 여사와 프루덴스 밴더빌트 알드리히 볼레스 여사입니다."

베티와 프루가 사람들을 뚫고 앞으로 나오자 커스터 여사는 나머지 득점표들을 불에 던져 넣었다. 밴더빌트는 베티에게 수표를 건넸다. 베티는 멍한 표정이었다.

"그러면 두 분은 오늘 밤 어떤 자선활동을 위해 게임하셨습니까?" 밴더빌트 여사가 물었다.

"일단 진정 좀 할게요." 베티가 한 손을 가슴에 가져가며 말했다. "캐롤라인 패리디의 프랑스가족기금을 위해."

사람들이 박수와 환호를 보냈다. 처음에는 차분했지만 밴더빌트 여사가 눈물을 닦자 소리가 커졌다. 베티의 미소에 나는 기뻤다. 우리 사이의 앙금은 사라지고 없었다.

사람들이 베티와 프루를 둘러싸는 사이 나는 문을 향해 갔다. 밤 공기를 호흡하고 싶었다. 징스와 키퍼를 지나쳤다.

"너희들이 져서, 유감이다." 내가 말했다.

"넌 계산을 잘하지 못했어." 징스가 말했다. "내가 그냥 넘어갈 거라고 생각하면 안 돼. 이 사실을 다 퍼트릴 거야."

"그래주면 내가 고맙지, 징스."

나는 바깥으로 나와서 양심의 가책을 털어버리려 했다. 나는 그렇게 정직하지 못했다. 친구의 선물이었다. 나는

5,000달러를 가지고 로저와 내가 할 수 있는 좋은 일들에만 집중하려 했다.

나는 가벼운 발걸음으로 집을 향했다. 내 안에서 힘없이 처져 있던 어떤 것이, 나를 오랫동안 억누르던 어떤 것이 해결된 느낌이 들었기 때문이다. 참으로 오랜만에 나는 자신의 삶을 살아가는 사람들을 보았다. 물론 예외는 있다. 게으름뱅이나 늦잠꾸러기, 고집쟁이, 상류층 클럽을 기웃대거나 페블 비치의 15번 홀에 모든 걸 거는, 카나페를 헤집으며 랍스터 껍질 하나로 종업원을 질책하는 사람들. 징스는 내게 호의를 베푼 것이나 다름없다. 나는 뉴욕 사교계로부터 자유로워졌다. 이제 사교계의 어두운 면에 나도 속한다는 두려움을 없앨 수 있었다.

나는 그들과 노닥거리느라 인생을 낭비하지 않았다. 사람마다 각자 갈 길이 있는 것이다.

19장

카샤, 1942~1943년

게브하르트가 연 깁스 안의 내 다리를 보았을 때 그것은 더 이상 사람의 다리가 아니었다. 통나무처럼 통통 부었고, 푸른색을 띤 검은 누더기들로 덮여 있었다. 발목에서 무릎까지 절개한 다음 양쪽 살을 검은 실로 꿰맨 모양이었다.

내가 비명을 지른 기억은 없지만 나중에 병동에 돌아왔을 때 동료 여자들은 내가 마취 없이 다시 수술을 받는 것으로 여겼다고 말했다. 마당에서 점호 중이던 여자들도 내 비명을 들었다. 닥터 게브하르트가 수건을 말아 내 입에 쑤셔넣었고 간호사 중 한 명이 뭔가를 주사해 나를 잠들게 했다.

내가 병동에서 깨어났을 때 내 다리는 거즈로 단단히 감겨 있었고 수천 개의 칼이 상처 부위를 자르는 듯한 느낌이었다. 수산나 언니가 침대 밖으로 나와 내 다리를 관찰했다. 거즈 한구석을 살짝 젖혔다.

"아주 안 좋지?" 내가 물었다.

"안 좋아, 카샤. 그들이 뼈를 제거해버린 것 같아. 아니면 근육을 제거했을 수도."

있을 수 없는 일이었다. 멀쩡한 사람의 근육을 왜 떼내는 걸까? "이게 모두 무슨 일이야?"

"무슨 실험이 아닐까." 언니가 말했다. "그들이 네게는 약을 줬지만 다른 사람들한테는 안 줬어."

"뜨거워." 내가 말했다.

"카샤, 참아보자. 엄마가 곧 우릴 도와주실 거야."

이후 나는 세 번의 수술을 더 받았고, 그때마다 고통은 새로 시작되었다. 매번 고열이 생겼고 회복은 더 힘들었다. 의사들은 내가 얼마나 오래 시간을 끌다 죽는지 보려는 사람들 같았다. 마지막 수술 때 나는 다시 춤출 수 있다는 희망은 포기했다. 다만 걸을 수 있기만을 원했다. 하루 종일 누워 있어야 했으며, 모든 것이 혼란스러웠다. 의식은 들쑥날쑥했다. 엄마와 피에트릭, 그리고 나디아 꿈을 꾸면서 집으로 돌아왔다는 생각을 하기도 했다.

내가 온전히 그들의 처분 아래 놓여 있다는 사실에 더 화가 났다. 정확하게 언제인지 기억하긴 어렵지만, 1942년

늦겨울 나는 버티려 애를 쓰면서 엄마를 다시 만날 희망을 갖고 있었다.

우리가 그곳에 누워 지내는 동안 레지나는 영어 동사를 알려주거나 아기 프레디에 대한 재미있는 이야기를 들려주었다. 재니나는 루블린 미장원에서 일하며 배웠던 지식을 토대로 우리에게 프랑스어 문장을 가르쳤다. "이 드라이어는 너무 뜨겁군요." "콜드펌으로 부탁합니다. 컬은 중간 정도로 말고, 밤에 쓸 엔드페이퍼를 조금 더 주시고요." 재니나의 강의가 끝나면 실용 프랑스어 지식이 생겼는데, 비듬을 없애고 싶다는 식의 실용문장을 강조했다.

"이제 더 이상 이렇게 누워 지낼 수만은 없어." 내가 말했다.

"나도 그래." 재니나가 말했다. "나가서 자전거 타자."

"난 진지하게 말하는 거야. 내게 계획이 있어."

"어, 안 돼." 수산나 언니가 말했다.

"집에 있는 가족들에게 비밀 편지를 쓸 수 있을 것 같아."

레지나가 팔꿈치를 짚고 몸을 일으켰다. 『7학년의 사탄』에 나오는 것처럼? 난 그 책을 좋아했어." 마쿠친스키가 쓴 소년 탐정의 모험 이야기를 안 읽은 학생이 있을까?

"맞아, 정확하게." 내가 말했다. "소녀단에서 그렇게 해봤어."

빵으로 직접 만든 묵주 알를 돌리고 있던 수산나 언니가 고개를 들었다. 수산나 언니는 그 빵을 왜 먹지 않을까? 기도가 무슨 효과 있다고. 내가 가장 좋아하는 성 아그네스도 날 버려두고 있는데.

"우리 모두를 죽이는 좋은 방법이 되겠다. 카샤." 언니가 말했다.

"그 책에서 주인공은 레몬 주스를 이용했어." 레지나가 말했다. "문장 첫 글자를 이으면 메시지가 읽히도록 편지를 암호로 만들었지."

나는 최대한 몸을 일으켜 앉았다. "우리 소변도 바로 그렇게 작동할 거야. 산성이거든. 편지 속에 소변으로 쓴 암호를 넣는다……."

"정말 천재적이다." 레지나가 말했다.

"미친 짓이야." 수산나 언니가 말했다. "그런 생각은 하지도 마."

수산나 언니는 나보다 먼저 병실을 나갔다. 때문에 나는 언니가 매우 그리웠다. 이후 새로운 여자들이 옆방에 들어온다는 얘기를 들었다.

그러던 어느 날 아침 늙은 간호사 마샬이 방 안에서 상태를 체크하고 있을 때, 재니나가 냄새 때문에 수건으로 코를 막아야겠다고 말했다. 우리가 그곳에 있기 너무 힘들다는 표현에 지나지 않는 악의 없는 말이었다. 그러자 간호사 마샬이 씩씩거리며 방을 나가더니 잠시 후 닥터 외버호이저와 함께 돌아왔다.

"좋다, 너희들이 여기 있기 싫으면 나가." 닥터 외버호이저가 말했다. "지금 당장. 일어서서 네 블록으로 돌아가."

처음에는 그 여의사가 농담하는 것으로 생각했다. 우리들 중 아무도 완전히 회복되지 않았기 때문이었다. 마샬이 손가락으로 우릴 찌르며 침대에서 밀어낼 때, 농담이 아니란 것을 알았다.

"우린 신발도 받지 못했습니다." 내가 말을 시작했다.

"나가." 닥터 외버호이저가 한 팔을 문 쪽으로 뻗으며 말했다. "걷지 못하면 뛰어가."

나는 서 있으려 애썼지만 쓰러졌다. 그때는 깁스를 푼 상태였지만, 통증이 심해 다리에 체중을 실을 수 없었다.

"일어나, 그리고 빨리 꺼져." 닥터 외버호이저가 말했다.

나는 쓰러진 자세에서 꼼짝할 수 없었다. 닥터 외버호이저가 억센 손가락으로 내 팔을 감아 당겼다. 그리고 나를 의무동 전면 출입구 밖으로 끌어냈다. 마치 대청소 하는 날 카펫을 당겨 걷어내는 것처럼.

닥터 외버호이저가 내 뒤로 목발을 던졌다. 뷰티로드 위에는 먼지가 자욱하게 덮여 있었다. 추위 속에 남겨진 내 피부 위로 날카로운 찌꺼기들이 파고들었다. 유리 조각일까?

나는 엄마가 어디에 있지 않을까 둘러보며 일어서려 애를 썼다.

다시 바깥에 나오니 이상했다. 마치 달에 와 있는 것 같았다. 춥고 흐린 날씨에 모든 것이 회색이었다. 하늘엔 새 한 마리 날지 않았다. 공중에는 재들이 떠다녔는데, 검댕으로 덮인 세계 속 검은 눈송이처럼 날렸다. 새로운 냄새도 풍겼다. 블록의 창 유리를 덮은 검댕이 바람에 날렸다가 금방 다시 덮였다. 멀리 숙소 바로 뒤, 수용소 담장 밖에서는 새로 생긴 굴뚝으로부터 두 개의 선홍색 혀가 하늘로 치솟았다. 수용소 거의 모든 곳에서 불꽃이 이글거리는 소리를 들을 수 있었다. 지옥의 입처럼 불을 토해내는 거대한 용광로, 바로 화장장이었다.

수산나 언니가 내게로 달려오는 모습을 보고 얼마나 기뻤던지! 크게 걱정하는 표정이었다. 나는 언니에게 기대어서서 한 걸음씩 옮겼다. 나보다 몇 주 전에 새로운 숙소에 와 있었던 언니가 나를 그 블록으로 데려갔다. 엄마가 미치게 보고 싶었다.

나는 몇 달 동안 한 걸음 이상 걷지 못했었다. 목발을 짚긴 했지만, 길 곳곳에 맨발을 찌르는 날카로운 찌꺼기들이 많았다. 나는 걸음을 멈췄다.

"도저히 안 되겠어. 날 그냥 내버려둬."

"가야 해." 언니가 나를 반쯤 업고 말했다. "한 걸음씩 해보자."

블록31이 우리의 새 숙소였는데 각국 여자들이 섞여 있었다. 폴란드인들 속에는 우리 같은 모든 '래빗'들이 포함되었다. 지하 활동 중 체포되었던 프랑스인, 그리고 소련의 붉은 군대 간호사 등 모두 정치범이었다. 이전의 숙소보다 수용 인원이 훨씬 더 많았다.

내가 의무동에 간 이후, 숙소에 여러 가지 변화가 있었다. 이제는 일부 수감자들은 — 폴란드인을 포함하여 — 가족들에게 소포를 받을 수 있었다. 식사 수프가 더 묽어졌기 때문에 집에서 식품 소포를 받는 사람과 그렇지 못한 사람을 쉽게 구별할 수 있었다. 소포를 받는 여자들은 상대적으로 건강했다. 그렇지만 받지 못한 사람들은 뼈만 남아서 침상에 누워 지냈으며 몸에 붙은 이를 떼어낼 힘도 없었다.

나는 졸다가 여자들이 점심 식사를 위해 드나드는 소리에 깨어났다. 수산나 언니가 다가와 무릎을 꿇고 내 손을 잡았다. 뒤에 서있는 수산나 언니 친구 애니스는 멋지고 명석해 보이는 여자였는데 어떤 문제든 모두 해결할 수 있을 것 같았다.

"보고 싶었어." 애니스가 말했다. "마르첸카가 블록 대표로 새로 지명됐는데, 거친 여자야."

"나도 보고 싶었어." 내가 말했다. "바깥에 무슨 냄새지?"

언니가 내 손을 세게 쥐었다. "그들이 화장장을 지었어."

"왜?"

언니는 머뭇거렸다. "태우려고……." 언니는 말을 끝내지 못했다. 나는 물론 짐작했었다. 우리들 중 누군가 거기서 불태워져 죽겠지. 불쌍한.

"카샤, 이런 말 해서 미안하지만, 사람들이 모두 루이자에 대해 들었어." 수산나 언니가 말했다. "내가 네게 말해주는 것이 가장 좋을 것 같아. 노르웨이 여자 한 명이 영안실로 사용하는 방에서 루이자를 봤다고 말했어."

"아냐, 그럴 리 없어."

불쌍한 루이자, 아무도 너를 해치지 못해. 피에트릭이 날 용서하지 않을 거야.

"사실이야. 그 노르웨이 여자도 그렇게 어린애가 있는 것을 보고 가슴이 찢어지는 것 같았대. 알프레다도 있었고."

루이자와 알프레다가 모두 죽었어? 이해가 되지 않았다. 그처럼 착한 사람들을 왜 죽이는 거야?

"너무 상심하면 안 돼." 언니가 말했다. "넌 회복할 생각만 해. 넌 최소한 이번 주는 일하지 않아도 될 거야. 마샬 간호사가 네게 침대 카드를 발급했거든."

"천사 같으셔." 내가 말했다.

"수용소 전체가 그놈들이 너희에게 한 짓에 대해 들고 일어날 태세야." 애니스가 말했다. "지금까지 폴란드 여자 쉰명 이상에게 수술을 했고, 앞으로 더 많이 할 거라는 말이 있어. 이제 소녀단이 나섰어. 벌써 백 명 이상이 벼르고 있어."

"우린 스스로 성벽이라 불러." 수산나 언니가 말했다. "어떤 사람이 처형당한 사람의 품 안에서 소녀단 배지를 발견했는데, 우리는 그 배지에다 새로운 소녀단 맹세를 하는 거야."

"그들은 너희에게 도움이 될 여러 가지를 모았어." 애니스가 말했다. "빵도 많이 구하고, 프랑스 여자들은 너흴 위해 희곡을 썼어. '래빗들'이란 제목이야."

"엄마가 그걸 봤어?"

애니스와 언니는 서로 얼굴을 마주보았다.

애니스가 내 손을 꽉 쥐었다. "카샤."

"뭐?" 모두들 표정이 왜 어둡지? "언니, 제발 말해줘."

"우리가 수술 받으러 끌려간 다음 아무도 엄마를 못 봤어." 수산나 언니가 말했다. 멍한 눈이었다. 그렇지만 어떻게 그렇게 침착할 수 있을까?

나는 일어나려 했지만 다리 통증 때문에 다시 앉았다. "엄마를 부속 수용소로 보냈을지 몰라. 거기 숙소에 있을 것 같아."

"아냐, 카샤." "거기 계시지 않아, 너희가 수술 받던 첫날 일이 일어났다는 게 우리 생각이야."

그렇지 않아. 뭔가 잘못 생각했을 것이다.

"엄마는 안 계셔." 수산나 언니가 말했다.

"그럴 리 없어, 목격자도 없잖아. 엄마가 숨바꼭질을 얼마나 잘했는지 몰라? 내 침대 밑에 숨었을 때 기억해?"

"카샤……"

"그리고 우린 매일 아침마다 엄마를 찾았어. 엄마가 그곳에서 잠자고 계셨을 것 같아?"

"카샤, 난 그렇게 생각 안 해."

"바이블 걸들과 함께 계시지 않을까?" 내가 말했다. "슈렌이 엄마에게 머리 깎는 일을 시켰을지도 모르고."

"카샤, 아냐."

"언니가 열심히 안 찾아봐서 그런 거야." 내가 수산나 언니에게 말했다.

수산나 언니는 자신이 만든 묵주를 내 손에 쥐어주었다. "나도 애를 썼어."

나는 묵주를 소리가 나도록 바닥에 던졌다. "언니는 나만큼 엄마를 사랑하지 않았어." 검은색 덩어리가 내 얼굴 위에서 커지더니 눈과 코 속으로 들어와서 나를 내리눌렀다. "언니가 포기하든 말든 신경 안 써."

언니가 묵주를 주워들었다.

"카샤, 네가 한 말은 잊을게. 화가 나서 한 소리니까."

"잊지 마. 내가 한 말 그대로야. 나는 지금 바로 의무동으로 돌아가서 엄마를 찾을 거야. 그놈들이 날 죽여도 상관 안 해."

나는 침대에서 일어나려 했지만 수산나 언니가 나를 붙잡아 앉혔다. 나는 저항했지만 금방 힘이 빠졌다. 그러고는 잠이 들었다. 깨어나도 더 심한 절망 속으로 빠져들 뿐이었다.

엄마가 돌아오지 않는다는 사실을 받아들이기까지 여러 날이 걸렸다.

처음에는 우리 폴란드인 친구들이 엄마를 찾지 못했을 뿐이며, 엄마는 어디 안전한 곳이나 다른 수용소로 옮겨졌을 것이라는 희망을 가졌다. 블록 여자들에게 엄마 찾는 일을 도와달라고 했다. 그들은 친절했지만, 며칠이 지난 뒤 나는 그들 모두 엄마가 돌아가셨다고 생각하고 있음을 분명히 알 수 있었다.

장례식도 나무 십자가도 없었다. 문 앞에 검은 상복이 걸리지도 않았다.

목발을 자유자재로 사용할 수 있을 때까지 나는 애니스와 수산나 언니에게 의지해 구덩이 변소에 가야 했다. 재니나도 이런 도움이 필요했다. 우리를 돕는 여자들은 모두 친절했지만, 내가 짐이 된다는 것이 싫었다. 나는 죽음을 생각했다. 전기 철조망에 몸을 던져서 순식간에 죽으면 얼마나 좋을까? 물론 그곳까지 나를 데려가줄 사람은 없을 것이다.

우리가 체포되어 수용소에 갇혀서, 수술까지 받은 지금까지 나는 항상 좋았던 일을 찾아서 생각해왔으며, 폴란드인의 낙관주의가 나를 지탱하는 버팀목이 되었다. 하지만 엄마가 없는 지금은 나를 어둠 속에서 끌어낼 수 없었다. 내 스스로가 어릴 때 책에서 본 말뚝망둥어라는 물고기처럼 생각되었다. 매년 가뭄으로 물이 마르면 그 물고기는 진흙 깊숙이 뚫고 들어가 몇 주 동안 지낸다. 죽은 것도 아니고 산 것도 아닌 상태로. 비가 와서 다시 삶으로 돌아가길 기다리면서.

의무동에서 풀려난 이후의 시간은 일정하게 흘러갔다. 잔인한 기상, 끝없는 점호 시간, 지독하게 파고드는 배고픔, 그리고 우리의 따뜻한 동료들. 이와 같은 흐름을 깨트리는 유일한 것은 블록 대표가 우리 블록에서 처형시킬 여자들의 이름을 부를 때의 공포였다.

그 과정은 거의 변화가 없었다. 앞 사무실에서 일하는 수감자들로부터 알림이 먼저 있었다. 베를린으로부터 처형 지시가 담긴 명령서가 도착했고, 처형을 집행할 남자 경비원들에게 술이 추가로 배급되었다는 것이다. 그러면 빈츠가 어떤 블록들을 잠그라는 지시를 내렸다. 점심 수프가 배달되면 나눠주기 전에, 블록 대표가 "호출 대상자 번호"를 읽었다. 이제 불쌍한 여자들은 준비를 하고, 금방 빈츠와 그 동료들이 그들을 데리러 왔다. 내 반응은 거의 비슷했다. 내 이름이 불릴까 하는 차가운 두려움. 불리지 않았다는 안도감. 블록의 동료가 자신의 마지막을 향해 걸어가는 모습을 지켜볼 때 가슴을 찌르는 슬픔.

그날 우리는 처형될 래빗 명단이 발표되길 기다렸다. 식탁 의자 내 오른쪽에는 수산나 언니가, 왼쪽에는 레지나가 밀착해서 앉았고 우린 거의 숨도 쉬지 못했다. 우리 중 수술받은 여자들은 방금 식탁에서 식사를 끝냈는데 이것은 제법 중요한 일로 우리 수프를 이제 더 이상 침상으로 배달하지 않아도 된다는 뜻이기 때문이다. 사령관이 래빗들의 처형 스케줄을 짜놓았고, 범죄 증거를 말소하기 위해 우리를 없애려 한다는 소문이 돌았다. 하지만 소문을 어떻게 믿나? 항상 새로운 소문이 돌기 마련이다. 미국이 곧 우릴 구해줄 것이라거나 수프에 스테이크를 넣어줄 것이라는 등.

주목! 마르첸카가 말했다. 러시아 여자 두 명이 수프 통을 블록 내로 끙끙거리며 옮기고 있었다. "번호가 호명된 수감자들은 그만 끝내고 물건을 챙겨서 다음 지시를 기다린다."

마르첸카는 재킷 주머니에서 네모난 종이를 꺼내어 펼쳤다. 방 안에서는 종이 부시럭거리는 소리만 들릴 뿐이었다.

"7649번."

내 왼편 레지나의 몸이 굳었다.

마르첸카는 다른 래빗 세 명을 더 불렀다. 모두가 아직 의무동에서 회복 중인 여자들이었다.

수산나 언니가 말했다. "뭔가 잘못 부른 것입니다."

나는 한 손으로 레지나를 안았다.

"떼쓰지 마." 마르첸카가 말했다.

어떻게 이런 일이?

나는 레지나에게 귓속말을 했다. "우린 싸울 수 있을 거야."

레지나는 대답 없이, 스푼을 사발에 내려놓고는 수산나 언니에게 전했다.

"네가 이걸 가지면 좋겠어." 레지나가 말했다.

수산나 언니는 사발을 받아들었다. 눈에서 눈물이 흘러내렸다. 이게 선물이라니!

레지나는 일어섰다. "재니나, 내 머리를 만져주겠니?"

재니나는 머리를 끄덕였고, 우리는 레지나를 따라 그의 침상으로 갔다. 그녀의 수프 사발을 들고서. 남겨두면 몇 초 안에 도둑맞을 수 있었다.

"사형 선고를 받은 스파르타인이 처형당하기 전에 가장 먼저 뭘 했는지 아니?" 레지나가 물었다. "머리를 다듬는 것이었어."

"재니나가 레지나의 더러운 스카프를 벗겨냈다. 보통 때는 머리를 다듬는 것이 규율 위반이었다. 머리를 뒤로 넘겨 배급된 스카프로 묶도록 되어 있었지만, 수감자가 죽어야 할 경우는 눈감아 주었다. 레지나의 머리는 수술에서 회복되는 동안 검은색으로 굵고 길게 자랐다. 재니나는 머리를 뒤로 빗어 프랑스 스타일로 예쁘게 땋아주었다. 2층 침대 위에서 누군가가 머리핀을 전해주었다. 아마 빵과 바꾼 핀일 것이다.

"카샤, 내 영어 단어장은 네가 가졌으면 해." 레지나가 말했다. "오늘 밤 숙제는 전치사 공부다. 내 『트로일러스와 크레시다』를 프레디에게 전해주겠니? 모든 게 끝난……."

나는 고개를 끄덕였다.

"난 마시지 않을 거야." 레지나가 말했다. 처형장으로 가는 사람들에게 진정제를 탄 음료를 준다는 것을 우리 모두 알고 있었다. 일을 쉽게 처리하기 위해서였다. "너희들, 내가 용감하게 폴란드 만세를 외칠 수 있을 거라고 생각하지?"

나는 레지나의 손을 잡았다. "그건 중요하지 않아."

"아냐, 중요해, 카샤. 그놈들이 싫어하는 걸 알잖아."

수감자들이 죽음을 맞는 방식은 다양하다. 어떤 여자들은 울거나 화를 낸다.

조용하게 죽어가거나 기도하는 여자들도 있다. 레지나는 자기 침상 옆에 서서 『트로일러스와 크레시다』에서 가장 좋아하는 구절을 우리에게 읽어주었다. 빈츠가 오기 전까지 다 읽을 수 있도록 서둘렀다.

용감한 트로이인이여! 그와 그녀를 잘 보라. 그의 검이 어떻게 피로 물드는지, 조타기를 잡은 그의 손은 헥토르보다 강하다. 그가 보는 것 그리고 그가 가는 곳도! 오, 장한 젊은이여! 나이 스물과 서른을 넘지 않는구나.

레지나가 읽을 때 우린 그녀의 뺨을 꼬집어 홍조가 생기도록 만들었다. 주방에서 일하는 여자가 홍당무 주스를 조금 가져와서 재니나가 입술에 발라주었다.

오 분도 안 돼서 빈츠와 그 부하들이 들이닥쳤다. 레지나는 내게 기댄 채 책을 가슴에 안았다.

"여기 일을 모두에게 알려야 해." 그녀가 말했다.

"이리 넘겨줘." 빈츠가 말했다. "너는 이제 풀려날 거라고 사령관이 직접 말씀하셨는데, 무슨 걱정을 하고 있어."

"어림없는 소리. 거짓말에 안 속아."

재니나는 자기 허리의 끈을 풀어 레지나의 허리에 감아주었다. 유니폼이 좀 더 진짜 드레스처럼 보이게 한 것이다.

"나가, 나가." 빈츠가 고무 막대로 레지나를 찌르면서 말했다.

레지나는 쩔뚝거리며 문으로 갔다. 다리가 아직 완전히 낫지 않았다. 그녀는 독서 안경을 수산나 언니에게 건네주고 돌아서서 우리에게 미소를 보였다. 그녀에게 맑은 빛이 비쳤다. 뺨에 붉은 기운이 퍼진 것이다.

빈츠는 부하 경비원에게 책을 넘기고 레지나를 길로 밀

어냈다. 레지나를 지켜본 수감자 중 울지 않는 사람은 한 사람도 없었다. 그녀는 정말 용감했다. 이름 레지나는 '여왕'이라는 뜻이고 이것은 그녀에게 딱 맞았다. 그날 레지나의 모습은 당당했다. 걸음이 불편하지만 않았다면, 영화배우나 패션모델처럼 보였을 것이다. 꼿꼿이 서서 뷰티로드를 자랑스럽게 걸어갔다.

레지나의 수프는 나와 수산나 언니, 재니나가 함께 처리했다. 그것을 먹는 동안 큰 죄의식을 느꼈지만 레지나는 수프가 버려지길 원하지 않을 것이라 생각했다. 작은 당근을 나눠 먹었을 때의 달콤한 맛. 레지나의 수프를 먹고 힘을 키울 것이다. 그래서 이 모든 일에 대해 세상에 알릴 것이다.

수산나 언니와 나는 곧 편물 작업장에 알렸다. 오후 내내 귀를 기울이면서도 총소리가 들리지 않길 소원했다. 빈츠 말이 맞을지도 몰라. 그녀들이 석방되기를, 아니면 다른 부설 수용소에라도 보내지기를.

그다음 날 트럭 한 대가 호수 쪽으로 가는 소리와 총성 네발이 차례로 울리는 소리가 들렸다. 우린 소리 내지 않고 기도했다. 기도하는 것은 처벌 대상이기 때문이었다. 애니스는 처형장 바로 옆 주방에서 일하는 여자들로부터 빈츠가 래빗 네 사람 모두를 처형하려 데려갔다는 얘기를 들었다. 한 사람은 다리 상처가 낫지 않아 걸을 수 없었기 때문에 들 것에 실려갔다고 했다.

그들이 애니스에게 말했다. "네 사람 모두 마지막 순간에 '폴란드 만세'를 외쳤습니다. 그리고 우린 모두 울었습니다."

그 후, 나는 행동하지 않고 분노만 삭히고 있을 수는 없었다. 다음엔 우리가 처형장에 서야 할 수도 있다. 그러면 이런 일을 누가 세상에 알릴 수 있나? 내가 죽임을 당하더라도 계획을 실행에 옮겨야 했다.

그 주 일요일, 수산나 언니가 지독한 설사와 싸워가며 잠자고 있을 때, 나는 2층 침대 위쪽의 판자를 흔들어 우리가 아넥스라 부르는 공간의 통로를 열었다. 가끔 수감자들이 담배를 피울 때 이용하는 일종의 다락이었다. 성치 않은 다리로 힘들여 아넥스로 올라갔다. 불빛이 거의 없어서 눈이 어둠에 적응되길 기다려 내 비밀 임무에 쓸 도구를 조립했다.

1. 수용소 자체 편지지 한 장에 독일어로 편지를 쓴다. 각각의 줄 첫 번째 글자를 이어 읽으면 "소변으로 쓴 글자"가 읽히게 한다.
2. 빵 반 개를 주고 구한 이쑤시개.

3. 물컵. 내 몸에서 따뜻한 비밀의 잉크를 내보내 담는다.

처음에는 편지지를 엉망으로 만들었지만 곧 잘 쓸 수 있게 되어, 줄 사이에다 수술에 대해 그리고 처형된 래빗들의 이름을 적어 넣었다. 첫 번째가 레지나, 다음에는 로마나 세쿨라, 이레나 포보르코브나, 헨리카 뎀보브스카. 아빠에게 수감자들의 처형이나 수술에 대해 말하고 최대한 많은 사람들에게 이러한 일을 알려달라고 부탁했다. 중요하고 필요한 내용을 잘 담은 것 같았다. 그때까지 우리 중 일흔 명이 수술을 받았다. 이 모든 여자들의 이름을 아빠에게 다 알려주려면 더 많은 편지가 필요할 것이었다. 나는 아빠에게 편지를 받고 비밀 내용을 이해하셨으면 그 신호로 붉은 실타래를 보내달라고 했다.

다음 날 아침 우리는 차가운 이슬비 속에서 열 줄로 서서 편물 작업장으로 가기 전, 점호를 받으며 편지 수집을 기다렸다. 나는 재킷 옷자락 안에다 편지를 끼워서 젖지 않게 했다. 마르첸카가 내가 선 줄로 와서 편지를 수집했고 나는 편지를 내밀고 손가락으로 반듯이 폈다. 소변이 묻은 곳은 약간 구겨져 있었다. 마르첸카가 보면 어쩌나? 검열관을 통과

할 수 있을까?

마르첸카가 가까이 다가와 손바닥을 내밀었다. 그 위에 편지를 올려놓는 내 손이 떨렸다. 편지가 미끄러지며 땅에 떨어졌다. 숨이 막혔다.

"덤벙대지 마." 그녀가 말했다.

내가 허리를 굽혀 받으려 했지만 편지 뒤쪽에 흙이 묻었다.

"내 손에 흙 묻히지 마." 마르첸카가 말했다.

나는 편지를 주위 들고 옷으로 흙을 털어내고 그녀에게 주었다. "여기 있습니다." 블록 대표 그녀는 두 손가락으로 쥐더니 봉투 하나를 열어보았다. "편지 한 장에 왜 그렇게 긴장해?" 그녀는 편지를 들어올려 머리 위의 불빛에 비춰보았다.

나는 숨이 멎는 듯했다.

그녀는 편지를 뒤로 전달했다. "어, 주소가 루블린 우체국이네. 그거 취소해."

내 손이 저절로 움켜쥐어졌다. "아달베르트 쿠츠메릭 앞으로 보내는 것입니다. 제 아버지가 거기서 일합니다. 블록 대표님."

"그래?" 마르첸카가 말했다. 그녀는 편지를 수집함 위로 던지고는 옮겨갔다.

편지가 제 갈 길로 안전하게 갈 수 있기를. 마르첸카, 조심해서 다뤄줘. 우리의 유일한 희망이야.

20장
헤르타, 1943년 크리스마스

1943년 크리스마스에 라벤스브뤼크 직원들의 도덕성이 또다시 바닥을 드러냈다. 그해 초, 독일군은 스탈린그라드에서 의복과 무기의 열세에도 불구하고 열심히 싸웠지만 싸움은 결국 패배로 끝났다. 베를린에도 연합국의 폭격이 증가했지만 우리는 영국을 폭격해 응징했으며, 이탈리아 북부의 통제권을 확보해 이탈리아 군부에 체포되었던 무솔리니를 복권시켰다. 때문에 아직은 축하할 것들이 있었다.

할리나가 없는 의무동은 각국에서 질병을 얻어온 여자들로 가득했으며, 질서는 엉망이 되었다. 프리츠나 엄마를 생각할 시간도 거의 없었다. 나는 하루 종일 사무실에 틀어박혀 있었지만, 수용소 또한 운영되어야 했다. 수용소 의사들은 휴식이 필요했으며, 그에 대한 보상으로라도 우리는 특별히 멋지게 크리스마스를 축하할 수 있었다. 독일 전역에서 국민들이 필수품 부족으로 고통을 겪고 있었지만 수용소 직원들에게는 여전히 진짜 커피와 살라미 소시지, 폴란드 보드카, 그리고 좋은 샴페인이 공급되었다. 우리 파티는 가장행렬로부터 시작되었다. 빈츠와 그 부하 경비원들이 하얀 비단 예복을 걸치고 허리는 금색 로프로 묶은 천사로 분장해 휴게실로 들어갔다. 그렇게 입은 모습이 좋아 보여서 나도 입을 자신이 생겼다. 종으로 된 소매가 팔의 상처들을 가려주고, 사람들의 눈총이나 질문을 피할 수 있게 해주었기 때문이다. 이 상처는 신경이 많이 쓰였으며, 스트레스의 원인이 되었다.

빈츠와 그 부하 여직원들은 이마에 십자가를 세운 포일 머리띠를 하고 긴 장대를 들었는데 꼭대기의 금빛 나치 십자가는 거의 천장에 닿았다. 그 여자들이 들어가서 코너에 놓인 트리에 각자 촛불을 밝혔다. 나뭇가지마다 초가 은실로 묶여 있었다. 그 다음에는 전통 양치기 복장에 푸른색의 긴 머리띠를 두른 SS 남자들이 들어갔다. 슈렌 소장이 산타클로스로 그 행렬의 끝을 마무리했다. 그는 붉은색의 긴 펠트복을 흰 털로 장식했으며 한 손에는 지팡이를 들었다. 그의 뾰족 모자는 문을 향했다.

"말썽쟁이와 장난꾸러기가 누구야?"그가 눈을 반짝이면서 말했다.

산타클로스는 금방 지팡이를 던지고 선물 보따리를 열었다. 전쟁통에 그런 물건을 어디서 구했을까? 파티에 빠질 수 없는 맥주가 흘러 넘쳤다. 산타클로스까지 술잔을 들었다.

국가사회주의가 처음 등장하여 유행하던 때는 이런 행사가 어색했지만 차츰 적응이 되었다. 총통의 말에 의하면, 사람은 독일인이거나 기독교인일 수 있지만 동시에 둘 다가 될 수는 없었다. 그는 우리 자신을 그리스도로 생각했다. 실용적 해법이었다.

많은 독일 국민들은 이러한 변화에 저항했지만 SS 단원들은 모두 이 새로운 종교로 전환했다. 크리스마스의 종교적 측면은 점차 국가주의적 상징들로 대체되었고, 우리는 그리스도의 탄생일 대신에 동짓날을 축하했다. 산타클로스의 자리도 게르만족 최고의 신인 오딘Odin이나 동지맨 SolsticeMan이 차지했다. 골수 프로테스탄트 집안에서 자랐던 엄마는 이런 모든 변화를 적극 받아들였지만, 아버지는 가톨릭이었다. 그래서 엄마는 게르만 태양 바퀴를 위에다 매단 '인민의 트리'와 전통적 크리스마스트리를 함께 세웠다. 이와 같은 새로운 종교는 내게 잘 맞았다. 골치 아픈 신학적 문제에서 벗어날 수 있었기 때문이다.

나는 홀로 앉아 천사와 양치기 들이 춤추는 모습을 지켜보았다.

슈렌 소장이 내 테이블로 다가왔다. 베개를 넣어 불룩한 산타클로스의 배는 걸을 때마다 실룩거렸다. "먹지 않는군, 미스 외버호이저."

그는 버터 감자와 고기가 담긴 자신의 접시를 테이블 위에 올려놓았다.

나는 쇠고기 피 냄새로부터 얼굴을 돌렸다. "'닥터'라 불러주세요, 소장님."

"체력을 유지해야. 고기에는 당신도 알듯이 단백질과 철분이 많아요." 의사에게 영양학에 대해 강의를 하다니.

"우린 당신을 걱정하고 있어. 많이 힘들 거야. 프리츠가 떠나고 닥터 게브하르트가 그렇게 많은 일을 맡기니. 그리고 사고까지 있었으니."

왜 모두들 할리나에게 생긴 일을 '사고'로 치부하는 것일까? "전 괜찮습니다. 소장님." 사실이었다. 수용소 직원들에게 만성적 불면증은 흔히 있었다.

슈렌이 자신의 감자에 소금통을 살짝 흔들어 뿌릴 때, 코너에서 빈츠와 그녀의 남자친구 에드문트는 키스를 했다. 천사가 양치기에게 구강 대 구강 인공호흡을 해주는 것 같았다. 빈츠는 최근 수용소의 여자 경비원 부책임자로 승진했지만, 연애는 그대로 지속했다.

"소장님, 우리가 래빗들의 상황을 관리할 수 있다면 더 좋을 것이라고 생각합니다." 내가 말했다.

"나는 지금 처리해야 할 일들이 많아. 부속 수용소가 일흔 개인데 그 각각에 나름의 문제가 있어. 지멘스는 죄수들이 죽어간다고 호소해. 그리고 내 손은 래빗들의 상황에 묶여 있어, 아가씨. 베를린이 저렇게 닦달을 하니, 나는 내 관할 수용소에서 일어나는 일에 대한 보고도 받지 못해. 게브하르트와는 말이 안 통하고."

슈렌은 폴란드 여자들의 노동이 필요하다고 주장하며, 설파 수술 실험을 반대했다. 하지만 게브하르트가 고위직의 친구들에게 부탁해 슈렌을 제압했다. 슈렌은 게브하르트에게 직접 사과할 수밖에 없었고 이것은 그의 자존심에 커다란 상처를 입혔다.

"최근 무슨 일이 있었소?" 슈렌이 포크로 감자를 굴리며 물었다. 그는 사무실에서 모두 보았을 것이다. 분명했다. 그러면서 왜 내게 물어볼까?

"그러니까, 래빗들이 반대 시위를 벌인 후."

"시위라뇨? 그들 중 절반은 걷지도 못합니다. ……그들은 운동장에 업혀와 빈츠와 대면을 요구했습니다."

"나도 그에 관해 들은 게 약간 있어."

"그들은 자신들이 만든 성명서를 빈츠에게 제시하고는 더 이상의 수술을 하지 않겠다는 서면 약서를 요구했습니다."

"난투극이 벌어지지 않은 걸 다행으로 생각해야지. 그래서 당신은 수술했소?"

"지금은 징벌실에서 합니다. 그곳에서는 마취가 안 되지만, 엄격한 보안이 필요하니까 그렇게 합니다. 수용소 전체가 그들을 매우 감싸는 상황이 되었습니다."

"내가 어떻게 도와줄까?"

"베를린이 그 반항 소식을 듣고 상황을 검토하고 있습니다. 게브하르트는 앞으로 추가 지시가 있기 전까지는 처형의 벽에 서게 될 래빗이 없을 것이라고 합니다."

"그래서?"

슈렌은 코너에 있는 빈츠와 에드문트를 쳐다보았다. 나는 그의 관심에서 멀어지고 있었다.

"이 실험의 결과를 얻지 못한다면 우리가 모든 책임을 뒤집어쓰게 됩니다. 프리츠는 떠났고, 게브하르트는 여행 중입니다."

그가 다시 관심을 보였다. "게브하르트는 내 힘으로 통제가 안 되는 두려운 존재야. 그는 매일 히믈러에게 직접 보고하고 있어."

"그러면 빨리 어떤 조치를 취해야 합니다. 이것이 만약 새어나간다면……."

슈렌은 손을 저어 그 생각을 떨쳤다. "우리의 보안은 거의 완벽해. 지금까지 탈출은 세 건뿐이었고 그 중 두 건은 체포되었어. 히믈러가 직접 우리의 보안을 칭찬했을 정도야. 새어나갈 염려는 없어."

이것은 뻔한 거짓말이었다. 나는 온갖 것들이 우리의 검열을 뚫고 나간다는 이야기를 들었다. 빈츠는 날마다 증거를 발견했다. 압착 구리 상자에 숨겨진 염색약, 치약 튜브 속의 항생제.

"그리고 수술은 환자의 눈을 가린 채 진행되기 때문에 그들은 당신이 누군지 몰라."

"그렇지만."

"이봐요, 기다려봐. 문제는 잘 처리될 거야. 나한테 맡겨."

슈렌은 그의 냅킨을 접시에 구겨놓고는 어슬렁거리며 멀어져갔다. 쇠고기의 피가 냅킨에 스며들었다. 괴상한 천사로 분장한 빈츠의 부하들이 독일 민요 메들리를 부르기 위해 모일 때 나는 처음으로 이 모든 것들에 대한 공포감에 휩싸였다. 꼬리가 길면 밟힐 수밖에 없었다.

21장

캐롤라인, 1943년 크리스마스

그해 12월, 나는 틈만 나면 그랜드센트럴 터미널에서 통행인들을 쫓아다니며 전쟁 채권을 팔았다. 역의 동쪽 벽이 하룻밤 사이에 전쟁을 주제로 한 사진들로 도배된 것 같았다. 전투함과 전투기가 사람들 사이로 보였으며, 통행인들도 제복 차림이 많았다. 표어는 해야 할 일을 분명히 말해주었다. '국방 채권과 우표를 구입하시오, 지금!'

어느 날 오후, 크리스마스 때마다 역에서 자원봉사로 오르간을 연주해주는 메리 리드가 '성조기여 영원하라'를 우렁차게 연주하기 시작했다. 그러자 사람들로 혼잡하던 중앙홀이 갑자기 조용해졌다. 모든 통행인들이 그 자리에 서서 손을 가슴에 올리고 연주를 들었다. 때문에 기차를 놓치게 된 사람들도 많았다. 그래서 역장은 메리에게 이제부턴 그 노래를 연주하지 말라고 요구했고, 그녀는 뉴욕에서 미

국 국가 연주를 금지당해본 유일한 오르간 연주자로 남게
되었다.

역을 폭파시키려던 독일 스파이 두 명이 체포된 이후 그
랜드센트럴 역의 보안은 엄격했다. 하지만 나와 엄마를 포
함해 자원봉사자 몇 명에게는 채권 판매를 허용해주었다.
모든 사람들이 엄마는 채권 판매가 천직인 것 같은데 지금
까지 뭐 하고 있었냐고 말했다. 10센트짜리 전쟁 우표 한 장
도 사지 않으려는 초라한 차림의 사람도 엄마의 마수에 걸
려들면 더 많이 사겠다고 항복했으며, 엄마는 못 이기는 척
그것들을 팔았다.

당시 그 역에는 여자들의 통행도 많았다. 전쟁에 나간 남
자들이 많아 여성들도 생산 활동에 적극 참여했다. 베티까
지도 모병소에서 보고서 타이핑 일을 했다. 리벳공 로지Rosie
the Riveter까지는 안 돼도 그녀에게는 큰 모험이었다.

엄마와 나는 성 토마스 교회에서 1943년 크리스마스를
보냈다. 그랜드센트럴 터미널에서 그리 멀지 않았다. 우리
는 눈부신 크리스마스 장식복 차림의 렉터 브룩스 목사의
설교를 들었다. 그는 우리의 영혼을 고양시키기 위해 애를
썼다. 전쟁 중이라 당시 그 교회에는 주로 여자들과 노인들
이 참석했다. 처음 보는 얼굴의 군인들이 자리에 앉아 있기
도 했지만 당시 대부분의 남자들은 유럽이나 태평양의 전
쟁터로 배치된 상황으로, 우리의 엘리베이터 보이 커디도

그 중 한 명이었다. 전쟁의 영향을 받지 않은 사람은 없었다. 나는 그 전날 로저가 돌려보낸 프랑스 배의 승객들을 위해 기도했다. 피난처를 찾는 유럽인 수천 명이 아직 해변에서 기다리고 있었다.

폴의 소식을 들은 이후 몇 달이 지났는지 세어보기가 두려웠다. 로저는 그가 아직 나츠바일러 수용소에 있을 것이라 추정했다. 내가 수집할 수 있는 정보들에 따르면, 많은 프랑스 남성들이 보주 산맥의 극심한 추위 속에서 강제 노동에 시달리다 죽어간다고 했다. 그런 장소에서 2년을 버티고 살아남을 사람이 있을까?

그해 드러난 또 다른 사실은 고통과 불안으로 다가왔다. 스위스 적십자사에서 드물게 얻는 보고서뿐만 아니라 뉴욕과 런던 신문들을 보면, 히틀러는 열등민족이라 여기는 유대인이나 슬라브인, 집시 등을 절멸시키려 하고 있었다. 그의 식민 확대 정책인 레벤스라움의 실현을 위해 영토를 확장하고 다른 민족을 말살하는 것이다. 폴란드 헤움노의 보고에 따르면 대량학살은 본격화되었다. 히틀러는 군중 집회에서 자신의 계획을 공개적으로 드러냈지만 루즈벨트는 이에 빠르게 대응하는 대신 계속해서 이민 허용 수를 최소로만 유지하고 있었다.

성 토마스 교회는 우리에게 희망의 뗏목이었다. 그 큰 교회 안에서 무릎을 꿇으니 공기 속에서 유향 냄새가 스쳤다.

나는 세계가 스스로 제 문제를 풀어나가고 있다는 생각이 들었다. 어릴 적 나는 아버지와 함께 교회의 돌에 조각된 유명한 인물과 성인 예순 명에 대해 공부했다. 성 폴리카르포스, 성 이냐시오, 성 키프리아누스. 마흔 번째로 조지 워싱턴에 대해 배웠을 때 아버지가 돌아가셨고, 그 후에는 나머지 인물들을 배우지 않았다. 그곳에 있으면 아버지와 가까워지는 느낌이 들었다. 특히, 오르간 연주자가 오르간파이프 1,551개를 전부 이용해서 아버지가 가장 좋아하셨던 '주께서 편히 쉬게 해주시니'를 연주할 때는 더 그랬다. 성가대 소년들이 상기된 뺨으로 부르는 '주께 영광' 노래를 듣는 것만으로도 마음에 희망이 차올랐다.

렉터 브룩스 목사는 입대 후 뉴욕 '제7 기병연대'에 군목으로 갈 계획이라 밝혔고, 나는 벽에 새겨진 제1차 세계대전 참전자 이름을 읽었다. 그중 스무 명은 이름이 금색으로 칠해졌는데, 생명을 조국에 바친 사람들이었다. 이 두 번째 세계대전에서는 사람들의 생명을 얼마나 더 잃어야 하나? 우리 교구에서만 사백 명이 참전 중이었고, 전사자 수가 이미 1차 대전 전사자 수를 넘어섰다.

나는 찬송가가 울려퍼지는 가운데 폴의 편지 한 장을 펼쳤다. 프랑스가 침공당한 이후 늦게 도착한 편지로, 얼마나 여러 번 읽었던지 거의 티슈처럼 얇아졌다. 내가 편지를 읽는 동안에도 렉터 목사는 설교를 계속했다:

———

고맙소 내 사랑, 오발틴 분유 소포 잘 받았다오. 나를 믿어요. 장인어른이 도토리로 만든 뜨거운 음료만 마시다 좋은 음식을 먹게 되었군요. 잠시 내게서 편지가 없더라도 놀라지 말아요. 신문에서는 곧 침공이 있을 것이라 전하고 있소. 그렇지만 나는 여전히 당신을 생각하고 당신이 내 머리에서 몇 분이상 벗어난 적이 없을 정도요. 그것도 내가 잠들 때만이오. 우리를 위해 계속 기도해줄 수 있겠소. 당신이 핑크색 새틴 시트 위에서 편안히 잠들기 바라며, 우리는 곧 H&H 오토매트 Automat에 함께 가서 에어컨 바람을 쐬며 사과를 먹을 수 있을 거예요. 약속하오.

누군가 나를 보고 있다는 느낌에 돌아보니 데이빗 스톡웰이 내 뒷자리의 통로 반대편에 앉아 있었다. 그는 노골적으로 나를 바라보았다. 저 얼굴 표정은? 호기심? 옆에서 샐리 스톡웰이 앞좌석으로 몸을 기댄 채 찬 공기 속에서도 땀을 흘리며 내게 미소 짓고 있었다. 나는 성가책을 덮었다. 베티도 마찬가지로 몸을 앞으로 기댄 모습으로 내게 눈짓을 했다. 렉터 목사의 설교가 너무 길다는 뜻이었다.

예배를 마무리하면서 렉터 목사는 제대를 떠나 성가대와 노인들의 행렬을 뒤따랐다. 중앙 통로를 지날 때 보니 행렬이 크게 줄어든 것을 실감할 수 있었다. 많은 사람들이 전쟁에 나갔기 때문이었다. 붉은 가운에 흰 휘장의 성가대 옷에서 군복으로 바꿔 입은 것이다. 행렬이 교회 뒤에 이른 다음 성구 보관실로 돌아가자 사람들이 흩어지기 시작했다.

엄마와 나는 교회 앞뜰에 있는 베티, 데이빗, 샐리를 쫓아갔다. 현관으로 이어지도록 아름답게 천장을 장식한 곳이었다. 사람들 속에서 세 사람은 금방 눈에 띄었다. 베티는 순백의 옷 위에 덴마크 밍크 코트를 걸쳤고, 샐리는 쌍둥이를 임신한 배를 선홍색 코트로 채 감싸지 못한 채였다. 그리고 데이빗은 사실상 맨해튼에서 군복을 입지 않은 유일한 남자였다. 그는 국무부에서 일하는 자신이 군인들과 같은 고생을 한다고 주장했지만, '21' 카페에서 점심시간을 길게 갖는 것이 참전 군인들과 같은 고생으로 보이지는 않았다.

엄마와 나는 그들에게 다가갔다. 샐리는 교회 주보로 부채질을 하고 있었다.

"어, 캐롤라인." 샐리가 달갑잖은 미소를 지으며 인사했다.

"크리스마스 베이비가 두 명 생길 것 같네." 엄마가 말했다.

"셋이에요." 베티가 말했다. "이제 세 쌍둥이가 됐어요. 유모를 세 명 구해야 할까봐요." 아기가 없는 내게는 디온의 다섯 쌍둥이 이야기만으로도 서러운데 또 세 쌍둥이 이야기를 들어야 하다니. 대단한 샐리 스톡웰이었다.

나는 데이빗의 팔을 당겼다. "잠깐 둘이서 얘기 좀 할 수 있을까?"

데이빗은 놀란 표정이었다. 과거 일을 끄집어낼까 봐? 나는 아직 상처가 남았지만, 그에게는 그런 내색을 할 수는 없었다.

"오빠가 곤란하지 않게 해." 베티가 말했다.

"잠시는 가능하지만……." 데이빗이 말했다. "우린 집에 가야 해. 식사가 다 준비됐거든."

내가 데이빗을 조용한 구석으로 당겼고 그는 미소 지었다. "여긴 교회니까 차분히 말해야겠지."

"전화했었는데 왜 답신하지 않았어?" 내가 말했다.

전쟁통에도 데이빗의 옷 맵시는 여전했다. 클래식하면서도 최신 유행을 그대로 반영했다. 넥타이 아치나 낙타 털코트에 달린 주머니의 완벽한 에지란.

"당신이 내게 마지막으로 부탁한 게 언제지?"

"내 부탁은 어떤 사람과 관련해 전화해달라는 것뿐이야."

"이민 쿼터는 의회에서만 늘릴 수 있어, 말했잖아."

"데이빗, 당신은 힘쓸 수 있는 자리에 있어."

"뭘 해달라는 거야?"

"로저가 오늘 아침에 또 다른 선박을 거절했어. 르아브르에서 온 선박인데 승객의 절반이 아이들이야. 당신이 한번

나서준다면……."

"미국은 더 이상 외국인이 필요 없어."

"외국인? 한 세대 전만 해도 이 나라 국민 절반이 외국에서 왔어. 데이빗, 어떻게 사람들이 죽어가도록 내버려둘 수 있는 거야?"

데이빗이 내 손을 잡았다. "캐롤, 나도 폴 로디에르가 그곳에서 어려운 상황에 처한 걸 알고 있어."

나는 손을 뺐다. "그 이야기가 아냐. 우리가 아무 일도 안 할 순 없지 않아? 그럼 안 되지."

렉터 목사가 교회 현관 앞에서 엄마와 베티, 샐리와 함께 이야기를 나누고 있었다. 그는 샐리의 배에다 십자가를 그었다. 샐리는 부채질만 더 빠르게 할 뿐이었다.

"캐롤라인, 우린 전쟁 중이야. 우리가 전쟁에서 이기는 게 그들을 위해 할 수 있는 최선이야."

"당신도 알듯이 그곳은 장막에 가려져 있어. 로마 유대인 칠만 명을 여기 보호 시설에 수용하길 거부하는 거야? 세인트루이스가 손을 들었고? 죽을 것이 확실한 곳으로 얼마나 많은 무고한 사람들을 돌려보내야 하지?"

렉터 목사가 돌아서서 우리를 보았다. 데이빗이 나를 그늘 속으로 당겼다.

"캐롤라인, 그 일은 시간이 걸려. 모든 비자를 엄격하게 심사하고 있어. 나치 스파이가 피난민을 가장해서 들어올 수 있으니. 지금 미국이 제일 신경 쓰는 부분 중 하나야."

"그건 반유대주의와 같아, 데이빗. 당신, 옳은 일을 할 때도 있었잖아."

"오빠." 베티가 데이빗을 불렀다.

데이빗이 베티를 향해 손짓했다. "이 모든 현실을 인정해야 해. 당신이 사춘기 소녀처럼 잃어버린 유부남 남자친구에게만 생각이 박혀 있지 않다면, 군인들을 위해 양말 만드는 일이라도 할 수 있을텐데."

"한번 해보겠다고 약속한다면, 지금 당신이 한 말은 잊어버릴게."

"오빠, 어서 와." 베티가 재촉했다.

"알았어, 물어볼게."

"믿어도 돼?"

"그래, 제발 좀. 이제 됐어?"

"고마워." 내가 말했다. 순간 데이빗의 얼굴에 슬픔이 스치는 것을 본 것 같았다. 우리의 결별을 후회하나? 표정이 빠르게 사라졌기 때문에 알 수 없었다.

나는 엄마 곁으로 돌아왔다. 베티는 샐리를 교회 뒷자리에 앉혀 쉬게 했다. 렉터 목사는 엄마가 성가대 소년들에게 양동이를 찾아오라고 시키자 마치 친정아버지처럼 불안한 표정을 지었다. 엄마가 당신 옷을 말아 샐리의 머리를 받쳐주는 동안 샐리의 비명이 교회 안에 메아리로 울렸다.

"오, 제발." 데이빗은 겁에 질린 듯했다.

베티가 데이빗에게 달려가 팔을 당겼다. "빨리 데려가. 양수가 터지려 해. 성 루가 병원으로 빨리 가. 시간 없어."

데이빗은 식사가 차려진 집으로 곧장 갈 수는 없을 것 같았다.

22장

카샤, 1943년 크리스마스

나와 수산나 언니에게 1943년 크리스마스는 특히 냉혹했다. 엄마와 루이자는 가고, 언니는 거의 아무것도 하지 못하고 시간을 그냥 보냈기 때문에 크리스마스를 축하할 이유가 없었다. 아직 아빠로부터 편지나 소포는 없었다. 아빠가 살아계시기는 할까?

크리스마스 오후는 점호를 면제해주었다. 수용소 경비원들이 자기들끼리 축하 파티를 하기 때문이었다. 수산나 언니가 내 옆에 누웠다. 설사 때문에 야윌 대로 야위어, 덮은 담요 밑으로 엉덩이뼈가 드러날 정도였다. 수산나 언니 자신이 의사이므로 병에 대해, 또 회복되기 위해서는 무엇을 해야 하는지에 대해 내게 가르쳐주었다. 하지만 주방에서 일하는 여자들이 빼돌려준 소금과 깨끗한 물을 사용해보아도 차도가 없었다. 여러 동료 수감자들이 자신들의 소중

한 음식을 다른 래빗들에게 나눠주기도 했지만, 집에서 오는 소포가 없는 우리는 살아있는 해골에 다름 아니었다.

언니는 내 옆에 얼굴을 감싼 채 비스듬히 누웠고, 나는 언니 뒤에서 내 가슴을 언니 등에 대고 누워서 졸았다. 언니의 숨결이 나의 유일한 행복이었다. 우리 블록의 여자들은 투표를 통해 우리 래빗들의 상황을 고려해 2층 침대의 아래층을 사용할 수 있게 해주었다. 이것은 매우 특별한 배려다. 일부 침상에서는 무려 여덟 명이 함께 지내는 경우도 있었기 때문이었다. 러시아 여자들은 주로 전쟁터에서 체포된 의사나 간호사들이었는데, 특별히 우리에게 친절했으며, 투표를 주도했다. 애니스가 크리스마스 선물로 노획물 창고에서 이 없는 담요 조각을 구해주었다. 그것을 수산나 언니의 맨발에 감아주었다.

몇몇 폴란드 여자들은 헝겊 조각 밑에 풀을 쌓아두었다. 이것은 우리가 어렸을 때부터 폴란드에서 지켜오던 크리스마스 풍습과 관련이 있었는데, 테이블보 아래 신선한 밀짚을 놓아두는 것이었다. 저녁 식사 후면 처녀들이 헝겊 아래에서 밀짚 잎사귀를 뽑아내 자신의 미래를 예측해보는 것. 녹색 밀짚 조각은 결혼할 것을, 시든 조각은 아직 더 기다려야 한다는 것을, 노란 밀짚 조각은 노처녀로 늙어갈 것을 그리고 아주 작은 조각은 일찍 죽게 된다는 것을 의미했다. 그날 내 눈에는 모든 조각들이 작게만 보였다.

마르첸카가 잠시 자리를 비운 사이, 몇몇은 내가 좋아하는 크리스마스 캐럴 '천사들의 왕'을 낮은 목소리로 조용히 불러주었다. 독일어가 아닌 다른 언어로 노래하거나 말하는 것은 금지되었고 위반하면 갇힐 수 있었다.

그 캐럴은 폴란드에서의 크리스마스 이브로 나를 데려갔다. 종이 고드름과 촛불로 장식된 우리의 작은 트리가 있는 곳으로. 나디아와 내가 교환한 선물은 항상 책이었다. 엄마의 깔끔한 홍당무 수프, 뜨거운 생선, 그리고 과자들. 크리스마스에 성당에 가면 바코스키 가족들과 같은 의자에 앉았다. 피에트릭과 검은 머리 백조처럼 우아한 그의 어머니가 바짝 붙어 앉았다. 어머니는 피에트릭 아버지와 만나기 전 발레 댄서였는데, 항상 머리를 모아 목덜미께 묶은 모습이었다. 군복을 입은 바코스키 아저씨는 우뚝 섰고 루이자는 핑크색 코트를 입고 내게 밀착해왔다. 피에트릭은 나를 당겨 기도서를 함께 보자고 했으며, 그의 가족은 미소를 지었다. 그가 아침에 어머니를 도와 빵을 구울 때 밴 냄새가 향긋하게 풍겨왔다.

나는 기억 속에서 많은 시간을 보냈다. 그 순간만은 블록을 탈출할 수 있었다. 하지만 내가 사랑했던 곳에 다녀오면 더 심한 배고픔을 느끼곤 했다. 하루 대부분을 빵 생각을 하는 것과 수산나 언니와 내 몸에서 이를 잡는 것으로 보냈다. 수산나 언니는 이를 완벽하게 잡아내는 방법을 고안했다.

언니 자신이 의사로서 장티푸스가 얼마나 무서운지 너무 잘 알았기 때문이었다.

휘르스텐베르크에서 우리 블록으로 전선 작업을 하러 온 나이 든 전기공이 내 공상을 끊었다. 그는 자주 왔으며 우리가 제법 잘 아는 사람이었다. 백발의 그는 공구가 든 캔버스 가방을 메고, 접이식 나무 스툴 의자를 들고 블록으로 들어왔다. 그의 트위드 코트는 비에 젖어 있었다. 그는 노란색 모자에서 빗방울을 털어낸 다음 항상 하던, 특별한 어떤 것을 했다.

고개를 숙여 우리에게 인사를.

고개 숙여 인사를! 다른 누군가로부터 우리가 이런 식으로 인사 받았던 것이 언제였던가? 그리고 그는 방 가운데로 걸어와 접이식 스툴 의자를 폈다. 그러면서 그는 내 옆에서 자고 있던 수산나 언니를 쳐다보고는 미소 지었다. 무슨 이유에서인지, 그는 언니를 특별히 좋아했다. 사람들은 언니를 그렇게 좋아했다. 언니가 그의 아이를 생각 나게 했을까? 지난번에 왔을 때 그는 언니에게 흰 종이에 싼 각설탕을 슬쩍 전해주었다. 그 설탕은 며칠을 갔다. 밤에 깨어나면 한 번씩 핥곤 했다. 또 한번은 '우연히' 두통약 상자를 언니 침상 옆에 떨어뜨렸다.

굶주린 여자들은 이 독일 남자를 보면 행복해졌다. 그, 펜스터마허 씨는 특별한 사람이었다. 친절하고 따뜻한 밥을 생각나게 하는 목소리를 가진 문화인이었다. 그리고 그 이상이었다.

그는 우리를 위해 노래를 불렀다. 프랑스어로.

단순히 노래가 아니었다. 그날의 신문 헤드라인 뉴스들을 조합해 만든 노래였다. 사실, 우린 먼 남쪽에 폭탄이 터지는 소리를 들으며 전쟁 상황에 대해 어느 정도 짐작하고 있었다. 그러나 펜스터마허 씨는 위험을 감수하고 우리에게 금보다 소중한 선물을 가져다주었다. 희망이었다. 펜스터마허라는 이름은 독일어로 '창문 제작자'라는 뜻으로, 그는 우리에게 세상을 보는 창이었다.

그는 항상 같은 방식으로 행동했다. 스툴 의자를 펴서 올라선다. 그리고 전등을 만지작거리면서 노래 부른다. "여자들아 모여라, 그러면 세상에서 일어나는 모든 일들을 듣게 될 것이다."

그 크리스마스 날에는 미군이 유럽 땅에 상륙했다. 스탈린, 루즈벨트, 처칠이 테헤란에서 만났다. 그리고 영국 공군이 베를린을 폭격하고 있다는 내용의 노래를 불렀다. 그래서 우리 머리 위로 비행기가 날아다녔구나! 나는 공습 사이렌이 울리고 빈츠와 그 부하들을 벌벌 떨게 만드는 비행기에 앉은 잘생긴 젊은 영국 파일럿을 상상해보았다. 풀려나길 기다리는 우리가 여기에 있다는 것을 파일럿들이 알기나 할까?

프랑스어를 아는 여자들이 다른 사람들에게 내용을 번역해 속삭여주었다. 이런 선물이 우릴 얼마나 행복하게 만들었는지 상상도 못할 것이다. 그 전기공은 "아가씨들, 즐거운 크리스마스를, 하느님이 우릴 곧 도와주실 거예요"라는 말로 노래를 끝맺었다.

그는 공구 가방을 챙기고 모자를 다시 썼다. 내 눈에 눈물이 맺혔다. 추운 날씨에 그가 감기에 걸리지 않을까? 우리는 모두로부터 잊혔다. 자신이 우리를 생각해주는 유일한 사람이라는 것을 그가 알고 있을까? 그가 우리 침상 옆을 지날 때 모자 끝이 나를 스쳤다. 부디 조심하세요. 나는 속으로 기도했다. 당신은 우리의 유일한 친구예요.

그동안 수산나 언니가 계속 잠을 자서 다행이었다. 빈츠와 부하들이 우리 숫자를 세는 몇 시간 동안 진눈깨비 속에서 있지 않아도 되었으므로, 언니의 회복에 도움이 될 것이었다. 펜스터마허 씨가 우리 옆을 지나 문밖으로 나가려 할 때 나는 우리 침상 다리에 무엇이 놓여 있는 것을 발견했다.

세상에서 제일 아름다운 털양말 한 켤레!

양말을 주워들었을 때 그 부드러움은 믿을 수 없을 정도였다. 양말을 뺨에 대보니 강아지의 부드러운 털 같은 느낌이었다. 그리고 그 색깔도! 옅은 푸른색으로 여름날 하늘 같았다. 나는 양말을 수산나 언니의 뺨 아래, 오므린 손과 가슴 사이에 밀어넣었다. 크리스마스의 기적이었다.

펜스터마허 씨가 나가자마자 블록 문이 열리며 마르첸카가 흙 묻은 부츠를 신은 채 쿵쿵거리며 들어왔다. 우린 그 부츠를 얼마나 부러워했던지 한겨울에 맨발로 커다란 나막신을 신는 것은 그 자체가 고문이었다.

마르첸카는 꾸러미를 한아름 안고 왔는데, 그 모습에 내 가슴이 쿵덕거렸다. 오랫동안 기다려온 것이 크리스마스에 도착한 것이다.

그녀는 블록 안을 돌아다니며 이름을 부르고 꾸러미와 편지를 침상으로 던져주었다. 모두 다 정치범들인 우리에게 이런 소포가 허용된 것이 이상하게 생각되었다. 그러나 우리에게는 다행으로 슈렌 소장은 현실적이었다. 수감자 가족이 식품이나 의복을 보내주면 수용소 비용이 절감되었다. 더 적은 돈으로 일꾼들을 살아있게 만들 수 있었다.

마르첸카가 우리 침상으로 올 때쯤에는 소포가 두 개밖에 남지 않았다.

그중 하나가 우리 것이기를.

마르첸카는 우리 침상 앞에서 천천히 걸었다. "메리 크리스마스." 그녀가 메마른 미소로 말했다. 그녀조차 우리 래빗들을 불쌍하게 여겼다.

마르첸카가 던진 소포는 쿵 소리를 내며 우리의 밀짚 매트리스 위에 놓였다. 나는 일어섰다. 약간 어지러웠지만 갈색 종이로 포장된 상자를 마음이 안정되도록 잠시 동안 잡고 있었다. 갈색 포장지에 빗물 자국이 얼룩져 있어 마치 동물 피부처럼 보였다. 빗물이 주소 부분의 잉크를 흐리게 했지만, 분명 루블린 우체국이었다.

아빠였다.

아빠가 암호를 풀고 편지에 다림질을 했을까? 수산나 언니를 깨워서 함께 열어봐야 하나? 소포는 검열을 거치면서 이미 반쯤 개봉된 상태였다. 그래서 내가 먼저 갈색 포장지를 뜯었다. 낡은 캔디 깡통이 드러났다. 차가웠다. 뚜껑을 여니 눅은 초콜릿 냄새가 코끝을 자극했다. 초콜릿. 잊고 있던 맛이다. 눅눅한 상태였지만 입에서는 금세 침이 고였다.

깡통 속에는 헝겊으로 싼 뭉치 세 개도 들어 있었다. 첫 번째 것을 벗기니 양귀비 씨앗 케이크였다. 절반 이상이 남아 있었다!

케이크는 검열관들이 빼돌리는 경우가 대부분이었다. 크리스마스여서 그들이 너그러워졌을까? 한 조각 맛보고 양귀비꽃을 만든 신에게 감사했다. 그리고 곧바로 다시 포장했다. 이건 언니 몫이어야 하니까. 폴란드 케이크는 언니에게 좋은 약이 될 것이다.

다음 뭉치를 풀어보니 치약 튜브가 나왔다. 나는 웃음을 터트릴 뻔했다. 벌써 오래전부터 우리는 칫솔을 쓰지 못했기 때문이다. 하지만 집이 생각나는 물건을 보니 아주 행복했다. 뚜껑을 열어 싸한 박하 향을 마셨다. 그리고 매트리스 밑에다 넣어두었다. 교환만 잘하면 이걸로 일주일 동안 빵을 조금 더 얻을 수 있을 것이다.

마지막은 작은 뭉치로, 엄마의 흰색 주방 수건으로 싸여 있었다. 새 두 마리가 키스하는 모습이 십자수로 장식된 수건이었다. 그것을 보는 것만으로 나는 가슴이 먹먹해졌다. 이런 느낌은 내 회복을 느리게 만들 수도 있을 것이다. 잠시 망설였지만 마침내 나는 그 작은 뭉치를 풀기 시작했다. 손이 너무 심하게 떨려 매듭을 풀기 어려웠다. 수건을 열어 무릎 위에다 펼쳤다. 내 시선은 곧장 그 내용물에 못 박혔다.

붉은색 실타래였다.

"기뻤다"는 말은 흔히 사용되지만 그날의 느낌을 달리 표현할 수는 없었다. 아빠가 내 비밀 편지를 이해하신 것이다. 방 한가운데 버티고 서서 행복으로 소리치고 싶은 것을 참았다. 대신에 그 작은 실타래를 자고 있는 언니의 손에 쥐여주었다.

내 인생 최고의 크리스마스. 우리는 이제 더 이상 혼자가 아니었다.

삶이 파괴되는 고통 속에서
피어난 사랑

진선미 번역가

겨울을 지나 눈 녹는 소리가 들리고 라일락 나뭇가지에 막 새순이 돋기 시작할 때 번역을 시작했습니다. 차츰 짙어지는 햇살에 느슨해지다가도 코끝에 닿는 꽃향기에 화들짝 정신을 차리고 번역에 몰두하곤 했습니다.

제가 살고 있는 춘천에는 라일락 나무가 많습니다. 이 책의 주인공인 캐롤라인의 코네티컷 고향집에도 라일락이 가득 피었겠지요. 이 책의 저자 마샤 홀 켈리는 라일락의 아름다움에 이끌려 그 집을 방문했다가 우연히 캐롤라인에 대한 얘기를 전해 듣습니다. 그리고 삶이 파괴되는 고통 속에서도 뜨겁게 피어났던 사랑을 세상에 전하기 위해 그의 자취를 따라갑니다. 2017년에서 2018년까지 내내 <뉴욕타임스> 베스트셀러에 오른 이 이야기는 실화를 토대로 한 것입니다.

소설은 2차 대전 발발 직전부터 종전 후 십여 년까지를 시대적 배경으로 합니다. 뉴욕 사교계 거물이자 브로드웨이의 스타였던 캐롤라인, 폴란드 여성 카샤, 그리고 수용소의 독일인 의사 헤르타, 이 세 여성과 주변 인물들이 등장합니다. 독일의 유일한 여성 전용 수용소였던 라벤스브뤼크와 폴란드의 도시 루블린, 그리고 미국의 뉴욕을 무대로 각각의 인물들에게 불어닥친 고난과 또 그 속에서 꽃피운 사랑에 대해 소설은 전합니다.

카샤는 스무 살의 나이에 폴란드에서 자신이 할 수 있는 반(反)나치 저항 운동에 가담했다 어머니, 언니와 함께 체포되어 라벤스브뤼크에 갇혀 생사를 넘나드는 고통을 당합니다. 헤르타는 어려운 상황을 극복하고 의사가 되었으나 자신이 처한 환경에 휩쓸려 인체실험을 담당하기에 이릅니다. 독일의 정치철학자 한나 아렌트가 『예루살렘의 아이히만』에서 말하는 악의 평범성을 떠올리게 하는 대목이지요. 캐롤라인은 뉴욕과 파리를 오가며 전쟁 고아 및 피해 여성들을 위해 헌신합니다. 그러던 중 카샤와 만나 교류하게 됩니다. 카샤는 수용소에서 풀려난 후에도 증오와 무력감 속에서 헤어나지 못합니다. 자신에게 고통을 안겨준 사람들에 대한 복수심으로 가족과의 관계가 위태로워지기도 합니다. 하지만 증오의 대상을 직접 만난 후, 결국에는 스스로 치유의 길을 찾게 됩니다.

진한 꽃향기가 계속해서 우리 곁에 머물 듯 70여 년 전 세 여성이 펼치는 삶의 이야기가 독자들의 마음에 오래도록 남을 수 있기를 바랍니다. 그래서 우리가 살아가며 어려움을 겪을 때마다, 진실한 사랑의 이야기가 필요할 때마다 이들의 모습을 떠올릴 수 있기를.

춘천 소양호 호숫가에서

진선미

라일락 걸스1
Lilacgirls1

2018년 12월 07일 1판 1쇄 펴냄

마샤 홀 켈리
Martha Hall Kelly

옮긴이	진선미
펴낸이	김성규
책임편집	김은경
디자인	진다솜
펴낸곳	걷는사람
주소	서울 마포구 월드컵로16길 51 서교자이빌 304호
전화	02 323 2602
팩스	02 323 2603
등록	2016년 11월 18일 제25100-2016-000083호
	ISBN 979-11-89128-20-3
	ISBN 979-11-960081-4-7 (세트)